스틸 라이프

STILL LIFE

옮긴이 박웅희
전남대학교를 졸업하고 편집자로 일했으며, 현재 출판 기획자와 전문 번역가로 활동하고 있다.
특히 『제5도살장』을 비롯해 『고양이 요람』, 『타임 퀘이크』, 『갈라파고스』 등 블랙코미디와 SF를
가미한 사회 풍자 소설로 유명한 커트 보네거트의 작품들을 국내에 소개했다. 이 밖에 옮긴 책
으로 『거짓말의 진화』, 『아시모프의 바이블』, 『렘브란트』, 『달라이 라마 평전』, 『마음의 속도를 늦
추어라』, 『어플루엔자』, 『전쟁을 위한 기도』, 『로마 서브로사 시리즈』 등이 있다.

이 도서의 국립중앙도서관 출판시 도서목록(CIP)은 서지정보유통지원시스템 홈페이지(http://seoji.nl.go.kr)와
국가자료공동목록시스템(http://www.nl.go.kr/kolisnet)에서 이용하실 수 있습니다.

CIP제어번호: CIP2014008998

Still Life

루이즈 페니 지음 I 박웅희 옮김

스틸 라이프

LOUISE PENNY

피니스
아프리카에

내 온 마음을 담아
이 책을 남편 마이클에게 바칩니다.

† 일러두기

본문의 모든 주는 옮긴이 주입니다.

1

　미스 제인 닐은 추수감사절 하루 전인 일요일 이른 아침 안개 속에서 자신의 창조주를 만났다. 10월 둘째 주 일요일이었다. 어느 모로 보나 꽤 놀라운 사건이었는데, 제인 닐의 죽음은 자연사가 아니었다. 일어나는 모든 일이 정해진 대로 일어난다고 믿는다면 또 이야기가 다르다. 만약 그렇다면 제인 닐은 일흔여섯 평생 스리 파인스라는 마을에 접한 눈부신 단풍나무 숲에서 죽음을 맞이한 이 마지막 순간을 향해 걸어온 셈이다. 그녀는 화사하고 바삭바삭한 낙엽들 위에 천사 형상을 만들기라도 하듯 네 활개를 펴고 누워 있었다.

　퀘벡 경찰청의 아르망 가마슈 경감이 제인 옆에 무릎을 꿇자, 무릎에서 사냥총을 쏘는 소리가 났다. 크고 감정이 풍부한 두 손을 그녀의 보풀보풀한 카디건에 난 작고 둥근 피얼룩 위에 펴고 있으니 마치 그가 마법사이기라도 해서 상처를 아물리고 여인을 되살릴 수 있을 것 같았다. 하지만 그럴 수 없었다. 그에겐 그런 재주가 없었다. 다행히 가마슈에겐 다른 재주가 있었다. 옷장에서 나는 나프탈렌 냄새와 어릴 적 할머니의 향수 냄새가 그의 코를 스쳤다. 제인의 온화하고 상냥스러운 두 눈은 마치 가마슈를 만나서 놀란 듯한 표정이었다.

　가마슈는 그녀를 보고 충격을 받았다. 물론, 아는 사람이어서 놀란 것은 아니었다. 그건 그의 작은 비밀이었다. 그 작은 비밀이란 오십대 중반으로 지금은 정체 상태에 빠진 듯하나 오랜 경찰 생활의 정점에 도달

했음에도 변사체를 보면 여전히 놀란다는 사실이었다. 살인수사반 반장에게 그건 이상한 일이었고, 아마 경찰이라는 냉소적인 세계에서 더 이상 승진하지 못하고 있는 한 가지 이유이기도 할 것이었다. 가마슈는 늘 누군가가 잘못 알았기를, 그리고 시체가 없기를 바랐다. 하지만 제인 닐이 점점 뻣뻣하게 굳어 가고 있는 건 엄연한 사실이었다. 보부아르 경위의 도움을 받아 몸을 일으킨 그는 10월의 냉기를 막으려고 안감을 댄 버버리 코트의 단추를 채우며 생각에 잠겼다.

며칠 전, 제인 닐은 약속 시간에 늦었다. 친한 친구이자 이웃인 클라라 모로와 동네 비스트로편안한 분위기의 작은 식당에서 만나 커피를 마시기로 약속한 터였다. 클라라는 창가 자리에 앉아 기다리고 있었다. 참고 기다리는 건 그녀의 특기가 아니었다. 카페오레와 조바심이 섞여서 미묘한 떨림을 일으키고 있었다. 가슴이 조금 두근거리는 걸 느끼며 클라라는 문설주를 댄 창으로 밖을 내다보았다. 광장을 에워싸고 있는 녹지와 오래된 집들과 단풍나무. 이 고풍스런 마을에서 뭔가 변화를 찾아볼 수 있는 것이라곤 붉은색과 호박색으로 놀랍도록 선명하게 물들어 가는 나무들이 거의 전부라고 할 수 있었다.

문설주가 액자 구실을 하는 풍경 속에서 픽업트럭 한 대가 물랭 길을 따라 유유히 마을로 들어오는 모습이 보였다. 아름다운 얼룩무늬 암사슴 한 마리가 후드 위에 너부러져 있었다. 트럭은 천천히 커먼스The commons 마을의 공동 소유 토지를 의미하는 것으로 주로 마을 한복판의 광장을 의미를 돌면서 지나는 마을 사람들의 발길을 붙들었다. 지금은 사냥철이었고 이곳은 사냥이 성한 고장이었다. 하지만 사냥꾼들은 대개 몬트리올 등 다른 도시에서 왔다. 그들은 픽업을 전세 내어 와서는 새벽이나 해 질 녘에 먹이를 찾는 괴수들처럼 사슴을 찾아 비포장도로를 달렸다. 그러다가 사슴을 발견하면 바퀴가 밀릴 정도로 급제동하여 차에서 내려 총을 쏘았다. 사냥꾼이라고 다 그러지는 않다는 건 클라라도 알고 있었다. 하지만 많은 사냥꾼이 그러는 것도 사실이었다. 그런 사냥꾼들은 사슴을 후드에 줄로 묶고서 트럭을 몰고 시골 지역을 돌아다녔다. 후드 위의 죽은 짐승이 이 위대한 사냥꾼이 이렇게 했노라고 공표라도 해 주는 줄 아는 모양이었다.

해마다 사냥꾼들은 가축이나 애완동물은 물론, 다른 사냥꾼을 쏘는 사고를 저질렀다. 그리고 거짓말 같은 이야기지만 더러는 자기 자신도 쏘았는데 그런 사람은 아마 자신을 저녁 식사로 오인한 정신이상자일 것이었다. 현명한 사람이라면 자고새인지 사람인지 소나무인지 구분하기가 몹시 어려운 사냥꾼도 더러 있다는 것을 알고 조심해야 했다.

클라라는 제인에게 무슨 일이 있나 싶었다. 제인은 늦는 경우가 드물었고, 그런 만큼 쉬이 용서할 수 있었다. 사실 클라라는 웬만한 사람들의 어지간한 잘못을 쉽게 용서했다. 너무 쉽게 용서한다고 남편 피터에게 종종 지청구를 들을 정도였다. 하지만 클라라에게도 작은 비밀이 있었다. 실은 모든 것을 쉽게 넘기지는 않았다. 대부분은 용서하지만 일부는 아무도 모르게 심중에 품고 있다가 다른 사람들에게 상처를 받아 위로가 필요할 때면 되새기곤 했다.

테이블에 놓인 「몬트리올 가제트」 1면에 크루아상 빵 부스러기들이 떨어져 있었다. 클라라는 빵 부스러기들 사이로 보이는 기사 제목들을 훑었다. '퀘벡당, 분리 독립을 위한 주민투표 공언', '타운십스에서 마약

재배 기습 단속', '트랭블랑 국립공원 등산객들 실종'.

클라라는 답답한 기사 제목들을 보다 눈을 들었다. 그녀와 피터는 몬트리올에서 발행하는 신문을 구독하지 않은 지 오래였다. 모르는 게 약이라 하지 않았던가. 그들은 웨인 집안의 소나 길렌 집안을 찾아온 손자들, 혹은 양로원 자선기금 마련을 위한 퀼트 수예품 경매 같은 소식을 들을 수 있는 지역 신문인 「윌리엄스버그 카운티 뉴스」가 더 좋았다. 이따금 클라라는 자기 부부가 현실과 의무를 저버리고 도피 중인 것이 아닌가 싶기도 했다. 그러다가도 곧 자신이 별로 개의치 않는다는 것을 깨달았다. 게다가, 살아가는 데 필요한 정보는 바로 여기, 스리 파인스 한가운데 있는 올리비에의 비스트로에 오면 다 알 수 있지 않은가.

"무슨 생각에 그리 빠져 있는 거야?" 친숙하고 누구나 좋아하는 목소리가 들렸다. 제인이 숨을 몰아쉬며 미소 짓고 서 있었다. 웃느라고 주름진 얼굴이 발그레했다. 가을의 한기 속에서 집에서부터 동네 잔디광장을 가로질러 급히 걸어온 탓이리라.

"미안. 내가 늦었지?" 제인이 클라라를 포옹하며 귀에 속삭이듯 말했다. 키가 작고 통통한 몸집을 한 제인은 숨이 가빴고, 서른 살 손아래인 호리호리한 체격의 클라라는 카페인 기운 때문에 아직도 떨고 있었다. "떨고 있네." 제인은 그러고는 자리에 앉아 자기도 카페오레를 주문했다. "그토록 애타게 그리워할 줄은 몰랐는걸."

"어휴, 늙은 마녀, 추잡해." 클라라가 웃으며 말했다.

"오늘 아침엔 마녀였지. 확실히 그랬어. 소식 못 들었어?"

"아니요, 무슨 일 있었어요?" 바짝 호기심이 동한 클라라가 몸을 앞으로 기울였다. 그녀와 피터는 작업에 쓸 캔버스와 아크릴 물감을 사려고 몬트리올에 다녀오느라 마을에 없었다. 두 사람 모두 화가였다. 피터는 이미 명성을 얻었다. 클라라는 아직 인정을 받지 못했고, 친구들은 말은 하지 않아도 그녀가 난해한 작풍을 고집한다면 결국 인정받지 못하고 끝나리라 생각했다. 클라라는 머리가 불룩하고 발이 커다란 가정용품은 어느 정도 성공을 거둔 반면 자궁 전사戰士 연작은 구매층의 눈길을 끌지 못한다는 것을 인정해야 했다. 지금까지 팔린 작품은 딱 한 점이었다. 쉰 점쯤 되는 나머지 작품들은 월트 디즈니의 작업장과 흡사한 지하실에 잠자고 있었다.

"저런!" 몇 분 뒤 정말로 충격을 받은 클라라의 입에서 탄식이 흘러나왔다. 클라라는 지금까지 스리 파인스에서 25년 동안 살면서 단 한 번도 범죄 소식을 들어 본 적이 없었다. 마을 사람들이 현관문을 잠근다면 그건 기껏해야 주키니오이 비슷한 서양 호박가 넘쳐 나는 수확 철에 이웃 사람들이 주키니를 몰래 가져다 놓지 못하게 하려는 것이었다. 「가제트」의 기사가 분명히 보여 주듯이 마리화나도 주키니만큼 많은 규모로 재배되는 작물이긴 했다. 하지만 마리화나 재배나 거래에 관련된 사람이 아닌 한, 모두 모르는 척했다.

그 외에는 범죄가 없었다. 가택 침입도, 기물 파괴도, 폭행도 없었다. 스리 파인스에는 경찰조차 없었다. 이따금 관할 경찰서의 로베르 르미외가 순찰차로 광장을 돌았지만 그것도 존재를 알리려는 것일 뿐 실제로 필요해서 그러는 건 아니었다.

그날 아침까지는.

"장난이었을 수도 있지 않을까요?" 클라라는 제인이 묘사한 지저분한 장면을 떠올리지 않으려고 애를 쓰고 있었다.

"아니야. 그건 장난이 아니었어." 제인이 다시 그 일을 떠올리며 말했다. "한 녀석이 웃었어. 지금 생각해 보니까 귀에 익은 웃음인 것 같아. 유쾌한 웃음이 아니었어." 제인은 그 맑은 파란 눈으로 클라라를 바라보았다. 두 눈에 의심이 가득했다. "그건 내가 교사로 있을 때 들었던 웃음이었어. 하느님의 가호로 자주 듣진 않았지만 그건 사내 녀석들이 뭔가를 괴롭히며 재미있어 할 때 내는 소리였어." 제인은 그 장면이 다시 떠오르자 부르르 몸서리를 치며 카디건을 끌어당겨 몸을 감쌌다. "소름 끼치는 소리였어. 클라라가 거기 없어서 다행이야."

그 말을 들으며 클라라는 둥글고 거무스름한 나무 테이블 위로 손을 뻗어 제인의 차고 조그마한 손을 잡고 그 현장에 제인이 아니라 차라리 자신이 있었으면 좋았을 거라고 진심으로 생각했다.

"그러니까, 아이들이었다고요?"

"스키 마스크를 쓰고 있어서 분간하기 힘들었지만 걔들이 누군지 짐작이 갔어."

"누구였는데요?"

"필립 크로프트, 거스 헤네시, 클로드 라피에르."

제인은 듣는 사람이 없는지 확인하느라 주위를 둘러보고 나직이 속삭였다.

"확실해요?" 클라라는 세 아이 모두 잘 알고 있었다. 그들이 보이스카우트에 어울리는 아이들은 아니었지만 그런 짓을 할 애들도 아니었다.

"아니." 제인이 인정했다.

"다른 사람들한테는 말 안 하는 게 좋겠어요."

"너무 늦었어."

"무슨 말씀이세요, 너무 늦다니?"

"아침에 일이 벌어지고 있을 때 이름을 불러 버렸거든."

"조용히 불렀어요?" 클라라는 피가 손가락, 발가락에서 빠져나와 심장으로 마구 쇄도하는 것을 느낄 수 있었다. 오, 제발! 그녀는 속으로 빌었다.

"큰 소리로 외쳐 버렸어."

클라라의 표정을 보고 제인은 서둘러 그럴 수밖에 없었던 사정을 설명했다. "당장 중지시키려고 그랬던 거야. 먹혔지. 녀석들이 그쳤거든."

제인은 사내아이들이 달아나는 모습이 아직도 눈에 선했다. 물랭 길을 허둥지둥 뛰어 마을을 빠져나갔다. 반짝거리는 녹색 마스크를 쓴 아이가 그녀를 돌아보았다. 두 손에서는 아직도 오리똥 거름이 뚝뚝 떨어지고 있었다. 거름은 마을 잔디광장의 화단에 덮어 주려고 내다 놓았던 것인데 아직 흩뿌리지 않아 쌓여 있었던 것이다. 녀석의 표정을 보았어야 하는데. 화가 났나? 겁을 먹었나? 즐거웠나?

"그럼 그 애들 이름이 맞았군요."

"아마 그럴걸. 생전에 그런 꼴을 볼 줄은 생각도 못했어."

"그래서 늦으신 거예요? 씻고 오느라고?"

"그래. 아, 아냐."

"무슨 대답이 그렇게 애매해요?"

"그런가? 클라라도 다음번 윌리엄스버그 전람회 심사 위원이지?"

"맞아요. 오늘 오후에 모일 거예요. 피터도 위원이고요. 왜요?" 클라라는 숨쉬기조차 두려울 지경이었다. 혹시 그걸까? 그토록 구슬리고 조르고 생떼를 써도 꿈적하지 않으시더니 드디어 그걸 하시려는 걸까?

"준비가 됐어." 제인은 클라라가 지금까지 본 적이 없었던 깊은 한숨을 토했다. 그 바람에 클라라의 무릎 위 「가제트」 1면에 흩어져 있던 크루아상 부스러기들이 날려 클라라의 무릎 위에 떨어졌다.

"내가 늦은 건……." 제인이 천천히 입을 열었다. 그녀의 두 손이 떨리기 시작했다. "결정을 해야 했기 때문이야. 미술 전람회에 출품하고 싶은 작품이 있어."

말을 마치자 그녀는 울기 시작했다.

제인이 그림을 그리는 건 그때까지 스리 파인스에서 공공연한 비밀이었다. 이따금 누군가 숲이나 들에서 산책을 하다가 캔버스에 집중하고 있는 그녀와 마주치곤 했다. 하지만 그녀는 그들에게 가까이 오지 말 것, 보지 말 것, 못 볼 것이라도 본 것처럼 눈길을 돌릴 것, 그리고 무엇보다 그 일에 대해 아무에게도 말하지 말 것을 다짐하게 했다. 클라라가 제인이 화내는 것을 본 것은 딱 한 번, 그녀가 그림을 그리고 있는 동안 가브리가 그녀 뒤에서 다가왔을 때였다. 제인이 그들에게 절대 보지 말라고 경고할 때 그는 그녀가 농담하고 있는 줄 알았다.

그건 오판이었다. 그녀는 지극히 진지했다. 실제로 제인과 가브리가 다시 평소의 친구 관계를 회복하기까지는 몇 달이 걸렸다. 두 사람 모두 상대에게 배신당한 느낌을 받았던 것이다. 하지만 그들의 타고난 선한 성품과 서로에 대한 애정이 갈라진 틈을 메워 주었다. 그렇지만, 그 일은 본보기가 되었다.

누구도 제인의 그림을 보면 안 되었다.

이제까지 분명히 그랬다. 그랬던 화가가 지금은 감정에 북받쳐서 비스트로에 앉아 울고 있는 것이다. 클라라는 놀랍기도 하고 두렵기도 했다. 슬쩍 주위를 둘러보았다. 한편으로는 보는 사람이 없기를 바라고, 한편으로는 누군가 있어 어떻게 해야 할지 말해 주기를 바라면서. 그러고는 고민이 있을 때마다 묵주 기도를 하며 해답을 구하는 것처럼 간단한 질문을 자신에게 던졌다. 제인이라면 어떻게 할까? 그리고 스스로 대답했다. 제인이라면 울라고, 실컷 울라고 내버려 두겠지. 그리고 필요하다면 접시라도 던져서 속을 풀라고 했을 거야. 제인이라면 달아나지 않을 거야. 제인이라면 큰 소용돌이 앞에서도 꿈적하지 않을 거야. 그러고는 나를 안고 위로하고 내가 혼자가 아니란 걸 알게 해 줄 거야. 절대 혼자가 아니라는 것을. 그리하여 클라라는 가만히 앉아 지켜보며 기다렸다. 그리고 아무것도 하지 않는 것이 얼마나 고통스러운지 알았다. 서서히 울음소리가 잦아들었다.

클라라는 애써 침착하게 자리에서 일어났다. 클라라가 품에 안자 제인이 삐걱거리는 늙은 몸을 바로 세웠다. 클라라는 은총을 베풀어준 신에게 짧은 감사 기도를 올렸다. 우는 은총과 지켜보는 은총에 대해.

"제인, 이렇게 고통스러워하실 줄 알았으면 작품을 보여 달라고 그렇게 끈질기게 조르지 않았을 거예요. 죄송해요."

"오, 아니야, 클라라." 제인이 테이블 너머로 클라라의 두 손을 잡았다. "자기는 몰라. 이건 고통의 눈물이 아니야. 그렇고말고. 너무 기뻐 우는 거지." 제인은 마치 밀담이라도 나누는 듯이 먼 곳을 응시하며 고개를 끄덕였다. "드디어 끝났어."

"뭐라고 해요? 그림 제목 말이에요."

"〈박람회 날〉. 우리 마을 박람회 날 폐막 퍼레이드를 그렸거든."

그리하여 그 그림은 추수감사절을 앞둔 금요일에 아트 윌리엄스버그 갤러리의 이젤 위에 놓이게 된 것이다. 기름 먹인 종이로 싸고 줄로 동여 놓으니 마치 춥고 매서운 날씨에 아이를 단단히 싸 놓은 것 같았다. 천천히, 아주 조심스럽게, 피터 모로가 매듭을 잡고 줄을 당겨 풀었다. 그러고는 풀리는 줄을 뜨개실이라도 감듯 자기 손바닥에 감았다. 클라라는 그를 죽이고 싶을 만큼 마음이 급했다. 기분 같아서는 소리를 지르며 의자에서 뛰쳐나가 그를 밀쳐 버리고 싶었다. 그 빌어먹을 줄 뭉치를, 어쩌면 피터도 함께 바닥에 팽개쳐 버리고 캔버스에서 포장지를 찢어 내고 싶었다. 두 눈이 퉁방울처럼 부풀었지만 얼굴은 훨씬 더 평온해졌다.

　피터는 종이의 한 귀퉁이를 펴고 또 한 귀퉁이를 편 다음 손으로 굽은 자국들을 반듯이 폈다. 클라라는 직사각형 하나에 그렇게 귀퉁이가 많았던가 싶었다. 의자의 모서리가 궁둥이 살을 베고 파고드는 느낌이었다. 출품작들을 평가하기 위해 모인 심사 위원회의 나머지 위원들은 따분해하는 표정이었다. 클라라 혼자 그들 몫까지 마음을 졸였다.

　마침내 종이가 마지막 귀퉁이까지 펴져 이제 치우기만 하면 될 판이었다. 피터는 몸을 돌려 다른 네 심사 위원을 향하고서 종이 아래 작품을 공개하기 전에 연설을 하려 했다. 뭔가 짧고 멋진 말을 하고 싶었다. 약간의 배경 설명, 약간의…… 그때 아내의 붉으락푸르락하는 얼굴에서 튀어나오고 있는 두 눈이 보였다. 그는 클라라가 그런 표정을 지을 때는 연설을 늘어놓을 때가 아니라는 것을 알고 있었다.

　그는 얼른 다시 그림을 향해 몸을 돌리고 그 갈색 종이를 휙 벗겨 냈다. 〈박람회 날〉이 드러났다.

클라라의 입이 떡 벌어졌다. 그녀의 머리가 갑자기 지지력을 상실하기라도 한 것처럼 뚝 떨어졌다. 두 눈이 휘둥그레지고 숨이 멎었다. 잠시나마 죽은 것 같았다. 이것이 바로 〈박람회 날〉이란 말인가. 다시 숨이 막혔다. 그리고 다른 위원들도 똑같은 느낌을 받은 게 분명했다. 반원형을 이루고 선 위원들의 얼굴에는 저마다 정도는 다르나마 믿을 수가 없다는 표정이 떠올랐다. 심사 위원장 엘리즈 자코브조차 말이 없었다. 진짜 뇌졸중 환자라도 된 듯했다.

클라라는 본래 남의 작품을 평가하기 싫어했거니와 이번 심사가 제일 싫었다. 클라라는 자신이 심사를 맡은 전람회에 처음으로 작품을 출품하도록 제인을 설득한 것을 두고 내내 자신을 책망했다. 자만심 때문이었을까? 단지 어리석어 그런 것뿐이었나?

"이 작품 제목은 〈박람회 날〉입니다." 엘리즈가 서류를 보며 말했다. "아트 윌리엄스버그의 오랜 후원자인 스리 파인스의 제인 닐이 제출한 작품으로, 그녀로서는 첫 출품작입니다." 엘리즈는 주위를 둘러보았다. "심사 부탁합니다."

"훌륭해요." 클라라는 거짓말을 했다. 다른 사람들이 놀라서 그녀를 보았다. 이젤 위에 놓인 것은 액자가 없는 캔버스였고 주제는 명백했다. 말들은 말을 닮았고, 소들은 소였으며, 사람들은 단지 사람이라는 것을 떠나서 그 마을 사람 누구라는 것까지 알아볼 수 있었다. 하지만 그들은 모두 봉선화棒線畵 머리 부분은 원, 사지와 체구는 직선으로 나타낸 인체나 동물의 그림였다. 하긴 잘 봐 준다면 봉선화보다는 좀 낫다고 볼 수는 있었다. 봉선화 군대와 〈박람회 날〉 사람들이 전쟁을 벌여서 〈박람회 날〉 사람들이 이긴다면 그건 단지 그들의 근육이 좀 더 많기 때문일 터였다. 손가락들도 도움이 되었을 테고. 하지만 분명한 것은 이 사람들이 사는 공간이 2차원 뿐이라는 사실이었다. 자신이 보고 있는 것을 이해하려고 노력하면서도 섣부른 비교는 피하려 애쓰며 클라라는 그 그림이 캔버스에 그린 동굴 벽화 같다고 생각했다. 네안데르탈인들이 카운터 박람회를 열었다면 이런 모습이지 않았을까.

"몽 디유Mon Dieu 맙소사. 우리 집 네 살배기 애도 이보다는 잘 그리겠습니다." 앙리 라리비에르가 섣부르게 비교하며 말했다. 앙리는 채석장의 노동자로 일하다가 어느 날 돌이 자신에게 말을 건넨다는 것을 깨달은 사람이었다. 이후로는 계속 그 말을 들었다. 물론 다시는 옛 일터로 돌아가지 않았다. 가족들은 그가 거대한 돌조각 대신 최소한의 임금이라도 벌어 오던 시절을 그리워했다. 그의 얼굴은 여느 때처럼 넓적하고 우락부락하고 표정을 헤아리기 어려웠지만 그의 손이 자신의 의견을 대변했다. 손바닥이 위로 향한 것은 단순하고 분명한 반대의 표시였다. 그는 심사 위원들 가운데 제인의 친구가 많다는 걸 알고 그 그림에 대한 적당한 표현을 찾으려고 애썼다. "끔찍하군요." 그는 적당한 말을 찾으려는 노력을 깨끗이 포기하고 진실을 택했다. 그래도 그의 진심에 비하면 그건 좀 관대한 표현이었다.

제인의 작품은 과감하고 밝은 색상으로, 박람회 종료 직전의 퍼레이드를 보여 주었다. 돼지들을 염소들과 구분할 수 있는 건 단지 돼지가 선홍색이기 때문이었다. 아이들은 작은 어른들처럼 보였다. 사실, 클라라는 마치 캔버스가 또다시 타격을 가하기라도 할 것처럼 엉거주춤 몸을 앞으로 기울이며 그들은 아이들이 아니라고 생각했다. 저건 몸집이 작은 어른들이야. 청색 토끼들 앞에 가고 있는 건 올리비에와 가브리고.

행렬 너머 계단 관람석에는 관중이 앉아 있었는데, 많은 이들이 서로를 바라보거나 서로 외면하고 있는 옆모습으로 그려졌다. 많지는 않지만 똑바로 클라라를 바라보는 사람도 더러 있었다. 뺨마다 완전히 둥글고 붉은 원이 있었는데, 클라라는 그 원이 건강한 홍조를 나타낸다고 생각했다. 이런 그림이 어디 있단 말인가.

"그나마 쉽긴 하군요." 이레네 칼파가 말했다. "저건 탈락이에요."

클라라는 손발이 차갑게 마비되는 느낌이었다.

이레네 칼파는 도예가였다. 그러니까 흙덩어리를 놀랍도록 아름다운 작품으로 바꾸는 사람이었다. 그녀는 작품에 윤을 내는 새로운 기법을 개발하여 지금은 전 세계 도예가들의 주목을 받고 있었다. 그러나 순례자들이 생 레미에 있는 이레네 칼파의 작업실을 순례하고 이른바 '진흙의 여신'과 5분만 보내 보면 그들은 그녀에 대해 잘못 알고 있었다는 것을 깨달았다. 그녀는 자기만 아는, 속 좁기로 치면 세상에서 손꼽힐 여자였다.

클라라는 정상적인 인간적 감정을 그토록 결여한 사람이 어떻게 그렇게 아름다운 작품을 만들 수 있는지 의아했다. 거기에 비하면 넌 버둥거리고 있을 뿐이지. 클라라 내부의 작은 목소리가 자신에게 심술궂게 말했다.

그녀는 머그잔의 음료를 한 모금 마시며 피터를 흘끗 보았다. 초콜릿 컵케이크 한 조각이 얼굴에 붙어 있었다. 클라라는 엉겁결에 자기 얼굴로 손이 갔는데, 그 바람에 호두가 머리에 붙었다. 피터는 얼굴에 초콜릿 조각이 붙어 있어도 매력적이었다. 고전적으로 잘생긴 얼굴. 키가 크고 벌목꾼처럼 어깨가 딱 바라졌으니 섬세한 예술가와는 거리가 멀어 보였다. 그의 웨이브 머리는 이제 백발이 성성했고, 항상 안경을 썼으며, 눈가와 말끔히 면도한 얼굴에는 주름이 졌다. 오십 대 초반인 그는 오지 모험에 나선 사업가 같은 풍모였다. 클라라는 보통 아침에 잠이 깨면 아직 자고 있는 그를 지켜보면서, 피터의 몸속으로 기어들어 가 그의 심장을 감싸 안전하게 지켜 주고 싶다는 생각을 했다.

클라라의 머리는 음식을 끌어당기는 자석 구실을 했다. 그녀는 빵과 과자로 치장한 카르멘 미란다포르투갈 출신의 1940~50년대 할리우드 스타. 화려한 머리 장식과 의상으로 유명했다였다. 반면에 피터는 늘 티 하나 없이 말쑥했다. 흙비가 쏟아지는 날에도 그는 집에서 나갈 때보다 더 깨끗하게 귀가했다. 하지만 햇빛이 화창한 날에는 더러 타고난 오라가 걷혀 얼굴에 뭔가 붙기도 했다. 클라라는 말해 주어야겠다고 생각했다. 하지만 그러지 않았다.

"제 생각엔," 하고 피터가 입을 열자 이레네조차 그를 쳐다보았다. "이건 뛰어난 작품입니다."

이레네는 콧방귀를 뀌고 힐끗 앙리에게 의미 있는 시선을 던졌으나 그는 모른 척했다. 피터는 클라라를 찾아 잠시 그녀와 눈을 맞추었다. 일종의 확인이었다. 피터는 어떤 방에 들어갈 때면 늘 클라라를 찾을 때까지 방 안을 훑고 다녔다. 그리고 나서야 마음이 놓였다. 밖에서는 키 크고 출중하게 잘난 이 사내가 단정치 못한 아내와 함께 있는 걸 보면 의아하게 여겼다. 어떤 사람들은, 특히 피터의 어머니는 그런 연분을 자연을 거스르는 행위로까지 생각했다. 하지만 클라라는 피터의 중심이었고, 그에게 좋고 이롭고 행복한 것은 모두 클라라에게서 비롯했다. 클라라를 볼 때면 그는 그녀의 아무렇게나 헝클어진 머리카락, 헙수룩한 옷, 싸구려 뿔테 안경을 보지 않았다. 그랬다. 피터에게 그녀는 안전한 항구 같은 존재였다. 그렇긴 해도 바로 지금은 클라라의 머리카락에서 호두를 볼 수 있었고, 그건 그녀를 식별하게 하는 특징이기도 했다. 본능적으로 피터는 손을 올려 자기 머리카락을 쓸었는데, 그 바람에 뺨에 붙은 컵케이크 조각이 떨어졌다.

"작품에서 어떤 점을 보신 겁니까?" 엘리즈가 피터에게 물었다.

"솔직히, 잘 모르겠어요. 하지만 우리가 이 작품을 통과시켜야 한다는 건 압니다."

이 간단한 대답이 어쩐지 피터의 견해에 훨씬 큰 신뢰를 부여했다.

"그건 모험이에요." 엘리즈가 말했다.

"맞는 말씀이에요." 클라라가 말했다. "하지만 이걸 입선작으로 뽑는다고 해서 무슨 큰일이 나겠어요? 전시회 관객들이 우리가 실수했다고 생각하는 정도 아닐까요? 그들이 늘 하는 생각이니까."

엘리즈가 고개를 끄덕여 동의를 표했다.

"그에 따를 위험이 무언지 말씀드리죠." 이레네가 말했다. 지지 않고 자기주장을 펼치는 그녀의 목소리에서 '이 바보들아' 하는 감정이 묻어났다. "우린 지역사회 단체고 겨우 명맥을 유지하고 있어요. 우리의 유일한 가치는 신뢰죠. 만약 우리가 순수하게 작품의 가치만을 평가하지 않고 연줄에 얽매여서 입선작을 정한다는 평판을 얻게 되면 우린 망합니다. 바로 그게 위험이에요. 아무도 우리의 진정성을 인정해 주지 않을 거예요. 미술가들은 부패한 단체에 작품을 전시하지 않으려 할 거예요. 관람객들은 쓰레기나 보게 될 테니 여기 오지 않으려 할 거예요. 예를 들어, 저런……." 그녀는 말문이 막힌 듯 손가락으로 캔버스를 가리킬 뿐이었다.

클라라는 다시 캔버스를 보았다. 순간적으로 뭔가 반짝 하고 의식의 표면에 스치는 것이 있었다. 그 짧은 순간에 〈박람회 날〉이 미광을 발했다. 조각들이 하나로 합쳐졌고, 그 순간은 곧바로 지나갔다. 클라라는 다시 숨이 멎는 것을 깨달았지만 동시에 자신이 훌륭한 예술 작품을 보고 있다는 것도 깨달았다. 피터와 마찬가지로 왜, 어떻게 그런지는 알지 못했지만 그 순간 뒤집힌 것처럼 보이던 세상이 바로잡혔다. 〈박람회 날〉은 비범한 작품이었다.

"이건 뛰어나다는 말로는 부족해요. 아주 훌륭한 작품이라고 생각합니다." 그녀가 말했다.

"오, 제발. 여러분은 그녀가 단지 남편을 지지하려고 저런 말을 하고 있다는 걸 모르시겠어요?"

"이레네. 당신 평가는 들었어요. 계속해요, 클라라." 엘리즈가 말했다. 앙리가 의자에서 신음 소리가 날 만큼 몸을 앞으로 기울였다.

클라라는 자리에서 일어나 천천히 이젤 위의 작품을 향해 걸어갔다. 그림이 건드린 슬픔과 상실의 자리가 워낙 깊어서 울지 않으려니 달리 어찌할 수가 없었다. 어떻게 이럴 수 있는 거지? 그녀는 자문했다. 그림 속 형상들은 정말 유치하고, 정말 단순했다. 춤추는 거위들과 웃고 있는 사람들을 보면 한심하기까지 했다. 하지만 뭔가 다른 것이 있었다. 그녀로서는 알 수 없는 어떤 것.

"죄송합니다. 참 어렵네요." 그녀는 낯이 화끈거리는 것을 느끼며 겸연쩍은 미소를 지었다. "어떻게 설명해야 할지 모르겠어요."

"〈박람회 날〉은 우선 그냥 넘어가고, 다른 작품들을 먼저 심사하는 게 어떨까요. 마지막에 다시 보도록 하죠."

나머지 시간은 아주 순조롭게 지나갔다. 해가 떨어지고 있어서 그들이 〈박람회 날〉을 다시 심사할 때는 실내가 훨씬 더 추웠다. 모두들 녹초가 되어 심사가 어서 끝나기만 바랐다. 피터가 스위치를 올려 천장의 조명을 켜고 제인의 작품을 이젤에 올렸다.

"다코르D'accord 자, 좋습니다. 〈박람회 날〉에 대한 생각이 바뀐 분 계십니까?" 엘리즈가 물었다.

침묵.

"그러니까 두 분은 통과에 찬성이고 두 분은 반대군요."

엘리즈는 말없이 〈박람회 날〉을 바라보았다. 그녀는 제인과는 안면이 있는 사이였고 좋은 사람이라고 생각했다. 늘 분별 있고 친절하고 지적인 여성이라는 느낌이었다. 누구라도 함께 시간을 보내고 싶은 사람. 그런 여자가 이렇게 경박하고도 유치한 작품을 그리다니 어찌된 일일까? 하지만…… 그때 새로운 생각이 떠올랐다. 실은 독창적인 생각도 아니고 처음 해 본 생각도 아니었지만 이날로 보면 새로운 생각이었다.

"〈박람회 날〉 통과! 다른 작품들과 함께 전시합니다."

클라라가 기뻐서 벌떡 일어나는 바람에 의자가 넘어졌다.

"이런, 말도 안 돼." 이레네가 말했다.

"맞습니다! 잘됐어요. 두 분 모두 제 생각과 같아요."

"무슨 생각 말씀입니까?"

"어떤 이유가 되었든 〈박람회 날〉은 우리를 자극합니다. 우리 감정을 건드려요. 한편으로는 화가 나게." 그러면서 엘리즈는 이레네에게 고개를 까딱했다. "한편으로는 헷갈리게." 그러면서는 슬쩍 앙리에게 의미 있는 눈길을 던졌고 앙리는 백발이 희끗희끗한 머리를 가볍게 숙였다.

"또 한편으로는……." 이번에는 피터와 클라라에게 시선을 던졌다.

"기쁘게."라는 피터의 말과 동시에 클라라는 "슬프게."라고 말했다. 두 사람은 서로의 얼굴을 쳐다보고 웃었다.

"이 작품을 보고 있으면 저는 앙리와 마찬가지로 아주 헛갈립니다. 사실, 〈박람회 날〉이 탁월한 나이브 아트_{고전적, 정통적 기법을 무시하고 원시적 기}법을 사용하여 일상 풍경 등을 밝은 색채로 천진하게 표현하는 작풍 작품인지, 아니면 망상에 사로잡힌 재능 없는 노인의 우스꽝스런 낙서인지 잘 모르겠습니다. 그것이 바로 긴장을 불러일으키는 요소예요. 바로 이 작품이 전람회에 걸려야 하는 이유이기도 하고요. 장담하지만, 이 작품이야 말로 베르니사_{주미술전시회 개최 전날의 초대 행사, 오프닝}가 끝난 뒤 카페에서 사람들 입에 오르내릴 작품입니다."

"소름 끼쳐!" 그날 밤 늦게 루스 자도는 지팡이에 기대어 스카치위스키를 입에 털어 넣으며 말했다. 피터와 클라라의 친구들이 추수감사절 맞이 만찬을 위해 그들의 집 거실에서 불꽃이 일렁이는 벽난로 주위에 모여 있었다.

그것은 학살 전야의 고요였다. 다음 날이면 초대를 받았든 받지 않았든 가족과 친구들이 도착해서 긴 추수감사절 휴가를 보낼 텐데, 숲은 하이킹족과 사냥꾼이라는 당혹스런 조합으로 득시글거릴 것이다. 토요일 오전에는 잔디광장에서 연례 터치풋볼_{미식축구를 변형한 구기 종목} 시합이 열리고 오후에는 토마토와 주키니를 처분할 마지막 기회인 농산물 장터가 이어진다. 그날 밤에는 모닥불을 피워 땔나무와 나뭇잎을 태우느라 스리 파인스 마을이 향긋한 냄새와 불빛으로 가득 채워질 것이다. 잘 맡아

보면 가스파초토마토, 오이, 양파 등을 넣어 차갑게 먹는 수프가 아닌가 싶은 묘한 냄새 또한.

스리 파인스는 큰 도로는 물론 작은 도로에서도 너무 멀리 떨어져 있어 어떤 관광 지도에도 나오지 않는다. 마치 요술 나라 나니아 같아서 대개는 예기치 않게, 그리고 그처럼 고색창연한 마을이라면 응당 그 계곡에 줄곧 숨겨 왔을 법한 놀라움으로 발견된다. 이 마을을 발견할 만큼 운이 좋은 사람들은 대개 다시 돌아갈 길도 찾아낸다. 그리고 10월 초의 추수감사절은 더없이 좋은 시기다. 날씨는 삽상하게 맑고, 올드 가든 로즈와 플록스가 풍기는 여름 향기는 단풍잎과 장작 연기와 구운 칠면조의 사향 비슷한 냄새로 바뀌어 있었다.

올리비에와 가브리가 그날 오전에 있었던 일을 들려주는 중이었다. 이야기가 어찌나 생생하던지 아늑한 거실에 모인 사람들은 가면을 쓴 세 소년이 잔디광장 가장자리에서 오리똥 거름을 손에 가득 담은 장면이 눈에 보이는 듯했다. 소년들이 손가락 사이로 똥거름을 흘리며 손을 들어 올리더니 오래된 벽돌 건물을 향해 던졌다. 곧 캄파리 상표가 박힌 청백색 차양에서 똥거름이 뚝뚝 떨어졌다. 똥거름은 벽에서도 떨어졌다. '비스트로'라는 간판에도 오물이 튀었다. 삽시간에 스리 파인스 한가운데에 있는 카페의 깨끗한 얼굴이 더러워졌다. 단지 뿌리 덮개용 거름으로 쓰는 오리똥으로만 더러워진 게 아니었다. 놀랍고 지저분한 말들이 대기를 가득 채웠다. 소년들이 이렇게 소리친 것이다. "이 호모들아! 괴상한 새끼들Queer 기묘하다, 괴상하다는 뜻에서 발전하여 동성애자를 가리키기도 한다! 데결라스Dégueulasse 더러운 새끼들!"

올리비에와 가브리의 이야기를 들으면서 제인도 그때 일이 떠올랐다.

그녀는 자신의 작은 돌집에서 나와 서둘러 광장을 가로지르다 올리비에와 가브리가 비스트로에서 나오는 것을 보았다. 소년들은 신 나게 소리를 지르며 두 사람을 향해 똥거름을 던졌다.

제인은 자신의 튼튼한 두 다리가 더 길지 않은 것을 원망하며 걸음을 재촉했다. 그런데 그때 올리비에가 아주 이상한 행동을 하는 것이 아닌가. 소년들이 소리를 지르며 똥거름을 던지자 올리비에가 천천히, 유유히, 살갑게 가브리의 손을 잡더니 우아하게 들어 올려 자기 입술에 대는 것이었다. 올리비에가 똥거름이 묻은 입술로 역시 똥거름이 묻은 가브리의 손에 키스를 하자 보고 있던 소년들은 잠시 굳어 버린 것 같았다. 모욕을 무시하고, 대놓고 애정을 표현하는 행동에 충격을 받은 모양이었다. 하지만 그것도 잠시뿐이었다. 증오가 승리했고 곧 공격이 더욱 거세게 재개되었다.

"그만두지 못해!" 제인이 엄하게 소리쳤다.

이제 막 오물을 던지려던 아이들의 팔이 움찔하고 멈추었다. 권위가 실린 목소리에 본능적으로 반응한 것이다. 일제히 고개를 돌려 보니 꽃무늬 원피스에 노란색 카디건을 입은 조그마한 제인 닐이 자기들에게 호령하고 있었다. 소년들 가운데 오렌지색 가면을 쓴 녀석이 그녀에게 오물을 던지려고 팔을 쳐들었다.

"어디서 감히, 이놈!"

소년이 망설이는 사이 제인은 그들의 눈을 똑바로 볼 수 있었다.

"필립 크로프트, 거스 헤네시, 클로드 라피에르." 그녀가 천천히, 또박또박 이름을 불렀다. 그 호령이 먹혔다. 소년들은 손에 쥔 것을 떨어뜨리고 달아났다. 제인의 곁을 쏜살같이 지나쳐 언덕으로 달려갔는데 노란색 마스크를 쓴 녀석은 웃고 있었다. 그 웃음소리가 어찌나 추잡하던지 똥거름도 무색할 정도였다. 한 녀석이 돌아보았지만 마구 달리던 다른 녀석들이 녀석을 치고 그대로 물랭 길을 달려 올라갔다.

겨우 그날 아침에 일어난 일이었지만 벌써 아득하게 느껴졌다.

"정말 소름 끼쳤어요." 가브리가 루스에게 동의를 표하며 오래된 의자 하나에 몸을 부렸다. 빛바랜 천이 화기를 머금어 따뜻했다. "하지만 그 애들 말 틀린 거 하나도 없어요. 나는 분명 게이니까."

"그리고……" 가브리의 의자 팔걸이에 느긋이 기대며 올리비에가 말했다. "정말 괴상하죠."

"나는 이제 퀘벡의 당당한 호모가 되었습니다."

가브리는 퀜틴 크리스프영국 출신의 미국인 저술가이자 만담가. 1970년대에 자신이 동성애자임을 밝힌 자서전 「The Naked Civil Servant」를 써서 동성애자의 아이콘이 되었다의 말을 바꿔 인용했다. "내가 봐도 숨이 멎을 것 같았다니까."

올리비에가 웃었고, 루스가 불 위에 장작을 또 하나 던졌다.

"오늘 아침에 자넨 정말 당당해 보였어." 피터의 둘도 없는 친구 벤 해들리가 말했다.

"단단해 보였다고요?"

"강철보다 더. 진짜야."

주방에서 클라라가 머나 랜더스를 맞았다.

"근사하게도 차렸네."

코트를 벗으며 머나가 말했다. 안에 입은 밝은 자주색 카프탄이 드러났다. 클라라는 그녀가 그 덩치에 그렇게 입고도 어떻게 문들을 통과했을지 궁금했다. 머나는 그날 밤 모임을 위한 자신의 선물을 갖고 들어왔다. 꽃꽂이 작품이었다. "어디다 둘까?"

클라라는 어안이 벙벙했다. 머나 자신처럼 그녀의 꽃다발도 거대하고 정감이 넘치며 파격적이었다. 이 작품에는 참나무와 단풍나무 가지, 머나의 서점 뒤편으로 흐르는 벨라벨라 강에서 꺾은 부들, 아직도 열매가 달린 매킨토시 사과나무 가지, 그리고 여러 가지 허브가 한 아름씩 들어 있었다.

"이건 뭐야?"

"어디?"

"여기, 꽃꽂이 한가운데."

"킬바사."

"소시지?"

"그렇지. 저 안쪽도 봐." 머나가 손가락으로 한 군데를 가리켰다.

"『W. H. 오든 시집』." 클라라가 제목을 읽었다. "설마."

"그건 남자들 거야."

"저 안에 또 뭐가 있어?" 클라라는 거대한 꽃꽂이를 들여다보았다.

"덴젤 워싱턴. 가브리한텐 말하지 마."

거실에서는 제인이 그 이야기를 계속하고 있었다. "……그때 가브리가 내게 그러는 거야. '뿌리 덮개로 쓸 똥거름이 많이 생겼어요. 정원에 쓰시게 똥거름 좀 나눠 드리죠. 비타 색빌 웨스트1892~1962 영국의 작가, 시인. 직접 가꾼 시싱허스트 성 정원은 영국에서 많은 사람이 방문하는 명소가 되었다는 늘 이걸 뒤집어 쓰고 지냈죠.'"

올리비에가 가브리의 귀에 속삭였다. "자긴 역시 괴상해."

"우리 중에 하나만 그래서 다행이지?" 귀에 익어 편안한 농담.

"기분이 어때?" 머나가 클라라를 달고 주방에서 거실로 와 가브리와 올리비에를 포옹했다. 피터가 그녀의 잔에 스카치위스키를 따랐다.

"우린 괜찮은 것 같아요." 올리비에가 머나의 양쪽 볼에 입을 맞추었다. "이런 일이 이제야 일어난 게 놀랍다고 봐야죠. 우리가 여기서 산지…… 십이 년?" 입안 가득 카망베르를 담은 가브리가 고개를 끄덕였다. "그런데도 우리가 공격을 당한 건 이번이 처음이야. 나는 어렸을 때 몬트리올에서 게이라고 공격당했죠. 어른들한테 말이야. 그땐 정말 무서웠어." 아무도 입을 열지 않아서 올리비에가 이야기하는 동안 벽난로에서 탁탁 하고 장작이 타는 소리만 조용히 배경으로 깔렸다.

"그들은 막대기로 날 때렸어. 우습지만 지금 생각하면 그게 제일 고통스런 점이었어요. 생채기나 멍이 고통스러운 게 아니었죠. 때리기 전에 찌르기도 했다니까. 무슨 뜻인지 알겠어요?" 올리비에는 그들의 동작을 흉내 내느라고 한 팔을 휙 뻗었다. "나 같은 건 인간도 아니라는 거지."

"그건 반드시 필요한 첫 단계야." 머나가 말했다. "그런 사람들은 우선 희생자를 비인간화하지. 그러니까 자기가 제대로 표현한 거야."

그것은 그녀의 경험에서 우러난 말이었다. 스리 파인스로 이사 오기 전 그녀는 몬트리올에서 심리치료사로 일했다. 그리고 흑인인 자신을 가구처럼 바라보는 사람들의 특이한 표정을 알고 있었다.

루스가 올리비에에게 시선을 돌리고 화제를 바꾸었다. "우리 집 지하실에서 당신한테 팔아 달라고 맡길 만한 물건을 몇 가지 봤어." 루스의 지하실은 일종의 은행이었다.

"좋죠. 뭡니까?"

"크랜베리 글라스 그릇 몇 개……."

"그래요?" 올리비에는 색유리 제품이라면 사족을 못 썼다. "입으로 불어서 만든 수제품인가요?"

"나를 바보로 아나? 당연히 수제품이지."

"그것들, 정말 내놓아도 되겠어요?" 그는 친구들에게서 물건을 맡을 때면 늘 그렇게 물었다.

"그런 건 그만 물어. 내가 미련이 남았으면 그걸 내놓을 것 같아?"

"심술 할멈."

"멍청이."

"좋아요, 자세히 말해 보세요." 올리비에가 말했다. 루스가 자기 집 지하실에서 끌어올린 물건은 놀라웠다. 마치 그 집에 과거로 통하는 문이라도 있는 것 같았다. 고장 난 커피메이커나 타 버린 토스터 등 몇 가지는 폐물이었다. 하지만 대다수는 그를 기쁨에 떨게 했다. 그의 내부에 들어앉아 그의 생각보다 훨씬 넓은 자리를 차지하고 있는 탐욕스런 골동품 중개상은 루스의 보물을 다룰 수 있는 배타적 권리를 확보하고는 전율을 느꼈다. 이따금 그 지하실을 생각하며 백일몽을 꾸었다.

루스의 재물에 들뜬 정도였다면, 제인의 집을 뒤지고 싶은 갈망에는 완전히 제정신이 아니었다. 그 집 주방문 안쪽을 볼 수만 있다면 살인이라도 저지를 수 있을 것 같았다. 주방에 있는 골동품만 해도 시세로 수만 달러에 달했다. 감상벽에 과장하기 좋아하는 가브리의 성화에 못 이겨 처음 스리 파인스에 왔을 때, 제인의 머드룸현관 가까이 흙 묻은 옷이나 신발 등을 두는 방, 혹은 공간 바닥에 깔린 리놀륨을 보고는 거의 넋이 나갔었다. 머드룸이 박물관이고 주방이 성전일진대 그 너머는 대체 어떻다는 말인가? 올리비에는 고개를 흔들어 그 생각을 떨쳐 버렸다. 실망할 수도 있다는 것을 아는 까닭이었다. 이케아 가구. 그리고 올이 긴 카펫. 제인이 미닫이 문 너머 거실과 그 안쪽으로는 그 누구도 초대한 적이 없다는 사실을 이상하게 생각하지 않게 된 지 이미 오래였다.

"뿌리 덮개용 거름 말인데요, 제인." 가브리는 피터의 조각그림 퍼즐 위로 몸을 기울이며 말했다. "내일 가져다 드릴게요. 정원 가지치기하실 때 도와 드릴까요?"

"아니야, 거의 끝났어. 하지만 그것도 올해가 마지막이 될 것 같아. 이제 내 기력으로는 그마저도 못하겠으니." 가브리는 돕지 않아도 된다니 한 짐 던 기분이었다. 자기 집 정원 돌보는 것만으로도 벅찼으니까.

"내 집 정원에 접시꽃 아기들이 정말 많아." 제인은 허공을 바라보고 생각에 잠기며 말했다. "자기네 노란 외겹 접시꽃은 어떻게 됐지? 보이지 않던걸."

"지난 가을에 심어 봤지만, 절대로 저를 엄마라고 부르지 않던데요. 더 좀 주실 수 있으세요? 대신 수레박하를 좀 드릴게요."

"오, 제발, 그건 사양하겠네." 수레박하는 꽃들의 세계에서 주키니 같은 존재였다. 그런 수레박하도 추수감사절 모닥불 행사 뒤 농산물 장터에서는 두각을 나타낸다. 모닥불이 타오르면 달콤한 박하 향이 번져 마치 스리 파인스의 모든 집에서 얼그레이 차를 끓이는 것 같은 냄새가 날 정도였다.

"당신들이 떠난 다음 오늘 오후에 무슨 일이 있었는지 우리가 말씀드렸나요?" 가브리가 무대에 선 것 같은 목소리로 말했기 때문에 방 안에 있는 사람들 모두가 똑똑히 알아들을 수 있었다. 클라라가 눈알을 위로 굴렸다 내리며 제인에게 "깡통따개나 잃어버렸겠죠, 뭐." 하고 중얼거렸다. "우리가 오늘 밤에 쓸 완두콩을 준비하고 있는데 초인종이 울려 나가 보니 매튜 크로프트와 필립 크로프트가 서 있는 게 아니겠어요?"

"저런! 그래서?"

"필립이 웅얼웅얼거리는 겁니다. '오늘 아침 일, 죄송합니다'."

"그래서 뭐라고 했어?" 머나가 물었다.

"행동으로 보여라." 올리비에가 말했다.

"설마." 클라라가 재미있다는 표정으로 놀리듯 말했다.

"정말이에요. 사과하는 태도가 진지하지 못하더라고요. 정체가 밝혀져서 죄송한 거고 책임을 추궁당하게 되어 죄송한 거였지, 자기가 저지른 짓 때문에 미안해하는 것 같지는 않더라고요."

"양심과 비겁함." 클라라가 말했다.

"무슨 뜻이야?" 벤이 물었다.

"오스카 와일드는 양심과 비겁함은 똑같다고 말했어. 우리가 나쁜 짓을 하지 못하는 건 양심 때문이 아니라 붙잡히면 어쩌나 하는 두려움 때문이라고."

"그게 사실일까?" 제인이 말했다.

"자기는 어때?" 머나가 클라라를 보고 물었다.

"잡힐 염려가 없다면 못된 짓을 저지를 거냐고?"

"예를 들어, 피터 몰래 바람을 피운다?" 올리비에가 말했다. "아니면, 은행에서 도둑질을 한다? 그도 아니면, 이게 더 멋진 예인데, 다른 화가의 작품을 훔친다?"

"애들같이 그게 뭐야?" 루스가 쏘아 댔다. "살인 어때? 누군가를 차로 뭉개면 어떨까? 아니면 독을 써? 아니면, 봄에 물이 불었을 때 벨라벨라 강에 던져 버려? 그도 아니면……." 그녀는 주위를 돌아보았다. 따뜻한 불빛이 조금 긴장한 얼굴들에 반사되었다. "그도 아니면 우리가 불을 지르고는 안에 있는 사람을 구하지 않을 수도 있지."

"'우리'라니 무슨 말씀이세요, 백인 아줌마." 머나가 벼랑 끝에 걸린 대화를 제자리에 돌려놓았다.

"솔직하게 말해 보라고? 좋아. 하지만 살인은 빼고." 클라라가 루스를 건너다보았지만 루스는 공모자의 윙크를 해 보일 뿐이었다.

"뭐든 할 수 있는 세계를 상상해 봐. 뭐든 할 수 있어. 벌 받을 염려가 전혀 없이." 머나가 다시 대화 주제에 열의를 보이며 말했다. "이런 세계에서 타락하지 않을 사람이 누가 있겠어?"

"제인이 있지." 루스가 자신 있게 말했다. "하지만 당신들은 어떨까?" 그녀는 어깨를 들썩했다.

"그럼 당신은?" 올리비에가 루스에게 물었다. 내심 자기도 어쩔 수 없을지 모른다고 생각하면서도 싸잡아 한 부류로 치부당하는 게 적잖이 기분이 상했다.

"나 말이야? 지금껏 나를 봐 왔으니 잘 알 텐데, 올리비에? 나는 그중 최악이겠지. 속이고 훔치고 당신들 삶을 지옥으로 만들 거야."

"지금보다 더할 거라고요?" 여전히 골이 나서 올리비에가 물었다.

"자네 이제 내게 찍혔어." 루스가 말했다. 그 말에 올리비에는 그 마을에서 경찰력에 가장 가까운 것이 자원소방대라는 것을 기억해 냈다.

그는 대원이고 루스가 대장이었다. 루스 자도가 지시하면 불 속으로 뛰어들어야 했다. 그녀는 불타는 건물보다 더 무서웠다.

"가브리는 어때?" 클라라가 물었다.

"죽이고 싶을 정도로 화가 날 때가 더러 있었는데 아무런 벌도 받지 않는다면 정말 그렇게 했을지 모르죠."

"대체 무엇 때문에 그렇게 화가 났던 거야?" 클라라가 놀라 물었다.

"배신. 배신 말고 다른 이유는 없어요."

"그럴 땐 어떻게 했어?" 머나가 물었다.

"심리치료를 받았죠. 거기서 이 친구를 만났고." 가브리가 손을 뻗어 올리비에의 손을 다독였다. "우리 둘 다 괜히 일 년은 더 심리치료사를 만나러 다녔을걸. 순전히 대기실에서 서로를 보려고."

"듣기 거북하죠?" 올리비에는 그러면서 깔끔하지만 성기어 가는 금발 머리를 얼굴에서 쓸어 냈다. 그의 머리는 비단 같아서 무슨 제품을 써도 눈으로 흘러내리는 걸 막을 수 없었다.

"놀리고 싶으면 놀려도 좋아요. 하지만 무슨 일이든 이유가 있는 법이지." 가브리가 말했다. "배신이 없었으면 분노도 없었을 테고 분노가 없었으면 심리치료도 받지 않았을 테고 심리치료를 받지 않았으면 올리비에를 만나지 못했을 테고 올리비에를 만나지 못했으면……."

"거기까지." 올리비에가 항복한다는 듯 두 손을 들었다.

"나는 항상 매튜 크로프트를 좋아했지." 제인이 말했다.

"그 사람을 가르치셨어요?" 클라라가 물었다.

"오래전 일이야. 저기 옛날 학교가 폐교되기 전인데, 이 학년부터 마지막 학년까지 가르쳤어."

"폐교 조치는 지금 생각해도 애석해요." 벤이 말했다.

"맙소사, 벤. 이십 년 전 일이야. 잊으셔." 그렇게 말할 사람은 루스밖에 없었다.

처음 스리 파인스에 왔을 때 머나는 루스가 뇌졸중에 걸리지 않았나 했다. 진료 경험상, 머나는 뇌졸중 환자들 중에는 충동 제어가 아주 어려운 사람들이 더러 있다는 것을 알았다. 클라라에게 그런 생각을 밝혔을 때 클라라는 만약 루스가 뇌졸중에 걸렸다면 태내에서부터 걸렸을 거라고 대답했다. 자신이 아는 한 루스는 항상 그런 식이었다는 것이다.

"그렇다면 왜 모두들 그분을 좋아해요?" 당시 머나가 물었다.

클라라는 웃으며 어깨를 들썩했다. "나도 예전엔 혼자 속으로 왜 그럴까 생각할 때가 더러 있었어요. 저 여자, 대체 뭐가 그리 대단하지? 하지만 그분은 그만한 가치가 있다고 봐요."

"어쨌든……." 잠시 스포트라이트에서 비켜나 있던 가브리가 다시 열을 냈다. "필립은 열다섯 시간 자원봉사 활동을 하기로 약속했어요. 비스트로에서."

"틀림없이 별로 내키지 않았을 거야." 피터가 자리에서 일어나며 말했다.

"맞아요." 올리비에가 씩 웃으며 말했다.

"건배를 제안하고 싶은데." 가브리가 말했다. "오늘 우리에게 힘을 준 친구들을 위하여. 오전 내내 우리 비스트로를 청소해 준 친구들을 위하여." 그것은 머나가 전에도 본 현상이었다. 그녀는 그날 아침 오전에 손톱에 똥거름이 낀 손을 잠시 멈추고 젊은이, 늙은이 할 것 없이 열심히 오물을 치우는 것을 바라보며 생각했었다. 어떤 사람들은 끔찍한 사건을 승리로 바꾸기도 한다. 그리고 그녀 또한 그들의 일원이었다. 머나는 자신이 도시 생활을 청산하고 이곳으로 와서 이 사람들에게 책을 팔기로 한 건 정말 잘한 결정이었다고 다시 한 번 생각했다. 마침내 살 곳을 찾은 것이었다. 그때 또 다른 이미지가 되살아났다. 오전의 바쁜 작업 때문에 잊고 있었던 이미지였다. 그 모습은 루스가 지팡이에 기대어 다른 사람들에게 등을 돌리고 있어서 머나만 볼 수 있었다. 그 노인이 고통스런 표정으로 주저앉더니 말없이 무릎을 주무르는 것이 아닌가. 오전 내내 그랬다.

"만찬이 준비됐어요." 피터가 말했다.

"굉장해. 엄마가 차린 것 같네. 르 시유야?" 조금 뒤 제인이 그레이비소스를 곁들인 흐물흐물한 완두콩을 한 포크 가득 입으로 가져가며 물었다.

"비앙 쉬르Bien sûr 당연하죠. 무슈 벨리보 가게에서 샀어요." 올리비에가 고개를 끄덕였다.

"세상에." 삐걱거리는 식탁 저쪽에서 클라라가 소리쳤다. "그럼 완두콩 통조림이잖아! 식료품점에서 사 온 거라고? 그러고도 요리사야?"

"르 시유는 완두콩 통조림 중에 최상품이라고요. 계속 그러시면, 저 아줌마, 내년 추수감사절엔 형편없는 브랜드를 맛보게 해 줄 거야. 감사할 줄 알아야지." 올리비에는 일부러 제인에게만 속삭이는 척하며 모두에게 다 들리게 말했다. "더구나 추수감사절인데, 부끄러운 줄 몰라요."

그들은 촛불을 켜고 식사를 했다. 주방 여기저기에서 모양과 크기가 다른 갖가지 양초가 불꽃을 나풀거리며 타고 있었다. 접시마다 칠면조 고기와 속에 넣은 밤, 설탕절임 얌과 감자, 그레이비소스 완두콩이 수북이 쌓여 있었다. 모두가 먹을 걸 가져왔고, 요리를 못하는 벤만 빈손이었다. 대신 그는 포도주를 몇 병 가져왔는데, 그 편이 훨씬 나았다. 이것이 늘 하는 방식이었고, 파트럭pot-luck 여러 사람들이 각자 음식을 조금씩 가져와서 나눠 먹는 식사이 아니면 피터와 클라라는 디너파티를 열 수 있는 형편이 못되었다.

올리비에가 머나에게 몸을 기울였다. "이번에도 멋진 꽃꽂이네."

"고마워. 실은, 그 안에 두 사람한테 줄 걸 감추어 뒀어."

"정말?" 가브리가 자리에서 벌떡 일어났다. 그의 긴 다리가 육중한 몸을 밀고 주방을 가로질러 꽃꽂이로 향했다. 고양이처럼 신중하고 어느 면에서는 까다롭기까지 한 올리비에와 달리 가브리는 세인트버나드 개에 더 가까웠다. 물론 대개 침은 흘리지 않았지만. 그는 복잡한 꽃꽂이 숲을 찬찬히 보다가 소리 질렀다. "내가 항상 원하던 거!" 그가 꺼낸 건 킬바사였다.

"아니야. 소시지는 클라라 거야." 모두들 초조하게 클라라를 바라보았다. 특히 피터가 가장 초조해했다. 올리비에는 마음이 놓인 듯했다. 가브리는 다시 손을 집어넣어 조심조심 두꺼운 책을 꺼냈다.

"『W. H. 오든 시집』." 제목을 읽으며 가브리는 목소리에 실망감이 묻어나지 않게 하려고 노력하고 있었다. 하지만 그리 열심히 노력하지는 않은 모양이었다. "모르는 시인인데."

"아, 가브리, 선물 제대로 받은 거야." 제인이 말했다.

"에잇, 더는 못 참아." 루스가 불쑥 말을 내뱉고 테이블 맞은편 제인에게 몸을 기울였다. "아트 윌리엄스버그에 출품한 자기 작품, 통과야?"

"그래."

그 말이 의자들 아래 스프링을 튕기기라도 한 것 같았다. 모두가 튕겨 지듯 자리에서 일어나 쏜살처럼 제인에게 날아갔고 제인은 자리에서 일 어나 그들의 포옹을 열렬히 맞았다. 그녀는 그 방의 어떤 촛불보다 더 밝게 빛나는 것 같았다. 잠시 뒤로 물러나 그 광경을 지켜보던 클라라는 가슴이 뭉클하고 영혼이 가벼워지는 걸 느꼈다. 그 순간에 동참하게 된 것은 행운이었다.

"위대한 예술가는 작품에 자신이 생각하는 중요한 의미를 담죠." 모 두들 다시 자리에 앉았을 때 클라라가 말했다.

"〈박람회 날〉에 담긴 특별한 뜻은 뭡니까?" 벤이 물었다.

"아니, 가르쳐 주면 부정행위가 될 거 아니야? 자기가 생각해서 알아 내야지. 그건 그림 안에 있어." 제인이 벤을 돌아보고 웃었다. "틀림없 이 찾아낼 거야."

"제목을 왜 〈박람회 날〉이라고 붙이셨어요?" 그가 물었다.

"카운티 박람회를 그렸거든. 폐막 퍼레이드." 제인이 벤에게 의미심 장한 눈길을 보냈다. 그의 어머니이고 제인의 친구이기도 한 티머가 박 람회 날 오후에 세상을 떠났던 것이다. 불과 한 달 전이었던가? 온 마을 사람들이 퍼레이드에 나왔지만 암에 걸린 티머만 혼자 병상에서 죽어 가고 있었다. 아들 벤은 골동품 경매에 참석하느라 오타와에 가 있었다. 클라라와 피터가 그 소식을 그에게 전해 주었다. 피터에게서 어머니가 세상을 떠났다는 말을 들었을 때 그의 얼굴에 나타난 표정을 클라라는 영원히 잊지 못할 것이다. 슬픔이 아니었고 고통은 더욱 아니었다. 도저 히 믿을 수 없다는 표정. 그렇게 느낀 건 그 혼자만이 아니었다.

"악은 특별하지 않고 언제나 인간적이어서, 우리와 함께 자고 우리와 함께 먹는다." 제인이 거의 소곤대듯 말했다. "오든의 시야." 그녀는 그러면서 가브리의 손에 들려 있는 책을 향해 고갯짓을 하고 환한 미소를 지어 갑작스럽고 까닭 모를 긴장을 깨뜨렸다.

"전시가 시작되기 전에 슬쩍 들어가서 〈박람회 날〉을 한번 볼까 보다." 벤이 말했다.

제인이 깊은 한숨을 토했다. "전시회 베르니사주가 끝나고 자기들을 모두 초대해서 한잔하고 싶어. 거실에서." 그녀가 '벌거벗고'라고 말했더라도 그들이 그렇게 놀랐을까. "자기들을 위해 깜짝쇼를 준비했어."

"오, 이런 일이!" 루스가 말했다.

칠면조와 호박 파이, 포트와인과 에스프레소로 위장을 가득 채운 손님들이 지친 몸으로 집으로 돌아갔다. 손전등 불빛들이 커다란 반딧불처럼 까딱까딱 움직였다. 제인도 피터와 클라라에게 작별 키스를 했다. 친구들과 함께한 소박하고도 정겨운 추수감사절맞이 파티가 끝났다. 클라라는 제인이 그들의 두 집을 이어 주는 구불구불한 숲길로 걸어가는 것을 지켜보았다. 제인이 시야에서 사라지고도 한참 동안 손전등 불빛이 보였다. 디오게네스의 등불같이 밝고 하얀 빛. 제인의 개 루시가 열렬히 짖는 소리를 들은 뒤에야 클라라는 가만히 문을 닫았다. 제인이 집에 당도한 것이다. 무사히.

2

아르망 가마슈는 추수감사절 주간의 일요일에 호출을 받았다. 이제 막 몬트리올의 아파트를 나서려는 참이었다. 아내 렌 마리는 이미 차 안에 있었다. 갑자기 화장실을 쓸 일만 없었다면 한창 조카네 딸의 세례식장으로 가고 있을 터였다.

"위, 알로Oui, àllô 여보세요?"

"무슈 란스펙퇴르Monsieur l'Inspecteur 경감님?" 전화 저쪽에서 젊은 목소리가 말했다. "니콜 형사입니다. 경정님께서 저더러 경감님께 연락을 취하라고 하셔서요. 사람이 죽었습니다." 그런 말을 들으면 여전히 가슴이 뛰었다. "어딘가?" 손은 벌써 메모장과 볼펜을 찾고 있었다. 그의 아파트에는 필기도구가 모든 전화 곁에 비치되어 있었다.

"이스턴 타운십스 지역의 마을, 스리 파인스입니다. 십오 분 안에 경감님을 모시러 가겠습니다."

"당신이 죽인 거 아냐?" 렌 마리가 물었다. 아르망이 낯선 교회에서 딱딱한 장의자에 두 시간 동안 앉아 있어야 하는 예식에 참석하지 못하겠다고 하자 아내가 남편에게 하는 대꾸였다.

"내가 했는지 알아봐야지. 같이 갈래?"

"간다고 하면 어떻게 할 건데?"

"나야 환영이지." 그건 진심이었다. 이제까지 서른두 해를 같이 살아왔지만 아직도 렌 마리에게 싫증이 나지 않았다. 살인 사건 수사에 동행

한다면 그녀는 상황에 맞게 행동하겠지. 그녀는 항상 무얼 어떻게 해야 할지 아는 것 같아. 감상에 빠지지도, 허둥대지도 않을 거야. 가마슈는 그만큼 그녀를 신뢰했다.

그리고 이번에도 아내는 적절하게 행동했다. 그의 초대를 거절한 것이다.

"또 취해서 못 왔다고 할게." 자신이 오지 않아서 가족이 실망하지 않겠느냐는 질문에 그녀가 대답했다.

"지난번에 내가 가족 모임에 못 갔을 때는 알코올중독자 치료소에 갔다고 하지 않았어?"

"그건 통하지 않던걸."

"거 안됐군."

"나는 남편을 위한 순교자라니까." 렌 마리가 운전석으로 들어가며 말했다. "조심해, 여보."

"알았어, 몽 케르mon coeur 여보." 그는 2층짜리 자기 아파트의 서재로 돌아가 한쪽 벽에 붙여 둔 대형 퀘벡 지도에서 위치를 찾아보았다. 그의 손가락이 몬트리올에서 남쪽으로 움직여 이스턴 타운십스 지역에 이르러 미국과의 국경 근처에서 머뭇거렸다.

"스리 파인스…… 스리 파인스." 그는 웅얼거리며 그곳을 계속 찾았다. "이름이 따로 있는 거 아냐?" 그렇게 자문한 것도 무리는 아니었다. 그 상세한 지도에서 마을을 찾지 못한 것은 처음이었다. "혹시 트루와 팡Trios Pins 소나무 세 그루인가?" 아니었다. 지도에는 그런 이름도 없었다. 걱정할 필요는 없었다. 그 마을을 찾는 건 니콜의 일이니까. 그는 넓은 아파트를 거닐었다. 부부는 아이들이 태어났을 때 몬트리올의 우트레몽

지구에 있는 그 아파트를 샀고, 오래전 장성한 아이들이 따로 나가서 저희 자식들을 본 뒤로도 그 집은 휑하게 느껴지지 않았다. 렌 마리와 함께 살기에 적당했다. 피아노와 책이 가득한 선반들 위에는 사진들이 놓여 있었다. 인생을 잘 살아왔다는 증거. 렌 마리가 그의 표창장을 걸어 놓자고 했지만, 그는 정중히 거절했다. 서재에서 어쩌다 액자에 넣은 표창장과 마주칠 때마다 경찰청의 공식 행사가 아닌 죽은 사람들과 그들 뒤에 남은 사람들이 생각났다. 안 될 일이었다. 그의 집 벽들에는 그들이 있을 자리가 없었다. 더구나 아르노 사건 이후로는 표창장이 완전히 끊겼다. 하지만 그에게는 가족이 곧 표창장이었다.

이베트 니콜은 지갑을 찾으려고 부산하게 집 안을 헤집고 다녔다.
"오, 제발, 아빠, 아빤 분명히 보셨잖아요?" 그녀는 애원하며 벽시계를 쳐다보았다. 바늘이 무자비하게 돌아가고 있었다.
아버지는 그 자리에 얼어붙는 느낌이었다. 물론, 그는 딸의 지갑을 보았다. 그날 그녀가 보지 않을 때 그 지갑을 꺼내어 20달러를 슬쩍 넣었던 것이다. 그것은 부녀간의 작은 게임이었다. 그는 딸에게 가욋돈을 주었고 딸은 모른 척했다. 이따금 그가 맥주 공장에서 야근이 끝나고 퇴근하면 그의 이름이 적힌 에클레르가늘고 긴 슈크림에 초콜릿을 뿌린 것가 냉장고에 들어 있긴 했다. 거의 아이들 같은 필체로 또박또박 쓴 글씨는 분명 그녀가 쓴 것이었다.
몇 분 전 돈을 찔러주려고 지갑을 가져갔지만, 딸이 사망 사건을 보고 하라는 전화를 받는 걸 옆에서 듣고는 그는 이번엔 꿈에도 생각지 않았던 행동을 했다. 경찰청 신분증이 든 지갑을 숨겨 버린 것이다. 그녀가 몇 년이나 열심히 노력해서 따낸 신분증이 아니던가. 그가 지켜보고 있는데, 딸은 이제 소파에서 방석을 마루로 내던지고 있었다. 그는 딸이 신분증을 찾기 위해서라면 집이라도 뜯어내리라는 것을 깨달았다.

"도와줘요, 아빠. 꼭 찾아야 한단 말이에요." 그녀가 그를 향해 돌아섰다. 커다란 두 눈이 간절히 애원하고 있었다. 왜 아빠는 아무것도 안 하고 방 한가운데 서 계세요? 이번 일은 그녀에게 다시없는 기회였다. 그들이 여러 해 동안 함께 이야기하던 바로 그 순간. 언젠가는 경찰청에 들어가리라는 꿈을 그들은 몇 번이나 함께 이야기했던가? 마침내 경찰청에 들어갔고 이제 정말 열심히 일한 덕에, 그리고 그녀의 솔직한 심정으로 말하자면, 수사관으로서 자신의 타고난 재능 덕에, 그녀는 이제 살인수사반에서 가마슈와 함께 일할 기회를 얻게 되었다. 그에 대해서는 그녀의 아버지도 훤히 알고 있었다. 신문지상에서 그의 활약상을 계속 읽어 온 터였다.

"너희 삼촌 사울 말이야. 경찰에 투신할 기회가 있었지만 실패하고 말았지." 아버지는 고개를 가로저으며 말했었다. "애석한 일이었지. 실패자가 어떻게 되는지는 너도 알지?"

"목숨을 잃죠." 이베트는 그 질문의 답을 알고 있었다. 그녀는 가족사에 얽힌 그 이야기를 말귀를 알아듣기 시작한 때부터 들어 왔다.

"사울 삼촌, 너희 할아버지, 할머니. 모두. 이제 집안에서는 네가 희망이다, 이베트. 우린 널 믿는다."

사실 그녀는 경찰청에 들어감으로써 모든 기대를 뛰어넘었다. 체코슬로바키아에서 당국의 희생자였던 그녀의 가족은 한 세대 만에 법을 집행하는 사람들로 바뀌었다. 총의 한쪽 끝에서 반대쪽 끝으로 이동한 것이다.

그녀는 그게 좋았다.

하지만 이제 그 모든 꿈의 실현과, 못난 사울 삼촌 같은, 좌절 사이에 유일하게 존재하는 것은 그녀의 사라진 지갑과 신분증뿐이었다. 시계는 계속 째깍거리며 돌아갔다. 경감에게 15분 내에 그의 집에 가겠다고 말하지 않았던가. 그게 5분 전이었다. 이제 10분 안에 도심을 가로질러야 하고 도중에 커피도 사야 했다.

"도와주세요." 거실 바닥에 핸드백을 거꾸로 들고 털며 그녀가 애원했다.

"여기 있어." 언니 안젤리나가 주방에서 나오면서 지갑과 신분증을 들고 있었다. 니콜은 안젤리나를 덮치다시피 했고, 그녀에게 키스를 하고는 부리나케 코트를 걸쳤다.

아리 니콜레프는 막내딸의 사랑스러운 얼굴을 바라보고 그녀의 얼굴을 세세히 기억하려 노력하며 자신의 뱃속에 둥지를 틀고 앉아 있는 끔찍한 공포에 항복하지 않으려고 애썼다. 어떻게 해서 그 터무니없는 이야기가 그녀의 뇌리에 박히게 되었던가? 그는 체코슬로바키아에서 가족을 잃은 적이 없었다. 분위기에 휩쓸려 영웅적으로 들리게 하려고 이야기를 지어낸 것이었다. 새로 정착한 나라에서 주목을 받아 보려고. 하지만 그의 딸은 그 이야기를 믿었다. 못난 삼촌 사울과 학살당한 가족이 있었다고 믿었다. 이제 돌아가기에는 너무 멀리 와 버렸다. 그는 딸에게 진실을 말할 수 없었다.

그녀는 아빠 품에 뛰어들어 까칠하게 수염이 자란 뺨에 입을 맞추었다. 그는 딸을 잠시라고 하기엔 지나치게 오래 붙들었고, 그녀는 동작을 멈추고 그의 지치고 긴장한 눈을 들여다보았다.

"걱정 마세요, 아빠. 실망시키지 않을게요." 그 말을 하고 그녀는 뛰쳐나갔다.

그는 그녀의 검은 머리 한 줌이 귓가에 삐져나와 늘어져 있는 모습만 간신히 볼 수 있었다.

이베트 니콜은 전화를 끊은 지 15분 만에 초인종을 눌렀다. 현관 입구 계단에 어색하게 서서 그녀는 주위를 둘러보았다. 그곳은 참 매력적인 동네였다. 가게와 식당이 즐비한 베르나르 가도 조금만 걸으면 갈 수 있었다. 우트레몽은 녹지가 많은 동네로, 프랑스계 퀘벡의 엘리트 지식인들과 정치인들이 살았다. 그녀는 본부에서 경감이 바쁘게 복도를 걸어가는 모습을 본 적이 있었다. 늘 한 무리씩 뒤에 달고 다녔다. 그는 존경받는 고참이었고, 그와 함께 일하는 운 좋은 사람들에게 멘토 역할을 한다는 평판을 들었다. 그러고 보면 자신도 운이 좋은 편이라고 생각했다.

이제 막 머리에 트위드 모자를 쓴 그가 지체 없이 문을 열고는 그녀에게 따뜻한 미소를 지었다. 그가 손을 내밀자 그녀는 조금 망설이다가 그 손을 맞잡고 흔들었다.

"가마슈 경감이네."

"뵙게 돼서 영광입니다."

이베트 니콜이 경찰 표시가 없는 차의 조수석 문을 열자, 종이컵에 든 진한 팀 호튼 커피의 익숙한 향이 경감의 코를 자극했다. 다른 냄새도 났다. 브리오슈 빵이었다. 이 젊은 형사는 가마슈 경감의 기호에 대해 예습을 해 온 것이다. 가마슈 경감은 살인 사건을 수사하는 중에만 패스트푸드 커피를 마셨다. 그것은 그의 마음속에서 합동 수사, 늦은 밤, 춥고 눅눅한 대기 속의 잠복 등과 워낙 단단히 결부되어 있어서 프랜차이즈 커피와 젖은 종이컵 냄새를 맡을 때면 매번 가슴이 뛰었다.

"현장에서 올라온 일차 보고서를 받았습니다. 저기 서류철에 출력해 온 보고서가 있어요." 니콜이 뒷좌석을 향해 손을 흔들었다. 차는 샹플랭 다리를 건너 시골 지역으로 들어가는 고속도로로 진입하기 위해 생드니 로를 통과하는 중이었다.

이후로는 두 사람 모두 말이 없었다. 그는 별 정보가 없는 보고서를 읽고, 커피를 마시고, 빵을 먹고, 창밖의 풍경을 바라보았다. 한동안 이어지던 몬트리올 주변의 평야가 완만한 기복을 이룬 구릉지로, 다음에는 화려한 단풍에 뒤덮인 산지로 변해 갔다.

이스턴 타운십스 고속도로에서 벗어난 지 20분 쯤 뒤 그들은 마맛자국처럼 얽은 작은 표지판을 지났다. 지금 달리고 있는 2급 도로에서 스리 파인스가 2킬로미터 떨어져 있음을 알려 주는 표지판이었다. 울퉁불퉁한 비포장도로를 덜컹거리며 1, 2분 달린 뒤 그들은 불가피한 모순을 만났다. 오래된 석조 제재소가 연못 곁에 앉았고, 오전 중간 참의 태양이 제재소 벽을 이루는 자연석에 온기를 불어넣고 있었다. 그 주위에 단풍나무, 자작나무, 산벚나무들이 서 있는데, 위태롭게 달린 이파리는 마치 그들을 환영하며 흔드는 수천의 행복한 손 같았다. 그리고 경찰차들. 에덴동산의 뱀들. 어쨌든 경찰은 뱀이 아니라는 것을 가마슈는 알고 있었다. 뱀은 이미 여기 있어.

가마슈는 걱정스러운 표정으로 모여 있는 사람들 쪽으로 곧장 걸어갔다. 다가가며 보니 길이 아래로 기울어 그림같이 아름다운 마을 안으로 부드럽게 감겨들어 갔다. 점점 불어나는 사람들은 언덕 마루에 서 있었는데, 일부는 밝은 노란색 재킷을 입은 경관들이 움직이고 있는 숲 속을 들여다보았지만 대다수는 그를 바라보았다. 가마슈는 이제까지 그런 사람들의 표정을 수도 없이 많이 보았다. 절대로 듣고 싶지 않은 소식을 간절히 원하는 사람들.

"그게 누구죠? 무슨 일인지 말씀해 주세요." 눈에 띄게 훤칠한 남자가 다른 사람들을 대신해 물었다.

"죄송하지만, 나는 아직 보지도 못했습니다. 되도록 빨리 말씀드리겠습니다."

사내는 그 대답에 만족하지 못한 표정이었지만 고개를 끄덕였다. 아르망 가마슈는 손목시계를 보았다. 추수감사절 주간 일요일 오전 11시. 그는 사람들을 뒤로하고 그들이 바라보고 있는 곳으로 걸어갔다. 부산한 활동이 벌어지고 있는 숲 속에서 유일하게 정체된 자리를 찾아가려는 것이다.

시체 주위에 원형으로 노란색 비닐테이프가 둘러쳐져 있고 그 원 안에서 수사관들이 이상한 종교 의식이라도 치르는 듯 연방 고개를 조아리며 작업을 하고 있었다. 수사관 대다수는 오랫동안 가마슈와 일해 온 사람들이었지만, 그는 늘 훈련생 자리 하나는 비워 놓았다.

"장 기 보부아르 경위, 이쪽은 이베트 니콜 형사."

보부아르가 편하게 고개를 끄덕했다. "어서 오게."

서른다섯인 장 기 보부아르는 가마슈의 휘하에서 10년 넘게 부관 노릇을 하고 있었다. 하의는 코듀로이 바지, 상의는 가죽 재킷 아래 울 스웨터를 입은 옷차림이었다. 목에서는 아무렇게나 둘둘 감은 듯한 목도리가 경쾌하게 펄럭였다. 그 태연자약한 모습이 그의 탄탄한 몸과 잘 어울렸지만 자세에는 밧줄처럼 팽팽한 긴장감이 배어 있었다. 장 기 보부아르는 느슨하게 싸여 있으나 단단히 감겨 있는 사내였다.

"감사합니다, 경위님." 니콜은 살인 사건 현장에서 자기도 이 사람들만큼 편안할 수 있을까 싶었다.

"가마슈 경감님, 이쪽은 로베르 르미외입니다." 보부아르가 경찰 통제선 바로 밖에 공손히 서 있는 젊은 경관을 소개했다. "르미외 경관은 코완스빌 경찰서의 담당관입니다. 전화를 받고 즉시 출동해서 현장 보존 조치를 취한 뒤 우리에게 연락했답니다."

"잘했네." 가마슈가 악수를 했다.

"도착했을 때 특이한 건 없었나?"

르미외는 그 질문에 어리둥절한 표정이었다. 기껏해야 현장에서 쫓겨나지 않고 돌아다니며 구경해도 좋다는 말이나 들으면 다행이라고 생각했던 탓이었다. 가마슈를 직접 만나는 것은 물론 실제로 질문까지 받을 줄은 꿈에도 몰랐던 것이다.

"비앙 쉬르Bien sûr 물론 있었죠, 저 사람을 저기에서 보았습니다. 옷과 창백한 얼굴색을 보고 앙글레영국계라고 판단했습니다. 영국계는 비위가 약하다는 걸 아니까요." 르미외는 자신의 통찰을 경감에게 전할 수 있어 기뻤다. 실은 이제 막 생각해 낸 것이었다. 그는 앙글레가 케베쿠아퀘벡 사람보다 쉽게 창백해지는지 어떤지 알지 못했지만, 그럴듯한 생각 같았다. 그리고 경험상 영국계는 패션 감각이 없으니 격자무늬 플란넬 셔츠를 입은 이 사내는 프랑스계일 리 만무했다. "저 사람 이름은 벤자민 해들리입니다."

가마슈의 눈에 통제선 원 저편에 단풍나무를 등지고 엉거주춤 앉아 있는 중년 사내가 보였다. 키가 크고 홀쭉한 사내는 몹시 기분이 안 좋아 보였다. 보부아르도 가마슈의 시선이 향한 쪽을 보았다.

"시신을 발견한 사람입니다." 보부아르가 말했다.

"해들리? 해들리 제재회사의 그 해들리?"

보부아르가 씩 웃었다. 경감이 어떻게 그걸 알았는지 짐작할 수 없었지만 맞는 말이었다. "그 해들리 맞습니다. 그를 아십니까?"

"아니. 아직." 보부아르는 자기 대장을 향해 눈썹을 추켜올렸다 내리고는 기다렸다. 가마슈가 설명했다. "제재소 지붕에서 희미한 글자들을 보았네."

"해들리 제재소라고요?"

"좋은 추리야, 보부아르."

"대충 넘겨짚은 건데요, 뭘."

니콜은 자신을 한 대 걷어차 주고 싶었다. 가마슈가 가는 곳에는 자기도 다 갔는데 그는 알아챈 것을 나는 몰랐다니. 그는 또 어떤 것을 보았을까? 나는 어떤 것을 보지 못했지? 에잇. 그녀는 같잖아 하는 눈으로 르미외를 쳐다보았다. 그가 경감에게 알랑대고 있는 것 같았다.

"메르시Merci 고맙네, 르미외 경관." 경감이 몹시 힘들어하는 '앙글레'를 지켜보느라 등을 돌린 사이 그녀가 손을 내밀며 말했다. 르미외는 그녀가 바라는 대로 그 손을 잡았다. "오르부아Au revoir 잘 가요." 르미외는 어떻게 해야 할지 몰라 그녀와 경감의 넓은 등을 번갈아 보다가 어깨를 들썩하고는 가 버렸다.

아르망 가마슈는 산 자들에게서 죽은 자에게 관심을 돌렸다. 몇 걸음

걸어가서 자신들을 그곳에 불러온 시신 곁에 무릎을 꿇었다.

머리카락 몇 가닥이 제인 닐의 감기지 않은 눈을 찌르고 있었다. 가마슈는 머리카락을 빗겨 주고 싶었다. 그것이 상상에서 비롯한 엉뚱한 생각이라는 건 그도 알고 있었다. 하지만 그는 엉뚱한 사람이었다. 이런 장소에서는 허용 범위 내에서 이런 행동을 자신에게 허락하곤 했다. 반면, 보부아르는 이성 그 자체였고 그들이 가공할 팀이 된 것도 그런 면 덕분이었다.

가마슈는 말없이 제인 닐을 내려다보았다. 니콜은 그가 지금 어디에 있는지 잊은 게 아닌가 하여 헛기침을 했다. 하지만 그는 반응이 없었다. 자세를 바꾸지 않았다. 그와 제인은 시간 속에 얼어붙은 채, 한 사람은 위에서 한 사람은 아래에서 서로를 빤히 바라보고 있었다. 그러다가 그의 눈길이 그녀의 몸을 따라 움직였다. 낡아 빠진 낙타털 카디건으로, 밝은 청색 터틀넥 스웨터로. 장신구는 하나도 없었다. 강도라도 당했나? 그건 보부아르에게 물어봐야겠지. 그녀의 트위드 치마는 주인이 쓰러지는 경우 응당 있어야 할 자리에 있었다. 최소한 한 군데 이상 천을 대고 기운 타이츠는 기운 데 말고는 멀쩡했다. 강도는 몰라도 폭행은 당하지 않은 것이다. 물론, 죽임은 당했지만.

그의 깊은 갈색 눈이 그녀의 적갈색 점이 있는 갈색 손에 머물렀다. 정원에서 장시간 일한 탓에 햇볕에 타고 거칠어진 손. 손가락에는 반지가 없었고 반지를 낀 흔적도 없었다. 그는 갓 죽은 사람의 손을 볼 때면 언제나 아픔을 느꼈다. 그 손이 잡았을 온갖 사물과 사람들이 상상되는 것이다. 음식, 얼굴들, 문손잡이들. 기쁨이나 슬픔을 표하기 위해 취했을 온갖 손짓. 그리고 마지막 손짓은 틀림없이 자신을 죽인 그 타격을 막기 위한 것이었으리라. 가장 가슴을 아프게 하는 건 자기 눈을 가리는 흰머리를 무심결에 쓸어 내 본 적이 없을 젊은이들의 손이었다.

그는 보부아르의 부축을 받아 몸을 일으키며 물었다.

"강도를 당했나?"

"그렇지 않은 것 같습니다. 해들리 씨 말로는 그녀는 장신구를 한 적이 없고 핸드백을 가지고 다니는 일도 드물었다고 합니다. 그녀의 집에 가면 있을 거라더군요."

"그 집 열쇠는?"

"없습니다. 열쇠가 없어요. 하지만 역시 해들리 씨의 말인데, 여기 사람들은 문을 잠그지 않는답니다."

"이제 잠그겠군." 가마슈는 시신 위로 몸을 굽혀 그 작은 상처를 살펴보았다. 너무 작아서 거기를 통해 온전한 한 인간의 생명이 빠져나갔을 것 같지 않았다. 상처는 대략 새끼손가락 끝마디 크기였다.

"무슨 상처 같나?"

"지금은 사냥철이니까 아마 총알이었겠죠. 이제까지 제가 본 그 어느 총상과도 다르지만 말입니다."

"실은, 지금은 활 사냥철이죠. 총 사냥은 이 주 후에나 시작돼요." 니콜의 말이었다.

두 남자는 그녀를 돌아보았다. 가마슈는 고개를 끄덕였고, 세 사람은 다시 상처를 주시했다. 마치 주의를 집중해서 보면 상처가 말이라도 할 듯이.

"그럼 화살은 어디 있지?" 보부아르가 물었다.

"뚫고 나온 상처가 있나?"

"모릅니다." 보부아르가 대답했다. "아직 검시관에게 시체를 움직이지 못하게 했으니까요."

"그녀를 이리 부르게." 가마슈의 말이 아니더라도 보부아르는 한 젊은 여성을 향해 손을 흔들고 있었다. 청바지에 코트를 걸치고 진료 가방을 들고 있었다.

"무슈 랑스펙퇴르." 닥터 샤론 해리스가 목례를 하고 무릎을 꿇었다. "숨진 지는 한 다섯 시간쯤, 어쩌면 그보다 조금 덜 되었을 것 같습니다. 추정 시간일 뿐입니다." 닥터 해리스가 제인을 뒤집었다. 스웨터를 입은 등에 낙엽들이 붙어 있었다. 구역질 소리가 들렸다. 니콜은 벤 해들리를 건너다보았다. 그들에게 돌린 등이 올라갔다 내려갔다 하다가, 결국 토하고 말았다.

"그래요, 뚫고 나온 상처가 있어요."

"고마워요, 닥터. 검시를 부탁해요. 자, 같이 좀 걷지, 보부아르. 자네도, 니콜 형사. 알아낸 것들을 말해 보게."

장 기 보부아르는 오랜 세월 온갖 살인과 상해 사건을 수사하며 가마슈와 함께 일했지만 그 간단한 문장을 들으면 늘 전율을 느꼈다. 그것은 사냥의 개시를 알리는 신호였다. 그는 대장견이었고, 가마슈 경감은 사냥을 하는 주인이었다.

"이름은 제인 닐, 나이는 칠십육 세. 결혼은 한 적이 없습니다. 이 정보를 우리에게 알려 준 해들리 씨는 그녀가 한 달 전에 죽은 자기 어머니와 동갑이라고 합니다."

"묘한 일이군. 이 작은 마을에서 한 달 새에 노인이 두 사람이나 죽다니. 이상해."

"저도 이상하게 생각해서 물어봤습니다. 그의 어머니는 암으로 오랫동안 투병하다 죽었답니다. 일 년 전부터 예견된 죽음이었어요."

"그래서?"

"해들리 씨는 오늘 아침 여덟 시쯤 숲에서 산책을 하고 있었습니다. 평소 하던 대로요. 미스 닐의 시체는 산책길에 가로놓여 있었습니다. 보이지 않을 수가 없었죠."

"그래서 어떻게 했지?"

"곧바로 미스 닐인 것을 알아보았답니다. 무릎을 꿇고 흔들어 보고는 뇌졸중이나 심장발작을 일으킨 게 아닌가 했대요. 막 심폐소생술을 실시하려는데 상처가 눈에 띄더랍니다."

"초점 없는 눈을 빤히 뜨고 있고 몸이 돌처럼 차가운 건 몰랐답니까?" 니콜은 더 강한 확신을 느끼고 있었다.

"니콜 자네라면?"

"당연히 알죠. 누구라도 놓칠 수 없었을 겁니다."

"예외는 없을까?"

가마슈는 지금 그녀 자신의 논리를 반박해 보도록 유도하고 있는 것이다. 그녀는 그러고 싶지 않았다. 그녀는 틀렸다고 생각하고 싶지 않았다. 가마슈는 틀렸다고 생각하는 게 분명했다.

"예외가 있다면…… 제가 충격을 받은 상태라면 그럴 수 있겠죠." 그녀는 희박하나마 그럴 가능성이 있다는 걸 인정해야 했다.

"저 사람을 봐. 시신을 발견한 지 세 시간이 지났지만 아직도 속이 안 좋잖아. 토하기까지 했어. 이 여자가 그 사람에게 중요한 사람이었던 거지." 벤 해들리를 건너다보며 가마슈가 말했다. "꾸민 행동이 아닐 때 이야기지만."

"무슨 말씀이신지?"

"손가락을 목구멍에 집어넣으면 토하는 거야 간단하지. 강한 인상을 심어 주는 한 가지 방법이야." 가마슈는 보부아르에게 시선을 돌렸다. "미스 닐이 죽은 사실을 아는 사람이 또 있나?"

"마을 사람들이 길에 나와 있습니다, 경감님." 니콜이 말했다. 가마슈와 보부아르가 그녀를 쳐다보았다. 또 저질렀군 하고 그녀는 생각했다. 잘 보이려 하고 잃은 점수를 만회하려고 하다가 오히려 반대로 하고 있는 것이다. 자기에게 물은 것도 아닌데 세 살배기도 알 수 있는 정보로 까마득한 상관의 대화를 방해하다니. 가마슈 경감은 그 사람들을 자기 못지않게 많이 보았을 텐데. 제길! 니콜은 등줄기에 한기를 느꼈다. 자신이 똑똑하다는 인상을 심어 주려다가 오히려 자신이 바보라는 증명만 한 것이 아닌가.

"죄송합니다, 경감님."

"보부아르 경위?"

"현장 기밀을 유지하기 위한 조치를 취했습니다." 보부아르는 그러고는 니콜에게 시선을 돌렸다. "외부인은 접근하지 못하게 하고 수사관들한테도 다른 사람들에게 사건에 대해 말하지 못하게 하는 거야."

니콜은 낯이 화끈 달아올랐다. 보부아르가 자기에게 그걸 설명할 필요를 느낀다는 것이 싫었고, 자신에게 그 설명이 필요하다는 것이 더 싫었다.

"하지만……." 보부아르가 어깨를 들썩했다.

"이제 해들리 씨와 이야기를 나누어 봐야겠어." 가마슈는 그렇게 말하며 흐트러짐 없는 걸음걸이로 사내를 향해 걸어갔다.

벤 해들리는 그동안 죽 그들을 지켜보고 있었으니 대장이 왔다는 것을 알고 있을 게 분명했다.

"해들리 씨, 저는 퀘벡 경찰청의 아르망 가마슈 경감입니다."

벤은 그가 프랑스계일 거라고, 더구나 프랑스어 하나밖에 못하는 수사관일 거라고 예상하고 있었기 때문에 몇 분 동안 프랑스어를 연습하며 자신의 행동을 설명할 방법을 생각하고 있었다. 그런데 깔끔하게 다듬은 콧수염과 반달형 안경 너머로 자신을 바라보는 파란 눈, 조끼까지 갖춘 정장 – 설마 버버리 브랜드? – 차림, 희끗희끗하나 단정하게 손질한 머리에 쓴 트위드 모자……. 이렇게 말쑥한 사내가 큰 손을 내밀며 – 그러고 보니 무슨 격식 있는 행사나 되는 것 같았다 – 영국식 영어로 말을 걸고 있었다. 띄엄띄엄 들리긴 했지만 동료들과 나누는 대화는 분명 빠르고 유창한 프랑스어였지 않은가. 하긴 퀘벡에서는 사람들이 2개 국어를 말하는 것이, 그것도 유창하게 말하는 것이 전혀 유별나지 않았다. 하지만 세습 상원의원처럼 말하는 프랑스계 사람을 만나는 건 분명 흔한 일이 아니었다.

"이쪽은 장 기 보부아르 경위와 이베트 니콜 형사입니다." 모두 악수를 나누었으나, 니콜은 좀 꺼림칙했다. 토하고 나서 손으로 입을 훔치지나 않았을까.

"제가 어떻게 도와 드릴까요?"

"좀 걸을까요?" 가마슈가 손가락으로 숲길을 가리켰다. "여기서 조금만 떨어지게요."

"감사합니다." 정말로 고마워하며 벤이 말했다.

"미스 닐의 죽음은 정말로 안됐습니다. 당신은 그분과 가까운 사이였나요?"

"아주요. 실은 여기 학교에서 그분께 배웠어요."

가마슈는 짙은 파란색 눈을 벤의 얼굴에 붙박은 채 아무런 판단이나 혐의를 두지 않고 그의 말을 경청했다. 벤은 몇 시간 만에 처음으로 마음이 놓였다. 가마슈는 아무 말도 하지 않고 그저 벤이 이야기를 계속하기를 기다렸다.

"훌륭한 분이셨어요. 제가 말주변이 없어서 그분을 제대로 설명해드릴 수가 없어 안타까울 뿐입니다." 벤은 다시 솟아나는 눈물이 부끄러워 얼굴을 다른 쪽으로 돌렸다. 주먹을 말아 쥐니 손톱이 손바닥을 찔러 아픈 것이 차라리 편했다. 그것은 이해할 수 있는 아픔이었다. 다른 아픔은 그의 이해력을 넘어선 아픔이었다. 이상하게도 어머니가 돌아가셨을 때보다 훨씬 더 가슴 아팠다. 그는 다시 자신을 추스렸다. "무슨 일이 벌어진 건지 모르겠습니다. 제인 선생님 죽음은 자연사가 아니에요, 그렇죠?"

"맞아요, 해들리 씨. 자연사가 아닙니다."

"누군가 그분을 죽였나요?"

"오늘 아침 일에 대해 말씀해 주세요."

두 사람의 걸음은 점점 느려지더니 급기야 멈춰 섰다.

"선생님이 쓰러져 계신 걸 보고……."

가마슈가 말허리를 잘랐다. "잠에서 깨었을 때부터요." 벤은 한쪽 눈썹을 추켜올렸으나 그대로 따랐다.

"한 일곱 시쯤에 잠을 깼습니다. 항상 해가 뜰 때 일어나거든요. 구태여 커튼을 달지 않으니까 햇빛이 침실에 들어옵니다. 일어나서는 샤워를 하고 좀 쉬었다가 데이지에게 먹이를 주었습니다."

그는 그들의 얼굴을 찬찬히 살폈다. 자기가 쓸데없이 자세하게 이야기하고 있는지 세세한 내용이 너무 부족한지 알아보려는 것이었다. 여형사는 자기처럼 뭐가 뭔지 모르는 것 같았다. 이름이야 벌써 잊었지만, 키 크고 잘생긴 경위는 그의 말을 낱낱이 적고 있었다. 그리고 대장은 흥미를 느끼고 그를 고무하는 듯했다. "그런 다음 우린 산책하러 나가려 했지만 관절염을 앓고 있는 데이지가 오늘 아침에 몹시 아파했습니다. 아, 데이지는 저희 집 개입니다. 어쨌든, 저는 녀석을 집에 두고 혼자 나왔습니다. 그때가 일곱 시 사십오 분이었죠." 벤은 그들이 시간에 관심이 있을 것이라고 생각했다. 옳은 생각이었다. "몇 분 지나지 않아 여기까지 왔어요. 길을 타고 올라오다 학교를 지나 숲에 들어온 겁니다."

"도중에 보이는 사람은 없었습니까?" 보부아르가 물었다.

"아무도 없었습니다. 누군가 저를 보았을 수는 있지만 저는 못 봤어요. 생각에 잠긴 채 땅만 내려다보고 걷는 버릇이 있어서요. 사람들 바로 곁을 지나면서도 모르고 지나칠 때가 많습니다. 친구들은 그걸 아니까 그러더라도 기분 나쁘게 생각하지 않죠. 그렇게 숲길을 걷고 있다가 무엇 때문인지 고개를 들었어요."

"잘 생각해 보세요, 해들리 씨. 평소에 고개를 숙이고 걷는데 무엇 때문에 고개를 들었을까요?"

"이상하죠? 기억이 나지 않습니다. 하지만 불행히도, 말씀드렸듯이, 저는 대개 생각에 잠겨 있어요. 깊거나 중요한 생각은 절대 아닙니다. 생전에 어머니는 이따금 웃으시면서 어떤 사람들은 동시에 두 곳에 존재하려 한다고 말씀하셨죠. 저는 반대로 어디에도 존재하지 않아요."
벤은 웃었지만, 니콜은 속으로 어머니가 그런 말을 하다니 참 한심하다
고 생각했다.

"물론, 어머니 말씀이 옳았어요. 오늘을 보세요. 아름다운 햇빛을요.
저는 멋진 숲에서 걷고 있습니다. 그림같이 아름답지만 저는 아무것도
알아보지 못하고 감상하지 못합니다. 단지, 아마 나중에서야 이렇게 걸
었던 걸 생각하겠죠. 제 마음은 늘 몸보다 한 걸음 뒤쳐져 있는 것 같습
니다."

"고개를 들었다고요, 해들리 씨?" 보부아르가 주의를 환기했다.

"무엇 때문에 고개를 들었는지는 정말 모르겠지만 그러기를 잘했습니
다. 그러지 않았으면 선생님께 걸려서 넘어졌을 거예요. 이상한 일이지
만 선생님이 돌아가셨다는 생각은 전혀 들지 않더군요. 오히려 방해가
될까 봐 망설였어요. 발소리를 좀 죽이고 선생님을 불렀습니다. 저는 그
제야 아무런 움직임도 없다는 걸 알아차렸고, 가슴이 쿵쿵 방망이질을
했습니다. 그래도 여전히 뇌졸중이나 심장발작을 일으키신 거라고만 생
각했죠." 그는 지금도 믿기지 않은 듯 고개를 절레절레 흔들었다.

"그 상처를 만졌나요?" 보부아르가 물었다.

"그랬을지도 모르죠. 지금은 벌떡 일어나서 손을 바지에 문지른 기억
밖에 없어요. 더럭 겁이 나서 마치, 마치, 그래요, 마치 발작을 일으킨
아이처럼 빙빙 원을 그리며 달렸어요. 멍청이! 어쨌든, 마침내 정신을
수습해서 휴대전화로 911에 전화를 한 겁니다."

"궁금한 게 있는데요," 가마슈가 말했다. "숲에 산책하러 나오면서 왜
휴대전화를 가지고 나오셨지요?"

"이 숲은 저희 집안 소유지만 해마다 가을이면 사냥꾼들이 침입해요. 저는 용감한 사람이 못 되는 것 같긴 하지만, 죽이는 짓은 봐줄 수가 없습니다. 무얼 죽이든요. 제 집에서는 거미들도 이름이 있어요. 아침에 산책하러 나올 때면 꼭 휴대전화를 가지고 나옵니다. 술 취한 사냥꾼의 총에 맞기라도 하면 도움을 청해야 하고, 누군가를 발견하면 천연자원부에 전화해서 산림감시원을 불러야 하니까요."

"그럼 거기 전화번호가 어떻게 되죠?" 가마슈가 쾌활하게 물었다.

"모릅니다. 그건 단축번호에 지정해 놓았어요. 저는 흥분하면 손이 떨려서 미리 프로그램에 입력해 놓았습니다." 벤은 처음으로 걱정스러운 기색을 보였고, 가마슈 경감은 그의 팔을 잡고 숲길을 따라 조금 더 걸었다.

"이런 질문을 해서 죄송합니다. 당신은 중요한 목격자고, 솔직히, 시체를 발견한 사람은 용의자 목록에서도 위쪽에 두게 됩니다."

벤은 즉시 걸음을 멈추고 미심쩍은 듯 경감을 바라보았다.

"용의자라니요? 무슨 말씀을 하시는 거예요?" 벤은 고개를 돌려 그들이 지나온 곳, 제인의 시체가 있는 쪽을 돌아보았다.

"저기에 제인 닐 선생님이 계십니다. 학교에서 은퇴한 뒤 장미를 돌보고 성공회 여성회를 지도하신 분이죠. 이건 사고입니다. 이해를 못 하시는군요. 선생님을 고의로 죽일 사람은 아무도 없어요."

두 사람의 대화를 지켜보던 니콜은 이제 모종의 만족감을 느끼며 가마슈 경감이 이 멍청한 사내의 생각을 바로잡아 주기를 기다렸다.

"지당한 말씀입니다, 해들리 씨. 지금까지는 그 가능성이 가장 크다고 생각합니다."

이베트 니콜은 귀가 의심스러웠다. 경감님은 왜 해들리더러 시답잖은 주장은 그만 내세우고 그런 건 우리에게 맡기라고 말해 주지 않는 거지? 따지고 보면, 저 사람은 시체를 함부로 건드리고 마구 돌아다녀서 현장 전체를 어지럽힌 바로 그 바보가 아닌가? 그런 작자가 가마슈같이 존경받는 고참 상관에게 강의를 해?

"여기 몇 시간 계실 때, 현장이나 미스 닐에게서 이상해 보이는 건 없던가요?"

가마슈는 벤이 뻔한 이야기는 하지 않는 모습에 깊은 인상을 받았다. 벤은 잠시 생각하다 입을 열었다.

"맞아, 루시. 선생님의 개요. 제 기억엔 제인 선생님이 산책 때 루시를 데리고 나오지 않은 적이 없거든요. 아침 산책 때는 특히요."

"휴대전화로 누구라도 다른 사람에게 전화하진 않았습니까?"

벤은 전혀 새로운, 기막힌 묘수라도 얻어 들은 듯한 표정이었다.

"아, 이런 바보! 믿을 수가 없네. 피터나 클라라나 누구든 다른 사람에게 전화할 생각을 못 하다니. 선생님을 두고 떠날 수가 없어서 내내 혼자 곁을 지켰지만, 경찰에 알려야 한다는 생각은 했어요. 그런데도 911 말고 다른 사람의 도움을 청할 생각은 전혀 나지 않더라고요. 오, 이럴 수가! 충격을 받아서 그랬던 모양이에요."

아니면 당신이 정말로 바보여서 그랬거나, 하고 니콜은 생각했다. 지금까지 행동으로 봐서는 벤 해들리 당신보다 무능한 사람은 찾기가 어렵겠어.

"피터와 클라라가 누굽니까?" 보부아르가 물었다.

"피터 모로와 클라라 모로, 저하고 가장 친한 친구들이죠. 제인 선생님 이웃에 살아요. 선생님과 클라라는 모녀간 같았어요. 아, 가엾은 클라라. 그들은 알고 있을까요?"

"알아봅시다." 그 말과 함께 가마슈는 느닷없이 빠른 속도로 다시 시체가 있는 쪽으로 걸어갔다. 현장에 돌아온 그는 보부아르에게 말했다.

"경위, 여길 맡게. 무얼 찾아야 할지 알겠지? 니콜, 남아서 경위를 도와주고. 지금 몇 시지?"

"열한 시 반입니다, 경감님." 니콜이 대답했다.

"좋아요. 해들리 씨, 마을에 식당이나 카페가 있습니까?"

"예, 올리비에네 비스트로가 있어요."

가마슈는 다시 보부아르에게 시선을 돌렸다. "반원들을 한 시 반까지 비스트로에 집합시키게. 손님이 많은 점심시간을 피하면 우리가 그 가게를 거의 전용으로 차지할 수 있을 거야. 맞죠, 해들리 씨?"

"실은, 뭐라고 말씀드리기 어려워요. 말이 퍼지면 동네 사람들이 거기 모일지도 모르거든요. 올리비에네 비스트로는 이 마을의 중앙역 같은 곳이니까요. 저녁 식사 때만 열긴 해도 뒷방이 있긴 합니다. 강이 내려다보이는 곳이에요. 아마 경감님 일행에게는 열어 줄 겁니다."

가마슈가 흥미롭다는 듯 벤을 바라보았다. "좋은 생각입니다. 보부아르 경위, 내가 비스트로에 들러서 주인을 만나 보지. 주인이 무슈 올리비에……."

"올리비에 브륄레입니다." 벤이 끼어들었다. "그와 파트너인 가브리엘 뒤보가 거길 운영하죠. 마을에서 유일한 비앤비B&B, Bed&Breakfast 아침 식사를 제공하는 여관도 같이 운영해요."

"내가 이야기해서 따로 점심 먹을 방을 잡아 놓겠네. 저랑 좀 걸으실까요, 해들리 씨? 마을까지요. 아직 거길 가 보지 못했거든요."

"아, 물론입니다." 벤은 하마터면 '그거 좋죠.'라고 말할 뻔했으나 자제했다. 웬일인지 이 경찰관은 예의와 격식을 발산하고 상대방에게도 같은 태도를 이끌어 냈다. 나이는 비슷한 또래일 것이 분명했지만 벤은 자기 할아버지와 함께 있는 것 같은 느낌을 받았다.

"저기 피터 모로가 있네요." 두 사람이 숲에서 나오자 그들 쪽을 돌아보는 사람들 중 한 사람을 벤이 가리켰다. 벤이 가리킨 사람은 걱정스러운 얼굴을 한 키가 큰 사내였는데, 가마슈가 보니 아까 이야기를 나누던 그 사람이었다.

"이제 여러분께 할 수 있는 한 모든 걸 말씀드리겠습니다." 가마슈는 서른 명쯤 되는 마을 사람들에게 말했다. 벤이 피터 모로에게 걸어가 곁에 서는 것이 보였다.

"죽은 부인의 이름은 제인 닐입니다." 가마슈는 이런 경우 충격을 완화하려다가는 역효과만 부른다는 것을 알고 있었다. 몇 사람이 울기 시작했고 몇 사람은 상처라도 가리려는 듯 두 손을 입으로 올렸다. 대다수는 그 소식이 너무 무겁기라도 한 듯 머리를 떨어뜨렸다. 피터 모로는 가마슈를 바라보았다. 이어 벤에게 시선을 옮겼다.

가마슈는 그 모든 것을 파악하고 있었다. 피터 모로의 표정에는 놀라움은 찾아볼 수 없었다. 비통함도 없었다. 조바심은 있었다. 걱정이야 말할 것도 없었다. 하지만 슬픔은?

"어떻게 된 겁니까?" 누군가가 물었다.

"아직은 우리도 모릅니다. 하지만 자연사가 아닌 건 분명합니다."

사람들 사이에서 탄식이 흘러나왔다. 가식 없이 진심에서 우러난 탄식이었다. 피터 모로만 예외였다.

"클라라는 어디 있지?" 벤이 주위를 둘러보았다. 두 사람 가운데 한 사람만 있고 한 사람은 없는 건 흔치 않은 일이었다.

피터가 고갯짓으로 마을 쪽을 가리켰다.

"세인트 토마스 성당."

세 사람이 성당 안에 도착해 보니 클라라는 혼자 있었다. 두 눈을 감은 채 고개를 숙이고 있었다. 피터는 열린 문가에 서서 곧 닥칠 타격에 대비한 듯 구부린 그녀의 등을 바라보았다. 그는 말없이 신자석 장의자들 가운데로 난 짧은 통로로 걸어 들어가며 마치 자신의 몸이 위로 떠올라서 자신의 움직임을 보고 있는 듯한 착각을 느꼈다.

조금 전 경찰이 학교 뒤편 숲에서 무얼 하고 있다는 소식을 전해 준 사람은 신부였다. 그리하여 추수감사절 미사가 진행됨에 따라 신자들의 불안도 점점 커져갔다. 곧 그 작은 성당은 사냥 사고 소문으로 어지러웠다. 여자. 부상? 아니, 죽었다는데. 누군지는 모른대. 저런, 저런. 그리고 클라라는 가슴이 떨려 견딜 수가 없었다. 문이 열릴 때마다, 빛줄기가 쏟아져 들어올 때마다, 그녀는 제인이 늦어서 난감하고 미안한 표정으로 나타나길 빌었다. '늦잠을 잤지 뭐야. 한심하게! 루시가 나가자고 짖어서 깬 거야. 정말 미안해.' 신부는 그 소란은 안중에 없는지 아니면 너무 깊이 생각해서인지 마냥 강론만 늘어놓았다.

1차 세계대전 때 군복을 입은 소년들을 형상화한 스테인드글라스를 통해 쏟아져 들어온 햇빛이 파란색과 짙은 빨강과 노란색으로 소나무 마루와 참나무 장의자들 위에 흩뿌려졌다. 성당에서는 클라라가 아는 여느 작은 교회와 다름없는 냄새가 났다. 가구 왁스 냄새, 소나무 냄새와 먼지투성이 오래된 책들. 합창단이 다음 성가를 부르려고 자리에서 일어날 때 클라라가 피터를 돌아보았다.

"가서 무슨 일인지 좀 알아봐 줄래?"

클라라의 손을 잡은 피터는 얼음같이 차가운 느낌에 깜짝 놀랐다. 그는 두 손 사이에 클라라의 손을 넣고 잠시 비볐다.

"갈게. 별일 없을 거야. 나를 봐." 갈피 없이 요동치는 그녀의 마음을 가라앉히려고 하는 말이었다.

"찬양하라, 내 영혼아, 하늘의 왕을." 합창단이 노래했다.

클라라가 눈을 깜박였다. "정말 별일 없겠지?"

"그럼."

"알렐루야, 알렐루야. 영원하신 왕을 찬양하라."

그것이 한 시간 전 일이었고, 이제 모두 떠나고 교회에는 아무도 없었다. 클레그혼 홀트에서 열리는 추수감사절 미사에 늦은 신부도 떠난 터였다. 클라라는 문이 열리는 소리를 들었고, 사각형의 햇빛이 통로를 따라 점점 커지는 것을 보았고, 그림자가 나타나는 것을 보았다. 일그러져 있어도 금방 알아볼 수 있는 친숙한 형상.

피터는 잠시 머뭇거리다가 천천히 그녀의 자리로 다가갔다.

그때 그녀는 알았다.

3

클라라는 충격을 받고 기진한 몸으로 주방에 앉아 있었다. 당장 제인에게 전화해서 무슨 일이 벌어졌는지 말하고 싶은 마음이 굴뚝같았다. 도저히 믿을 수 없는 일이 벌어졌다. 느닷없이, 무자비하게, 제인이 없는 세상이 되다니. 그 손길도, 그 위안도, 그 인자함도 없는 세상. 클라라는 누군가 자기 몸에서 심장만이 아니라 뇌까지 확 떠내 버린 느낌이었다. 어떻게 심장이 아직 뛰고 있을 수 있지? 마주 잡아 단정히 무릎에 놓은 두 손을 내려다보며 클라라는 자문했다. 제인에게 전화해야 해.

교회에서 나온 뒤 부부가 가마슈의 허락을 받아 데려온 제인의 골든 레트리버 루시가 저는 저대로 상실의 아픔을 끌어안고 있기라도 한 듯 클라라의 발치에서 몸을 곱송그리고 엎드려 있었다.

피터는 차를 만들기 위해 물이 끓기만을 기다리고 있었다. 그러면 이 모든 일들이 지나가리라. 차를 마시며 가벼운 대화를 나누면 시간의 흐름이 뒤바뀌고 그 모든 흉사는 없었던 일이 될지 모른다고 그의 머리와 어린 시절의 체험이 그에게 말했다. 하지만 부정한다고 감출 수 있기에는 클라라와 너무 오래 살았다. 제인은 죽었다. 죽임을 당했다. 이제 클라라를 위로하고 어떻게든 정상을 되찾아야 한다. 하지만 어떻게? 피터는 전장에서 미친 듯이 적당한 붕대를 찾는 군의관처럼 찬장 안을 마구 뒤졌다. 요기 차와 하모니 허브티는 밀어 버렸지만 캐모마일 차가 눈에 띄었을 때는 잠깐 망설였다. 하지만 곧 자신을 질책했다. 아냐. 딴 생각

마. 그는 그것이 거기 있다는 것을 알고 있었다. 그 앵글로들의 아편. 주전자에서 김이 새는 소리가 들리는가 싶은 순간 그 박스도 손에 잡혔다. 이런 횡액에는 얼그레이가 필요하지. 끓는 물을 다관에 부으며 창밖을 내다보다가 뜨거운 물이 튀어 손이 따끔했다. 마을 광장의 벤치에 가마슈 경감이 혼자 앉아 있었다. 경감은 새들에게 모이를 주고 있는 것 같았지만 그럴 리는 없었다. 피터는 다시 차를 끓이는 중요한 작업에 주의를 집중했다.

가마슈는 벤치에 앉아 새들을 보았지만 대개는 마을을 보았다. 그의 눈앞에서 스리 파인스 마을이 완연히 느려지는 듯했다. 삶의 집요함, 그 부산함과 에너지가 한풀 꺾였다. 목소리는 낮아지고 걸음은 느려졌다. 가마슈는 몸을 뒤로 젖히고 자신이 가장 잘하는 일을 했다. 지켜보는 것. 사람들, 그들의 얼굴, 행동을 빨아들이고, 가능하면 그들이 하는 말도 빨아들이려 했으나 사람들이 그가 앉아 있는 잔디 위 나무 벤치에서 너무 멀어 많은 걸 듣지는 못했다. 그래도 누가 누구와 접촉하고 누구와 접촉하지 않는지 알 수 있었다. 누가 포옹하고 누가 악수하는지, 누구의 눈이 충혈되어 있고 누가 평소와 다름없는지도 알 수 있었다.

잔디가 끝나는 맞은편에는 커다란 소나무 세 그루가 서 있었다. 아르망 가마슈와 소나무들 사이에는 연못이 있었다. 스웨터를 입은 아이들이 연못을 빙빙 돌고 있었는데, 개구리를 잡으려는 거라고 그는 짐작했다. 마을 광장은 당연하게 동네 한복판에 자리 잡았고, 커먼스 길과 길가를 따라 서 있는 주택들이 광장을 에워싸고 가마슈의 뒤쪽만 비워 두었는데, 그곳은 상업지구 같았다. 상업지구는 아주 짧았다. 눈길이 미치는 곳 맨 끝에는 '벨리보'라고 적힌 펩시콜라 간판을 단 데파뇌르_{다른 가게}들이 문 닫은 뒤에도 늦게까지 영업하는 식료품점으로 술을 팔 수 있다가 있었다. 그 곁에는 불랑제리_{프랑스식 빵집}와 비스트로와 서점이 있었다. 커먼스에서 도로 네 가닥이 마치 바퀴살처럼, 혹은 나침반의 방향표시선처럼 갈라져 나왔다.

가만히 앉아 마을 돌아가는 모습을 지켜보면서 가마슈는 녹지를 향하고 있는 오래된 집들의 곰삭은 다년생 화초 정원과 나무들을 품은 마을의 아름다움에 적이 감동을 받았다. 모든 것이 계획되지 않아 너무나 자연스럽게 보이는 것도 마음에 들었다. 그리고 이 작은 공동체에 드리운 비통한 분위기도 기품과 슬픔과 익숙함에 다소 엷어졌다. 이곳은 오래된 마을이고, 슬픔을 겪지 않고서는 나이를 먹을 수는 없는 법이다. 상실도 그렇고.

"내일 비가 올 거라더군요." 가마슈가 고개를 들어보니 벤이 늙은 개의 목줄을 잡고 서 있었다. 너무 늙어 개에게서 썩은 냄새가 나는 것 같았다.

"예보가 맞나요?" 가마슈가 옆자리를 가리키자 벤이 거기 앉았고, 데이지는 기다렸다는 듯 그의 발치에 넙죽 엎드렸다.

"아침부터 온답니다. 더 추워지고."

두 사람은 잠시 말없이 앉아 있었다.

"저기가 제인 선생님 댁입니다." 벤이 저만큼 왼편의 아담한 돌집을 가리켰다. "그 옆의 저 집이 피터와 클라라의 집이고요." 가마슈가 시선을 옮겼다. 그들의 집이 제인의 집보다 조금 더 컸고, 제인의 집은 자연석으로 지은 데 반해 그들의 집은 왕당파 양식으로 지은 붉은 벽돌집이었다. 집 정면을 따라 소박하게 나무 베란다를 냈고 베란다에는 고리버들 흔들의자 둘이 놓여 있었다. 현관문 옆으로는 창을 내었고 위층에는 따뜻하고 짙은 청색을 칠한 덧문을 댄 창 둘이 더 있었다. 앞뜰의 예쁜 정원에는 장미와 다년생 화초와 과일나무들이 있었다. 아마 야생 사과일 거라고 가마슈는 생각했다. 대부분 단풍나무인 나무 무리가 제인 닐과 모로 부부의 집을 갈라놓고 있었다. 지금 그들은 그 나무들이 갈라놓은 것보다 훨씬 멀리 갈라져 있지만.

"제 집은 저깁니다." 벤이 고갯짓으로 가리킨 곳에는 아래에는 베란다를 내고 위에는 지붕창 셋을 낸 고색창연한 흰색 미늘벽판자 집이 있었다. "저 위에 저것도 제 집일 겁니다." 벤이 애매하게 하늘 쪽으로 손을 저었다. 가마슈는 벤이 비유적으로, 심지어는 기상학적으로 말하고 있을지 모른다고 생각했다. 하지만 이내 그의 시선이 뭉게구름에서 뚝 떨어져 마을 뒤편 언덕 사면에 자리한 집의 지붕에 머물렀다.

"대대로 우리 집안 소유였어요. 돌아가시기 전 어머니가 사셨던 집입니다."

가마슈는 눈이 휘둥그레졌다. 그런 집은 전에도 여러 번 본 적이 있었다. 케임브리지의 크라이스트 대학에 다닐 때 빅토리아 왕조 빌딩이라고들 부르던 그런 주택이었다. 딱 맞는 이름이라고 그는 늘 생각했다. 퀘벡, 특히 몬트리올에도 그런 건물들이 있었는데, 철도, 술, 대금업으로 돈을 번 스코틀랜드계 벼락부자들이 지은 것이었다. 그런 건물들은 기껏해야 자만심이 깃든 단기 계약으로 유지될 뿐이었다. 그중 많은 건물들이 이미 오래전에 해체되거나 맥길 대학_{에볼라 바이러스 연구로 유명}에 기증되었기 때문이다. 맥길 대학은 에볼라 바이러스가 필요하듯 그 빅토리아 시대의 거대하고 흉물스런 건물이 필요했다. 벤은 애정이 뚝뚝 듣는 표정으로 그 집을 바라보고 있었다.

"저 큰 집으로 이사하실 겁니까?"

"그럼요. 하지만 그전에 작업을 좀 해야 해요. 몇 군데는 공포 영화에서 금방 나온 것 같거든요. 섬뜩하죠."

벤은 클라라에게 어린 시절 피터하고 그 집 지하실에서 전쟁놀이를 하다가 뱀의 소굴을 발견했다고 이야기했던 기억이 났다. 뱀 이야기에 그렇게 새파랗게 질린 사람은 그때 처음 보았다.

"이 마을 이름은 저 나무들에서 유래한 겁니까?" 가마슈가 광장의 커다란 소나무들을 가리켰다.

"그 이야기, 모르세요? 물론, 저 소나무들은 원래 있던 게 아닙니다. 저 나무들은 겨우 육십 년밖에 되지 않았어요. 어머니 말씀으로는 당신이 어렸을 때 저 나무들을 심는 걸 거드셨다더군요. 하지만 여기에는 이마을이 조성되던 당시부터 소나무가 많이 있었어요. 이백 년도 더 전부터요. 그리고 늘 세 그루가 함께 있었어요. 그러니까 스리 파인스죠."

"그런데 왜지요?" 가마슈가 호기심이 동해 몸을 앞으로 기울였다.

"그건 하나의 암호입니다. 연합제국 왕당파미국독립전쟁 중이나 그 이후에 영국 국왕에 대한 충성을 택해 캐나다에 정착한 사람들를 뜻하죠. 그들은 이 근방 일대에 정착했습니다. 물론, 아베나키지금의 버몬트, 뉴햄프셔, 메인에 거주하던 원주민는 제외하고요."

어떤 의미에서 벤이 1천 년 동안 원주민이 거주한 사실은 간과하고 있다는 걸 가마슈는 알아챘다. "하지만 우리는 미국과의 국경에서 불과 이, 삼 킬로미터밖에 떨어져 있지 않아요. 독립전쟁 시기와 그 이후 왕에 충성하던 사람들이 달아났지만, 그들은 언제 또 위험에 처할지 몰랐습니다. 그래서 암호를 만들었습니다. 소나무 세 그루가 무리 지어 서 있는 건 왕당파를 환영한다는 뜻이죠."

"몽 디유Mon Dieu 맙소사, 세 앵크르와야블르c'est incroyable 대단하군. 아주 고상하고, 아주 단순하군요." 가마슈는 정말로 감명을 받았다. "그런데 왜 이제까지 그 이야기를 못 들었을까요? 퀘벡 역사를 공부한 사람인데도 까맣게 모르고 있었습니다."

"아마 영국계가 그걸 비밀에 부치고 싶어 하겠죠. 우리에게 다시 그게 필요할 경우에 대비해서요." 벤은 그 말을 하면서 낯을 붉혔다. 그 정도 양식은 갖춘 셈이었다. 가마슈는 앉은 자리에서 몸을 돌려 그 키 큰 사내를 바라보았다. 타고난 듯한 구부정한 자세로 앉아 길고 섬세한 손가락으로 그의 곁을 떠날 리 없는 개의 줄을 느슨하게 잡고 있었다.

"정말 그렇게 생각하십니까?"

"아시겠지만, 저번 퀘벡 주 독립 주민투표는 정말 아슬아슬했어요. 찬반 운동은 더러 지저분했고요. 자기 나라에서 소수자로 산다는 게 항상 유쾌한 건 아니죠." 벤이 말했다.

"그건 이해합니다만, 퀘벡이 캐나다에서 떨어져 나온다 해도 당신이 위협을 느낄 건 전혀 없잖습니까? 아시다시피, 당신의 권리는 보호될 테니까요."

"그럴까요? 내가 쓰는 언어로 된 간판을 달 권리가 있나요? 아니면 영어만 쓰면서 일을 할 수 있나요? 아니죠. 언어 경찰이 나를 가만두지 않을 겁니다. 퀘벡 프랑스어 보호국 말입니다. 나는 차별받고 있어요. 대법원까지도 용인합니다. 나는 영어로 말하고 싶습니다."

"지금 당신은 영어로 말하고 계시잖아요? 나도 그렇고요. 우리 수사관들도 모두 마찬가집니다. 좋든 싫든, 해들리 씨, 퀘벡에서는 영어를 존중합니다."

"항상 그런 건 아니죠. 모두가 그런 것도 아니고요."

"사실입니다. 경찰도 모두가 존중하는 건 아니죠. 인생이 원래 그런 것 아니겠어요?"

"경찰이 존중받지 못하는 건 경찰의 행위, 퀘벡 경찰이 과거에 저지른 잘못 때문이죠. 우리는 영국계라는 이유만으로 존중받지 못해요. 그건 같지 않아요. 지난 이십 년 사이에 우리 삶이 얼마나 변했는지 아세요? 우리가 잃어버린 온갖 권리는요? 이곳의 드라콘 식 법 때문에 떠난 우리의 이웃과 친구와 가족이 얼마나 많습니까? 어머니는 프랑스어를 겨우 하셨지만 나는 이중 언어 사용자입니다. 우리는 노력하고 있지만, 경감님, 여전히 영국계는 웃음거리예요. 모든 게 영국계 탓이라죠. 테트 카레tête carrée 퀘벡의 프랑스계 사람들이 영국계 사람들을 비하하여 부르는 말. 문자 그대로는 'square head(바보, 멍청이)'를 뜻한다래요. 말도 안 돼." 벤 해들리는 고갯짓으로 바람에 살랑거리는 세 그루의 튼튼한 소나무를 가리켰다. "나는 개인은 믿지만 집단은 안 믿어요."

그것이야말로 영국계와 프랑스계의 근본적인 차이라고 가마슈는 생각했다. 영국계는 개인의 권리를 믿지만 프랑스계는 집단의 권리를 보호해야 한다고 생각한다. 그들의 언어와 문화를 지켜야 한다는 것이다.

그건 익숙하고 더러 격렬한 논쟁거리였지만 그 때문에 사적인 인간관계에 금이 가는 경우는 드물었다. 가마슈는 몇 년 전 「몬트리올 가제트」의 한 칼럼에서 퀘벡이 종이 위에서만이 아니라 실제로도 작동하고 있다고 쓴 것을 읽은 기억이 났다.

"상황은 변해요, 무슈 해들리." 가마슈가 부드럽게 말했다. 함께 앉은 작은 공원벤치에 드리운 긴장이 걷히기를 바란 것이다. 퀘벡에서 프랑스계−영국계 논쟁은 사람들을 극단적으로 분열시키는 힘이다. 가마슈의 견해로는, 그런 건 달리 할 일이 없는 정치인들과 언론인들에게 맡겨 두는 게 최선이었다.

"그럴까요, 경감님? 우리는 정말로 점점 더 문명인이 되고 있나요? 더 관대해지나요? 폭력이 줄어드나요? 상황이 변했다면, 경감님은 여기 올 일이 없었을 거예요."

"미스 닐의 죽음을 말하고 있군요. 살인이라고 생각하십니까?" 가마슈 자신은 줄곧 그 가능성을 생각하고 있었다.

"아, 아닙니다. 하지만 누구든 오늘 아침 그분을 그렇게 만든 사람은 그 비슷한 의도를 갖고 있으리라는 건 알죠. 다른 건 아니더라도 죄 없는 사슴을 죽이려 했던 건 분명해요. 그건 문명인이 할 짓이 아니죠. 아니에요, 경감님, 사람들은 변하지 않아요." 벤은 고개를 푹 숙이고 두 손으로 개 줄을 만지작거렸다. "내가 잘못 생각하고 있는지도 모르죠, 뭐." 그는 가마슈를 보고 천진하게 웃었다.

사냥에 대해서는 가마슈도 벤과 같은 감정이었지만 사람들의 본성이 변하지 않는다는 것에 대해서는 동의할 수 없었다. 하지만, 이런 대화는 그 사람의 성격을 나타나게 하는 것이었고, 그게 그의 일이었다. 사람들로 하여금 자신을 드러내게 하는 것.

보부아르와 헤어진 이후 두 시간 동안 그는 바빴다. 피터 모로, 벤 해들리와 함께 걸어서 교회에 갔고, 피터가 아내에게 소식을 전했다. 가마슈는 뒤에 처져 문가에 선 채 지켜보았다. 그녀의 반응을 알아야 했고 방해하고 싶지 않기도 했다. 그러고는 부부만 남겨 두고 벤 해들리와 함께 도로를 따라 마을로 들어왔다.

그 매혹적인 마을 입구에서 벤 해들리와 헤어져서는 곧장 비스트로로 향했다. 비스트로는 청백색 차양과 보도에 놓여 있는 둥근 나무 테이블들과 의자 때문에 금방 눈에 띄었다. 손님 몇 사람이 커피를 마시고 있었는데, 그가 광장을 따라 걸어가자 모든 시선이 그에게 쏠렸다.

가마슈는 실내가 눈에 익자 비스트로 안은 예상과 달리 큰 방 하나가 아니라 작은 방 두 개로 되어 있다는 것을 알아차렸다. 두 방에 따로 개방형 벽난로가 있었고 화덕에서는 탁탁 경쾌한 소리를 내며 불이 타고 있었다. 의자와 테이블은 이것저것 편안한 골동품들을 모아놓은 것이었다. 몇몇 테이블 옆에는 어느 집안에서인가 대대로 물려 내려와 희미하게 빛이 바랜 흔들의자가 놓여 있었다. 그것들은 마치 거기서 태어난 것처럼 보였다. 그는 이날까지 골동품 사냥을 어지간히 한 터라 좋고 나쁜 건 가릴 줄 알았고, 한쪽 구석에 진열해 놓은 다이아몬드 포인트로 장식한 유리잔과 식기류가 귀한 물건이라는 것도 알았다. 그 방 뒤편 긴 나무 카운터 위에는 금전등록기가 놓여 있었다. 카운터에는 감초 파이프, 꿈틀이, 계피 막대, 젤리곰젤라틴으로 된 과자류 등 추억의 과자가 든 단지와 낱개 포장된 작은 시리얼 상자들도 진열되어 있었다.

가마슈는 이 두 방 저편의 프랑스식 문은 틀림없이 식당으로 통할 거라고 생각했다. 벤 해들리가 추천한 그 방.

"도와 드릴까요, 손님?" 얼굴색이 나쁜 덩치 큰 젊은 여성이 완벽한 프랑스어로 물었다.

"그래요. 이곳 주인을 좀 뵙고 싶어요. 성함이 올리비에 브륄레라고 알고 있는데."

"자리에 앉아 계시면 모시고 오겠습니다. 기다리시는 동안 커피 한 잔 하시겠습니까?"

숲이 쌀쌀해진 터라 벽난로 앞에서 카페오레를 마시면 아주 제격일 성싶었다. 어쩌면 감초 파이프 한두 개 먹는 것도. 브륄레 씨와 커피를 기다리며 그는 이 아늑한 비스트로에서 특이하거나 예상과 다른 점은 없는지 주의 깊게 살폈다. 사실, 뭔가 조금 색달랐다.

"방해해서 미안해요." 그보다 조금 높은 곳에서 걸걸한 목소리가 들렸다. 쳐다보니 흰머리를 짧게 친 나이 든 여인이 옹이투성이 지팡이를 짚고 서 있었다. 얼른 일어나면서 보니 그녀는 생각보다 키가 컸다. 몸을 기울이고 있는데도 키가 거의 그와 비슷했고 겉보기처럼 약하지 않다는 인상을 주었다.

아르망 가마슈는 엉거주춤 목례를 하고 그의 작은 테이블에 놓인 다른 의자를 가리켰다. 여인은 주저했지만 결국 쇠꼬챙이같이 꼿꼿한 몸을 구부려 자리에 앉았다.

"내 이름은 루스 자도요." 그녀는 천천히, 큰 소리로 말했다. 덜떨어진 아이나 상대하는 듯한 말투였다. "그게 사실이오? 제인이 죽었다니."

"그렇습니다, 마담 자도. 정말 유감입니다."

쾅 하는 큰 소리가 비스트로를 가득 채웠다. 워낙 갑작스럽고 격렬해서 가마슈조차 튀어 일어날 정도였다. 하지만 다른 손님들은 움찔하는 기미도 보이지 않았다. 루스 자도가 지팡이로 바닥을 내려친 소리라는 것을 파악하는 데는 그리 오래 걸리지 않았다. 마치 원시인이 몽둥이를 휘두르는 것 같았다. 그로서는 난생처음 보는 장면이었다. 물론, 사람들이 주의를 환기하기 위해 지팡이를 들어 바닥을 내려치는 모습은 전에도 더러 보았다. 그리고 그 방법은 대체로 효과를 거두었다. 하지만, 루스 자도는 익숙한 듯 번개처럼 지팡이를 들어 올리더니 곧은 쪽 끝을 잡고 머리 위로 휘둘러 굽은 손잡이가 바닥에 떨어지게 내리쳤다.

"여기서 뭘 하고 있는 거요? 제인은 차가운 숲에 누워 있는데. 그러고도 무슨 경찰이야? 제인을 죽인 자는 누구요?"

비스트로 안이 찬물을 끼얹은 듯 조용해졌다가 두런두런하는 말소리가 서서히 커졌다. 아르망 가마슈는 그녀의 근엄한 눈을 자신의 사려 깊은 눈으로 마주 보며 자신의 말이 그녀에게만 들리겠다 싶은 거리까지 건너편을 향해 천천히 몸을 기울였다. 이제 곧 정말로 친구를 죽인 자의 이름을 들을 줄로 안 루스도 몸을 앞으로 기울였다.

"루스 자도, 당신의 친구를 누가 죽였는지 알아내는 것이 제가 할 일입니다. 반드시 알아낼 겁니다. 그리고 그건 제가 옳다고 생각하는 방법으로 할 겁니다. 누구한테든 위협당하거나 무시당할 생각은 없어요. 수사는 제가 합니다. 제게 할 말이나 부탁이 있으면 하세요. 하지만 다시는, 절대로 제 앞에서 그 지팡이를 휘두르지 마십시오. 제게 그런 식으로 말씀하시지도 말고요."

"나 같은 여자가 어찌 감히 그러겠어! 이 경찰 나리는 일을 정말 열심히 하시는 것 같군." 루스의 몸과 목소리가 동시에 올라갔다. "경찰청 최고의 경찰을 방해해선 안 되고말고."

루스 자도는 이런 냉소적인 태도가 효과가 있을 것이라고 정말로 믿는 걸까? 대체 왜 이런 태도를 고수하는지 궁금했다.

"마담 자도, 무얼 갖다 드릴까요?" 아까 봤던 그 젊은 여자 종업원이 물었다. 언제 그런 극적인 소동이 있었느냐는 듯이. 혹은 그런 소동은 막간의 해프닝쯤으로 여기는 듯이.

"스카치위스키 한 잔 부탁해, 마리." 김이 빠진 듯 몸을 다시 털썩 의자에 부리면서 루스가 말했다. "미안해요. 용서하시구려."

가마슈가 듣기에 사과에 익숙한 사람의 말투였다.

"제인이 죽어서 내가 이렇게 점잖지 못하게 구는 거라고 둘러댈 수도 있지만 앞으로 조사해 보면 아실 테지. 나는 원래 이래요. 언제 싸우고 언제 싸우지 말아야 하는지 가릴 재주가 없다오. 이상하게도 내겐 인생이 전쟁처럼 보이니까. 모든 것이."

"그럼, 앞으로도 계속 그러시겠군요?"

"아, 그렇겠지. 하지만 당신의 참호에는 전우들이 아주 많을 테니 지팡이는 휘두르지 않겠다고 약속하지. 적어도 당신이 있을 때는."

아르망 가마슈가 다시 자세를 바로 해서 앉자 때마침 스카치위스키와 함께 그가 시킨 카페오레와 과자가 나왔다. 그는 그것들을 받아가지고 한껏 위엄을 부리며 루스를 바라보았다. "감초 파이프 하나 드시겠습니까, 마담?"

루스는 제일 큰 것을 집어서는 그 붉은 과자의 한쪽 끝을 주저 없이 깨물었다.

"어떻게 된 일이오?" 루스가 물었다.

"사냥 사고 같습니다. 그래도 혹시 친구분을 죽이고 싶어할 만한 사람이 없을까요?"

루스는 똥거름을 던진 소년들 이야기를 했다. 그녀의 이야기가 끝나자 가마슈가 물었다. "그 애들이 친구분을 죽였을 수도 있다고 생각하시는 이유가 뭡니까? 저도 그게 괘씸한 짓이었다고 생각하지만, 그분이 이미 저희들 이름을 발설한 마당이니 그분을 죽인다고 해서 이름이 알려지는 걸 막을 수 없습니다. 그 애들한테 무슨 이득이 있을까요?"

"보복은 어때요? 그 나이 때는 창피당하는 게 죽기보다 싫은 법이니까. 사실, 녀석들이 먼저 올리비에와 가브리를 모욕하려 했지만 판이 뒤집어졌지. 그런데 못된 악동들은 당하고는 못 참을 테니."

가마슈는 고개를 끄덕였다. 가능한 이야기였다. 하지만 분명히 정신 이상자가 아니라면 복수는 다른 방법을 택했으리라. 냉혹한 살인이 아닌 다른 간단한 방법으로.

"닐 부인과 알고 지내신 지는 얼마나 됐습니까?"

"미스라오. 제인은 결혼한 적이 없으니까. 딱 한 번 결혼할 뻔한 적은 있지. 그 남자 이름이 뭐였더라?" 그녀는 머릿속의 빛바랜 명함철을 뒤적였다. "앤디, 앤디 셀주크. 아냐. 셀…… 셀…… 셀린스키. 맞아 안드레아스 셀린스키야. 오래전 일이지. 오십몇 년. 몇 년이 됐든 상관없는 일이지."

"부탁합니다. 이야기해 주세요." 가마슈가 말했다.

루스는 고개를 끄덕이면서 무심코 감초 파이프 끝으로 스카치위스키를 휘저었다.

"앤디 셀린스키는 벌목꾼이었어. 이 일대 산지에는 백 년 동안 벌목 업체가 지천이었지. 지금은 거의 다 문을 닫았지만. 앤디는 톰슨 회사에 적을 두고 에코 산에서 일했다오. 벌목꾼들은 대개 거친 사내들이었지. 한 주 내내 산에서 일하면서 폭풍이 불거나 곰들이 출몰하는 철에도 한뎃잠을 잤는데, 아마 먹파리들 때문에 미칠 지경이었을 테지. 그래서 먹파리를 막으려고 몸에 곰의 기름을 발랐지. 흑곰보다 먹파리를 더 무서워했으니까. 주말이면 숲에서 나왔는데, 꼴이 거의 걸어 다니는 쓰레기였다오."

가마슈는 정말로 흥미로워서 귀를 종긋 세우고 들었다. 그 이야기가 수사와 상관이 있는지는 확신할 순 없었지만.

"하지만, 케이 톰슨의 벌목장은 달랐다오. 어떻게 했는지는 모르지만, 어쨌든 그 여자는 그 커다란 사내들을 잘 다뤘지. 아무도 그 여자에게 함부로 대하지 못했으니까." 감탄이 어린 표정으로 루스가 말했다.

"앤디 셀린스키는 열심히 해서 십장까지 됐다오. 사람들 부리는 재주가 있었던 게지. 제인은 그와 사랑에 빠졌어. 이런 말 하긴 싫지만, 실은 우리 모두 그 사람에게 반했지. 그 우람한 어깨, 그 강인한 얼굴……" 그녀가 이야기에 빠져 과거로 돌아가고 있을 때 가마슈는 괜히 자신이 위축되는 느낌이었다. "그 사람은 거구이면서도 상냥했지. 아니, 상냥하다는 표현은 맞지 않아. 점잖았지. 거칠었을 수는 있어. 사나웠다고까지 할 수 있겠지. 하지만 악하진 않았어. 몸가축이 깨끗했고. 아이보리 비누 냄새가 났다오. 그 사람은 톰슨 회사의 다른 벌목꾼들과 함께 마을에 내려왔는데, 그 남자들은 고약한 곰 기름 썩는 냄새가 나지 않아서 돋보였지. 케이 톰슨이 잿물로 씻겼던 모양이지."

가마슈는 기준이 얼마나 낮았기에 여자를 유혹하기 위해서 곰 기름 썩는 내만 없애면 됐던 그때가 궁금했다.

"카운티 박람회의 개막 댄스에서 앤디는 제인을 선택했어." 루스는 잠시 말이 없었다. 기억을 더듬고 있는 것이다. "지금도 이해 못 할 일이야. 무슨 말이냐 하면, 제인은 사람이야 정말 좋았지. 우린 모두 그녀를 좋아했으니까. 하지만 솔직히 말해, 추녀도 그런 추녀가 없었어. 염소상이었다니까."

머릿속에 어떤 모습이 떠올랐는지 루스가 큰 소리로 웃었다. 그건 사실이었다. 아가씨 시절 제인의 얼굴은 앞으로 죽 나온 형상이었다. 코는 길게 나오고 턱은 쑥 들어갔으니 마치 뭐라도 잡으려는 것 같았다. 제인은 눈까지 근시였지만 정상적인 아이와는 뭔가 다른 아이를 낳았다는 사실을 인정하기 싫어했던 부모님은 딸의 눈이 안 좋아도 그냥 모른 척했다. 그 때문에 바짝 들여다보니까 앞으로 쏠린 모습만 강조되었다. 목을 늘어날 수 있는 한도까지 늘여서 세상에 초점을 맞추려 애를 쓰니 길어지지 않을 수 없었다. 그녀의 얼굴은 늘 '저거 먹는 거야?' 하고 묻는 듯한 표정이었다. 아가씨 시절 제인은 또 포동포동하게 살이 쪘다. 제인은 평생 포동포동한 몸으로 살았다.

"그런데도 안드레아스 셀린스키는 무슨 이유에선지 제인을 선택한 거야. 두 사람은 밤새도록 춤을 추었어. 정말 볼만했지." 루스의 목소리는 굳어졌다.

가마슈는 작은 체구에 포동포동 살이 찐 새침데기 아가씨 제인이 큰 덩치에 근육이 울근불근한 산사나이와 춤을 추고 있는 모습이 상상이 잘 되지 않았다.

"두 사람은 사랑하게 되었지만 제인의 부모가 알아채고는 갈라서게 했어요. 한바탕 소동을 일으켰고. 제인의 아버지는 해들리 제재회사의 회계책임자였어. 그런 사람의 딸이 벌목꾼과 결혼한다는 건 있을 수 없는 일이었지."

"그래서 어떻게 되었습니까?" 그는 자기도 모르게 물었다. 그녀는 그가 아직 거기 있어서 놀랐다는 표정으로 그를 바라보았다.

"아, 안드레아스가 죽었다오."

가마슈는 한쪽 눈썹을 추켜올렸다.

"흥분할 것 없어요, 클루소 경감영화 〈핑크 팬더〉 시리즈의 주인공인 엉성한 수사관 자크 클루소." 루스가 말했다. "숲에서 사고를 당한 것뿐이니까. 쓰러지는 나무에 깔린 거야. 목격자가 많았다오. 늘 있는 사고지. 당시 그 사람이 죽은 이유를 낭만적으로 설명하는 이야기가 그럴듯하게 떠돌았어. 그 사람이 너무나 가슴이 아픈 나머지 일부러 주의를 게을리했다는 거였지. 개뿔. 나도 그 사람을 알 만큼은 알았어. 제인을 좋아했고, 아마 사랑하기도 했을 거요. 하지만 미치진 않았지. 우리도 더러 사랑의 아픔을 겪지만 그런다고 자살을 하진 않아요. 아니, 그건 단순한 사고였을 뿐이라오."

"제인은 어떻게 했습니까?"

"제인은 학교로 달아났어. 몇 년 뒤에 교사 자격증을 가지고 돌아와서 여기 학교에서 자리를 얻었지. 제6 마을학교."

그때 가마슈의 팔에 희미하게 그림자가 졌다. 그는 즉시 알아채고 위를 쳐다보았다. 30대 중반으로 보이는 사내가 서 있었다. 단정하게 자른 금발 머리에 평상복을 맵시 있게 입고 있으니 백화점 카탈로그에서 금방 걸어 나온 것 같았다. 피곤해 보였으나 도움을 주려고 열심이었다.

"늦어서 죄송합니다. 올리비에 브륄레라고 합니다."

"아르망 가마슈입니다. 퀘벡 경찰청 살인수사반 반장입니다."

가마슈가 보지 않은 사이, 루스의 두 눈썹이 들썩했다. 이제까지 그를 낮잡아 보고 있었는데 알고 보니 거물이 아닌가. 그를 클루소 경감이라고 불렀거니와 그것은 가마슈 경감과 나눈 대화 중 자신이 했다고 기억해 낼 수 있는 유일한 모욕이었다. 가마슈에게서 점심 주문을 받은 뒤 올리비에가 루스에게 시선을 돌렸다. "안녕하세요?" 그가 루스의 어깨를 가볍게 만졌다. 그녀는 불에 데기라도 한 듯 움찔했다.

"나쁘지 않아. 가브리는 어때?"

"좋지 않아요. 가브리, 아시잖아요? 감정을 있는 대로 다 드러내고 다니는 거." 사실, 올리비에는 이따금 가브리가 안팎이 뒤집어진 채 태어난 게 아닌가 의심이 들 때도 있었다.

가마슈는 루스가 자리를 뜨기 전에 제인의 생애를 대강 파악했다. 제일 가까운 친척의 이름도 확보했다. 욜랑드 퐁텐이라는 조카딸로, 생 레미에서 부동산 중개인 일을 하고 있다고 했다. 그는 손목시계를 보았다. 12시 30분. 생 레미까지는 약 15분 거리였다. 다녀올 수 있을 것 같았다. 주머니에서 지갑을 찾고 있을 때 올리비에가 자리를 뜨는 것을 보고는 두 가지 일을 동시에 할 수 있을 거라는 생각이 들었다.

옷걸이에서 모자와 코트를 벗겨 드는 데 걸개 하나에 작은 흰색 꼬리표가 달려 있었다. 응? 왜 이런 게 여기에 있지? 그는 코트를 걸치며 돌아서서 좌석들과 거울들과 비스트로 안에 있는 다른 모든 골동품을 찬찬히 보았다. 그 모든 것들에 꼬리표가 달려 있었다. 그러니까, 이곳은 골동품 가게였다. 모든 것이 판매용이었다. 손님은 크루아상을 주문해 먹고 그 접시까지 살 수 있는 것이었다. 작은 수수께끼를 풀어낸 쾌감이 밀려왔다 지나갔다. 몇 분 뒤, 그는 생 레미로 향하는 올리비에의 차 안에 있었다. 올리비에더러 태워 달라고 설득하는 건 어렵지 않은 일이었다. 올리비에는 조금이라도 더 도움이 되고 싶어 했다.

"비가 올 겁니다." 자갈이 깔린 비포장도로를 달리며 올리비에가 말했다.

"내일은 더 추워질 거고요." 가마슈가 덧붙였다. 두 사람 모두 말없이 고개를 끄덕였다. 몇 킬로미터 더 가서 가마슈가 입을 열었다. "미스 닐은 어떤 분이었습니까?"

"누군가 그분을 죽이려 했다는 건 도저히 상상할 수 없는 일입니다. 정말 훌륭한 분이셨어요. 친절하시고 인자하시고."

올리비에는 자기도 모르게 어떻게 사느냐에 따라 어떻게 죽느냐가 정해진다는 견해를 밝히고 있었다. 가마슈는 그런 말을 들으면 늘 신기했다. 사람들은 언제나, 좋은 사람은 나쁜 종말을 맞지 않고, 나쁜 종말을 맞는 사람은 그럴 만하니까 나쁜 종말을 맞는다고 생각한다. 살해당한 사람은 분명 그럴 만하니까 살해당한 거라고 생각한다. 밑바닥에 숨겨져 있어 잘 드러나진 않지만, 거기에는 피살자가 어떤 식으로든 자초한 면이 있다는 의식이 깔려 있다. 바로 그 때문에 선하다고 생각하던 사람이 살해당하는 사건을 접하면 충격을 받고, 분명히 뭔가 잘못됐다고 생각한다.

"이 생활을 오래 했지만 한결같이 친절하고 선한 사람은 만나 보지 못했습니다. 그분은 단점은 없었나요? 그분이 기분을 상하게 한 사람은 없습니까?"

오래 말이 없어서 올리비에가 그 질문을 잊어버린 게 아닌가 하는 생각마저 들었다. 하지만 기다렸다. 아르망 가마슈는 인내심이 강한 사람이었다.

"가브리와 저는 여기 온 지 십이 년밖에 안 됐습니다. 그전에는 그분

을 몰랐어요. 하지만, 빈말 보태지 않고, 제인에 대해서는 나쁜 소리를
들은 적이 한번도 없습니다."

그들은 생 레미에 도착했다. 가마슈의 아이들이 어렸을 때 이 소도시
뒤쪽으로 뻗어 있는 산에서 스키를 탔던 적이 있어서 그가 조금은 아는
곳이었다.

"들어가시기 전에, 원하신다면 그분 조카인 욜랑드에 대해 말씀드릴
수 있습니다만."

가마슈는 올리비에의 목소리에서 어떤 열의를 느꼈다. 말하고 싶은
것이 있는 게 분명했다. 하지만 그건 나중에 들어도 될 것이었다.

"지금 말고, 돌아가는 길에 듣지요."

"좋습니다." 올리비에는 차를 세우고 작은 상가 건물에 있는 부동산
중개인 사무소를 가리켰다. 근방의 윌리엄스버그가 일부러 예스러운 멋
을 부린 반면, 생 레미는 그냥 자연히 오래된 이스턴 타운십스 지역 소
도시였다. 도시 계획이나 설계가 전혀 없는 생 레미는 노동자 거주지라,
그 지역의 중심 타운으로 훨씬 아름다운 윌리엄스버그보다 어딘지 더
생동감이 있었다. 두 사람은 1시 15분에 차에서 만나기로 했다. 가마슈
는 올리비에가 뒷좌석에 몇 가지 물건이 있는데도 문을 잠그지 않은 것
을 알았다. 차는 산책이나 하러 가듯 천천히 멀어졌다.

금발 여인이 활짝 웃는 얼굴로 문에서 가마슈 경감을 맞았다.

"안녕하세요, 무슈 가마슈, 욜랑드 퐁텐이라고 합니다." 그녀는 손을
내밀더니 그가 제대로 잡기도 전에 흔들어 댔다. 가마슈는 노련한 눈이
자신을 위아래로 훑으며 점수를 매기고 있는 느낌을 받았다. 스리 파인
스를 떠나기 전 미리 전화해서 그녀가 사무실에 있는 것을 확인한 터라,

그가, 혹은 그의 버버리가 그녀의 기대에 부응한 게 분명했다.

"자, 좀 앉으시지요. 어떤 부동산을 맘에 두고 계신지?" 그녀는 요령 있게 그를 유도해 오렌지색 천을 씌운 동그란 의자에 앉혔다. 그는 신분증을 꺼내어 책상 너머로 건네고 미소가 사그라지는 것을 지켜보았다.

"그 망할 놈이 또 무슨 짓을 저지른 거죠? 타바르나클르Tabarnacle 프랑스계 캐나디인들이 두려움, 놀람, 감탄 등을 외마디소리로 나타내는 감탄사. 원뜻은 유대인들이 황야 방랑기에 모시고 다니던 이동식 성소인 성막(聖幕)." 그녀의 흠잡을 데 없는 유창한 프랑스어도 어느새 거칠고 콧소리가 심한 길거리 프랑스어로 바뀌었다. 내뱉는 낱말들에 모래를 뒤집어씌운 것처럼.

"아닙니다, 마담 퐁텐. 이모님 성함이 제인 닐이죠? 스리 파인스에 사시고."

"맞아요. 왜요?"

"유감입니다만, 나쁜 소식을 가져왔습니다. 오늘 이모님이 변사체로 발견되었습니다."

"오, 저런." 낡은 티셔츠에서 얼룩을 보았을 때나 보임 직한 반응이었다. "심장 때문이었나요?"

"아니요. 자연사는 아닙니다."

욜랑드 퐁텐은 그 말을 이해하려 애쓰고 있는 것 같은 눈빛이었다. 낱말 하나하나의 뜻이야 알고 있지만 합쳐 놓으니 무슨 말인지 도무지 모르겠다는 표정이었다.

"자연사가 아니라고요? 그게 무슨 뜻이죠?"

가마슈는 앞에 앉아 있는 여자를 바라보았다. 매니큐어를 바른 손톱들, 풍성하게 부풀려서 고정한 금발 머리, 짙은 화장……. 한낮에 무도

회라도 갈 사람 같았다. 나이는 30대 초반일 터였지만 극도로 진한 화장 때문에 쉰 정도로 보였다. 아무래도 평범하게 사는 여자 같지는 않았다.

"숲에서 발견되었습니다. 사망한 채로."

"살인인가요?" 그녀가 목소리를 낮추어 물었다.

"아직 모릅니다. 당신이 그분의 가장 가까운 친척이신 걸로 아는데, 맞습니까?"

"예. 어머니가 그분 동생이니까요. 어머닌 사 년 전에 유방암으로 돌아가셨죠. 두 분은 아주 친했어요. 이렇게요." 그러면서 욜랑드는 손깍지를 끼려 했지만 손톱끼리 계속 서로 부딪치는 바람에 마치 손가락 꼭두각시들이 벌이는 올스타 레슬링 같은 꼴이 되고 말았다. 그녀는 포기하고, 다 알고 있다는 눈빛으로 가마슈를 바라보았다.

"제가 언제 그 집에 들어갈 수 있죠?"

"뭐라고요?"

"스리 파인스의 집이오. 제인 이모는 늘 그걸 저한테 주겠다고 하셨어요."

가마슈는 이제까지 살아오면서 가슴 아픈 사건을 많이 다루었기 때문에 그런 일을 당한 사람들의 반응이 참 다양하다는 것을 알고 있었다. 그의 어머니가 어느 날 침대에서 잠이 깨어 50년 동안 같이 산 남편이 죽어 있는 것을 알고 맨 먼저 한 일은 미장원에 전화해서 예약을 취소한 것이었다. 가마슈는 나쁜 소식을 접했을 때 어떻게 하는지를 보고 사람을 판단할 정도로 어수룩하진 않았다. 그렇긴 해도, 그것은 묘한 질문이었다.

"모르겠습니다. 우리도 아직 들어가 보지 못했습니다."

욜랑드는 마음이 달았다.

"저한테 열쇠가 있어요. 경찰보다 제가 먼저 들어가도 되겠죠? 청소나 좀 하게요."

그는 잠시 부동산 중개인의 교양이란 다 이런가 싶었다.

"안 됩니다."

순간 욜랑드의 얼굴은 손톱처럼 굳어지고 붉어졌다. 거절당하는 데 익숙하지 않은 여자, 화를 다스리는 법을 모르는 여자였다.

"제 변호사에게 전화하겠어요. 그 집은 제 것이니 경찰의 출입을 허락하지 않겠어요. 아시겠어요?"

"변호사 말이 나와서 말씀인데요, 이모님이 거래하신 변호사를 아십니까?"

"스티클리요. 노먼 스티클리." 그녀가 가시 돋친 목소리로 대답했다. "우리도 윌리엄스버그 쪽 부동산을 거래하면서 이따금 그 사람을 이용했죠."

"그의 정확한 주소를 좀 알 수 있을까요?"

그녀가 화려한 필체로 주소를 적는 동안 가마슈는 실내를 돌아보았다. 게시판의 '매물'들 가운데 몇 건은 드넓고 아름다운 오래된 대저택인 것을 알았다. 대다수는 더 조촐했다. 욜랑드는 아파트와 이동 주택을 많이 확보하고 있었다. 그렇지만, 누군가는 그것들을 팔아야 하고, 이동 주택을 팔려면 한 세기 묵은 집을 파는 것보다 훨씬 더 뛰어난 수완이 필요할 것이다. 그래도 수지 균형을 맞추려면 이동 주택을 많이 팔아야 하리라.

"여기요." 그녀는 종이쪽을 책상 건너편으로 밀었다. "제 변호사가 연락드릴 거예요."

올리비에는 차 안에서 기다리고 있었다. "내가 늦었나요?" 가마슈는 그러면서 손목시계를 보았다. 1시 10분이었다.

"아니요, 실은 조금 일찍 오셨어요. 저야 오늘 저녁거리로 쓸 샬롯 파를 좀 건지면 됐거든요." 그러고 보니 차 안에서 독특하고 기분 좋은 냄새가 났다. "그리고, 솔직히, 욜랑드를 만나서 하는 대화가 그리 오래 걸리지 않을 거라고 예상했어요."

올리비에는 미소를 띠며 큰 도로로 진입했다. "어땠습니까?"

"예상한 만큼 잘되진 않았어요." 가마슈가 대답했다. 올리비에가 웃음을 터뜨렸다.

"우리의 욜랑드는 역시 대단한 물건이죠. 미친 듯이 울던가요?"

"사실은, 아니었어요."

"그거 놀랄 일인데요. 청중이 있다면, 더구나 경찰이 청중이라면, 유일한 생존자로서 자신의 처지를 십분 활용할 거라고 생각했거든요. 그 여자는 공상이 현실을 누르고 승리한 본보기죠. 이젠 그녀가 현실이 무언지조차 모르는 게 아닐까 하는 의구심이 들 정도예요. 그녀는 자기 이미지를 만드느라 여념이 없거든요."

"어떤 이미지요?"

"성공한 사람이오. 행복하고 성공한 아내이자 엄마로 보이길 바라는 거예요."

"우리 모두 그렇지 않나요?"

그 말에 올리비에는 그를 향해 눈썹을 추켜올리고 티 나게 게이 표정을 지어 보였다. 가마슈는 그 표정을 보았고, 그가 무얼 말하려 하는지 알아챘다. 가마슈가 그 표정을 돌려주기라도 하듯 눈썹을 추켜올리자 올리비에가 다시 웃었다.

"내 말은……." 하며 가마슈는 미소를 지었다. "우리 모두 대외용 이미지가 있다는 겁니다."

올리비에는 고개를 끄덕였다. 맞는 말이라고 생각했다. 게이들 사이에서 특히 그렇지 않은가. 그 세계에서는 재미있고, 영리하고, 냉소적이고, 무엇보다 매력적이어야 하니까. 늘 그렇게 보이려다가는 심신이 지치고 만다. 그것도 그가 시골로 달아나고 싶었던 한 가지 이유가 아니었던가. 스리 파인스에서는 자신에게 충실하려 노력하고 있다는 느낌을 받았다. 다만, 그 '자신'이 누구인지 알아내는 데 그렇게 오래 걸리리라는 건 예상하지 못했었다.

"그건 사실입니다. 하지만 욜랑드는 도가 지나치다고 봅니다. 마치 할리우드 세트장 같다니까요. 앞쪽은 거창하지만 뒤쪽은 텅텅 비어 있고 추하죠. 천박해요."

"미스 닐과의 관계는 어땠습니까?"

"욜랑드가 어렸을 때는 아주 친해 보였지만, 무엇 때문인지 의가 상했어요. 그게 뭐였는지는 모르겠어요. 욜랑드는 원래 누구라도 질리게 하는 사람이지만, 뭔가 큰일이 있었을 겁니다. 제인은 욜랑드를 아예 보기도 싫어했거든요."

"그래요? 왜 그랬을까요?"

"짐작을 할 수가 없어요. 클라라는 알지 모르겠어요. 티머 해들리라면 틀림없이 경감님께 말해 주었을 텐데, 돌아가셨죠."

또 그 이야기다. 티머의 죽음. 제인의 죽음과 너무나 가깝다.

"그렇지만 욜랑드 퐁텐은 미스 닐이 모든 걸 자기에게 남겼다고 생각하는 눈치던데요."

"뭐, 그럴 만도 하죠. 피는 물보다 진하다고들 하잖아요?"

"그녀는 유난히 우리보다 먼저 미스 닐의 집에 들어가고 싶어 하는 것 같았습니다. 무슨 이유라도 있을까요?"

올리비에는 잠시 생각하다 입을 열었다. "모르겠어요. 그 질문에 답할 수 있는 사람은 아무도 없을걸요. 제인의 집에 들어가 본 사람이 아무도 없으니까요."

"뭐라고요?" 가마슈는 잘못 들은 게 아닌가 했다.

"이상해요. 워낙 익숙하다 보니까 말씀드릴 생각도 못 했습니다. 맞아요. 제인에게 이상한 점이 있다면 그것뿐입니다. 우리가 가면 머드룸과 주방까지는 들어가게 했어요. 하지만 주방 안쪽으로는 단 한 번도 들여보낸 적이 없습니다."

"클라라야 당연히⋯⋯."

"클라라도요. 티머도. 아무도."

가마슈는 점심 뒤 맨 먼저 그 문제를 알아보기로 했다. 그들이 돌아왔을 때는 몇 분의 여유가 있었다. 가마슈는 광장의 벤치에 앉아 스리 파인스가 삶과 특이한 죽음을 둘러싸고 돌아가는 양을 지켜보았다. 벤이 와서 몇 분 동안 이야기를 나누다 데이지를 데리고 집으로 돌아갔다. 점심을 먹으러 비스트로로 가기 전에 가마슈는 이제까지 들은 이야기를 되짚으며 '친절을 죽이고' 싶어 할 만한 사람이 누군지 생각해 보았다.

보부아르가 스탠드를 세우고 종이와 매직펜을 준비해 둔 터였다. 올리비에네 한갓진 뒷방에서 가마슈는 그의 옆 좌석에 앉아 벽 전체를 차지한 프랑스식 창문을 통해 밖을 내다보았다. 차양을 개어 놓은 테이블들이 보였고 테이블 너머로 강을 볼 수 있었다. 이름이 벨라벨라아름다운 아가씨라는 뜻라……. 그럴듯하군.

실내는 춥고 배고픈 경관들로 가득했다. 가마슈는 니콜이 혼자 앉아 있는 걸 보고 그녀가 왜 따로 앉아 있는지 궁금했다. 보부아르가 샌드위치를 먹으며 첫 번째로 보고했다. 샌드위치는 메이플 시럽에 절여 구운 고기에서 저며 낸 게 분명한 두꺼운 햄과, 숙성한 체더치즈 조각을 얹고 허니 머스터드 소스를 친 갓 구운 크루아상으로 만든 것이었다.

"현장을 수색해서 오래된 맥주병 세 개를 찾았습니다." 보부아르가 수첩을 확인하며 손에 묻은 머스터드를 문질렀다.

가마슈가 양 눈썹을 추켜올렸다. "그게 다야?"

"잎사귀 천오백만 개도 있죠."

보부아르가 가마슈에게 대꾸하고 다시 반원들을 바라보았다. "이게 상처입니다." 그가 붉은 매직펜으로 원을 그렸다. 경관들은 흥미 없이 지켜보았다. 보부아르가 다시 손을 들어 그림을 완성했다. 그 원으로부터 마치 나침반의 방향표시선처럼 네 개의 선을 그은 것이었다. 경관들 몇 사람은 들고 있던 샌드위치를 내려놓았다. 이제야 흥미가 생기는 모양이었다. 그림은 스리 파인스의 약도같이 보였다. 섬뜩하다면 섬뜩할 수 있는 이미지를 바라보며 가마슈는 고의 범행일 가능성을 생각했다.

"화살에 맞으면 이런 상처가 납니까?" 보부아르가 물었다. 아무도 모르는 것 같았다.

저 상처가 화살에 맞아서 생긴 거라면 화살은 어디 있지? 가마슈는 생각해 보았다. 시신에 박혀 있어야 한다. 가마슈는 렌 마리와 함께 가끔 참석하는 교회인 노트르 담 드 봉스쿠르에서 본 이미지가 하나 떠올랐다. 벽에는 고통에서부터 황홀경에 이르기까지 다양한 표정을 짓고 있는 성인들을 그린 그림이 가득했다. 그 그림들 가운데 하나가 지금 되살아난 것이다. 성 세바스찬, 괴로워 몸부림치고, 쓰러지고, 온몸에 화살이 박힌 모습. 순교자의 몸에서 비어져 나온 화살 하나하나가 꾸짖는 손가락 같았다. 제인 닐의 몸에는 화살이 박혀 있어야 했고, 그 화살은 화살을 쏜 자를 가리키고 있어야 했다. 몸에는 화살이 빠져나온 상처가 없어야 했다. 하지만 있었다. 또 하나의 수수께끼.

"이 문제는 잠시 보류하도록 하지. 다음 보고."

상호협력을 장려하는 분위기 속에서, 수사관들은 점심 식사를 하면서 서로 생각을 교환했다. 아르망 가마슈는 수사에는 경쟁이 아닌 상호협력이 더 효과적이라고 확신했다. 물론, 경찰청 지도부 내에서 자신이 소수파라는 것을 알고 있었다. 하지만 좋은 지도자는 남의 의견을 잘 듣기도 해야 한다고 믿었다. 그래서 늘 반원들에게 서로 존중하고 서로의 생각을 경청하고 서로 돕도록 유도했다. 모두가 그 방식을 받아들이지는 않았다. 이 분야도 몹시 경쟁이 심하다. 성과를 낸 사람이 승진하지 않은가. 살인 사건을 2등으로 해결해 봐야 아무 소용이 없다. 가마슈는 경찰청 안에서 자격이 없는 사람들이 상을 받고 있는 현실을 잘 알고 있었고, 그래서 자신은 팀플레이를 잘하는 사람에게 상을 주었다. 그는 거의 완벽에 가까운 사건 해결율을 자랑했지만 지금껏 12년 동안 유지하고 있는 현 지위에서 더 올라간 적이 없었다. 하지만 그는 속 편하게 생각했다.

가마슈는 석쇠에 구운 닭고기와 오븐에 구운 야채 바게트를 먹으며 식사는 이곳에서 해야겠다고 마음먹었다. 일부 수사관들은 맥주를 곁들였지만 그는 마시지 않았다. 그는 진저비어를 더 좋아했다. 수북이 쌓여 있던 샌드위치가 금방 사라졌다.

"검시관이 이상한 걸 발견했습니다." 이자벨 라코스트가 보고했다. "상처에 깃털 둘이 끼여 있었습니다."

"화살에는 깃털이 있지 않나?" 가마슈가 물었다. 성 세바스찬과 그의 몸에 박힌 화살들이 다시 떠올랐다. 모두 깃털이 달렸다.

"과거에는 그랬죠." 니콜이 재빠르게 대답했다. 전문적 지식을 과시할 기회를 놓칠 수 없었다. "지금은 플라스틱입니다."

가마슈가 고개를 끄덕였다. "몰랐던 사실이야. 그 외에 다른 건?"

"보신 대로 피가 거의 없는데, 즉사했다는 소견과 일치합니다. 발견된 장소에서 사망했어요. 시체를 옮긴 흔적이 없습니다. 사망 시간은 오늘 아침 여섯 시 삼십 분에서 일곱 시 사이입니다."

가마슈는 반원들에게 올리비에와 욜랑드를 만나 알게 된 사실들을 말해 주고 각자에게 임무를 맡겼다. 제일 먼저 할 일은 제인 닐의 집을 수색하는 것이었다. 바로 그때, 가마슈의 휴대전화가 울렸다. 욜랑드 퐁텐의 변호사였다. 가마슈는 목소리를 높이진 않았지만 낙심한 표정이 역력했다.

"당장은 제인 닐의 집에 들어가지 않을 거요." 그는 탁 하고 휴대전화를 끊고 말했다. "마담 퐁텐의 변호사가 그 집 수색을 금지하는 명령에 서명할 판사를 잘도 찾아냈어."

"언제까집니까?" 보부아르가 물었다.

"이 사건이 살인 사건으로 밝혀지거나 마담 퐁텐이 그 집을 물려받지 못한 것으로 밝혀질 때까지. 우선, 해야 할 일들이 바뀌었어. 제인 닐의 유서를 찾아내고 인근에서 활을 쏘는 사람들에게서 정보를 캐 봐. 사냥꾼이 실수로 미스 닐을 쐈다면 왜 화살을 제거하려 애를 썼는지 궁금하군. 그리고 티머 해들리의 죽음에 대해서도 더 알아볼 필요가 있어. 나는 스리 파인스에 현지 수사본부를 설치할 만한 곳을 알아보겠네. 모로 부부도 만나서 이야기를 들어볼 테고. 보부아르, 자넨 나랑 같이 움직이지. 자네도, 니콜 형사."

"추수감사절입니다." 보부아르가 말했다. 가마슈는 즉시 멈췄다. 잊고 있었다.

"추수감사절 만찬 약속 있는 사람?"

모두의 손이 올라갔다. 그건 그도 마찬가지였다. 아내 렌 마리가 이미 제일 가까운 친구들을 만찬에 초대해 놓은 터였다. 워낙 친한 사람들이라 그가 빠지면 몹시 서운해할 게 분명했다. 알코올중독자 치료소에 갔다는 변명은 그들에게 씨도 먹히지 않으리라.

"계획이 변경되었다. 우리는 네 시에 몬트리올로 출발한다. 그러니까 앞으로 한 시간 반이 남았다. 그때까지 맡은 일들을 되는 데까지 최선을 다해 처리하도록. 칠면조가 기다려 주지 않는다고 사건마저 식게 내버려 두면 안 되지."

보부아르는 작은 시골집 현관문으로 이어지는 고부랑길 초입의 나무 문을 열었다. 집 둘레에 핀 수국들이 날씨가 추워져 이제 분홍색으로 변하고 있었다. 고부랑길가에는 오래된 장미나무가 늘어서 있었고, 장미

나무 아래로는 자주색 꽃들이 피어 있었다. 가마슈는 라벤더일 거라고 생각했다. 그는 나중에 적당한 때 클라라 모로에게 물어봐야겠다고 마음에 새겨 두었다. 디기탈리스와 접시꽃은 금방 알아볼 수 있었다. 우트레몽의 자기 아파트에서 그가 유일하게 아쉽게 생각하는 것은 식물을 심을 데가 창가의 화분밖에 없다는 사실이었다. 딱 이런 정원이 있으면 좋을 것 같았다. 정원은 그가 다가가고 있는 그 조촐한 벽돌집에 더없이 잘 어울렸다. 노크를 하기도 전에 피터가 그 짙은 청색 문을 열었고, 그들은 작은 머드룸으로 들어섰다. 걸이못에는 야외 활동용 외투가 걸려 있었고 기다란 나무의자 밑에는 부츠가 빼곡히 들어차 있었다.

"벌링턴 뉴스를 들으니 비가 온다는군요." 피터가 그들의 외투를 받아 들고 그들을 커다란 시골식 주방으로 안내하며 말했다. "예보란 게 늘 빗나가죠. 여긴 국지성 기후인가 봅니다. 산지라서 그렇겠죠."

방은 따뜻하고 안락했다. 거무스름한 카운터는 반들반들했고 문이 없는 선반에는 도자기며 주석 그릇과 유리그릇이 진열되어 있었다. 조각 융단throw rug 실내 여기저기에 깔아 놓는 작은 융단을 말 그대로 비닐 바닥 여기저기에 던져 놓아 방에 느긋한 분위기를 더해 주었다. 거의 섬처럼 보이는 커다란 꽃다발이 소나무 식탁 한쪽 끝에 놓여 있었다. 반대편에는 다색多色 숄을 두른 클라라가 앉아 있었다. 그녀는 맥을 잃고 세상과 단절된 듯한 모습이었다.

"커피 마시겠습니까?" 예의를 제대로 갖추고 있는지 어쩐지도 모르고 묻는 피터였지만 세 사람 모두 거절했다.

클라라가 힘없이 미소 지으며 자리에서 일어나 손을 내밀자 숄이 어깨에서 미끄러져 떨어졌다. 사람들은 어려서부터 받은 예절 교육이 위낙 깊이 스며 있어서 가까운 사람을 잃고 깊은 슬픔에 빠져 있을 때도 미소를 짓는다고 가마슈는 생각했다.

"상심이 크시겠습니다." 그가 클라라에게 말했다.

"위로해 주셔서 감사합니다."

"자넨 저쪽에 앉아서……," 가마슈가 낮은 목소리로 니콜에게 말하며 머드룸 곁의 간소한 소나무 의자를 가리켰다. "기록을 하게."

기록을 하라고? 니콜은 속으로 말했다. 나를 비서 취급하고 계시는 군. 퀘벡 경찰청에서 2년 경력을 쌓은 나더러 앉아서 기록이나 하라니. 나머지 사람들은 주방 식탁에 앉았다. 니콜이 보니 가마슈도 보부아르 도 수첩을 꺼내지 않았다.

"우린 제인 닐의 죽음이 사고사라고 생각합니다." 가마슈가 말을 꺼 냈다. "그런데 한 가지 문제가 있어요. 사고를 유발한 무기를 찾을 수가 없고 자기 잘못이라고 나서는 사람도 없단 말입니다. 그러니 우린 이 사 건을 의문사로 수사해야 할 것 같습니다. 당신의 친구를 해치고 싶어 할 만한 사람이 있을까요?"

"아니요. 아무도 없어요." 피터가 대답했다. "제인은 여기 세인트 토 마스 교회에서 빵 바자와 중고품 바자를 열어 성공회 여성회 일이나 돌 보시던 분이에요. 학교 선생님을 하다 은퇴해서는 조용하고 단조롭게 사셨죠."

"마담 모로는 어떻게 생각하십니까?"

클라라는 잠시 생각했다. 아니, 그렇게 보였다. 그녀는 뇌가 마비되 어서 분명한 대답을 내놓을 수 없었다.

"그분의 죽음으로 이득을 볼 사람이 있을까요?" 가마슈는 질문을 조금 더 분명하게 하면 도움이 될까 해서 고쳐 물었다.

"없을 거예요." 클라라가 기운을 내어 말했다. 그렇게 상심하고 있는 게 바보같이 느껴졌다. "그 문제를 가지고 이야기해 본 적은 없지만 쪼들리고 사시진 않았어요. 여기선 생활비가 그렇게 많이 들지 않거든요. 고마운 일이죠. 손수 채소를 기르기는 하셨지만 거의 다 나눠 줬어요. 저는 늘 그분이 채소를 기르는 건 필요해서라기보다 소일거리로 기르는 거라고 생각했어요."

"그분의 집은 어떻습니까?" 보부아르가 물었다.

"그래요, 집은 꽤 큰돈이 될 겁니다." 피터가 말했다. "하지만 큰돈이라 해도 스리 파인스 기준으로 그런 거지 몬트리올 기준으로는 아니죠. 십오만 정도는 받을 수 있을 겁니다. 좀 더 받을 수도 있고요."

"그분의 죽음으로 누군가 이득을 볼 만한 게 또 있을까요?"

"잘 모릅니다."

가마슈가 일어서려는 자세를 취했다. "수사본부라는 걸 설치할 장소가 필요합니다. 여기 스리 파인스에 임시 사무실로 쓸 만한 한갓진 장소가 있으면 좋겠는데, 어디 적당한 데가 없겠습니까?"

"기차역이오. 지금은 역으로 쓰이지 않아요. 의용소방대가 본부로 쓰고 있죠. 소방대는 경찰이 같이 쓴다고 해도 별로 개의치 않을 겁니다."

"좀 더 이목이 덜한 데가 있으면 좋겠는데요."

"폐교는 어떠세요?" 클라라가 제의했다.

"미스 닐이 근무하셨던 곳 말입니까?"

"바로 거깁니다." 피터가 말했다. "오늘 아침 지나왔잖습니까? 해들리 집안 소유이지만 최근에는 활쏘기 클럽이 쓰고 있죠."

"활쏘기 클럽이오?"

보부아르가 물었다. 자기 귀를 믿을 수 없었다.

"오래전부터 있던 겁니다. 벤과 제가 처음 시작했고요."

"잠겨 있어요? 열쇠를 가지고 계십니까?"

"집 안 어딘가에 있을 겁니다. 벤에게도 하나 있을 거고요. 하지만 거긴 잠근 적이 없습니다. 잠그지 않은 게 잘못이었는지도 모르겠습니다." 그는 클라라를 보았다. 그녀의 생각을 읽으려는 것인지, 그녀에게 위로를 구하는 것인지. 그녀의 얼굴엔 멍한 표정뿐이었다. 가마슈가 고갯짓으로 신호를 보내자 보부아르가 휴대전화를 꺼내 전화를 걸었고, 그 사이 다른 사람들은 이야기를 계속했다.

"내일 오전 중에 마을 회의를 소집하고 싶습니다." 가마슈가 말했다. "세인트 토마스 교회에서 열한 시 반에 모이면 좋겠습니다. 그러려면 사람들에게 알려야겠는데……."

"그야 쉬운 일입니다. 올리비에에게 부탁하세요. 거기 가면 온 동네 연락처가 다 있을 겁니다. 그리고 뮤지컬 캐츠 출연자 명단도요. 그의 파트너인 가브리가 합창단 지휘자거든요."

"음악은 필요하지 않은데요." 가마슈가 말했다.

"저도 마찬가집니다. 하지만 교회에 들어가셔야 할 것 아닙니까. 그에게 열쇠 뭉치가 있어요."

"활쏘기 클럽은 열어 두는데 교회를 잠가 둬요?"

"신부가 몬트리올 출신이거든요." 피터가 말했다.

가마슈 일행 세 사람은 인사를 하고 그 집을 나와 이제는 친숙한 광장을 가로질렀다. 수북한 낙엽을 가르며 지날 때 그들은 본능적으로 발을 조금 차 올렸다. 낙엽을 흔들어서 그 안에 고인 사향 같은 가을 냄새를 피워 올리려는 것이다.

비앤비는 열을 이룬 상가 건물들에서 대각선 방향에, 스리 파인스에서 벋어 나가는 네 길 중 하나인 '옛 역마차 길'의 모퉁이에 있었다. 과거 윌리엄스버그와 생 레미 사이의 통행이 빈번하던 시절에는 역마차 정류장 구실을 하던 곳. 제구실을 잃고 오랜 시간이 흐른 뒤, 올리비에와 가브리가 오고서야 옛 역참은 지친 여행자들에게 쉴 곳을 제공하는 본래의 직분을 되찾았다. 가마슈는 보부아르에게 정보도 얻고 예약도 할 계획을 밝혔다.

"얼마나 오래요?" 보부아르가 물었다.

"이 사건이 해결될 때까지. 아니면, 우리가 이 사건에서 손을 떼게 될 때까지."

"그게 다 그놈의 바게트 맛에 반해서 그러시는 거라고요."

"이거 봐, 장 기, 그가 거기에 버섯을 넣었다면 난 그놈의 비스트로를 사서 당장 이사했을 거야. 여긴 우리가 지냈던 그 어느 곳보다 편안할 거야."

그건 사실이었다. 수사를 하다 보면 그들은 집에서 멀리 떨어진 곳까지 가야 했다. 예를 들어 쿠주아크나 가스페나 셰퍼빌이나 제임스 만 같은 데서 내리 몇 주 동안 머물러야 할 때도 있었다. 보부아르는 이곳은 다르기를 바랐다. 그만큼 여기는 몬트리올에서 가까운 것이다. 하지만 글쎄……

"내 방을 예약해 주게."

"니콜은?" 그가 어깨 너머로 돌아보며 물었다.

"자네도 여기 있을 텐가?"

이베트 니콜은 이제 막 복권에 당첨된 듯한 기분이었다.

"좋죠. 옷을 가져오지 않았지만 상관없어요. 빌려 입으면 되고 이건 오늘 밤 욕조에서 빨면⋯⋯."

가마슈가 손을 들어 제지했다.

"제대로 듣고 있지 않았군. 우린 오늘 밤엔 가고 내일부터 여기서 지내는 거야."

빌어먹을. 어떻게 열의를 보이려고만 하면 헛방이람. 한 번 실수를 했으면 배우는 게 있어야 할 거 아니야.

시야가 탁 트인 비앤비 베란다로 올라가는 계단에는 디딤판마다 조각을 새긴 호박이 웅크리고 있었다. 안으로 들어간 가마슈는 닳아빠진 오리엔트풍 조각 융단과 충전재를 실하게 넣은 의자, 술 장식이 달린 전등과 고풍스런 유등油燈을 보고 어린 시절 할아버지 할머니의 집에 들어간 인상을 받았다. 빵이나 과자를 굽는 냄새까지 나니 그 인상이 더욱 강했다. 바로 그때 '말라깽이 요리사는 절대 믿지 마시오'라고 쓴 주름 장식 앞치마를 걸친 커다란 사내가 스윙 도어를 통해 들어왔다. 가마슈는 그 사내가 자기 할머니와 꽤 닮아서 깜짝 놀랐다.

가브리는 크게 한숨을 내쉬고는 글로리아 스완슨1899~1983 무성영화시대 미국 영화계를 주름잡은 여배우 이후로는 보기 드문 몸짓으로 창백한 손을 들어 이마에 댔다.

"머핀 드시겠습니까?"

질문이 워낙 뜬금없어서 가마슈조차 얼떨떨했다.

"뭐라고요, 무슈?"

"당근, 대추, 바나나하고, 특별히 제인을 추모하기 위해 샤를 드 밀을 추가합니다." 가브리는 그 말과 함께 사라졌다가 잠시 후 큰 접시에 과일과 장미로 거창하게 장식한 머핀을 가지고 다시 나타났다.

"이 장미들은 물론 샤를 드 밀 장미가 아닙니다. 그 장미는 오래전에 져 버렸으니까요." 가브리가 눈물을 철철 흘리며 우는 바람에 접시가 급히 한쪽으로 기울었다. 식욕에 떠밀린 보부아르의 재빠른 동작이 아니었다면 음식을 버릴 뻔했다. "데졸레. 엑스퀴제무아Desolé. Excusez-moi 미안합니다. 너무 슬퍼서요." 가브리는 맥을 놓고 소파 하나에 쓰러져 버렸다. 가마슈는 연극 같은 행동이지만 마음만은 진정하다는 느낌을 받았다. 그는 가브리에게 잠시 감정을 추스를 시간을 주었다. 가브리가 슬픔을 추스르지 못했으리라는 걸 잘 아는 까닭이었다. 조금 뒤 그는 가브리에게 다음 날 마을 회의가 있다는 소식을 알려 달라고 부탁하고 교회 문도 열어줄 것을 당부했다. 침실과 아침도 예약했다.

"침실과 브런치죠." 가브리가 바로잡았다. "하지만 원하신다면 아침 식사 때 브런치를 드실 수 있습니다. 그 흉악한 놈을 잡아 벌을 주려는 분들이니까."

"누구, 그분을 죽였을 만한 사람이 있나요?"

"사냥꾼이 그런 거 아니었나요?"

"우리도 잘 모릅니다. 사냥꾼이 아니라면, 짐작 가는 사람이라도 있습니까?"

가브리가 머핀 하나를 들었다. 보부아르는 그 행동을 자기도 하나 먹어도 된다는 허락으로 이해했다. 머핀은 방금 오븐에서 꺼낸 듯 아직 따뜻했다.

가브리는 머핀 두 개를 먹도록 말이 없다가 마침내 작은 목소리로 말했다. "그럴 만한 사람은 아무도 생각나지 않지만……." 그러면서 강렬한 갈색 눈으로 가마슈를 바라보았다. "제가 그럴 수도 있지 않을까요? 제 말은, 살인 사건에서 그 점이야말로 가장 무서운 게 아니냐는 겁니다. 그러니까 닥쳐 보기 전에는 알 수 없다는 거죠. 썩 잘 표현을 못하겠군요." 그는 머핀을 또 하나 집어 장미까지 남김없이 먹어 치웠다. "제가 어떤 사람에게 아무리 화가 났더라도 그 사람은 알아채지도 못할 겁니다. 이해가 되십니까?"

그는 가마슈더러 이해해 달라고 애원하고 있는 것 같았다.

"이해가 됩니다. 되고말고요." 아르망 가마슈가 말했다. 그건 진심이었다. 계획적 살인은 대개 억압된 불쾌감이나 탐욕, 시기심, 두려움 때문에 일어난다는 사실을 즉각적으로 이해하는 사람은 거의 없다. 가브리가 말했듯이, 사람들은 닥쳐 보기 전에는 알아차리지 못한다. 살인자가 이미지 다루기에, 얼굴 꾸미기에, 이성적인, 심지어 평온하기까지 한 외양을 꾸미는 데 능란하기 때문이다. 하지만 그 가면 뒤에는 공포가 감추어져 있다. 그리고 바로 그 때문에 가마슈가 대다수 희생자의 얼굴에서 본 표정은 두려움도 아니고 분노도 아니었다. 그건 뜻밖이라는 놀란 표정이었다.

"사람들 마음속에 어떤 악이 도사리고 있는지 누가 압니까?" 가브리의 물음에 가마슈는 그 말이 옛날 라디오 드라마의 대사인 줄이나 알까 하고 생각했다. 그 말을 하고 가브리는 윙크를 했다.

가브리는 다시 사라졌다가 돌아와 가마슈에게 머핀이 든 작은 봉지를 건넸다.

"한 가지만 더 묻지요." 한 손은 머핀 봉지를 잡고 한 손은 문손잡이를 잡은 채 가마슈가 말했다. "샤를 드 밀 장미라고 했지요?"

"제인이 제일 좋아한 꽃이었어요. 그건 그냥 장미가 아닙니다, 경감님. 장미 재배자들 사이에서 세계에서 가장 아름다운 장미로 꼽히는 꽃이죠. 올드 가든 로즈입니다. 한 철에 딱 한 번 피지만 핀 모습을 보면 정말 아름답습니다. 그러다가 져 버리죠. 제가 제인에 대한 존경의 표시로 머핀을 장미수로 만든 것도 그 때문입니다. 그리고 보셨다시피 그 머핀을 먹었어요. 저는 늘 고통을 삼켜 버리거든요."

가브리는 설핏 미소를 지었다. 사내의 커다란 몸집을 보면서 가마슈는 그가 삼켰을 고통이 얼마나 많았을까 하고 생각했다. 두려움도 컸으리라. 분노는? 사실, 누가 알겠는가?

벤 해들리는 보부아르가 전화로 부탁한 대로 학교 밖에서 그들을 기다리고 있었다.

"외부는 이상이 없습니까, 해들리 씨?" 가마슈가 물었다.

벤은 그 물음에 조금 놀라더니 주위를 둘러보았다. 가마슈는 벤 해들리가 무슨 일에든 좀 놀라는 게 아닌가 하는 생각이 들었다.

"예. 안에 들어가 보고 싶으십니까?" 그러면서 벤이 문손잡이에 손을 댔으나 보부아르가 재빨리 벤의 팔에 손을 얹어 제지했다. 그러고는 재킷에서 노란 경찰 테이프를 꺼내어 니콜에게 건넸다. 니콜이 '범죄 현장, 출입 금지' 테이프를 문과 창 주위에 붙이는 사이 보부아르가 그러는 이유를 설명했다.

"미스 닐은 화살에 맞아 사망한 것 같습니다. 그 화살이 여기서 나왔을 수도 있기 때문에 클럽 회관을 자세히 조사해 봐야겠어요."

"하지만 그건 있을 수 없는 일입니다."

"왜죠?"

벤은 그 평화로운 주위 풍경이 이유를 잘 말해 주지 않느냐는 듯 그저 주위를 둘러볼 뿐이었다. 그리고는 보부아르가 내민 손에 열쇠 뭉치를 놓았다.

샹플랭 다리 위로, 그리고 다시 몬트리올로 차를 몰면서 니콜은 옆자리에서 말없이 생각에 잠긴 가마슈 경감 너머로 몬트리올의 스카이라인을 보았다. 거대한 십자가1924년 루아얄 산 정상에 세워진 31미터 높이의 강철 십자가. 1992년에 광학 섬유를 덮어 빛을 내게 되었으며, 2008년에는 조명 장치를 LED로 교체하였다가 이제 막 루아얄 산꼭대기에서 빛나기 시작했다. 그녀의 가족들은 그녀를 기다리느라 추수감사절 만찬을 미루었으리라. 그들이 자신을 위해서라면 뭐든지 하리라는 것을 알고 있는 그녀는 그 확실한 사실에 위안과 속박을 동시에 느꼈다. 그리고 그녀가 해야 할 것은 단 하나, 성공뿐이었다.

그날 밤 가마슈가 집으로 들어가는데 자고새 굽는 냄새가 났다. 그건 렌 마리의 휴일 특별 요리 가운데 하나였다. 사냥으로 잡은 그 작은 새를 베이컨에 싸서, 향료와 설탕과 달걀노른자 등을 넣고 데운 포도주와 노간주 열매로 만든 소스 속에서 서서히 익힌 요리. 속에 줄풀 열매를 채우는 건 대개 그가 했지만, 오늘은 아마 아내가 손수 했으리라. 그가 옷을 벗고 샤워하는 동안 두 사람은 그사이 있었던 일들을 이야기했다. 그녀는 그에게 세례식과 식이 끝나고 먹은 핑거 푸드당근. 셀러리 따위를 잘게

썰어 기름에 튀겨 손으로 집어 먹게 만든 음식 이야기를 했다. 그 많은 사람들을 다 알
아보진 못했지만 자신이 세례식을 제대로 찾은 건 거의 확실하다고 했
다. 그는 그날 있었던 일과 사건 이야기를 했다. 그는 그녀에게 모든 걸
이야기했다. 그 점에서는 여느 남편과 달랐지만, 그는 평생을 동반자로
살아온 아내에게 어떻게 바깥일을 비밀에 부칠 수 있는지 알지 못했다.
그래서 그는 그녀에게 모든 걸 말했고, 그녀는 그에게 모든 걸 말했다.
지금까지 서른다섯 해의 경험으로 미루어 그건 잘한 일인 것 같았다.

친구들이 왔고, 그 밤은 여유롭고 평안했다. 좋은 포도주 두 병, 훌륭
한 추수감사절 음식, 따뜻하고 애정 어린 분위기. 가마슈는 버지니아 울
프의 『올랜도』 첫 대목이 생각났다. 올랜도가 몇 세기에 걸쳐 추구한 것
은 부나 명예나 지위가 아니었다. 그렇다, 올랜도가 원한 건 단 하나,
진정한 사귐이었다.

클라라는 앞에서 뒤로, 뒤에서 앞으로 몸을 흔들며 상실의 아픔을 달
랬다. 아까는 누군가가 자기 몸에서 심장과 뇌를 몽땅 떠내 버린 느낌이
었다. 이제 그것들은 다시 제자리에 돌아왔지만 이미 깨져 있었다. 뇌는
미친 듯이 펄쩍펄쩍 뛰었으나 늘 한 자리, 까맣게 탄 자리로 돌아왔다.

피터는 조심조심 침실 문으로 가서 안을 들여다보았다. 어쩔 수 없이,
그의 마음 한구석은 질투하고 있었다. 클라라의 마음을 온통 차지하고
있는 제인에 대한 질투였다. 자기가 죽었어도 클라라가 이럴까 하는 생
각이 들었다. 그러다가 퍼뜩 자기가 숲에서 죽었다면 클라라는 제인에
게 위로를 청했으리라는 것을 깨달았다. 그리고 제인은 어떻게 해야 할
지 알았으리라. 그 순간 피터에게 문이 하나 열렸다. 난생처음으로 다른

누구라면 어떻게 할까 하는 생각을 한 것이다. 자기가 죽었고 제인이 여기 살아 있다면 그녀는 어떻게 했을까? 그리고 스스로 답을 찾았다. 그는 조용히 클라라 곁에 누워 그녀를 감싸 안았다. 그리고 그 소식을 들은 이후 처음으로, 그녀의 마음이 진정되었다. 그 짧은 축복의 순간이나마, 그들은 상실이 아닌 사랑이 머무는 자리에 안주했다.

4

"토스트?" 다음 날 아침 흐느껴 우는 클라라의 등에 대고 피터가 머뭇거리다 조심스럽게 물었다.

"도드뜨 머고 시찌 아나." 울며 말하는 그녀의 입에서 침이 흘렀다. 실 같은 줄기를 이루어 발치에 떨어진 침이 반짝거렸다. 피터와 클라라는 아침 식사를 준비하려고 주방에 맨발로 서 있었다. 평상시 같으면 이미 샤워를 마친 다음 옷을 갖춰 입는 정도까지는 아니더라도 최소한 실내화를 신고 플란넬 파자마 위로 가운을 걸쳤을 것이다. 하지만 이날 아침은 평상시가 아니었다. 피터는 이 순간까지 상황이 평상시와 얼마나 다른지 깨닫지 못하고 있었다.

밤새 누워서 클라라를 붙들고 순진하게도 최악의 순간은 넘어갔기를 바랐다. 비통한 심정이 아직 사라지진 않았다 하더라도 오늘은 일부나마 아내를 돌려주길 바랐다. 하지만 그가 알고 사랑하는 여자는 이미 삼켜진 상태였다. 성서의 요나처럼. 체액의 바다를 헤엄치는 슬픔과 상실이라는 흰 고래에.

"클라라? 우리 이야기 좀 해. 할 수 있겠어?" 피터는 커피 한 주전자와 잼 바른 토스트, 그리고 리 밸리캐나다에서 목공품을 판매하는 통신판매회사의 최신 카탈로그를 가지고 그들의 따뜻한 침대로 다시 기어 들어가고 싶은 마음이 간절했다. 하지만 실상은 차가운 주방 바닥 한가운데에 맨발로 서서 클라라의 등을 향해 바게트 빵을 지팡이처럼 휘두르고 있었다. 지팡이는 마음에 들지 않았다. 칼이라면 어떨까. 하지만 그게 가당한가? 아내에게 칼을 휘둘러? 그가 획획 두어 번 휘두르자 바삭바삭한 빵이 부러지고 말았다. 차라리 잘됐다고 생각했다. 상상이 너무 어지러워지고 있었다.

"제인 이야기 좀 하지." 그는 그제야 자신이 뭘 하려던 참인지 기억하고 꼴사납게 부러진 칼을 카운터에 놓고 그녀의 어깨에 손을 얹었다. 플란넬의 부드러운 감촉을 느낀 것도 잠깐, 그녀가 어깨를 젖혀 그의 손을 떨쳐 버렸다. "당신과 제인이 이야기를 나눌 때면 내가 무례한 말을 던지고 자리를 뜨곤 했던 거 기억해?" 클라라는 앞만 보고 있으면서 이따금 콧물이 떨어질 때마다 훌쩍거렸다. "난 작업실로 들어가 그림을 그렸지. 하지만 문을 열어 두었어. 당신은 몰랐지?"

스물네 시간 만에 처음으로 그는 클라라에게서 관심의 기미를 보았다. 그녀는 그를 향해 돌아서서 손등으로 코를 훔쳤다. 피터는 화장지를 뽑아 주고 싶은 충동을 억눌렀다.

"매주 당신과 제인이 나누는 이야기를 들으며 그림을 그렸어. 한 세월 동안. 안에서 두 사람의 이야기를 들으면서 내 최고의 작품들을 그릴 수 있었지. 어린 시절 침대에 누워 엄마와 아빠가 아래층에서 이야기를 나누는 걸 듣고 있던 때와 비슷했다고나 할까. 여하튼 당신네 이야기를 듣고 있으면 편안했어. 실은 그 이상이었지. 당신과 제인은 별의별 이야기를 다 했어. 정원 가꾸기, 책, 인간관계, 요리. 당신은 신앙 이야기도 했지. 기억나?"

클라라는 두 손을 내려다보았다.

"제인과 당신 모두 신을 믿었잖아. 클라라, 당신이 믿는 걸 생각해 내야 해."

"무슨 말이야? 난 뭘 믿는지 알아."

"뭔데? 말해 봐."

"집어치워. 나 좀 그냥 내버려 둬!" 이제 그녀가 그에게 대들었다. "당신 눈물은 어디 갔어, 응? 제인이 아니라 당신이 죽은 것 같아. 아예 울지도 않잖아? 그러면서 뭐라고? 나더러 그만하라고? 아직 하루도 안 지났는데, 당신 뭐야? 이제 그 노릇에 질렸어? 이제 내가 우주의 중심이 아닌가 보지? 당신은 모든 게 제자리로 돌아가길 바라지. 이렇게 마술처럼." 클라라가 그의 면전에 들이대고 손가락을 딱 튕겼다. "역겨워."

그 서슬에 피터가 움찔하고 몸을 뒤로 젖혔다. 상처를 받은 그는 자기도 아무 말이나 해서 그녀에게 상처를 주고 싶었다.

"안 보이는 데로 가 버려!" 그녀가 딸꾹질을 하고 거친 숨을 쉬며 소리쳤다. 그도 그러고 싶었다. 어제 그맘때부터 가 버리고 싶었지만 참고 있었다. 이젠, 그 어느 때보다 달아나고 싶었다. 잠시라도. 광장을 걷거나, 벤과 커피 한잔할까. 샤워는? 그거라면 아주 자연스럽고도 타당해 보였다. 그럼에도 그는 다시 그녀 쪽으로 몸을 기울이고 콧물 범벅이 된 그녀의 손을 잡고 입을 맞추었다. 그녀는 손을 빼려고 했지만 그가 꼭 잡고 놓아 주지 않았다.

"클라라, 사랑해. 그리고 난 당신을 알아. 잘 생각해 봐. 당신이 정말로 믿는 것 말이야. 요 몇 년 동안 내내 당신은 신에 대해 이야기했지. 신앙에 대해 글을 쓰기도 했고. 천사들하고 춤을 추고 여신들을 연모했어. 이제 신이 여기 계셔, 클라라? 이 방에 계셔?"

피터의 부드러운 목소리에 클라라도 진정되었다. 그녀는 이제 귀 기울여 듣기 시작했다.

"그분이 여기 계셔?" 그가 손을 들어 닿을락 말락하게 그녀의 가슴을 가리켰다. "제인이 그분과 함께 있어?" 피터는 계속 나아갔다. 그는 어디로 가야 할지 알고 있었다. 그리고 이번에 가야 할 곳은 다른 어디도 아니었다. "당신과 제인이 논쟁하고 웃기도 하고 다투기도 했던 그 모든 문제에 대해 제인은 답을 갖고 계셔. 신을 만나셨거든."

클라라의 입이 벌어졌고, 그녀는 똑바로 앞을 응시했다. 거기. 바로 거기야. 나의 본토. 바로 거기가 내 비통한 마음을 내려놓을 수 있는 곳이야. 제인은 돌아가셨어. 그리고 지금 신과 함께 계셔. 피터 말이 옳아. 신을 믿든 믿지 않든 상관없었다. 하지만 이제 더는 신을 믿는다고 말하면서 다르게 행동할 수는 없었다. 그녀는 정말로 신을 믿었다. 그리고 제인이 신과 함께 있다고 믿었다. 그러자 문득 아프고 비통한 마음이 친근해지고 자연스러워졌다. 그리하여 견딜 만해졌다. 이제 그것을 내려놓을 자리가 있었다. 제인이 신과 함께 있는 그곳.

그것은 커다란 위안이었다. 그녀는 자기 쪽으로 기울어 있는 피터의 얼굴을 바라보았다. 눈 아래 어스름. 희끗희끗 삐져나온 물결 머리. 그녀는 자신의 헝클어진 머리카락 속을 손으로 더듬어서 오리 머리핀을 찾았다. 머리카락 몇 올이 물린 머리핀을 빼낸 그녀는 피터의 뒷머리에 손을 얹었다. 그 손으로 말없이 그의 머리를 당기고 다른 손으로 그의 헝클어진 머리카락을 정돈한 다음 머리핀으로 고정했다. 그러면서 그의 귀에 속삭였다. "고마워. 미안해."

그러자 피터가 울음을 터뜨렸다. 눈이 따끔거리고 무언가 솟구치는 느낌이 들었고 목구멍 안쪽이 타는 듯하여 겁이 났다. 그는 더는 통제할 수 없었고, 마침내 터졌다. 엉엉 울었다. 어린 시절에도 그렇게 운 적이 있었다. 아래층에서 부모님이 이야기를 나누는 소리를 듣고 위안을 느끼고 있다가 실은 이혼을 의논하고 있다는 걸 알아챘을 때였다. 그는 클라라에게 팔을 둘러 가슴에 꼭 끌어안고 절대로 그녀를 잃지 않게 해 달라고 기도했다.

몬트리올 경찰청 본부에서 열린 회의는 오래 걸리지 않았다. 검시관은 그날 오후에 사전 보고서를 작성해서 집에 가는 길에 스리 파인스에 가져갈 수 있을 거라고 말했다. 장 기 보부아르는 돕고자 하는 열의가 여전한 코완스빌 경찰서의 로베르 르미외와 나눈 대화를 보고했다.

"그의 말로는, 욜랑드 퐁텐은 깨끗하답니다. 부동산 중개인으로 미심쩍은 거래가 몇 건 있긴 하지만 법을 어긴 건 없습니다. 아직은요. 그러나 남편과 아들은 경찰에 얼굴이 많이 팔렸습니다. 남편 이름은 앙드레 말랑팡이고 나이는 서른일곱입니다. 취중 난동이 다섯 건, 폭행이 두

건, 가택 침입 두 건."

"수형 경험은?" 가마슈가 물었다.

"보르도에서 두어 번 형을 살았고 그 지역 구치소에서 하룻밤 보낸 건이야 많습니다."

"아들은?"

"베르나르 말랑팡. 나이 십사 세. 아버지한테 수업이라도 받고 있는 것 같습니다. 통제 불능. 학교에서나 집에서나 문제아."

"그 애가 무슨 건으로든 실제로 고소나 고발을 당한 적이 있나?"

"없습니다. 두어 번 훈방된 것뿐입니다." 회의장에 있던 수사관들 몇 명이 콧방귀로 실망을 표했다. 가마슈는 장 기 보부아르를 잘 알았다. 틀림없이 마지막을 위해 큰 것 하나쯤 따로 남겨 놓았으리라. 실제로 그의 몸짓이 나올 것이 더 있음을 말해 주고 있었다.

"그런데……." 하고 보부아르가 말을 이었다. 득의에 찬 눈이 반짝 빛났다. "앙드레 말랑팡은 사냥을 합니다. 지금은 유죄 판결 받은 게 있어 총기 사냥 허가를 얻지 못한 처지입니다. 하지만……."

가마슈는 보부아르가 자신을 화려하게 과시하고 있는 양을 느긋하게 지켜보았고, 그가 꺼내 놓은 사실은 그만큼 화려했다. 보부아르는 극적 효과를 노리고 잠시 사이를 두었다가 말을 이었다.

"……올해, 처음으로, 활 사냥 허가를 신청해 받아 냈습니다."

짜잔.

회의가 끝났다. 보부아르는 임무를 할당했고 팀은 해산했다. 모두 회의장을 뜨는 걸 보고 니콜도 자리에서 일어나려 했으나 가마슈가 제지했다. 그녀와 둘만 있는 자리에서 조용히 나눌 이야기가 있었다. 그는 회의가 진행되는 동안 그녀를 지켜보고 있었는데, 그녀는 역시 외떨어진 자리를 택했고 다른 사람들이 먹는 커피와 데니시 빵도 먹지 않았다. 실은, 뭐든 다른 누군가 하는 것은 하지 않았다. 그건 거의 의도적이었다. 반원들과 따로 놀고자 하는 생각 때문이었다. 그녀가 입은 옷은 수수해서 20대 중반의 몬트리올 여성에게 기대할 만한 차림이 아니었다. 퀘벡 사람들의 일반적인 특징이라 할 수 있는 화려함은 찾아볼 수가 없었다. 그는 자신이 자기 반원들 사이의 어떤 특성에 익숙해져 있다는 것을 깨달았다. 그런데 니콜은 눈에 띄지 않으려고 애쓰는 것처럼 보였다. 그녀의 수트는 우중충한 청색이었고 값싼 재질이었다. 어깨에 가볍게 패드를 댔는데, 패드를 댄 모양을 보니 싸구려 티가 줄줄 흘렀다. 양쪽 겨드랑이의 가늘고 희미한 하얀 선은 그 옷을 마지막으로 입은 때 땀의 파도가 거기까지 미친 흔적이었다. 그러니까 세탁도 하지 않은 것이었다. 옷을 직접 만들어 입는 게 아닐까 하는 생각마저 들었다. 그녀가 그 나이에도 부모와 함께 살고 있지 않을까. 그들은 그녀가 얼마나 자랑스러울 것이며 그녀는 성공해야 한다는 강박관념이 얼마나 심할 것인가. 그 모든 것이 결합해서 다른 모든 사람으로부터 그녀를 구분 짓는 한 가지 특징을 만들어 내지 않았을까. 그 잘난 체하는 태도.

"자넨 훈련생이야. 여기 배우러 온 거라고." 조금 뾰로통한 얼굴을 똑바로 바라보며 그가 조용히 말했다. "그러니 뭔가 가르쳐 줘야겠지. 배우는 것 좋아하나?"

"예, 경감님."

"그럼 어떻게 배우나?"

"예?"

"질문은 못 알아들을 게 없어. 잘 생각해 보고 대답하게."

그의 짙은 청색 눈은 여느 때처럼 생기 있고 따뜻했다. 가마슈는 차분하게, 그러나 확고한 태도로 말했다. 아무런 적의 없이, 기대를 가지고. 목소리는 훈련시키는 상사의 어조 그대로였다. 그녀는 당황했다. 어제는 그가 워낙 살갑고 친절하게 대해 주어서 그 점을 이용할 수 있겠구나 싶었는데 이제 그게 오판이었다는 생각이 들기 시작한 것이다.

"보고 들으면서 배웁니다, 경감님."

"그리고?"

그리고 뭐? 둘이서 그렇게 앉아 있으니 가마슈는 시간이 남아도는 사람 같았다. 하지만 그녀는 그가 두 시간 뒤면 스리 파인스에서 마을 회의를 이끌어야 하니 그전에 거기까지 가야 한다는 걸 알고 있었다. 니콜의 마음은 얼어붙었다. 그리고……. 그리고…….

"시간을 두고 생각해 보게. 오늘 중으로 뭐가 떠올랐는지 말해 주면 돼. 지금은, 내가 어떻게 일할지 말해 주지. 자네에게 무얼 기대하고 있는지도 말해 주고."

"알겠습니다."

"나는 지켜보네. 관찰해서 뭔가 알아차리는 걸 아주 잘하지. 그리고 들어. 귀담아듣는 거야. 사람들이 어떤 낱말과 어떤 목소리를 택해서 무얼 말하는지, 혹은 무얼 말하지 않는지. 그리고 이게 핵심이야, 니콜 형사. 바로, 선택이지."

"선택이오?"

"사람들은 자신의 생각을 선택해. 지각 대상도 선택하지. 태도도 선택하고. 사람들은 그렇지 않다고 생각할지 모르지. 하지만 실제로는 그렇게 하네. 사람들이 그렇게 한다는 걸 나는 너무나 잘 알지. 그 증거를 숱하게 보았거든. 매번. 통곡할 일에서든, 환호작약할 일에서든. 결국은 선택 문제야."

"학교 선택처럼 말이죠? 저녁 메뉴도 그렇고요?"

"옷, 머리 모양, 친구. 맞아. 거기서 출발하지. 인생은 선택이야. 매일, 하루 종일. 누구와 대화할까, 어디에 앉을까, 무얼 말할까, 그걸 어떻게 말할까. 그리고 우리 인생은 그런 선택에 의해 규정되지. 그런 만큼 선택은 간단하고도 복잡해. 강력하기도 하고. 그래서 나는 관찰할 때 바로 그걸 눈여겨보지. 사람들의 선택 말이야."

"저는 무얼 할 수 있습니까, 경감님."

"배울 수 있지. 보고 들을 수 있고, 지시받은 대로 행할 수 있어. 자넨 훈련생이야. 자네가 뭔가 알 거라고 기대하는 사람은 아무도 없네. 뭔가 아는 것처럼 행동한다면 제대로 배우지 못하게 돼."

니콜은 얼굴이 화끈거리는 걸 느끼고 자기 몸을 저주했다. 감추고 싶은 감정을 그대로 드러내지 않았던가. 그녀는 얼굴이 쉬이 붉어지는 사람이었다. 그때 붉어진 낯 깊은 어딘가에서 어떤 목소리가 들려왔다. 어쩌면 꾸며 보이려는 걸 그만두면 낯붉힘도 그칠지 몰라. 하지만 그것은 아주 약한 목소리였다.

"어제부터 자넬 지켜보았는데 일을 제법 잘하더군. 자네 덕에 일찍부터 화살에 관심을 갖게 됐어. 훌륭해. 하지만 귀 기울여 듣기도 해야 해. 마을 사람들의 말, 용의자들의 말, 소문, 자네 자신의 본능이 하는 말, 동료들이 하는 말을 잘 들어야 해."

니콜은 그 말이 듣기에 좋았다. 동료들. 전에는 동료가 없었다. 경찰청의 도로교통과에 근무할 때는 혼자 일하는 경우가 많았고, 그전에 레 팡티니몬트리올 남쪽 교외의 마을 경찰에 있을 때는 늘 다른 사람들이 자신을 음 해하기 위해 기회를 노리고 있는 것처럼 느꼈다. 동료들이 있으면 좋을 것 같았다. 가마슈는 그녀 쪽으로 몸을 기울였다.

"자네에게 선택할 것들이 있다는 걸 알아야 해. 지혜로 이끄는 것이 네 가지 있지. 배울 준비가 됐나?"

그녀는 고개를 끄덕이면서도 경찰 업무는 언제 가르쳐 주나 하고 생 각했다.

"우리가 늘 입에 달고 지내야 할 네 가지 문장이야." 가마슈는 주먹 쥔 손을 들어 한 번에 하나씩 손가락을 폈다. "모른다. 도움이 필요하 다. 미안하다. 그리고 하나 더 있는데……." 가마슈는 잠시 생각했지만 마지막 것은 기억나지 않았다. "잊었다. 그건 이따 밤에 더 이야기하기 로 하지, 어때?"

"좋습니다, 경감님. 그리고 감사합니다." 정말 이상한 일이었지만, 그 녀는 그 말이 진심이라는 걸 알았다.

가마슈가 나간 뒤 니콜은 수첩을 꺼냈다. 그가 말하고 있을 때는 적고 싶지 않았다. 그러고 있으면 바보처럼 보일 거라고 생각했던 것이다. 이 제 그녀는 재빨리 적었다. 미안하다, 모른다, 도움이 필요하다, 잊었다.

피터는 샤워를 하고 나와 주방으로 갔다. 두 가지가 눈에 들어왔다. 커피는 끓고 있었고 클라라는 코를 뒷다리 사이에 박고 엎드려 단단한 털뭉치가 되어 있는 골든레트리버 루시를 감싸고 있었다.

"지난밤 루시 덕분에 위로가 됐어." 클라라가 그렇게 말하며 고개를 돌려 피터의 실내화를 보고 난 뒤, 본능적으로 그의 목욕 가운을 쳐다보았다.

피터는 무릎을 꿇고 클라라에게 키스했다. 그러고는 루시의 머리에 입을 맞추었다. 하지만 개는 반응이 없었다. "불쌍한 녀석."

"바나나를 줘도 쳐다보지도 않더라고."

제인이 날마다 루시를 위해 바나나를 얇게 썰어 루시가 앉아 있는 바닥에 기적이라도 행하는 것처럼 한 조각을 떨어뜨리면 루시는 게걸스럽게 먹어치우곤 했다. 매일 아침 루시는 기도에 대한 응답을 받았고, 장미 향을 풍기는 늙고 몸놀림이 둔한 신이 부엌에 존재한다는 믿음을 확인하곤 했다.

이젠 아니었다.

루시는 제가 섬기던 신이 죽었다는 것을 알았다. 그리고 바나나가 기적이 아니라 바나나를 주던 손이 기적이었다는 것도 알았다.

아침 식사 뒤 피터와 클라라는 따뜻한 옷을 챙겨 입고 마을 광장을 가로질러 벤의 집으로 갔다. 회색 구름은 금방이라도 비를 쏟을 것 같았고 습한 바람은 매서웠다. 그들이 벤의 집 앞 베란다로 올라가자 버터에 살짝 튀긴 마늘과 양파 냄새가 그들을 맞았다. 클라라는 혹시 눈이 멀더라도 벤의 집에 왔다는 건 어김없이 알아맞힐 수 있으리라고 생각했다. 그 집에서는 고약한 개 냄새와 오래된 책들의 퀴퀴한 냄새가 났다. 벤이 키웠던 개들은 데이지뿐 아니라 모두 냄새가 났는데, 그 점은 나이와 상관이 없는 듯했다. 클라라는 그 냄새가 어디서 나는 것인지 확실히 알수 없었다. 어쨌든 지금, 난데없이 그의 집에서는 요리 냄새가 났다. 클라라는 그 냄새가 반갑기보다 오히려 좀 역겨웠다. 왠지 자기 주변에서 확실한 것이 하나 더 사라져 버린 느낌이었다. 다시 옛날 냄새가 났으면 좋겠는데. 제인이 다시 돌아왔으면 좋겠는데. 모든 것이 그전 그대로였으면 좋겠는데.

"아, 놀라게 해 주려고." 벤이 다가와서 클라라를 포옹했다. "칠리 콘 카르네쇠고기, 콩, 양파 등에 칠레고추를 넣고 볶은 멕시코 요리의 하나야."

"내가 제일 좋아하는 요리야."

"한번도 만들어 보지 않은 거지만 어머니가 보시던 요리책『요리의 기쁨』에서 찾아냈어. 그런다고 제인이 다시 돌아오진 않겠지만 아픔이 좀 누그러지긴 할 거야."

클라라는 그 커다란 요리책이 카운터에 펼쳐져 있는 모습을 보자, 불쑥 반감이 일었다. 그 책은 저쪽 집에서 나온 것이다. 티머의 집. 사랑과 웃음을 쫓아내고 뱀과 쥐를 맞아들인 집. 클라라는 그 집과 연관되는 건 아무것도 원치 않았고 자신의 그런 혐오감이 거기서 나온 물건들에게까지 미치고 있는 것을 깨달았다.

"벤, 당신도 제인을 사랑했잖아. 당신이 제인을 발견했으니, 정말 악몽이었을 거야."

"그랬지." 그는 그때 일을 간단히 설명했다. 그들에게 등을 돌린 채 말했는데, 마치 자기 탓이기라도 한 것처럼 피터와 클라라의 얼굴을 쳐다볼 수가 없는 것 같았다. 그는 다진 고기를 되작이며 볶고 있었다. 클라라는 요리 재료 깡통들을 따며 벤의 이야기를 들었다. 하지만 곧 깡통 따개를 피터에게 넘기고 의자에 앉아야만 했다. 벤의 이야기를 듣고 있으니 머릿속에서 영화가 상영되는 것 같았던 것이다. 하지만 제인이 금방이라도 살아 돌아올 것 같은 마음은 여전했다. 벤이 이야기를 마치자 클라라는 양해를 구하고 주방을 가로질러 거실로 갔다.

그녀는 벽난로에 장작 하나를 더 집어넣고 피터와 벤이 가만가만 나누는 이야기를 들었다. 무슨 말인지는 알아들을 수 없었다. 정겨운 분위기가 느껴질 뿐. 또 한 번 슬픔의 파도가 엄습했다. 자신은 그렇게 속살거릴 상대를 잃은 게 아닌가. 위로가 되는 이야기를 함께 나눌 상대를. 그러고 보니 다른 감정이 고개를 들었다. 피터에게는 아직 벤이 있다는 일말의 질투심. 피터는 언제든 찾을 수 있는 친구가 있지만 자신은 제일 좋은 친구를 잃었다. 그런 생각이 말할 수 없이 속 좁고 이기적이라는 건 그녀도 알았지만, 그건 어쩔 수 없는 사실이었다. 그녀는 깊은 한숨을 내쉬고 마늘과 양파 냄새와 다진 고기 볶는 냄새와 다른 익숙한 냄새들을 들이키며 마음을 가라앉혔다. 상쾌한 세제 냄새가 나는 걸로 보아 넬리가 청소를 하고 간 게 분명했다. 청결함. 클라라는 기분이 좀 나아졌고, 그제야 벤이 피터의 친구만이 아니라 자기 친구이기도 하다는 사실을 깨달았다. 그리고 스스로 작정하지 않는 한 자신이 혼자가 아니라는 것도. 언젠가 데이지의 냄새가 다시 버터에 튀긴 마늘의 냄새를 눌러 이기리라는 것도.

피터와 클라라와 벤이 도착했을 때는 세인트 토마스 교회가 다 차 가고 있었다. 이제 막 비가 내리기 시작한 터라 서성거리는 사람은 그리 많지 않았다. 교회 한쪽의 작은 주차장이 가득 차서 트럭과 승용차들이 원형의 커먼스에 늘어서 있었다. 안에서는, 그 작은 교회가 사람들로 넘치고 있어 따뜻했다. 축축한 털실 냄새와 부츠에 묻어 들어온 흙냄새가 감돌았다. 세 사람은 헤집고 들어가서 뒤쪽 벽에 기댄 사람들 줄에 끼었다. 클라라는 뭔가 불룩한 것이 등을 찌르는 것 같아 돌아보고는 자신이 코르크 게시판에 기대어 선 것을 알았다. 게시문은 다양했다. 반년마다 열리는 차와 공예품 바자, 브라우니 초콜릿 다과회, 월요일과 목요일 아침 해나의 체조 교실, 매주 수요일 7:30 브리지 클럽, 그리고 오래되어 누렇게 바랜 1967년부터 '새로 바뀐' 미사 시간 안내문들.

"저는 아르망 가마슈입니다." 한가운데 선 몸집 큰 남자가 말했다. 오늘 아침에는 트위드 재킷과 회색 플란넬 슬랙스를 입고 옥스퍼드 셔츠에 와인 빛 넥타이를 맸다. 모자는 벗고 있어서 탈모가 진행되고 있는 것이 드러났지만, 클라라는 그가 굳이 감추려 하지 않은 것을 알 수 있었다. 머리카락은 희끗희끗했고, 그 점은 짧게 다듬은 콧수염도 마찬가지였다. 그는 마을 사람들을 상대로 연설하는 카운티 치안판사 같은 인상을 주었다. 그는 임무를 맡는 데 익숙한 사람이었고 맡은 임무를 잘 수행했다. 실내는 금방 잠잠해졌고 분위기를 해치는 건 뒤쪽에서 연방 들리는 기침 소리뿐이었다. "퀘벡 경찰청 살인수사반 경감입니다." 그 말에 장내가 술렁거렸다. 그는 소란이 가라앉길 기다렸다가 다시 입을 열었다.

"여기는 저의 부관 장 기 보부아르 경위입니다." 보부아르가 앞으로 걸어 나가 머리를 가볍게 숙였다. "다른 경관들도 교회 안 여기저기에 있습니다. 아마 금방 알아보실 수 있을 겁니다." 그는 반원들 대다수가 활쏘기 클럽 회관을 속속들이 뒤지고 있는 사실은 밝히지 않았다.

클라라는 제인을 죽인 사람이 세인트 토마스 교회에 모인 사람들 사이에 있을지 모른다는 생각이 들었다. 주위를 둘러보는데 넬리와 남편 웨인, 머나와 루스, 올리비에와 가브리가 눈에 띄었다. 매튜와 수잔 크로프트 부부가 그들 뒷줄에 앉아 있었다. 그런데 필립 크로프트는 보이지 않았다.

"우린 제인 닐의 죽음이 사고였다고 보고 있지만 지금까지 자수한 사람이 아무도 없습니다." 가마슈는 잠시 말을 멈추었고 클라라는 그가 사람들의 관심을 얼마나 강하게 집중시킬 수 있는지 알았다. 그는 영민해 보이는 눈으로 말없이 실내를 한 번 훑고는 다시 말을 이었다. "그것이 사고였다면, 그리고 그녀를 죽인 사람이 여기 있다면, 알아 둘 것이 몇 가지 있습니다." 클라라는 실내가 그 이상 더 조용해질 수 있을까 싶었으나, 더 조용해졌다. 호기심으로 치유되는 기적이라도 일어났는지 기침 소리까지 그쳤다.

"당신이 한 일을 깨달았을 때 분명 끔찍하게 무서웠을 겁니다. 하지만 나서서 받아들여야 합니다. 주저할수록 일은 더 어렵게 됩니다. 우리에게나 이 지역 사회에나, 그리고 당신에게도요." 가마슈 경감은 말을 멈추고 천천히 교회 안을 둘러보았다. 모든 사람들은 제각각 그가 자신의 속내를 들여다보고 있다는 느낌을 받았다. 모두가 기다렸다. 가슴 두근거리는 소리가 들리는 것 같았다. 모두들 잘못을 저지른 당사자가 일어서지나 않나 하여 마음 졸이고 있는 것이다.

클라라의 눈이 욜랑드 퐁텐과 마주치자 욜랑드가 희미하게 미소했다. 클라라는 그녀가 끔찍이 싫었지만 마주 웃어 주었다. 욜랑드의 말라깽이 남편 앙드레는 손톱 뿌리의 살갗을 손으로 뜯어내다 이따금 이빨로 뜯었다. 매력이라곤 눈 씻고 찾아도 없는 아들 베르나르는 부루퉁한 표정으로 의자에 푹 박혀 있었다. 그는 따분해 보였고 입이 미어지게 과자를 먹는 사이사이 건너편의 제 친구들을 향해 인상을 찡그려 보였다.

일어서는 사람이 아무도 없었다.

"우리는 당신을 찾아낼 것입니다. 그것이 바로 우리가 하는 일이니까요." 가마슈는 깊은 숨을 토했다. 화제를 바꾸려는 모양이었다.

"우린 이 사건을 살인으로 보진 않지만 살인과 마찬가지로 보고 수사할 겁니다. 여기 검시관의 사전 보고서가 있습니다." 그는 PDA를 열었다. "이 보고에 따르면 제인 닐은 어제 아침 여섯 시 삼십 분에서 일곱 시 사이에 사망했습니다. 무기는 화살로 보입니다."

이 말에 적지 않은 사람이 술렁댔다.

"제가 그렇게 '보인다'고 말씀드린 것은 어떤 무기도 발견되지 않았기 때문입니다. 그리고 그게 문제입니다. 과실이었다는 추정에 반하는 사실이니까요. 자수한 사람이 아무도 없다는 사실까지 고려하면 우리는 살인일 가능성을 열어 두고 수사할 수밖에 없는 것입니다."

가마슈는 잠시 말을 멈추고 사람들을 바라보았다. 선량한 얼굴들로 가득 찬 바다 여기저기에 암초처럼 찌푸린 얼굴이 더러 있었다. 자신들이 이제 어떤 상황에 처하게 될지 모르는 거라고 가마슈는 판단했다.

"수사는 이렇게 시작될 겁니다. 여러분은 도처에서 우리를 보게 될 겁니다. 우리는 질문을 던질 겁니다. 신원을 확인하고, 대화를 나누게 될 겁니다. 대상은 여러분만이 아니라 여러분 이웃들, 여러분의 고용주, 여러분의 가족과 친구들까지 포함할 겁니다."

또다시 술렁거림이 일었으나 이번에는 반감이 배어 있었다. 가마슈는 왼편 가까이서 "파시스트."라는 소리가 분명히 들렸다는 생각이 들었다. 슬쩍 그쪽을 보니 루스 자도가 앉아 있었다.

"여러분 중에 이런 일이 벌어지기를 원하는 사람은 아무도 없지만 어찔 수 없습니다. 제인 닐이 사망했으니 우리 모두 그 문제를 해결해야 합니다. 우리는 우리 일을 해야 하고 여러분은 우리 일에 협조해야 합니다. 그러자면 어쩔 수 없이 평소와 다른 불편함도 감수해야 할 겁니다. 사는 게 그렇지 않습니까? 그 점은 유감입니다만 그렇다고 사실이 달라지진 않습니다."

두런거리는 소리가 점점 작아지더니 이내 동의의 뜻으로 고개를 끄덕이는 사람들까지 생겼다.

"누구에게나 비밀은 있기 마련이고, 수사가 끝나기 전에 저는 여러분의 비밀을 대부분 알게 될 겁니다. 이 사건과 관계가 없는 비밀은 무덤까지 가져갈 겁니다. 하지만 그것들을 찾아낼 겁니다. 거의 날마다 오후 늦은 시간에 무슈 브륄레의 비스트로에서 자료를 검토하고 있을 겁니다. 언제든지 오셔서 저와 한잔하며 대화를 나누어 주기 바랍니다."

범죄란 지극히 인간적이라는 걸 가마슈는 알고 있었다. 원인과 결과. 그리고 그가 아는 한 범죄자를 찾아내는 유일한 방법은 관련된 인간들과 접촉하는 것이다. 그러려면 편안한 카페에서 대화를 나누는 것이 상대의 경계심을 늦추기에 제일 좋았다.

"질문 있습니까?"

"우린 지금 위험한가요?" 선출직 마을 대표인 해나 파라가 물었다.

가마슈는 그 질문이 나올 줄 알고 있었다. 사고인지 살인인지를 정말로 모르고 있기 때문에 그것은 어려운 질문이었다.

"그렇지 않다고 생각합니다. 밤이면 문을 잠가야 할까요? 항상 잠그세요. 숲에서는 물론 커먼스 주위에서 산책할 때도 조심해야 할까요? 그렇습니다. 산책 같은 걸 아예 하지 말아야 할까요?"

그는 잠시 말을 멈추고 빙 둘러 사람들을 훑어보며 반응을 살폈다.

"어젯밤에 문 잠갔어?" 클라라가 피터에게 속삭였다. 그는 고개를 끄덕였고 클라라는 안도했다는 듯 그의 손을 꼭 잡았다. "당신은?" 그녀의 물음에 벤은 고개를 가로저었다. "아니. 하지만 오늘 밤엔 잠가야겠어."

"그건 알아서 하십시오." 가마슈가 말을 이었다. "대부분의 경우 이런 사건이 일어난 뒤 대략 한 주 동안은 조심하더군요. 그 뒤에는 다시 자기 편리한 식대로 살아갑니다. 이후로 평생 동안 경계심을 유지하는 사람들이 있는가 하면 다시 예전처럼 살아가는 사람들도 있습니다. 대다수는 그 중간 수준에서 조심성을 유지합니다. 옳거나 더 나은 방법은 따로 없습니다. 솔직히 저라면 우선 당장은 조심하겠지만 겁먹을 필요는 전혀 없습니다." 가마슈는 미소를 짓고 덧붙였다. "여러분은 겁에 질려 어쩔 줄 모를 사람들은 아닌 것 같군요." 실제로 그들은 그러지 않았다. 모두들 처음에 교회에 들어올 때보다는 조금 눈이 커지긴 했지만. "걱정되는 일이 있다면 제가 이곳 비앤비에 묵고 있으니 언제든 오시길 바랍니다."

"제 이름은 올드 먼딘입니다." 스물댓 살쯤 되어 보이는 청년이 일어섰다. 믿을 수 없을 정도로 잘생긴 청년이었다. 곱슬거리는 검은 머리에 이목구비가 조각같이 뚜렷하고 강인해 보이는 얼굴, 역기깨나 들었을 법한 몸. 보부아르가 가마슈에게 재미있지만 헛갈린다는 눈빛을 던졌다. 이 사람의 이름이 정말로 '올드'란 말이야? 그는 그 이름을 기록했지만 확신이 서진 않았다.

"말씀하세요, 먼딘 씨."

"제인이 사망할 당시 그녀는 루시와 함께 있지 않았다고 들었습니다.

맞습니까?"

"맞습니다. 아주 흔치 않은 일이라는 건 알고 있습니다."

"아, 그럼요. 어딜 가든 그 개를 데리고 다니셨거든요. 루시가 없었다면 숲에 들어가지 않으셨을 거예요."

"신변 보호를 위해서인가요?"

"아뇨, 그냥이죠. 개가 있는데 산책 나가면서 무엇 때문에 데려가지 않죠? 게다가, 아침이면 개가 제일 먼저 하는 게 달리고 싶고 용변 보고 싶어 안달하는 것 아니겠어요. 그럼요. 이해가 안 됩니다."

가마슈가 군중에게 시선을 돌렸다. "제인이 자신의 개를 데려가지 않은 이유를 짐작할 수 있는 분 계십니까?"

클라라는 그 질문에 깊은 인상을 받았다. 수사의 총괄 책임자, 경찰청의 고위 간부가 마을 사람들의 의견을 묻다니! 분위기가 삽시에 바뀌었다. 애도하며 수동적으로 듣는 분위기에서 참여하는 분위기로. 이제 수사는 '그들의' 것이 되었다.

"루시가 아프거나 열이 나서 데려가지 않았을 수도 있죠." 수 윌리엄스가 큰 소리로 말했다.

"맞습니다." 피터였다. "하지만 루시는 변함없이 건강해요."

"제인이 사냥꾼들을 발견하고서 실수로 총에 맞는 일이 없게 루시를 집에 데려다 놓은 게 아닐까요?" 웨인 로버트슨은 그 질문을 하고는 다시 기침이 터져 나오자 자리에 앉았다. 아내 넬리가 풍만한 가슴에 품어 주었다. 살덩이가 병을 쫓아 주기라도 할 것처럼.

"그런 다음 사냥꾼들에게 따지려고 다시 숲으로 돌아갔을까요?"

"가능한 이야기입니다." 벤이 말했다. "전에도 그런 일이 있었어요.

몇 년 전 일이라고 기억나는군요. 제인이 한 사람을 쫓아갔는데 알고 보니……." 그는 말을 중단하고 당혹스러운 표정을 지었다. 그가 무슨 말을 하려다 말았는지 아는 몇 사람이 불편하게 웃고 헛기침을 했다. 가마슈는 양 눈썹을 추켜올리고 기다렸다.

"모두 아시다시피, 그건 저였습니다." 한 사내가 자리에서 일어났다. "저는 매튜 크로프트입니다." 30대 중반, 중간 체구, 특징이랄 게 별로 없는 사내. 곁에는 날씬한 여성이 긴장된 표정으로 앉아 있었다. 이름이 귀에 익었다.

"삼 년 전에 불법이지만 해들리 집안 소유지에서 사냥을 하고 있었는데, 미스 닐이 와서 숲에서 나가라고 했습니다."

"나갔습니까?"

"예."

"그런데 왜 거길 갔습니까?"

"우리 집안은 삼백 년 동안 대대로 여기 살았기 때문에 저는 어려서부터 사냥철에는 사유재산이 존재하지 않는다는 생각을 갖고 자랐어요."

"그건 옳지 않아." 뒤쪽에서 목소리가 울렸다. 보부아르는 부지런히 기록했다.

크로프트가 그쪽으로 고개를 돌렸다. "앙리?"

석공예가 앙리 라리비에르가 위엄을 부리며 일어섰다가 앉았다.

"저는 그렇게 자랐어요." 크로프트가 말을 이었다. "어디든 원하는 데서 사냥해도 잘못이 아니라고 배웠습니다. 그 철에는 생존 자체가 고기를 충분히 얻을 수 있느냐 없느냐에 달렸기 때문이라는 거였죠."

"식료품점이 있잖아, 매튜? 롭로스캐나다 최대의 식료품. 잡화 유통 체인 고기는 양에 안 차나?" 앙리가 조용히 말했다.

"IGA^{미국 시카고에서 출발해 편의점, 슈퍼마켓 등 소매 유통을 운영하는 세계적인 체인}도 있고, 프로비고^{퀘벡에 본부를 둔 식료품점 체인}도 있어." 다른 사람들이 외쳤다.

"나도 있고." 자크 벨리보가 말했다. 그 마을에서 식료품점을 운영하는 사람이었다. 왁자하게 웃음이 터졌다. 가마슈는 그 소란을 내버려 둔 채 분위기 돌아가는 양을 지켜보고만 있었다.

"그래요, 시대는 변합니다." 약이 오른 크로프트가 말했다. "그런 건 이제 필요 없습니다. 하지만 좋은 전통이에요. 이웃 간에 서로 돕는 좋은 철학이기도 하고요. 저는 그걸 믿습니다."

"당신이 그르다고 말하는 사람은 아무도 없어요, 매트." 피터가 한 걸음 앞으로 나서며 말했다. "당신 생각이나 행동을 변명할 필요는 없다고 봐요. 더구나 오래전 일이 아니오?"

"필요가 있습니다, 모로 씨." 보부아르가 건네는 쪽지를 받으며 가마슈가 끼어들었다. "미스 제인 닐은 아마 해들리 씨의 소유지를 침입한 사냥꾼에게 살해당했을 겁니다. 크로프트 씨와 비슷한 전력이 있는 분은 밝혀야 합니다." 그러고는 쪽지를 보았다. 보부아르가 정자로 또박또박 쓴 내용은 이랬다. '필립 크로프트가 똥거름을 던졌음. 아들?' 가마슈는 쪽지를 접어 호주머니에 넣었다.

"아직도 아무 데서나 사냥하십니까, 크로프트 씨?"

"아뇨, 이젠 안 해요."

"왜죠?"

"미스 닐의 말씀을 존중하니까요. 그리고 아주 오래전부터 사람들 입에 오르내리던 말을 마침내 받아들였어요. 그 말이 옳다고 생각했습니다. 사실, 지금은 아예, 어디에서도 사냥을 하지 않습니다."

"활 사냥 장비가 있습니까?"

"그렇습니다."

가마슈는 실내를 빙 돌아보았다. "여러분 중에 활 사냥 장비를 갖고 계신 분은 사용한 지 오래되었더라도 빠짐없이 여기 보부아르 경감에게 성함과 주소를 남겨 주시기 바랍니다."

"사냥용만요?" 피터가 물었다.

"왜요? 무얼 염두에 둔 말씀입니까?"

"과녁 사격에 쓰는 활과 화살도 있으니까요. 리커브라는 건데, 사냥용과는 다릅니다. 사냥용은 컴파운드라고 하죠."

"그래도 사람에게 사용하면 같은 결과가 나올까요?"

"아마도요."

피터가 벤을 보았다. 벤은 잠깐 생각하다 입을 열었다.

"그렇습니다. 화살은 다르지만요. 과녁 쏘는 화살로 무얼 죽이려면 엄청나게 운이 좋아야 할 겁니다. 아니면, 운이 나쁘든지."

"왜죠?"

"과녁 쏘는 화살은 살촉이 아주 작아요. 총알 끝과는 다르죠. 하지만 사냥용 화살은 전혀 다릅니다. 저는 한 번도 쏴 본 적이 없지만, 매튜, 당신은 갖고 있죠?"

"사냥용 화살은 끝에 날이 네 개 있습니다. 다섯 개가 있는 것도 있고요. 그것들이 끝에서 하나로 모입니다."

보부아르가 제단 가까이에 이젤을 세우고 종이를 얹었다. 가마슈가 그쪽으로 가서 재빨리 크고 검은 점을 하나 그리고 거기서 사방으로 뻗는 선을 네 가닥 그렸다. 전날 점심시간에 보부아르가 그렸던 그 그림이었다.

"그 화살에 맞으면 이런 상처가 날까요?"

매튜 크로프트가 조금 앞으로 나갔다. 사람들이 모두 자리에서 앞으로 몸이 쏠리자 그가 그들을 끌어당긴 듯한 느낌을 주었다.

"아주 똑같네요."

가마슈와 보부아르의 시선이 마주쳤다. 최소한 해답의 일부는 얻은 것이다.

"그러니까……." 하고 가마슈가 혼잣말인 듯 중얼거렸다. "이건 사냥용 화살에 난 상처일 게 분명하다?"

매튜 크로프트는 가마슈가 자기에게 말하고 있는지 확신이 서지 않았지만 어쨌든 대답했다. "그렇습니다, 경감님. 의문의 여지가 없어요."

"사냥용 화살은 어떻게 생겼지요?"

"재질은 아주 가볍고 속이 빈 금속인 데다 꼬리 쪽에는 날개가 달렸습니다."

"활은요?"

"사냥용 활은 컴파운드라고 하는데 합금으로 만듭니다."

"합금이라고요?" 가마슈가 물었다. "그것도 금속은 금속이지 않습니까? 나무로 만들 거라고 생각했습니다만."

"옛날에는 그랬죠." 매튜가 말했다.

"더러는 지금도 그래요." 군중 가운데 누가 소리치자 왁자한 웃음이 뒤따랐다.

"저 사람들은 저를 놀리고 있는 겁니다, 경감님." 벤이 말했다. "제가 처음 활쏘기 클럽을 만들었을 때는 옛날 활과 화살을 썼거든요. 재래식 리커브의 일종인데…….”

“로빈 후드.” 누군가 소리쳤다. 몇 사람이 또 낄낄거렸다.

“그리고 부하 호걸들.” 가브리가 맞장구를 쳤다. 자기도 끼어들어 기쁜 표정이었다. 숨죽여 낄낄거리는 소리가 다시 이어졌지만, 가브리는 듣지 못했다. 올리비에가 그의 다리를 집게처럼 꼬집는 바람에 혼이 나갔던 것이다.

“사실입니다.” 벤이 말을 이었다. “피터와 제가 클럽을 처음 시작했을 때 우리는 로빈 후드에게 푹 빠져 있었거든요. 카우보이와 인디언에게도 빠져 있었고요. 우린 복장을 아주 제대로 갖춰 입었죠.”

곁에서 피터가 끙 하고 신음을 토했고, 클라라는 오랫동안 잊고 있던 기억을 향해 콧방귀를 날렸다. 기억 속에 두 친구는 녹색 타이츠와 스키 모자를 중세 모자처럼 접어 쓴 꼴로 숲 속을 활보하고 있었다. 두 사람은 당시 20대 중반이었다. 클라라는 피터와 벤이 아무도 보지 않는다고 생각하고 요즘도 이따금 그 짓을 한다는 것도 알고 있었다.

“우린 나무로 만든 리커브 활과 화살만 썼습니다.” 벤이 말했다.

“지금은 무얼 쓰죠, 해들리 씨?”

“같은 활과 화살입니다. 바꿀 이유가 없거든요. 우린 그걸 학교 뒤편에서 과녁 사격을 할 때만 사용합니다.”

“이걸 좀 설명해 주시지요. 현대 활과 화살은 금속 종류로 만듭니다. 옛날 것은 나무예요, 맞습니까?”

“맞습니다.”

“화살이 몸을 뚫고 지나갈 수 있나요?”

"예, 그대로 관통하죠." 매튜가 대신 대답했다.

"하지만, 해들리 씨, 카우보이와 인디언 이야기를 하셨는데, 옛날 영화들을 보면 화살이 몸에 그대로 박혀 있는 걸로 나오거든요."

"그런 영화는 사실과 다르죠." 다시 매튜가 말했다. 가마슈는 그의 뒤에서 보부아르가 쿡쿡 웃는 소리를 들었다. "정말입니다. 화살이 사람에 맞으면 그대로 뚫고 나가요."

"합금이든 나무든요?"

"그럼요. 둘 다요."

가마슈는 고개를 가로저었다. 신화가 또 하나 깨졌다. 교회도 알고 있었을까? 어쨌든 상처에 대한 의문 한 가지는 풀렸고 제인이 화살에 맞아 죽었다는 것은 어느 때보다 분명해졌다. 그런데 화살은 어디 있지?

"관통한 화살은 얼마나 멀리 갑니까?"

"음, 좋은 질문입니다. 삼 미터 내지 오 미터요."

가마슈는 보부아르를 보고 고개를 끄덕였다. 화살은 그녀의 가슴을 꿰뚫고 등으로 나와서 뒤쪽의 숲 속으로 날아갔으리라. 하지만 그곳을 수색하고도 아무것도 못 찾지 않았는가.

"화살을 찾기가 힘들까요?"

"그렇지 않습니다. 사냥 경험이 많은 사람이라면 어디에서 찾아야 할지 정확히 알 겁니다. 바닥에서 조금 튀어나와 있을 텐데 깃털이 있어서 찾는 게 조금 더 쉬울 겁니다. 화살은 비싼 물건이라 우린 쏘고 나면 반드시 화살을 찾죠. 제2의 천성이 돼요."

"검시관이 상처에서 진짜 깃털 조각을 몇 개 발견했습니다. 그건 무얼 뜻할까요?" 가마슈는 자신의 단순한 질문에 사람들이 크게 술렁거리는 걸 보고 놀랐다. 어떻게 된 속인지 모르겠다는 표정을 한 벤을 피터가 바라보고 있었다. 사실, 모두가 갑자기 활기를 띤 것 같았다.

"그게 화살이 맞다면 그건 옛날 화살, 나무 화살일 수밖에 없습니다." 피터가 말했다.

"합금 화살에는 진짜 깃털을 쓰지 않나요?" 마침내 핵심을 파악했다는 느낌을 받으며 가마슈가 물었다.

"그렇습니다."

"그렇군요. 같은 질문을 반복하는 걸 용서하십시오. 확실히 해 둬야 해서 그런 것뿐입니다. 상처에 진짜 깃털이 묻어 있어서 우리는 나무 화살에 대해 이야기하고 있습니다. 합금이 아니고 나무 말입니다."

"맞습니다." 모인 사람들 절반이 큰 소리로 대답하니 마치 부흥 집회라도 하는 것 같았다.

"그리고……." 수사에서 또 하나의 작은 걸음을 내디디며 가마슈가 말했다. "활쏘기 클럽에서처럼 과녁을 맞히는 화살이 아니라, 사냥용 화살입니다. 우린 상처의 모양을 보고 그걸 알았습니다." 그가 그림을 가리켰다. 모두가 고개를 끄덕였다. "그것은 사냥용 살촉이 달린 나무 화살이었을 수밖에 없습니다. 그렇다면 신식 합금 활로 사냥용 나무 화살을 쏠 수 있습니까?"

"아니요." 군중이 말했다.

"그럼 그건 나무 활이었을 수밖에 없겠군요, 맞습니까?"

"맞습니다."

"로빈 후드 활이죠."

"맞아요."

"알겠습니다. 감사합니다. 자, 이제 또 한 가지 질문입니다. 여러분은 '리커브'와 '컴파운드'라는 말을 계속 쓰고 있습니다. 차이점이 무엇입니까?" 그는 잘 기록하고 있기를 바라며 보부아르를 건너다보았다.

"리커브는 로빈 후드 활입니다." 벤이 말했다. "카우보이와 인디언의 활이기도 하고요. 길고 가는 나무 막대인데 가운데에 잡을 수 있게 손잡이를 깎아놓은 부분은 더 두껍습니다. 그리고 막대 양쪽 끝에는 시위를 거는 홈이 있습니다. 시위를 한쪽 끝에 걸고 나서 다른 쪽 끝에 걸면 나무 막대가 휘어져서 활이 됩니다. 간단하고 효율적이죠. 수천 년 된 디자인입니다. 쓰고 나서는 시위를 풀어 보관하는데, 활은 다시 조금 굽은 상태로 돌아가 있습니다. '리커브'라는 이름은 쓸 때마다 다시 휜다고 해서 붙은 겁니다."

아주 간단하다고 가마슈는 생각했다.

"컴파운드는……." 하고 매튜가 말했다. "완전히 새로운 디자인입니다. 이름 그대로 정말로 복잡한 활이라고 봅니다. 양쪽 끝에 도르래가 달리고 줄도 많아요. 겨냥하는 장치도 아주 정교하죠. 방아쇠까지 있습니다."

"위력과 정확도를 비교하면 리커브는 그…… 다른 활을 뭐라고 부른다고요?"

"컴파운드요." 스무 명쯤이 이구동성으로 대답했는데, 안에 있던 경관도 세 명 정도는 끼어 있었다.

"정확도는…… 비슷해요. 위력은 그렇지 못합니다."

"정확도 이야기를 하려다 좀 망설이셨는데요?"

"리커브를 쓸 때는 손가락으로 시위를 놔야 하는데, 어떻게 놓느냐에 따라 정확도가 달라지거든요. 거칠게 놓으면 정확도에 영향을 끼치죠. 컴파운드는 방아쇠가 있어서 더 부드럽습니다. 아주 정확한 조준 장치까지 있잖아요?"

"요즘도 나무 리커브 활과 나무 화살을 택하는 사냥꾼들이 있는 게 맞습니까?"

"많지는 않아요." 엘렌 샤롱이 말했다. "실은 아주 드뭅니다."

가마슈는 다시 매튜에게 시선을 돌렸다. "만약 당신이 누군가를 죽일 거라면 어떤 활을 쓰겠습니까? 리커브인가요 컴파운드인가요?"

매튜 크로프트는 머뭇거렸다. 그 질문이 마음에 거슬린 게 분명했다. 앙드레 말랑팡이 웃었다. 즐거운 기색이 없는 정나미 떨어지는 웃음이었다.

"당연히 컴파운드죠. 요즘 세상에 누가 옛 나무 리커브 활에 진짜 깃털이 달린 화살로 사냥하겠어요? 과거에서 온 사람 같지 않겠어요? 과녁 맞추기 시합이라면 또 모를까. 하지만 사냥이라면? 저는 당연히 현대식 장비를 씁니다. 그리고 솔직히, 누군가를 고의로 죽일 거라면요? 살인이오? 뭐하려고 리커브로 요행을 바랍니까? 아니죠, 그 일에는 컴파운드가 성공 가능성이 훨씬 높아요. 사실, 저라면 총을 쓰겠지만."

그것이 의문이라고 가마슈는 생각했다. 왜? 왜 총알이 아니고 화살이었을까? 왜 최신 사냥용 활이 아니라 구식 나무 활이었을까? 수사가 끝나면 해답은 항상 있다. 최소한 어느 수준에서는 이치에 닿는 해답이. 하지만 지금은 말이 안 되는 것 같다. 시골 학교에서 은퇴한 노파를 죽이려고 진짜 깃털이 달린 구식 나무 화살을 쓴다? 왜지?

"크로프트 씨, 지금도 사냥 장비를 가지고 계십니까?"

"예, 그렇습니다."

"오늘 오후에 쓰는 걸 좀 보여 주셨으면 좋겠습니다만."

"얼마든지요." 크로프트는 망설임이 없었지만 가마슈 눈에 그의 아내는 왠지 긴장하는 것 같았다. 가마슈는 손목시계를 보았다. 12시 30분.

"누구, 다른 질문 있는 분 계십니까?"

"여기 질문 있소." 루스 자도가 힘들게 일어섰다. "사실, 이건 질문이라기보단 발언이라고 해야겠지." 가마슈는 흥미를 갖고 그녀를 바라보았다. 속으로는 무슨 소리를 들을지 몰라 마음을 다져 먹었다.

"수사본부로 쓸 만한 것 같으면 옛날 기차역을 써도 좋아요. 쓸 만한 장소를 찾고 있다고 들었어요. 의용소방대가 사무실 설치 작업을 도와드릴 수 있을 거요."

가마슈는 잠시 생각했다. 양에 차진 않지만 학교 건물에 차단선을 친 마당이니 현재로서는 최선책일 듯싶었다.

"고맙습니다, 소방대 건물을 쓰도록 하겠습니다. 감사합니다."

"저도 할 말이 있어요." 욜랑드가 일어섰다. "제가 제인 이모 장례를 언제 치러도 되는지 경찰이 알려 줄 거라고 믿겠어요. 저도 여러분 모두에게 장례식이 언제 어디에서 열릴지 알려 드리겠습니다."

가마슈는 갑자기 그녀가 몹시 안돼 보였다. 그녀는 머리에서 발끝까지 검은 옷을 입고 있었고, 상실의 아픔으로 약해진 모습을 보여 주는 것과 이 비극으로 얻어지는 소유권을 주장할 필요성 사이에서 갈등하는 것 같았다. 그는 그런 경우를 많이 보았다. 상주 자리를 차지하려고 기를 쓰는 사람들 말이다. 그런 모습은 언제나 인간적이고, 결코 유쾌하지 않으며, 종종 판단을 오도한다. 구호활동가들은 굶주린 사람들에게 음식을 나누어 줄 때 서로 먼저 받으려고 다투는 사람들이 가장 필요하지 않은 사람들이라는 사실을 바로 알아챈다. 정작 음식이 가장 필요한 사람들은 다툴 힘도 없어서 조용히 뒷줄에 앉아 있다. 비극을 두고도 마찬가지다. 종종 사람들 앞에서 떠들썩하게 슬픔을 드러내지 않는 사람이 가장 큰 슬픔을 느끼는 사람일 수 있는 것이다. 하지만 가마슈는 절대 예외가 없는 법칙은 없다는 것 역시 잘 알고 있었다.

가마슈는 모임을 끝냈다. 거의 모든 사람이 거세게 쏟아지는 빗줄기를 뚫고 비스트로로 마구 뛰었다. 요리를 하러 가는 사람도 있고, 주문대로 음식을 나르려고 가는 사람도 있었으나 대다수는 먹으러 가는 것이었다. 가마슈는 활쏘기 클럽 수색 결과를 어서 빨리 듣고 싶었다.

5

이자벨 라코스트 형사는 떨리는 손으로 비닐봉지 속에 손을 넣어 조심스럽게 흉기를 꺼냈다. 추워서 곱은 손에는 화살촉이 들려 있었다. 실내의 다른 경관들은 말없이 앉아 있었지만 뭔가 죽이도록 설계된 그 작은 촉을 더 잘 보기 위해 고개를 쭈뼛거렸다.

"클럽 회관에서 이걸 찾아냈습니다. 나머지는 클럽 회관에 있습니다." 돌려 보라고 살촉을 건네며 그녀가 말했다. 그녀는 남편에게 아이들을 맡기고 몬트리올에서 빗줄기와 어둠을 뚫고 차를 몰아 그날 아침 일찍 도착했었다. 그녀는 사무실의 조용한 시간을 좋아했다. 오늘은 춥고 조용한 옛 교사가 사무실이 될 터였다. 열쇠는 보부아르 경위에게서 미리 받아 놓았다. 노란색 경찰 테이프를 넘은 다음 커피가 담긴 보온병을 꺼내고 '범죄 현장' 조사에 필요한 용구가 든 경찰 가방을 바닥에 놓았다. 그리고 스위치를 올려 전등을 켜고 실내를 둘러보았다. 사개맞춤으로 판자를 댄 사방 벽을 온통 살통들이 덮고 있었다. 살통이 걸려 있는 갈고리에는 예전에는 분명 조그만 외투가 걸려 있었을 것이다. 그 방의 전면 벽은 여전히 커다란 칠판이 차지하고 있었는데 의문의 여지 없이 벽에 붙박이로 설치한 칠판이었다. 칠판에는 누군가가 과녁과 'X'를 그린 다음 그 사이에 포물선을 긋고, 포물선 아래에는 숫자들을 써 놓았다. 라코스트 형사는 전날 밤 인터넷을 통해 숙제를 해 온 터라 그것이 바람과 거리와 화살의 비상 궤도를 다룬 아주 초보적인 궁술 수업인 것을 대번에 알아보았다. 그럼에도 카메라를 꺼내어 그 그림을 찍었다. 그리고 커피를 벌컥벌컥 마신 뒤 자리에 앉아 노트북에 그 도형을 그렸다. 그녀는 아주 세심한 여성이었다.

그녀는 수색을 맡은 수사관들이 도착하기 전에, 자신만 아는 어떤 일을 하기로 했다. 밖으로 나가 비 내리는 아침의 부자연스런 빛에 제인 닐이 죽은 자리로 걸어갔다. 그리고 미스 닐에게 가마슈 경감이 그녀를 그렇게 만든 자를 반드시 찾아낼 것이라고 말해 주었다. 미스 닐이 자신을 위해 누군가 그렇게 해 주기를 바랄 것이라고 생각하기 때문이었다.

이자벨 라코스트 형사는 황금률을 믿었다. '무엇이든지 남에게 대접

을 받고자 하는 대로 너희도 남을 대접하라.'

그런 다음 난방도 되지 않은 활쏘기 클럽 회관으로 돌아왔다. 다른 경관들도 와 있어서 그들과 함께 단칸 교실을 조사하며 지문을 뜨고 치수를 재고 사진을 찍고 물건들을 비닐봉지에 담았다. 그러다가 교실에 하나 남은 책상에서 서랍의 뒤쪽에 손을 넣어 그것들을 찾아냈던 것이다.

가마슈는 무슨 수류탄이나 되는 듯 그것을 손에 쥐었다. 화살촉은 분명 사냥용이었다. 네 개의 날이 뾰족한 끝으로 모여 있었다. 이제 마침내 마을 회의에서 들은 설명을 이해할 수 있었다. 화살촉이 자기 손바닥을 꿰뚫기를 갈망하는 것 같았다. 수천 년의 갈망이 만들어 낼 수 있는 그 모든 힘을 갖고 활에서 튕겨 나가면 사람을 그대로 관통할 게 분명했다. 그처럼 치명적이고 조용한 무기가 이미 있는데 총은 뭐 하려고 발명했을까.

라코스트 형사는 부드러운 타월로 물이 뚝뚝 떨어지는 검은 머리를 문질렀다. 석조 벽난로 안에서 활활 타고 있는 불길 쪽으로 등을 돌리고 서서 여러 시간 만에 처음으로 온기를 느꼈고, 수프와 빵의 냄새를 맡으며 그 훈기가 방 안을 한 바퀴 도는 것을 지켜보았다.

클라라와 머나가 뷔페 탁자 앞의 줄에 함께 서 있었다. 프랑스계 캐나다인들의 요리인 김 나는 강낭콩 수프가 든 머그잔과 불랑제리에서 갓 나온 뜨끈한 롤빵이 담긴 접시를 조심스럽게 들고 있었다. 바로 앞에서는 넬리가 자기 접시에 음식을 덜고 있었다.

"웨인 것도 덜어야겠어요." 넬리는 누가 묻지도 않은 말을 했다. "그인 저기 있어요. 오, 가엾어라."

"기침을 하던데, 감기예요?" 머나가 물었다.

"모르겠어요. 이제 가슴까지 안 좋아요. 집 밖에 나온 게 며칠 만에 처음이라니까요. 걱정이 돼서 나올 수가 있어야지요. 그런데도 웨인은 자기가 미스 닐의 잔디를 깎고 잡일을 거들었다면서 마을 회의에 꼭 가고 싶다는 거예요." 두 여인은 넬리가 커다란 접시를 맥없이 의자에 웅크리고 앉아 있는 웨인에게 건네는 것을 지켜보았다. 그녀는 손으로 그의 이마를 훔치고는 그를 일으켜 세웠다. 두 사람은 비스트로에서 나갔다. 넬리가 걱정스러운 표정으로 웨인을 이끌자 그는 그녀가 이끄는 대로 얌전히 따랐다. 클라라는 그가 어서 회복하기를 바랐다.

"마을 회의 어떻게 생각해?" 조금 앞으로 움직이며 클라라가 머나에게 물었다.

"그 사람 마음에 들었어. 가마슈 경감 말이야."

"나도 그래. 그런데 참 이상하지? 제인이 사냥용 활에 맞아 돌아가셨다니."

"하지만, 생각해 보면, 그럴 만도 해. 사냥철이잖아? 그래도 옛날 나무 화살이라니까 소름이 끼치는 건 나도 마찬가지야. 정말 이상하지. 칠면조 줘?"

"부탁해. 브리 치즈 줄까?" 클라라가 물었다.

"한 조각만. 아, 그보다는 더 큰 게 좋겠어."

"이건 한 조각이 아니라 한 덩어리 아냐?"

"나 정도 몸집이면 크기가 무슨 상관이야." 머나가 말했다.

"다음번 침대에 들어갈 땐 꼭 스틸턴 치즈 큰 걸 갖고 가야겠네."

"피터 몰래 정분이라도 났어?"

"음식하고? 그거라면 날마다 나지. 흔적을 남기지 않는 젤리곰하고 아주 특별한 관계거든. 그의 이름은 라몬이야. 그가 나를 완성한다고. 저건 뭐야?" 클라라가 뷔페 탁자 위에 놓인 꽃꽂이 작품을 가리켰다.

"내가 오늘 아침에 만든 거야." 머나가 말했다. 클라라가 알아봐 주어 기쁜 표정이었다. 클라라는 뭐든 놓치는 법이 없고 대개는 좋은 점만 지적하는 재치가 있다는 것을 머나는 알고 있었다.

"당신이 만든 줄 알았어. 안에 뭐가 들었지?"

"보면 알아." 머나가 웃으며 말했다. 클라라가 일년생 수레박하와 목향, 그리고 화가의 아크릴화 붓들로 장식한 꽃꽂이 안을 들여다보았다. 안에 둥지를 틀고 있는 것은 갈색 기름종이에 싼 꾸러미였다.

"세이지와 향기름새sweet grass 북아메리카 원주민 부족들 사이에 널리 이용된 풀. 평화와 치유를 기원하는 의식에 성스러운 식물로 쓰였다네." 클라라가 식탁으로 돌아와 꾸러미를 풀며 말했다. "이걸 넣어 둔 의미는 내 생각대로일까?"

"일종의 의식이지." 머나가 말했다.

"아, 멋진 발상인데." 클라라가 손을 올려 머나의 팔을 만졌다.

"제인의 정원에서 난 거야?" 루스였다. 그녀는 세이지의 진한 사향 냄새와 향기름새의 꿀같이 달콤한 향을 맡았다.

"세이지, 좋군. 제인과 내가 팔월에 베었지. 향기름새는 몇 주 전에 앙리가 건초 만들려고 벨 때 내가 얻은 거고. 인디언 바위 주위에서 자라고 있더라고."

루스가 그것들을 벤에게 건네자 그는 받긴 했지만 손을 뻗은 채로 가까이 하지 않았다.

"오, 세상에. 해라도 끼칠까 봐 그러는 거야?" 루스가 그것을 잡아채서는 벤의 코 밑에 휙휙 흔들었다. "내가 기억하기론, 하지夏至 의식에도 초대받았던 걸로 아는데?"

"인간 제물 역할이었죠." 벤이 말했다.

"이봐, 벤, 당치 않은 말 마." 머나가 말했다. "그런 건 필요 없을 거라고 우리가 분명히 말했잖아."

"재미있었죠." 겨자를 넣은 달걀을 먹으며 가브리가 말했다. "그때 난 사제복을 입었어요." 그는 목소리를 낮추고 얼른 주위를 살폈다. 혹시라도 신부가 설교하러 오지나 않았나 경계하는 모습이었다.

"용도를 제대로 찾은 거지." 루스가 말했다.

"감사합니다." 가브리가 말했다.

"칭찬으로 한 말이 아니었어. 그 의식을 하기 전에는 이성애자 아니었나?"

"사실은, 맞습니다." 가브리는 벤에게 시선을 돌렸다. "효과가 있었다니까. 마법 같았어. 당신도 꼭 가 봐야 해요."

"사실이에요." 가브리의 뒤에 서서 그의 목을 주무르며 올리비에가 말했다. "루스, 그 의식 전에는 남자였잖아요?"

"자네 이야기 아냐?"

"그러니까……." 가마슈가 천장을 향해 화살촉을 들고 말했다. "이걸 다른 열두 개와 함께 잠기지 않은 서랍에서 찾아냈다고?" 그는 네 개의 날이 치명적인 한 점으로 우아하게 모인 사냥용 살촉을 주의 깊게 살펴보았다. 그 살촉은 완벽하고 소리 없는 살상 도구였다.

"예, 경감님." 라코스트가 대답했다. 그녀는 불 바로 앞자리에서 한 발짝도 벗어나려 하지 않았다. 비스트로의 뒷방, 그녀가 서 있는 자리에서 프랑스식 문을 통해 밖을 내다보니 진눈깨비에 가까운 비가 유리를 때리고 있었다. 살상용 무기를 넘긴 두 손은 이제 뜨거운 수프가 든 머그잔과 햄과 녹은 브리 치즈와 루콜라지중해산 일년초로 이탈리아 음식에 많이 쓰이는 채소 몇 잎으로 속을 채운 따끈한 롤빵을 감싸 쥐고 있었다.

가마슈는 화살촉을 보부아르의 손바닥에 조심스럽게 놓았다. "이걸 어떤 화살에도 붙일 수 있을까?"

"뭘 염두에 두고 하시는 말씀입니까?"

보부아르가 대장에게 물었다.

"클럽 회관에 과녁 사격용 활이 가득하다고 했지?"

라코스트가 고개를 끄덕였다. 입에 음식이 가득했다.

"살촉은 총알처럼 땅딸막하고?"

"마다요." 라코스트가 고개를 끄덕이며 겨우 소리를 냈다.

"그 살촉을 떼고 이걸 붙일 수 있을까?"

"예." 음식을 겨우 삼키고 라코스트가 대답했다.

"미안." 가마슈가 미소 지으며 말했다. "그런데 자넨 어떻게 알았지?"

"어젯밤 인터넷에서 관련 정보를 죄다 읽었죠. 살촉은 서로 바꾸어 끼울 수 있게 제작됩니다. 물론, 살촉을 다룰 줄 알아야 하고 그렇지 않으면 손가락을 베게 됩니다. 어쨌든, 한 종류를 떼고 다른 종류를 붙일 수 있어요. 디자인이 그렇게 돼 있습니다."

"구식 나무 화살도?"

"예. 이 사냥용 살촉도 원래 클럽 회관의 그 구식 나무 화살에 있었던 게 아닐까 합니다. 누군가 그것들을 떼어 내고 과녁 사격용으로 교체했어요."

가마슈가 고개를 끄덕였다. 벤의 말로는 사냥 장비를 현대식으로 바꾸는 가정들에서 그 구식 나무 화살들을 모아들였다고 하지 않는가. 그 화살들은 원래 사냥용 살촉이 달려 있어서 그가 과녁 사격용으로 갈아 끼워야 했으리라.

"좋아. 전부 연구실로 보내게."

"벌써 보냈습니다." 라코스트가 니콜 곁의 의자에 앉자 니콜은 자기 의자를 라코스트의 의자에서 조금 떼어 놓았다.

"스티클리 변호사와 유언장 이야기를 하기로 한 게 언제지?" 가마슈가 니콜에게 물었다. 이베트 니콜은 1시 30분인 것을 잘 알고 있었지만, 아침에 그에게 들은 연설을 잊지 않고 있음을 증명할 기회를 잡았다.

"잊었습니다."

"뭐라고 했나?"

칫, 무슨 소린지 알면서. 그건 핵심적으로 중요하다고 가르쳐 준 네 가지 답변 가운데 하나가 아닌가. 그녀는 다른 답변들, 지혜로 이끄는 네 가지 답변을 얼른 검토했다. 잊었다, 미안하다, 도움이 필요하다, 그리고 또 하나는 뭐더라?

"모르겠습니다."

이제 가마슈 경감은 뚜렷이 걱정스러운 얼굴이 되어 그녀를 바라보고 있었다.

"알겠네. 혹시 적어 두지 않았나?"

그녀는 마지막 답변까지 시도할까도 생각해 보았지만 '도움이 필요하다'는 말은 할 용기가 나지 않았다. 아무래도 자신이 함정에 빠진 것 같아서 고개를 숙이고 낯을 붉혔다.

가마슈는 자기 수첩을 들여다보았다. "한 시 반이군. 운이 좋다면, 우린 유서를 확인한 뒤 미스 닐의 집에 들어갈 거야."

그는 오랜 친구이자 동창인 브레뵈프 경정에게 미리 전화를 했었다. 미셸 브레뵈프는 함께 지원한 자리에 가마슈보다 먼저 승진했지만, 그렇다고 두 사람의 관계가 달라지지는 않았다. 가마슈는 브레뵈프를 존중하고 좋아했다. 경정은 가마슈를 동정했으나 아무것도 약속할 수 없었다.

"빌어먹을! 아르망, 이 판이 어떻게 돌아가는지 자네도 알잖아? 더럽게 운 나쁘게 그 여자가 금지 명령에 서명할 만한 멍청이를 기어이 찾아냈지 뭐야. 우리가 동료의 결정을 뒤집을 판사를 찾을 수 있을 것 같진 않아."

가마슈는 증거가 필요했다. 제인의 집에 들어가려면 그 건이 살인 사건이거나 그 집이 욜랑드 퐁텐에게 가지 않아야 하는 것이다. 변호사와 면담할 일을 생각하고 있는데 휴대전화가 울렸다.

"위, 알로Oui, âllô 여보세요?" 그는 자리에서 일어나 더 조용한 구석으로 옮겼다.

"의식이 완벽하게 치러져야 할 텐데." 배는 고프지 않았지만 빵을 조금 뜯으며 클라라가 말했다. "하지만 여자들끼리여야 할 것 같아. 여자라면 반드시 제인의 가까운 친구가 아니더라도 참여하고 싶은 사람은 아무나 괜찮고."

"흥." 하지 의식에 참석해 봤던 피터는 그 의식이 낯간지럽고 이상야

룻하다고 생각했다.

"언제가 좋을까?" 머나가 클라라에게 물었다.

"다음 일요일, 어때?"

"제인이 죽고 딱 한 주 뒤군." 루스가 말했다.

클라라는 욜랑드네가 비스트로에 도착한 것을 본 터라 그녀에게 무슨 말을 해야겠다고 생각했다. 마음을 진정하며 그녀는 다가갔다. 비스트로가 어찌나 조용해졌는지 가마슈 경감도 전화를 끊은 뒤 옆방에서 소리가 뚝 그친 것을 알아챌 정도였다. 살금살금 뒤로 돌아간 그는 종업원 출입구 바로 안쪽에 섰다. 사람들 눈에 띄지 않은 채 모든 것을 보고 들을 수 있는 자리. 이 직업에서는 도둑 노릇을 하지 않고는 좋은 수사관이 될 수 없다고 생각했다. 그때, 무슨 낌새가 있어 돌아보니 뒤에 저민 냉육 쟁반을 든 종업원이 참을성 있게 기다리고 있었다.

"여긴 괜찮을 거예요." 여종업원이 나직이 말했다. "흑림 햄_{독일 흑림 지대에서 나는 훈제 햄}의 한 가지 드시겠어요?"

"고마워요." 그는 편육 한 쪽을 집었다.

"욜랑드." 손을 내밀며 클라라가 말했다. "상심이 크겠구나. 네 이모는 정말 좋은 분이셨어."

욜랑드는 내민 손을 보고, 엄청난 슬픔을 느끼고 있다는 인상을 주기를 바라며 잠깐 잡았다 놓았다. 그녀의 감정의 폭을 잘 아는 관객이 아니었다면 그녀의 연기는 먹혀들었을 것이다. 그녀와 제인이 실제로 어떤 사이였는지는 언급할 필요도 없었다.

"깊은 애도를 표하고 싶어." 스스로 부자연스럽고 가식적이라는 느낌을 받으며 클라라가 말을 이었다.

욜랑드는 머리를 숙여 인사를 차리고 종이 냅킨으로 물기 없는 눈가를 훔쳤다.

"냅킨을 다시 쓸 수 있어 그나마 다행이군." 올리비에가 한 말이었다. 그도 가마슈의 어깨 너머로 보고 있었던 것이다. "너무나 애절한 장면이라 눈물 없이는 못 봐 주겠네요. 페이스트리 드실래요?"

올리비에가 들고 있는 쟁반에는 밀푀유크림을 넣은 여러 층의 파이, 머랭그설탕과 달걀 흰자로 만든 과자, 얇게 썬 파이 조각들, 과일을 씌운 작은 커스터드 타르트 등이 담겨 있었다. 가마슈는 조그마한 야생 블루베리를 씌운 것으로 하나 골랐다.

"고마워요."

"저는 이제 곧 일어날 재난에 음식을 대는 공식 조달자입니다. 클라라가 왜 저러는지 도무지 모르겠어요. 욜랑드가 옛날부터 자기 등 뒤에서 뭐라고 하고 다녔는지 잘 알면서 말이에요. 끔찍한 여자죠."

가마슈와 올리비에와 여자 종업원은 쥐 죽은 듯 조용한 비스트로 안에서 펼쳐지는 장면을 지켜보았다.

"아시는 대로 이모와 나는 둘도 없이 친했어요." 욜랑드가 클라라의 얼굴을 똑바로 바라보고 말했다. 입 밖에 내는 말들을 죄다 믿는 것 같았다. "당신이 이모를 우리 가족에게서 떼어 났다고 말해도 당신은 눈 하나 깜짝하지 않을 사람이라는 걸 우린 다 알아요. 내가 이야기를 나눠 본 사람이면 모두가 내 말에 동의해요. 그렇지만 당신은 자기가 무슨 짓을 하고 있는지 몰랐겠죠." 욜랑드는 관대한 미소를 지었다.

"오, 맙소사." 루스가 가브리에게 속삭이듯 말했다.

"드디어 시작이군."

피터는 의자의 팔걸이를 그러잡았다. 생각 같아서는 체면이고 뭐고 벌떡 일어나서 욜랑드에게 고함이라도 치고 싶었다. 하지만 그것은 클라라 자신이 해야 할 일이었다. 결국 자신의 힘으로 일어서야 할 터였다. 피터는 클라라의 반응을 기다렸다. 방 안의 모든 사람이 기다렸다.

클라라는 깊은 한숨을 토할 뿐 아무 말도 하지 않았다.

"이모의 장례식은 내가 치를 거예요." 욜랑드가 계속 밀어붙였다. "생 레미에 있는 가톨릭교회에서 치를 겁니다. 앙드레가 다니는 성당이죠." 욜랑드가 남편의 손을 잡으려고 손을 뻗었으나 그의 두 손은 커다란 샌드위치를 거머쥐고 있었고 샌드위치에서는 마요네즈와 고기가 불거져 나왔다. 아들 베르나르가 하품을 하자 입안 가득 반쯤 씹은 샌드위치와 입천장에서 끈끈하게 늘어진 마요네즈가 드러났다.

"신문에 부고를 내는 것도 내가 하겠어요. 묘비에 쓸 말쯤은 당신이 생각해도 좋아요. 하지만 이상한 말은 안 돼요. 이모가 안 좋아 하실 테 니까. 어쨌든, 문구를 생각해서 알려 주세요."

"다시 한 번, 조의를 표해."

욜랑드를 만나러 그녀 쪽으로 갈 때 클라라는 이미 이런 일이 벌어질 줄 알고 있었다. 욜랑드가 어떤 불가해한 이유로 언제든 자기를 괴롭힐 수 있다는 것을. 다른 사람들은 생각지도 못할 데에 상처를 입힐 수 있다는 것을. 사람 같지도 않은 그 여자가 자기를 능멸할 수 있다는 사실 은 인생의 작은 미스터리들 가운데 하나였다. 클라라는 자신이 이미 그 에 대한 준비가 되어 있다고 생각했다. 심지어 어쩌면 이번에는 다를지 모른다는 희망을 품기까지 했었다. 물론, 그렇게 되지 않았다.

오랫동안, 클라라는 거기 서 있는 것이 어떤 기분이었는지 기억하리

라. 다시 학교 교정에 있는 못생긴 계집아이처럼 느껴졌다. 사랑받지 못하고 사랑받을 구석이 없는 아이. 평발에 서투르고 굼뜨고 놀림받는 아이. 웃을 자리가 아닌 데서 웃고, 황당한 이야기를 진짜로 믿고, 애정에 목말라 하는 아이. 바보, 얼간이, 멍청이. 얌전한 태도로 학교 책상 아래 꼭 쥔 손. 그녀는 제인에게 달려가고 싶었다. 그녀에게 가면 다 해결되리라. 그 부드러운 가슴을 활짝 열어 그녀를 포옹하고 그 마법의 주문을 외리라. '괜찮아, 괜찮아.'

루스 자도도 이 순간을 기억할 것이고, 시로 바꾸리라. 그 시는 그녀의 다음 시집 『난 괜찮아』에 담겨 출판되리라.

> 너는 한 마리 나방
> 내 뺨에 대고 퍼덕이고 있구나
> 어둠 속에서
> 내 널 죽였구나
> 네가 침이 없는
> 나방에 지나지 않은 줄
> 모르고서.

하지만 그 무엇보다, 클라라는 말없이 자기 식탁으로 돌아갈 때 아주 멀리서 귀에 울리던 앙드레의 독한 웃음소리를 잊지 못하리라. 한 생명이 다쳐 고통스러워하는 걸 보고 부적응아가 웃을 법한 그런 웃음. 그건 귀에 익은 소리였다.

"누구 전화였습니까?" 가마슈가 슬그머니 자기 자리로 돌아왔을 때 보부아르가 물었다. 보부아르는 대장이 화장실에나 다녀온 줄만 알고 있었다.

"닥터 해리스. 그녀가 이 근방에서 사는 걸 몰랐어. 클레그혼 홀트라는 마을에 산다는군. 집에 가는 길에 검시 보고서를 가져오겠다는군. 다섯 시쯤."

"한 팀은 수사본부를 꾸리라고 보냈고 또 한 팀은 수색을 더 해 보라고 다시 숲으로 보냈습니다. 화살이 세 곳 가운데 한 곳에 있을 것 같아서요. 숲 속 땅에 꽂혀 있거나, 살인자가 수습해서 없애 버렸거나, 운이 좋은 경우, 라코스트가 클럽 회관에 발견한 화살들 가운데 있거나요."

"같은 생각이야."

보부아르는 계획대로 임무를 할당하고, 수사관 두 명에게 거스 헤네시와 클로드 라피에르를 만나 똥거름 건을 알아보라고 지시했다. 필립 크로프트는 자신이 직접 만나 볼 계획이었다. 그런 다음 바깥의 가마슈와 합류하여 두 사람은 각기 우산을 쓰고 나란히 마을 잔디광장을 거닐었다.

"구질구질한 날씨군요." 내리치는 비에 재킷 깃을 세우고 어깨를 움츠리며 보부아르가 말했다.

"계속 비가 내리면 점점 더 추워지겠군." 가마슈는 자동적으로 대답하고는 불현듯 마을 사람들의 언행을 따라하고 있다는 사실을 깨달았다. 적어도 그들이 끊임없이 떠드는 일기예보만큼은.

"니콜 형사를 어떻게 생각하나, 장 기?"

"태도가 그래 가지고 어떻게 경찰청에 들어왔는지 모르겠습니다. 살인수사반 승진을 추천 받은 건 말할 것도 없고요. 조직원으로서 함께 하려는 자세가 전혀 되어 있지 않고, 사람 대하는 법도, 남의 말을 경청하는 법도 몰라요. 어떻게 그럴 수가 있죠? 저는 경감님이 항상 하시는 말씀을 뒷받침하는 사례라고 생각할 수밖에 없습니다. 자격이 없는 사람들이 승진한다는 말씀 말입니다."

"배울 수는 있을 것 같나? 아직 젊잖아? 스물다섯쯤?"

"그리 젊은 건 아니죠. 라코스트하고 별 차이 안 나요. 나이 문제는 아니라고 봅니다. 인성 문제죠. 그녀가 노력하지 않는다면 쉰이 되어도 달라지지 않을 거고, 오히려 더 나빠질걸요. 그녀가 배울 수 있느냐고요? 물론이죠. 하지만 진짜 중요한 건 그녀가 그동안 배운 걸 잊을 수 있느냐는 거예요. 몸에 밴 태도를 버릴 수 있느냐." 그는 경감의 얼굴에서 빗물이 떨어지고 있는 것을 알았다. 그걸 닦아 주고 싶은 충동을 억눌렀다.

보부아르는 그 말을 한 건 실수였다는 걸 깨달았다. 곰에게 꿀을 주었구나. 경감의 표정이 어두운 문제 해결 모드에서 밝은 멘토 모드로 바뀌고 있었다. 그녀를 바꿔 보시려는 거야. 어이구, 또 시작이시군. 그는 가마슈를 그 누구보다 존경했지만 사람들을 그냥 내쳐 버리지 않고 도우려 하는 건 결점이라고, 어쩌면 치명적인 결점이라고 생각했다. 너무 온정적이었다. 보부아르는 그 재능이 부러울 때도 있었지만 대개는 우려의 눈으로 지켜보았다.

"니콜의 호기심을 잘 이용하면 태도를 고치려는 욕구가 생겨나지 않을까?"

차라리 전갈더러 독침을 버리라고 하세요. 보부아르는 생각했다.

"경감님?" 하는 소리에 두 사람이 고개를 들어 보니 클라라 모로가 쏟아지는 비를 뚫고 달려오고 있었다. 피터는 우산을 받쳐 들고 뒤처지지 않으려고 무진 애를 쓰며 따라오고 있었다. "이상한 게 생각났어요."

"아, 선물이군요." 가마슈가 미소 지었다.

"사소한 거지만 혹시 알아요? 우연의 일치로 떠오른 건데 경감님이 알고 계셔야 할 거 같아서요. 제인의 그림 이야기입니다."

"그게 뭐가 이야깃거리가 된다고." 비에 흠뻑 젖은 피터가 부루퉁한 얼굴로 말했다. 클라라가 나무라는 표정으로 그를 돌아보는 걸 가마슈는 놓치지 않았다.

"제인은 평생 그림을 그렸지만 아무에게도 작품을 보여 주시지 않았다는 거예요."

"그리 이상할 것도 없지 않아요?" 보부아르가 말했다. "화가나 작가 중에는 작품을 비밀에 부치는 사람들이 많으니까요. 그런 이야기는 신문에 심심찮게 나죠. 그러다가 그들이 죽은 뒤 작품이 발견되어 엄청난 값에 팔리고."

"맞아요. 하지만 그런 이야기가 아니에요. 지난주에 제인은 아트 윌리엄스버그에 작품을 전시하기로 했어요. 결정을 내린 게 금요일 오전이었고 심사는 그날 오후에 있었습니다. 작품은 심사를 통과했어요."

"심사에 통과하자 살해당했다. 그거 참 이상하군." 보부아르가 중얼거렸다.

"이상하다니까 생각났는데, 미스 닐이 자기 집 거실에는 아무도 들여놓지 않았다는 게 사실인가요?"

"사실입니다." 피터가 말했다. "우린 너무나 익숙해져서 그게 이상하게 생각되지도 않습니다. 발을 저는 거나 만성 기침하고 비슷한 거 같아요. 사소한 비정상은 시간이 지나면 정상처럼 생각되는 법이죠."

"그런데 왜 그랬을까요?"

"모르겠습니다." 클라라는 자기부터 어리둥절한 표정이었다. "피터의 말처럼 저는 거기에 아주 익숙해진 나머지 그게 이상하다는 생각이 들지 않아요."

"물어는 봤습니까?"

"제인에게요? 우리가 그 집에 처음 갔을 때 물어봤던 것 같아요. 아니면, 티머나 루스에게 물어봤을 겁니다. 하지만 답을 얻지 못한 건 분명해요. 아무도 모르는 것 같으니까요. 가브리는 오렌지색 털실 양탄자와 포르노가 있을지 모른다고 생각하죠."

가마슈가 웃었다. "당신은 어떻게 생각하세요?"

"전혀 모르겠어요."

그 말을 끝으로 침묵이 이어졌다. 가마슈는 그렇게 오랫동안 많은 비밀을 간직하고 살던 여자가 그것을 전부 공개하기로 작정한 것이 이상하게 생각되었다. 그리고 그 때문에 죽었다? 그것이 문제였다.

노먼 스티클리 변호사는 책상머리에서 일어나 고갯짓으로 인사하고는 자기 앞에 선 세 수사관에게 자리도 권하지 않은 채 앉아 버렸다. 커다랗고 둥근 안경을 끼고 서류철을 내려다보며 그는 연설을 개시했다.

"이 유서는 십 년 전에 작성되었고 아주 간단합니다. 몇 가지 작은 유증을 제외하고는 거의 모두가 조카인 욜랑드 마리 퐁텐, 혹은 그 자녀에게 갑니다. 거기 포함되는 재산은 스리 파인스의 집과 그 집 안의 모든 것, 그리고 몇 가지 유증과 장례비와 유언집행 비용을 지불하고 남은 돈 등입니다. 물론, 세금도 제해야지요."

"유언집행인은 누구입니까?" 가마슈가 물었다. 속으로는 이 유언이 수사에 미치는 타격을 생각하고 혀를 찼다. 뭔가 찜찜해. 어쩌면 내 자존심 탓인지도 모르지. 너무 고집이 세서 내가 틀린 걸 인정하지 못하는 거야. 그 노인이 살아 있는 유일한 혈육에게 집을 물려주는 거야 전혀 이상할 게 없지 않은가.

"처녀 적 성이 쳄프인 루스 자도와 처녀 적 성이 포스트인 콘스탄스 해들리, 그러니까 티머입니다."

그 이름들을 듣고 가마슈는 꼬집어 말할 수는 없지만 어딘지 마음이 불편했다. 그 유언집행인들 자체가 문제인가? 선택이? 뭐지?

"그분이 당신에게서 또 다른 유언장도 작성했습니까?" 보부아르가 물었다.

"예. 이것보다 오 년 전에 하나 만들었어요."

"그 유언장, 지금도 갖고 계십니까?"

"아니요. 당신은 여기가 케케묵은 옛날 문서까지 보관하는 창고인 줄 아십니까?"

"그 유언장 내용을 기억하십니까?" 또다시 방어적이고 퉁명스런 대답을 들을 것을 예상하며 보부아르가 물었다.

"아니요. 당신은 내가……." 그러나 가마슈가 말허리를 잘랐다.

"첫 번째 유언장의 정확한 내용은 모르더라도 오 년 뒤에 내용을 고친 이유는 기억하시겠죠?" 가마슈가 되도록 이성적이고 우호적인 목소리로 물었다.

"사람들이 유언장을 몇 년마다 고치는 건 드문 일이 아닙니다." 스티클리가 말했다. 가마슈는 그의 이렇게 투덜대는 듯한 말투는 원래 그의 습관이 아닌가 하는 생각이 들기 시작했다. "사실, 우린 고객들께 이 년 내지 오 년에 한 번씩 개서하라고 권합니다. 물론……." 스티클리가 비난에 대응하기라도 하는 것처럼 말했다. "공증수수료가 탐나서는 아니고 몇 년마다 상황이 변하기 때문입니다. 아이들이 태어나고, 손자들이 생기고, 배우자가 죽고, 이혼하기도 하고……."

"인생 대행진이지요." 가마슈가 뛰어들어 행진을 중단시켰다.

"그렇죠."

"그렇지만, 스티클리 변호사님, 그분의 마지막 유언장은 십 년 전 것입니다. 왜 그렇게 된 겁니까? 짐작건대, 그분이 유언장을 바꾼 건 그전에 작성한 것이 더는 때에 맞지 않게 되었기 때문이었을 겁니다. 하지만……." 가마슈는 앞으로 몸을 기울이고 변호사 앞에 놓인 길고 얇은 문서를 툭툭 쳤다. "이 유언장도 케케묵은 건 마찬가집니다. 이것이 가장 최근 유언장인 거 확실합니까?"

"물론입니다. 바쁘게 살다 보면 유언장 개서가 우선순위에서 뒤로 밀리는 경우가 많습니다. 썩 내키는 일은 아니거든요. 사람들이 그 일을 뒤로 미루는 이유는 얼마든지 있습니다."

"그분이 다른 변호사에게 갔을 가능성은 없을까요?"

"전혀요. 그리고 무슨 의도로 그렇게 묻는지 불쾌하군요."

"전혀라니, 어떻게 아시죠?" 가마슈는 흔들리지 않았다. "그분이 통보하게 되어 있기라도 했습니까?"

"그 정도는 그냥 알 수 있어요. 여긴 작은 마을이니 그런 일이 있었다면 귀에 들어왔을 겁니다." 포앙 피날Point finale 여기까지.

유언장 복사본을 들고 나오면서 가마슈는 니콜을 돌아보았다. "이 유언장이 아무래도 미심쩍어. 자네가 뭘 좀 해 줘야겠어."

"알겠습니다, 경감님." 니콜은 바짝 긴장했다.

"이게 정말로 최종 유언장인지 알아보게. 할 수 있겠나?"

"압솔뤼망Absolument 네 그럼요." 니콜은 공중에 붕 뜬 기분이었다.

"실례합니다." 아트 윌리엄스버그의 문으로 고개를 들이밀며 가마슈가 큰 소리로 사람을 불렀다. 변호사에게 다녀온 다음 미술관으로 간 것이다. 미술관은 예전 우체국을 훌륭하게 수리해 보존한 건물이었다. 커다란 창들을 통해 미약하나마 하늘이 베푸는 빛이 들어왔고 그 회색빛은 좁고 닳은 마룻널에 앉기도 하고 순백의 벽을 문지르기도 하면서 그 작은 전시실에 유령이라도 나올 것 같은 분위기를 선사했다.

"봉주르Bonjour 계십니까?" 그가 다시 불렀다. 실내 한가운데에 배가 불룩한 구식 장작 스토브가 눈에 띄었다. 아름다웠다. 단순 명쾌했고 우아하게 꾸민 구석이라곤 전혀 없었다. 1백 년이 넘게 캐나다의 추위를 막아 낸 크고 검기만 한 스토브였다. 니콜이 전등 스위치를 찾아 불을 켰다. 커다란 추상화 캔버스들이 벽에 돌출되게 걸려 있었다. 가마슈는 놀랐다. 아름다운 시골 풍경을 담은 낭만적이고 팔기 좋은 수채화를 예상했던 것이다. 하지만 그를 에워싸고 있는 것은 눈부신 3미터 크기의 선과 구球들이었다. 젊고 생기 있고 힘이 있어 보였다.

"아무도 안……,"

니콜이 다시 부르려는데 기척이 났다. 가마슈가 얼른 돌아보니 클라

라가 다가오고 있었다. 머리카락 몇 가닥에 달린 오리 머리핀이 금방이
라도 날아갈 것 같았다.

"또 뵙는군요." 그녀가 미소를 지으며 말했다. "제인의 작품에 대해
많은 이야기를 나눈 뒤라 여기 와서 다시 보고 싶었어요. 그 작품과 함
께 조용히 앉아 있으니 어딘지 제인의 영혼과 함께 앉아 있는 기분이 들
더군요."

니콜이 어이없다는 듯 눈알을 위로 굴리며 끙 소리를 토했다. 보부아
르는 그걸 보고 놀랐고, 경감이 느낌과 직관에 대해 말할 때 속 좁은 생
각으로 무시했던 걸 후회했다.

"그리고 이 냄새요." 클라라가 니콜은 아랑곳 않고 깊게 숨을 들이켰
다. "화가들은 누구나 이 냄새에 감응합니다. 마음이 움직여요. 할머니
댁에 걸어 들어가며 갓 구운 초콜릿칩 쿠키의 냄새를 맡는 것 같죠. 우
리한테는 바니시와 오일과 매염제가 한데 섞여 나는 냄새가 바로 그 냄
새인 거죠. 코가 좋은 사람이라면 아크릴물감에서도 그 냄새를 맡아요.
경찰도 그런 냄새가 있을걸요. 아련히 떠오르는 향수를 느끼는."

"그래요." 어제 아침 일을 떠올리고 웃으면서 가마슈가 말했다. "니콜
형사가 제 집으로 저를 데리러 왔을 때 팀 호튼 커피를 가져 왔어요. 더
블더블크림과 설탕을 두 배로 넣은 커피. 팀 호튼의 대표 메뉴로요. 그 냄새를 맡으니 가
슴이 뛰더군요." 그는 실제로 손을 가슴에 댔다. "수사와 그만큼 일체를
이루는 것도 없습니다. 연주회장에 가더라도 팀 호튼 더블더블 냄새가
나면 바닥을 살필걸요. 시체가 있나 보려고요."

클라라가 웃었다. "분필로 윤곽을 그린 그림을 좋아하신다면 경감님
도 제인의 작품을 좋아하게 될 겁니다. 잘 오셨어요."

"이게 그겁니까?" 가마슈가 실내를 둘러보다 색채가 강렬한 작품을 가리켰다.

"전혀 달라요. 이건 다른 사람 작품입니다. 이 전시회가 한 주 뒤에 끝나면 우리가 회원들 작품을 걸 겁니다. 한 열흘 뒤에나 시작해요. 이 주 금요일이 아니라 다음 주 금요일입니다."

"그게 베르니사주인가요?"

"맞습니다. 심사 이 주 뒤에요."

"잠깐 뵐까요?" 보부아르가 가마슈를 열 걸음쯤 데려갔다.

"라코스트에게서 연락이 왔는데요, 이제 막 티머 해들리를 맡았던 의사와 통화했답니다. 의사 판단으로는 그녀의 죽음은 전적으로 자연사였습니다. 신장암이었대요. 췌장과 간에 전이되어서 시간 문제였답니다. 사실 그의 예상보다 더 오래 살았다는군요."

"집에서 사망했나?"

"예. 올해 구월 이일입니다."

"노동절이네요." 니콜이 말했다. 어느새 다가와 두 사람 이야기를 엿듣고 있었던 것이다.

"마담 모로." 가마슈가 클라라를 불렀다. 그녀는 예의상 말소리가 들리지 않을 것 같은 거리를 유지하고 있었지만 실은 두 사람의 이야기를 모두 듣고 있었다. "어떻게 생각하세요?"

어이쿠, 들켰구나. 하긴, 경찰이잖아. 얌전한 척해봐야 소용없어.

"티머가 돌아가실 거야 다들 예상하고 있었지만 그래도 좀 놀라웠어요." 그 작은 무리에 합류해서 클라라가 말했다. "아, 아니에요, 그건 좀 과장이네요. 우린 그저 순번을 정해서 그녀 곁을 지켰어요. 그날은 루스

차례였어요. 티머가 괜찮으면 루스가 슬쩍 빠져나와 카운티 박람회 폐막 퍼레이드에 참석하기로 미리 이야기가 되어 있었어요. 루스의 이야기로는 티머가 기분이 좋다고 하셨답니다. 루스는 약을 주고 엔슈어애봇 래보러터리社에서 제조한 영양제 브랜드도 한 잔 가져다 주고는 자리를 뜨셨대요."

"죽어가는 분을 혼자 두었네요." 니콜이 말했다. 클라라가 조용히 대답했다.

"그래요. 우리가 병간호에 소홀했다는, 심지어 이기적이었다는 느낌을 받았을 거예요. 하지만 우린 티머를 아주 오래 돌보고 있었기 때문에 병세가 좋아지기도 하고 나빠지기도 한다는 것을 알고 있었어요. 다들 삼십 분 정도 빠져나와 그분 옷을 빨기도 하고 쇼핑이나 간단한 요리를 하기도 했어요. 그러니까 들리는 것처럼 그렇게 소홀하진 않았던 거예요. 루스만 해도 그래요." 클라라는 가마슈 쪽으로 시선을 돌렸다. "티머가 조금 힘든 기색만 보였어도 자리를 비우지 않으셨을 겁니다. 돌아가서 티머가 돌아가신 걸 알았을 때 얼마나 놀라셨겠어요?"

"그러니까 뜻밖이었군요." 보부아르가 말했다.

"그런 의미에서라면, 그렇죠. 하지만 의사들 말을 들으니 그런 일은 드물지 않다더군요. 심장이 그냥 멈추어 버리는 겁니다."

"검시는 했나요?" 가마슈는 알고 싶었다.

"아니요. 아무도 그럴 필요를 못 느꼈거든요. 그런데 왜 티머의 죽음에 관심을 갖는 거죠?"

"철저히 하자는 것뿐입니다." 보부아르가 말했다. "조그만 마을에서 몇 주 사이에 두 노인이 돌아가셨으니 몇 가지 알아볼 수밖에 없지요."

"하지만 말씀대로 두 분은 노인이었어요. 그러니까 예상할 수 있는 일이죠."

"한 분이 가슴에 구멍이 나서 사망하지 않았다면요." 니콜이 말하자 클라라가 움찔했다.

"나 좀 잠깐 볼까?" 가마슈가 니콜을 데리고 밖으로 나갔다. "니콜 형사, 또다시 방금 마담 모로를 대하는 것처럼 사람을 대한다면 경찰 배지를 빼앗고 버스에 실어 집으로 돌려보내겠네. 알아들었나?"

"제가 무슨 못할 말이라도 했나요? 그건 사실이잖아요?"

"그럼 클라라가 제인이 화살을 맞고 죽었다는 걸 모른다고 생각하는 거야? 무얼 잘못했는지 정말로 몰라?"

"전 다만 사실을 말했을 뿐입니다."

"아니야, 자넨 또 한 사람의 인간을 바보로 취급했을 뿐이야. 내가 본 견지에서는 일부러 그녀에게 상처를 주었고. 이제부턴 아무 말 말고 기록이나 하도록. 이 문제는 이따가 밤에 더 이야기하지."

"하지만……."

"내가 자네를 인격적으로 대해 준 건 모든 사람에게 그렇게 대하는 게 옳다고 생각하기 때문이야. 하지만 친절을 나약함의 증거로 보는 건 용납 못해. 다시는 내게 말대꾸하지 마. 알았나?"

"알겠습니다." 니콜은 대답은 그렇게 했지만 속으로는 모두가 생각만 하고 있는 것을 용기 있게 입 밖에 냈는데 칭찬은커녕 꾸지람을 들어야 한다면 이제 의견이 있더라도 혼자 간직하리라고 다짐했다. 질문을 받을 때나 예, 아니요 정도로 대답하지, 뭐. 흥!

"제인의 그림은 저기 있어요." 클라라는 그러고는 보관실에서 중간 크기의 캔버스를 끌고 와 이젤에 얹었다. "모두가 맘에 들어 한 건 아닙

니다."

니콜은 하마터면 '그럴 만하네.'라고 말할 뻔했으나 그 순간 자신의 다짐이 떠올랐다.

"당신은 맘에 들었습니까?" 보부아르가 물었다.

"처음엔 아니었지만 볼수록 좋아졌어요. 뭔가 반짝거리면서 그림 속에 들어간 것 같았어요. 처음엔 동굴 그림처럼 보였는데 어느새 마음 깊은 곳을 울리는 뭔가로 변한 거예요. 바로 이렇게요." 클라라는 그러면서 딱 하고 손가락을 튕겼다.

가마슈는 자기는 평생 봐도 우스꽝스러운 그림 외에 달리 보일 것 같지 않았다. 그럼에도, 그림에는 뭔가가, 어떤 매력이 있었다. "저기 넬리와 웨인이 있군요." 깜짝 놀라며 그가 계단식 관람석에 있는 자주색 인물 두 명을 가리켰다.

"여긴 피터예요." 클라라가 눈 둘과 입 하나가 달린 파이를 가리켰다. 코는 없었다.

"어떻게 이렇게 그린 거죠? 눈을 나타내는 점 둘과 입을 나타내는 구불구불한 선 하나로 어떻게 사람을 이렇게 정확하게 표현할 수 있었을까요?"

"모르겠어요. 저도 화가고 평생 그림을 그렸지만 저는 그걸 하지 못합니다. 그런데 이 그림에는 그거 외에 뭔가가 더 있어요. 깊이가 있죠. 하지만 이상하네요. 지금까지 한 시간 넘게 찬찬히 보고 있었지만 그 반짝거리는 뭔가가 다신 일어나지 않았습니다. 아마 제가 너무 덤볐나 봐요. 어쩌면 그 마법은 눈을 치뜨고 보려고 하면 일어나지 않는 건지 모르죠."

"좋은 작품입니까?" 보부아르가 물었다.

"그게 문제예요. 저는 모르겠습니다. 피터는 뛰어난 작품이라고 했어요. 나머지 심사 위원들은, 한 사람 빼고는 모두 기꺼이 위험을 감수했어요."

"위험이라니요?"

"이렇게 말씀드리면 놀라실지 모르겠지만 화가들은 성미들이 괴팍한 족속입니다. 제인의 작품이 채택되어 전시되려면 누군가 다른 사람의 작품은 탈락될 수밖에 없는데, 그 누군가는 화가 날 것 아니겠어요? 그 사람의 가족이나 친구들도 그럴 거고요."

"죽이고 싶을 만큼 화날까요?" 보부아르가 물었다.

클라라는 웃었다. "우리들 예술을 합네 하는 사람들의 머리에 그 생각이 이따금 스치기도 하고 심지어 한동안 머물기도 하는 거야 얼마든지 인정합니다. 하지만 자기 작품이 아트 윌리엄스버그에서 탈락했다고 사람을 죽여요? 아니에요. 죽이더라도 대상은 심사 위원들이지 제인이 아니죠. 그러고 보니, 심사 위원들 말고는 이 작품이 채택된 사실을 아무도 몰랐어요. 우리가 심사를 한 게 겨우 지난 금요일이거든요." 클라라는 이제는 그 일이 아주 오래전 일 같다고 생각했다.

"미스 닐도요?"

"제인에게는 금요일에 제가 말씀드렸어요."

"그 외에 또 아는 사람이 있습니까?"

그 말에 클라라는 조금 당황했다. "우린 그날 밤 만찬 자리에서 그 이야기를 했어요. 우리 집에서 친구들과 함께 추수감사절맞이 만찬 파티 같은 걸 열었거든요."

"참석한 사람들은 누구입니까?" 보부아르가 물으며 수첩을 꺼냈다. 이젠 니콜이 제대로 기록하리라는 믿음이 없었다. 니콜은 그걸 보고 골이 났다. 그들이 그녀에게 기록을 하라고 시켰을 때만큼이나. 클라라는 참석자들 이름을 죽 불러 주었다.

한편, 가마슈는 그 그림을 찬찬히 보고 있었다.

"무얼 그린 겁니까?"

"올해 카운티 박람회의 폐막 퍼레이드죠. 저기 보세요." 클라라가 푸른 얼굴에 양치기 지팡이를 든 염소를 가리켰다. "저건 루스예요."

"아, 그렇군요." 껄껄 큰 소리로 웃는 보부아르의 웃음소리를 들으면서 가마슈가 말했다. 정말 완벽했다. 그걸 모르고 지나치다니, 장님이라도 되었단 말인가. "그런데, 잠깐만요." 가마슈의 얼굴에서 재미있어 하는 표정이 싹 가셨다. "이건 바로 그날, 그 시각에 그렸군요. 티머 해들리가 죽어 가고 있을 때 말입니다."

"그래요."

"제목을 뭐라고 붙였답니까?"

"〈박람회 날〉."

6

    비바람 속에서도 가마슈는 시골 풍경이 얼마나 아름다운지 알 수 있었다. 단풍나무들은 선명한 색으로 빨갛고 노랗게 물들었고, 세찬 바람에 떨어진 나뭇잎들은 도로와 도랑에 태피스트리처럼 펼쳐졌다. 가마슈 일행을 태운 차는 윌리엄스버그를 벗어나 스리 파인스로 가느라고 두 마을 사이에 놓인 산줄기를 가로지르고 있었다. 아마 과거에는 역마차 운행로였을 그 도로는 마치 예민한 촉수라도 갖춘 듯 계곡과 강을 잘도 따라갔는데, 한 지점에서 보부아르가 방향을 꺾어 더 작은 비포장도로로 들어섰다. 큰 구덩이들 때문에 차가 들썩이는 바람에 가마슈는 기록한 것을 간신히 읽고 있었다. 위장이야 어떤 차를 타더라도 요동하지 않도록 옛적에 길을 들여 놨으나 눈은 역시 쉬이 길들여지지 않았다.

    보부아르는 눈부신 노란색을 칠한 커다란 금속 우편함 앞에서 속도를 늦추었다. 흰색 손글씨로 번지수와 '크로프트'라는 이름이 쓰여 있었다. 그는 차를 몰고 들어갔다. 커다란 단풍나무들이 진입로를 따라 늘어서서 보석 터널을 이루었다.

    와이퍼가 바쁘게 닦고 있는 앞 유리를 통해 가마슈는 하얀 미늘벽판자를 댄 농가를 보았다. 안락한 가정집 같았다. 끝물에 이른 키다리 해바라기와 접시꽃이 외벽에 기대어 서 있었다. 속삭이는 듯한 소리와 함께 굴뚝에서 나온 장작 연기는 바람이 붙들어서 저편 숲 속의 고향으로 데려갔다.

집이란 자화상이라고 가마슈는 생각했다. 색깔, 가구, 그림 등이 전부 자신의 선택이다. 손길 닿는 모든 것이 그 개인을 드러낸다. 세세한 부분들에 신이, 혹은 악마가 깃들어 있다. 사람도 마찬가지. 집이 지저분한가, 아니면 비정상적으로 깨끗한가? 장식은 애써 고른 것인가, 아니면 이제까지 살아오면서 대충 모인 것인가? 공간은 어지러운가, 아니면 단정한가? 그는 수사 도중 어떤 집에 처음 들어갈 때마다 짜릿한 흥분을 느꼈다. 제인 닐의 집에도 어서 들어가 보고 싶었지만, 그건 기다려야 했다. 지금 당장은 크로프트 가족이 자신들을 드러낼 참이었다.

가마슈는 니콜을 돌아보았다. "두 눈 크게 뜨고 오가는 말을 자세히 기록하도록. 그냥 듣고만 있고. 알았나?"

니콜이 쏘아보았다.

"내가 묻지 않았나, 니콜 형사?"

"알았어요." 그러고는 한참 뒤에야 덧붙였다. "경감님."

"좋아. 보부아르 경위, 자네가 앞장서지."

"그러죠." 보부아르가 대답을 하고 차에서 내렸다.

매튜 크로프트는 방충 덧문이 있는 현관에서 기다리고 있었다. 그는 흠뻑 젖은 레인코트들을 받아 들고 그들을 곧바로 주방으로 안내했다. 선명한 빨강과 노랑. 건조대의 생기 도는 식기와 접시들. 가장자리에 꽃을 수놓은 깨끗한 흰색 커튼. 가마슈는 식탁 너머로 크로프트가 소금과 후추가 든 수탉 모양의 양념통들을 제자리에 정리하는 걸 보았다. 그는 이제 영리하게 반짝이는 눈을 쉴 새 없이 움직이면서 잠자코 앉아 있었다. 기다리는 듯. 듣고 있는 듯. 머리가 빠르게 돌아가고 있었다. 이 모든 게 친절한 외양 뒤에 감춰져 있었다. 하지만 가마슈의 눈에는 그 모든 것이 뚜렷이 보였다.

"활과 화살은 바깥 베란다에 두었습니다. 비가 내리지만 그래도 활 쏘는 걸 보고 싶으시다면 보여 드리죠." 크로프트는 가마슈에게 말했으나 보부아르가 대답을 했다. 일부러 크로프트의 시선을 대장에게서 돌려놓으려는 것이었다.

"그건 아주 유익하겠지만 먼저 몇 가지 물어볼 게 있어요. 어떻게 살아오셨는지 좀 알자는 것뿐입니다."

"좋습니다, 뭐든."

"제인 닐에 대해 말해 주세요. 그녀와는 어떤 관계였나요?"

"우린 그렇게 가깝지 않았어요. 가끔 그 집에 가긴 했습니다. 집은 조용했어요. 평화롭고. 아주 오래전에 저기 있던 학교에서 그분께 배웠습니다."

"교사로서 그분은 어땠습니까?"

"훌륭하셨죠. 그분과 대화할 때면 그분은 제가 세상에 유일한 존재라도 된 듯한 느낌을 갖게 하는 놀라운 능력을 갖고 계셨습니다. 이해하시겠어요?"

물론, 보부아르는 알고 있었다. 아르망 가마슈도 똑같은 능력이 있으니까. 대다수 사람들은 이야기를 하면서도 다른 곳을 보거나 다른 사람들에게 고개를 끄덕이거나 손을 흔든다. 가마슈는 절대 그러지 않는다. 가마슈가 누군가를 볼 때는 그 사람이 곧 우주다. 그러면서도 대장은 주위에서 벌어지고 있는 일들을 세세한 것까지 파악한다. 단지 드러내지 않을 뿐이다.

"직업은 무엇입니까?"

"생 레미 카운티의 도로과에 근무합니다."

"무얼 하시죠?"

"도로의 유지보수를 책임지고 있습니다. 직원들에게 업무를 할당하고 문제 있는 구간을 조사하죠. 이따금 문제가 없는지 알아보려고 그냥 차를 몰고 다니기도 합니다. 전복된 차를 보고서야 문제를 알아차리는 건 싫으니까요."

그런 일은 너무 자주 일어났다. 죽음은 보통 밤에 찾아온다. 자는 사람을 데려가기도 하고, 뇌 속에 피가 터지기 전 빠개지는 듯한 두통으로 사람을 욕실로 이끌어 심장을 멈추게도 한다. 죽음은 골목길이나 지하철역에서도 기다린다. 해가 떨어진 뒤 백의의 천사들이 플러그를 뽑고, 죽음을 방부처리실로 인도한다.

그러나 시골에서 죽음이라는 불청객은 낮에 찾아온다. 죽음은 배에서 낚시꾼을 끌어내린다. 수영하는 아이들 발목을 잡아챘다. 겨울이면 아직 기술이 서툰 사람들을 가파른 스키장으로 불러내어 스키 끝이 얽히게 만든다. 죽음은 조금 전까지 눈이 내려 얼음으로 덮여 있었던 해안에서 기다린다. 스케이트를 타는 사람이 눈이 부셔 보지 못하고 자신의 의도보다 큰 원을 그리다 바다로 들어간다. 죽음은 해 뜰 녘과 해 질 녘 숲 속에서 활과 화살을 들고 서 있다. 그리고 죽음은 백주 대낮 도로에서 자동차를 끌어낸다. 타이어는 빙판, 눈, 눈부신 낙엽 위에서 미친 듯이 회전한다.

매튜 크로프트는 늘 도로 사고 현장에 불려 갔다. 그가 현장에 제일 먼저 도착할 때도 있었다. 크로프트가 시신을 끌어내는 작업을 할 때면 멍든 가슴과 머리는 집으로 돌아가 시에서 위안을 찾았다. 그는 미스 닐에게서 빌린 시집을 낭송하곤 했다. 루스 자도의 시를 가장 좋아했다.

쉬는 날이면 종종 미스 닐을 찾아가 그 집 정원에서 애디론댁 의자^{폭이}
_{좁은 나무의자로, 팔걸이, 등받이, 좌판이 뒤로 경사진 일종의 안락의자}에 앉아 플록스 꽃 너머 시내를 바라보며, 악몽들을 떨쳐 버릴 때 써먹기 위해 시를 암기했다. 그러고 있으면 미스 닐은 핑크 레모네이드를 만들고 다년초 화단에서 시든 꽃을 잘라 냈다. 그녀는 그가 머리에서 죽음을 몰아내고 있는 동안 자신이 꽃대가리를 따는 것이 아이러니라는 걸 의식하고 있었다. 무슨 까닭인지 매튜는 경찰에게 그 이야기는 하기 싫었다. 그들을 그 정도로 깊이 받아들이기가 싫었다.

이야기를 더 하려다 그는 조금 긴장했다. 조금 뒤 가마슈도 그 소리를 들었다. 수잔이 지하실에서 주방으로 통하는 문을 열고 들어온 것이다.

수잔 크로프트는 안색이 몹시 좋지 않았다. 마을 회의 때도 긴장한 모습이었지만, 지금은 그때와 비교할 바가 아니었다. 그녀의 피부는 반점이 조금 있을 뿐 거의 투명했다. 얇은 막을 이룬 땀 때문에 파충류처럼 피부가 번들거렸다. 가마슈가 악수할 때 잡은 그녀의 손은 얼음처럼 차가웠다. 몹시 두려워하고 있구나. 겁이 나서 병이 날 정도로. 가마슈가 매튜 크로프트를 건너다보니 이제 두려움을 숨기려 애쓰지도 않고 있었다. 그는 무시무시한 메시지를 가져온 유령이라도 보는 듯 아내를 보고 있었다.

짧은 순간이 지나갔다. 매튜 크로프트의 얼굴이 '정상'으로 돌아왔다. 피부에 드러나는 증거를 감추는 막이 덮인 것이다. 가마슈가 크로프트 부인에게 자기 자리를 내주었으나 매튜가 더 빨랐다. 그는 등받이 없는 걸상을 하나 들어다 앉았고 아내는 그의 의자에 앉았다. 아무도 입을 열지 않았다. 가마슈는 보부아르가 입을 열지 않기를 바랐다. 침묵이 팽팽히 늘어나다 절로 터지도록. 이 여인은 뭔가 무서운 것을 꼭 그러잡고 있는데 손아귀가 점점 헐거워지고 있었다.

"물 한 잔 마시겠어요?" 니콜이 수잔 크로프트에게 물었다.

"아니, 괜찮습니다. 제가 차를 좀 만들어 오죠." 수잔 크로프트는 그러고는 얼른 자리에서 일어났고, 기대가 한순간에 사라졌다. 가마슈는 어이없다는 표정으로 니콜을 바라보았다. 이 사건 수사와 그녀의 경찰 인생을 망치려는 것이었다면, 이 이상 잘할 수 없으리라.

"아, 저도 돕죠." 이베트 니콜은 그 말과 함께 발딱 일어나 찻주전자를 들었다.

보부아르는 니콜이 그 말을 했을 때 노한 빛을 감추지 않았지만, 그의 표정 역시 곧 익숙하고 분별 있는 표정으로 바뀌었다.

저런 멍청한 여자가 있나. 얼굴은 희미하게 사람 좋은 미소를 지었지만 그는 속으로 욕을 퍼부었다. 슬쩍 가마슈를 훔쳐본 그는 대장도 니콜을 빤히 쳐다보고 있는 걸 알고 잘코사니를 불렀다. 하지만 화난 표정은 아니었다. 경감의 얼굴에서 관용으로 보이는 표정을 보고 그는 속이 메스꺼워지려 했다. 그렇게 당하고 아직도 모르시나? 대체 무엇 때문에 저런 바보를 도와주고 싶으신 거야?

"직업이 뭔가요, 마담 크로프트? 일을 하십니까?" 침묵이 깨진 마당이라 보부아르는 다시 자신이 대화를 주도해도 되리라고 생각했다. 그질문을 하면서도 그는 욕하는 소리가 들리는 것 같았다. 집안 살림은 일이 아니라는 경솔한 가정. 하지만 그는 상관하지 않았다.

"한 주에 세 번 생 레미의 복사 가게에서 일을 거들고 있어요. 어려운 형편에 조금이나마 보탬이 되고자요."

보부아르는 질문을 해 놓고는 바로 후회했다. 니콜에 대한 화를 공처럼 뭉쳐서 수잔 크로프트의 얼굴에 똑바로 던져 버린 게 아닌가 싶었다. 그는 실내를 둘러보고 정갈한 구석구석이 모두 그녀의 손끝에서 나온 것임을 깨달았다. 의자의 비닐 커버조차 서툰 솜씨로 스테이플러 침을 박았는지 꺾쇠 몇 개는 느슨해져 있었다. 이 사람들은 정말로 알뜰한 사람들이었다.

"아이가 둘 있는 걸로 압니다만." 보부아르는 미안한 마음을 얼른 떨쳐 버렸다.

"맞습니다." 매튜가 불쑥 끼어들었다.

"이름이 뭡니까?"

"필립과 디안입니다."

"좋은 이름이군요." 점점 가라앉는 분위기를 의식하며 보부아르가 말했다. "몇 살이죠?"

"오빠는 열넷, 동생은 여덟입니다."

"지금 어디 있습니까?"

질문이 허공에 떠 있었다. 지구가 회전을 멈춘 듯했다. 이 질문에 이르기까지 그는 멀리서부터 흔들림 없이 다가왔고, 그건 크로프트 부부도 분명 알고 있었을 터였다. 그가 단도직입적으로 질문하지 않은 건 부모인 그들의 감정을 다치지 않게 하려는 세심한 배려 때문이 아니라 크로프트 부부가 그 질문이 아주 먼 곳에서부터 다가오는 모습을 가슴 졸이며 지켜보게 하려는 의도 때문이었다. 그들의 신경이 팽팽하게 늘어나 끊어질 때까지. 두 사람이 이 순간을 갈망하는 동시에 무서워하도록.

"애들은 지금 집에 없어요." 목이라도 조르듯 찻잔을 꼭 그러잡으며 수잔이 대답했다.

보부아르는 그녀를 진득하게 바라보며 기다렸다. "추수감사절 만찬은 언제 합니까?"

갑작스럽게 화제가 바뀌자 수잔 크로프트는 어리둥절한 표정이었다. 그가 느닷없이 피그 라틴어어린아이들이 놀이에 쓰는 일종의 은어. 낱말의 첫 자음을 맨 뒤로 옮기고 거기에 -ay를 붙이는 등의 규칙이 있음. 예를 들어 pig는 igpay로 바꾸어 말하는 식이다라도 쓴 것 같았다.

"뭐라고 하셨죠?"

"우리 집에서 좋은 것 한 가지는 칠면조 냄새가 한 이틀 감도는 겁니다. 그다음엔 아내와 내가 다음 날 수프를 끓이는데, 그것 역시 놓치기 어렵죠." 보부아르는 깊은 숨을 들이켜고는 천천히 주방의 깨끗한 조리대를 살펴보았다.

"우린 추수감사절을 어제, 일요일에 쇠려고 했었어요." 매튜가 대답했다. "하지만 닐 선생님 소식을 듣고는 연기하기로 했습니다."

"아주요?" 보부아르가 의심하는 듯이 물었다. 가마슈는 좀 과하지 않았나 싶었지만 크로프트 부부는 그의 연기를 비평하는 데는 관심이 없었다.

"디안은 어디 있습니까, 마담 크로프트?"

"친구 집에 갔어요. 니나 레베크라고."

"필립은요?"

"집에 없다고 말씀드렸잖아요. 외출했어요. 언제 돌아올지는 모르겠습니다.”

좋아, 이제부터 봐주기 없다. 보부아르는 각오를 다졌다.

“마담 크로프트, 우리는 남편분과 조금 뒤에 활과 화살을 보러 나가 려고 합니다. 우리가 밖에 있는 동안 한 가지 생각해 주실 게 있습니다. 우린 필립을 만나 봐야 합니다. 그 애가 스리 파인스에서 벌어진 똥거름 사건에 연루된 걸 알고 있어요. 미스 닐이 그 아일 알아봤다는 것도요.”

“그럼 다른 애들은요?” 수잔이 대들 듯이 물었다.

“이틀 뒤에 그분이 사망했습니다. 그 앨 만나 봐야 합니다.”

“그 앤 그 사건과는 관계가 없어요.”

“진심으로 그렇게 믿고 계시리라고 생각합니다. 당신이 옳을지도 모 르고요. 하지만 그 애가 스리 파인스에서 어른 두 명을 공격할 수 있다 고는 생각해 보셨습니까? 아드님을 정말로 잘 아시는 겁니까, 마담 크 로프트?”

그가 민감한 부분을 건드렸다. 하긴 작정한 일이기도 했다. 그렇다고 크로프트 가족에 대해 뭔가 따로 밝혀낸 것이 있어서는 아니었고, 단지 10대를 둔 부모는 누구든 집에 낯선 사람이 찾아오면 겁부터 먹는다는 것을 알고서 그런 것뿐이었다.

“이 집을 떠날 때까지 아드님을 만나지 못하면 우린 영장을 가져와서 그 앨 생 레미 경찰서에 데려가 심문할 수밖에 없습니다. 오늘이 다 가 기 전에 그 앨 만나 볼 겁니다. 여기서든 거기서든.”

모든 걸 지켜본 가마슈 경감은 어떻게든 이 집 지하실에 들어가야 한 다고 판단했다. 이 사람들은 뭔가를, 혹은 누군가를 숨기고 있다. 그리 고 그게 무엇이든 지하실에 있다. 하지만 이상하지 않은가. 마을 회의에서 매튜 크로프트는 분명 차분하고 자연스러웠다. 몹시 당황한 모습을 보인 건 수잔 크로프트였다. 그런데 이제 두 사람 모두가 그렇다. 무슨 일이 있었던 거지?

"크로프트 씨, 이제 활과 화살을 좀 볼 수 있을까요?" 보부아르가 물었다.

"어떻게 그렇게 무례하게……." 크로프트는 분노로 떨고 있었다.

"이건 예의 문제가 아닙니다." 보부아르가 냉정한 눈빛으로 그의 얼굴을 똑바로 바라보았다. "오늘 아침 마을 회의에서 경감님이 여러분 모두에게 불쾌한 것들을 묻게 될 거라고 분명히 밝혔습니다. 미스 닐을 누가 죽였는지 밝히려면 마땅히 그런 대가는 치러야지요. 화가 나신 건 이해합니다. 이 일로 아이들이 충격을 받지 않기를 바라시지요. 하지만, 솔직히 그 애들은 이미 충격을 받았을 겁니다. 저는 크로프트 씨께 선택할 기회를 드리는 겁니다. 우리는 그 애를 여기서 만나 볼 수도 있고, 생레미 경찰서에서 만나 볼 수도 있습니다."

보부아르는 잠시 사이를 두었다. 또 사이를 두었다. 속으로 니콜에게 이럴 때 눈치 없이 쿠키를 내놓기만 해 봐라 하고 별렀다. 마침내 다시 말을 이었다. "변사 사건이 일어나면 정상적인 생활의 규칙은 잠시 중단됩니다. 크로프트 씨 가족이 그 첫 번째 희생자에 속합니다. 나는 우리가 하는 일에 아무런 환상을 갖고 있지 않고, 우린 그걸 되도록 고통 없이 하려고 노력합니다." 매튜 크로프트가 역겹다는 듯 씩씩거렸다. "그 때문에 크로프트 씨께 선택의 기회를 드리는 겁니다. 자, 이제 활과 화살을 보러 갈까요?"

매튜 크로프트는 깊은 한숨을 토했다. "이쪽으로 오세요."

그는 앞장서서 주방을 나서 베란다로 갔다. 베란다는 사방에 방충망을 두른 스크린 포치였다.

"아, 크로프트 부인." 가마슈가 이제 생각난 듯 다시 주방으로 고개를 들이밀고 불렀다. 수잔 크로프트는 이제 막 지하실 문을 향해 걸음을 떼던 참이었다. "부인도 우리와 함께 가시겠습니까?"

수잔 크로프트의 어깨가 처졌다.

"보세요." 매튜 크로프트는 간신히 예의를 차리는 본새였다. "저게 리커브고 저게 컴파운드예요. 화살은 저기 있고요."

"활은 이 둘뿐입니까?" 보부아르가 물었다. 화살들을 집어 들어 살펴보니 과녁을 쏘는 종류였다.

"그렇습니다." 크로프트가 망설임 없이 대답했다.

화살은 들은 그대로였다. 크기만 좀 더 컸다. 보부아르와 가마슈는 활을 하나씩 들어 보았다. 무거웠다. 간단한 리커브조차.

"리커브에 시위를 걸어 보시죠." 보부아르가 부탁했다.

매튜가 리커브 활대와 양쪽 끝에 고리가 달린 긴 줄을 들었다. 그는 활대를 가랑이 사이에 끼고 줄이 활대의 홈에 닿을 때까지 구부렸다. 가마슈는 그 작업에 상당한 힘이 필요하다는 걸 알 수 있었다. 갑자기, '로빈 후드' 활이 모습을 드러냈다.

"한번 볼까요?"

가마슈는 크로프트에게서 활을 받아 먼지가 있는 걸 확인했다. 하지만 흙은 아니었다. 가마슈는 컴파운드로 관심을 돌렸다. 재래식 활과의 차이는 예상만큼 크지 않았다. 컴파운드를 들고 살펴보니 시위 사이에 거미줄이 쳐 있었다. 그 활도 최근에 사용한 흔적이 없었다. 그리고 예상보다 훨씬 무거웠다. 그는 수잔 크로프트를 돌아보았다.

"활 사냥을 하십니까, 과녁 사격을 하십니까?"

"가끔 과녁 사격을 합니다."

"어떤 활을 쓰시죠?"

수잔 크로프트는 한 호흡 정도 망설이다 리커브를 가리켰다.

"시위를 좀 벗겨 보시겠습니까?"

"왜요?" 매튜 크로프트가 다가섰다.

"부인이 시위 다루는 걸 좀 보고 싶어요." 가마슈는 다시 수잔을 향했다. "부탁합니다."

수잔 크로프트는 다리 사이에 끼우고 상체를 활대에 기대어 재빨리 시위를 벗겼다. 많이 해 본 솜씨가 분명했다. 그때 가마슈에게 어떤 생각이 떠올랐다.

"시위를 다시 걸어 보시겠어요?"

수잔은 어깨를 들썩하고는 이제는 곧은 활대를 다리 사이에 끼우고 활대 윗부분에 몸을 기댔다. 조금밖에 구부러지지 않았다. 그러자 그녀는 한번 크게 힘을 주고는 활대 끝머리에 줄을 걸었다. 다시 리커브가 되었다. 그녀는 그것을 아무 말 없이 가마슈에게 건넸다.

"감사합니다." 그는 그렇게 말했지만 당황했다. 어떤 예감이 들어 그렇게 해 보라고 시킨 것이었지만, 예감이 빗나간 것 같았다.

"우리가 몇 발 쏘아 봐도 될까요?" 보부아르가 물었다.

"얼마든지요."

다시 비옷을 입은 뒤, 다섯 사람 모두 보슬비 속으로 우르르 몰려 나갔다. 다행히 큰비는 그쳐 있었다. 밖에는 건초에 캔버스 천을 씌우고 붉은 페인트로 동심원들을 그린 과녁이 세워져 있었다. 매튜가 리커브를 들고 과녁 사격용 나무 화살을 메겨 시위를 당겼다. 그러고는 잠시 겨냥한 다음 시위를 놓았다. 둘째 원에 맞았다. 매튜가 활을 가마슈에게 넘겼고 가마슈는 가벼운 미소를 지으며 보부아르에게 넘겼다. 보부아르는 입맛을 다시며 활을 받았다. 한번 쏘아 보고 싶어 손이 근질거리던 참이었다. 알과녁을 연달아 맞혀 캐나다 양궁 대표팀에서 올림픽에 나가 달라고 초청하는 상상까지 할 정도였다. 그런 게 스포츠라면 식은 죽먹기일 것 같았다. 더구나 그는 총 사격의 명수가 아닌가.

그의 생각이 잘못되었다는 건 거의 즉시 드러났다. 시위를 제대로 당기지도 못한 것이다. 그건 생각보다 훨씬 힘들었다. 화살도 말썽이었다. 어설프게 두 손가락 사이에 잡은 화살이 앞쪽의 작은 돌기에 가만히 있지 않고 활대 사방으로 마구 튀는 것이었다. 그래도 마침내 쏠 준비가 되었다. 그가 시위를 놓자 화살은 힘차게 활대를 떠나긴 했지만 과녁에서 터무니없이 멀리 벗어났다. 제대로 맞힌 건 시위였다. 시위가 손가락을 벗어난 찰나 보부아르의 팔꿈치를 사정없이 친 것이다. 그는 팔이 떨어져 나가는 줄 알았다. 악 소리를 지르며 활을 떨어뜨린 그는 팔을 바라볼 엄두조차 나지 않았다. 불로 지지는 듯한 아픔이었다.

"어떻게 된 겁니까, 크로프트 씨?" 가마슈가 소리 지르며 급히 보부아르에게 갔다. 크로프트가 내놓고 웃진 않았지만, 가마슈는 그가 쾌재를 부르는 걸 알 수 있었다.

"걱정 마십시오, 경감님. 팔에 멍이 든 것뿐입니다. 초보자들은 다 겪는 일이에요. 활시위가 팔꿈치를 친 겁니다. 경감님 말씀대로 우린 모두 불쾌한 일에 대비해야 하죠." 크로프트는 경감을 차갑게 쏘아보았고,

가마슈는 그가 활을 건넨 건 자기였다는 데 생각이 미쳤다. 그러니까 이 고초는 원래 자신이 당하게 되어 있었던 것이다.

"괜찮나?" 가마슈가 물었다. 보부아르는 팔을 부여안은 채 과녁을 뚫어지게 보았다. 자신의 화살이 크로프트의 화살을 가르고 꽂히진 않았으니 과녁을 벗어난 게 분명했다. 그 사실이 팔꿈치의 고통만큼 아팠다.

"괜찮습니다, 경감님. 아파서라기보단 놀라서 그런 겁니다."

"정말이야?"

"예."

가마슈는 크로프트에게 시선을 돌렸다. "어떻게 하면 팔꿈치를 다치지 않고 활을 쏠 수 있는지 내게 가르쳐 줄 수 있겠습니까?"

"그러죠. 다칠 수도 있는데 괜찮겠습니까?"

가마슈는 장단 맞추기를 거부하고 어디 한번 보자는 듯 매튜 크로프트를 바라볼 뿐이었다.

"좋습니다. 활대를 이렇게 잡으세요." 크로프트가 가마슈 곁에 서서 팔을 들어 보여 주었고 가마슈는 활을 잡았다. "이제 지면에 직각이 되도록 팔꿈치를 트십시오. 그래요, 바로 그겁니다. 그렇게 하면 시위가 팔꿈치를 치지 않고 팔꿈치 바로 곁에서 튕기게 됩니다. 십중팔구."

가마슈는 씩 웃었다. 맞을 테면 맞으라지. 그래도 어쨌든 보부아르와 달리 마음의 준비는 되어 있으니까.

"그 외에 또 어떻게 해야지요?"

"자, 오른손으로 화살 끝이 활대의 이 작은 나무 돌기에 놓이게 화살을 잡고 화살 꽁무니를 시위에 거세요. 좋아요. 이제 당길 준비가 되었습니다. 쏘기 전에 너무 오래 당기고 있는 건 좋지 않아요. 왜 그러는지는 곧 알게 됩니다. 자, 라인에 서시고, 몸자세는 이렇게 하세요." 그는 과녁을 향해 비스듬히 서도록 가마슈의 몸을 틀어 주었다. 가마슈는 무거운 활을 제대로 들고 있으려니 왼쪽 팔에 힘이 빠지고 있었다.

"이게 가늠쇠입니다."

크로프트가 믿을 수 없을 만큼 조그마한 핀을 가리키고 있었다. 드라이클리닝을 맡겼다가 찾아온 셔츠에서 빼낸 핀만 했다. "이 핀 대가리가 과녁 정중앙과 일직선이 되도록 맞춥니다. 이제 유연한 동작으로 한번에 끝까지 시위를 당긴 다음 가늠쇠를 다시 맞추고 시위를 놓습니다."

크로프트가 뒤로 물러섰다. 가마슈는 팔을 쉬기 위해 활을 내렸다가 깊은 숨을 쉬고는 머릿속으로 크로프트가 설명한 순서를 되새기며 그대로 따랐다. 그는 유연하게 왼팔을 들어 올리고 화살을 메기기 전에 시위가 튕겨 나갈 방향에서 팔꿈치를 틀었다. 그리고 화살 꽁무니를 시위에 얹어 화살을 메긴 후 가늠쇠 끝을 과녁 정중앙에 정렬시켰다. 그러고는 하나의 매끄러운 동작으로 시위를 당겼다. 그래도 엄밀하게 보면 완전히 매끄러운 동작은 아니었다. 몬트리올 카나디앙 몬트리올을 연고지로 하는 프로 아이스하키 팀이 자기와 줄다리기를 하려고 시위를 반대쪽으로 잡아당기고 있는 것 같았다. 오른팔을 바르르 떨면서도 그는 시위를 용케 코앞까지 당겼다가 놓았다. 그때쯤엔 팔꿈치야 떨어져 나가든 말든 상관없이어서 빨리 그놈의 것을 놓아 버리고 싶은 심정이었다. 화살은 사납게 날아가 과녁을 빗나갔다. 보부아르의 화살보다 더 많이 빗나간 것 같았다. 하지만 시위도 빗나갔다. 시위는 가마슈의 팔꿈치는 건드리지도 않고 튕겨서 제자리로 돌아왔다.

"아주 잘 가르치시네요, 크로프트 씨."

"경감님 기준이 낮은 거죠. 화살이 어디로 갔는지 보세요."

"나는 못 찾겠어요. 잃어버린 게 아니길 바랍니다."

"잃다니요. 그럴 일 절대 없습니다. 한 번도 잃어 본 적 없어요."

"크로프트 부인, 이제 당신 차례입니다." 가마슈가 말했다.

"저는 쏘고 싶지 않은데요."

"부탁합니다, 크로프트 부인." 가마슈 경감은 그녀에게 활을 넘겼다. 그는 활을 쏘아 보길 잘했다고 생각했다. 쏘면서 어떤 생각이 떠올랐던 것이다.

"한동안 만져 보질 못해서요."

"이해합니다. 쏠 수 있는 만큼만 보여 주세요." 수잔 크로프트는 자세를 갖추고 화살을 메긴 다음 시위를 당겼다. 또 당겼다. 다시 당겼다. 그러다 마침내 어떤 감정을 못 이기고 울음을 터뜨리며 질척한 바닥에 주저앉았다. 단지 화살을 쏘지 못해서 그런 것은 아니었다. 매튜 크로프트가 즉시 그녀의 곁에 무릎을 꿇고 그녀를 끌어안았다. 가마슈는 얼른 보부아르의 팔을 잡아 한두 걸음 물러났다. 그는 목소리를 죽여 다급히 말했다.

"어떻게든 저 지하실에 들어가 봐야 해. 저 사람들에게 거래를 제안하게. 우리를 지금 즉시 지하실에 들여보내 주면 필립은 경찰서에 데려가지 않겠다고 해."

"하지만 필립을 만나 봐야 하지 않습니까?"

"맞아. 하지만 두 가지 다 할 수는 없고, 우리가 지하실에 들어갈 수 있는 방법은 이것뿐이야. 저 사람들이 정말로 원하는 걸 줘야지. 저 사람들은 아들을 보호하고 싶어 하네. 두 가지를 다 할 수 없는 바엔 이게 최선이야."

보부아르는 크로프트가 아내를 위로하는 모습을 지켜보며 잠깐 그 문제를 생각했다. 경감님 말씀이 옳아. 필립은 나중에 만나도 될 거야. 지하실에 있는 것은 지금이 아니면 치워지고 없겠지. 활쏘기 자세로 보아 수잔 크로프트가 활을 다룰 줄 아는 건 분명하지만 저 활은 쏜 적이 없어. 어딘가에 평소 그녀가 쓰는 다른 활이 있을 게 분명해. 필립이 쓰는 활도. 아마 지하실에 있겠지. 코끝에 굴뚝에서 퍼져 나온 나무 타는 냄새가 느껴졌다. 그는 너무 늦지 않았기를 바랐다.

피터와 클라라는 루시를 데리고 벨라벨라 강 건너 숲 속 오솔길을 산책하고 있었다. 다리를 건넌 다음 개를 풀어 놓았다. 처음 맡는 냄새가 지천일 텐데도 루시는 아무 관심을 보이지 않고 터벅터벅 걸을 뿐이었다. 비는 그쳤지만 무성한 풀과 지면이 흠뻑 젖어 있었다.

"방송에서는 맑을 거래." 발로 돌멩이를 툭툭 차며 피터가 말했다.

"하지만 추워질 거래." 클라라가 말했다. "된서리가 내린다고 하던데 정원 좀 돌봐야겠어." 그녀는 냉기를 느끼고 두 팔로 몸을 감쌌다. "한 가지 물어볼 게 있어. 실은 상의하는 거야. 내가 욜랑드 만난 거 알지?"

"점심 때? 그래. 뭐하러 만났어?"

"그야, 제인의 조카잖아?"

"그게 아니겠지. 이유가 뭐야?"

하여튼 피터는 나를 너무 잘 안다니까. 클라라는 생각했다. "그래도 친절을 베풀면……."

"하지만 무슨 봉변을 당할지는 당신도 알았겠지. 상처를 입을 줄 뻔히 알면서 불 속으로 걸어 들어가는 이유가 뭐야? 그러는 걸 보면 나는 죽겠는데 당신은 항상 그러거든. 무슨 정신이상자 같다니까."

"당신은 그걸 정신이상이라고 하지만 나는 낙관주의라고 해."

"어떤 사람이 한 번도 한 적이 없는 행동을 기대하는 게 낙관주의라는 말이야? 당신이 가까이 다가갈 때마다 욜랑드는 당신에게 끔찍하게 굴었잖아? 번번이. 그런데도 당신은 계속 그러고 있어. 왜지?"

"대체 무슨 말을 하고 싶은 거야?"

"당신이 몇 번이고 그러는 걸 보고도 아무것도 못 하고 뒷수습이나 해야 하는 내 심정이 어떨지 생각이나 해 보았어? 그녀에게 없는 착한 마음씨를 기대하는 건 이제 그만둬. 욜랑드는 독하고 증오에 차 있고 속 좁은 여자라고. 그러려니 하고 그냥 내버려 둬. 그래도 상종하려거든 결과는 각오해야지."

"그런 말이 어디 있어? 당신은 내가 어떤 일이 벌어질지도 몰랐던 명청이라고 생각하는 모양이지만 나는 욜랑드가 그렇게 나올 줄 빤히 알고 있었다고. 그런데도 그렇게 한 것은 뭘 알아내야 했기 때문이었어."

"뭘 알아내려고?"

"앙드레의 웃음소리를 들어 봐야 했거든."

"앙드레의 웃음소리? 뭐하게?"

"당신하고 얘기하고 싶었던 게 그거야. 올리비에와 가브리에게 똥거름을 던진 애들 가운데 하나가 끔찍하게 웃었다고 했잖아? 그 소리가 어땠는지 제인이 설명하시던 거 기억해?" 피터가 고개를 끄덕였다. "오늘 아침 마을 회의에서 그런 웃음소리를 들었는데 앙드레였어. 그래서 아까 점심 때 그 사람들 테이블로 가야 했던 거야. 그에게 다시 웃게 하려고. 실제로 웃었어. 앙드레와 욜랑드의 행동은 충분히 예측 가능하다니까."

"하지만 클라라, 앙드레는 어른이야. 얼굴을 가린 아이들 가운데 하나일 수가 없다는 말이야."

클라라는 기다렸다. 피터는 평소에는 이렇게 둔감하지 않은 사람이라 가만히 지켜보고 있는 게 재미있었다. 마침내 그가 찡그리고 있던 이마를 폈다.

"아, 앙드레의 아들 베르나르!"

"장하네!"

"제인이 잘못 아셨구나. 필립과 거스와 클로드라고 하셨지만, 그중 한 애는 거기 없었고 베르나르가 있었던 거야."

"가마슈 경감에게 알려야 하지 않을까? 내가 욜랑드를 헐뜯는다고 생각하지 않을까?"

"별 걱정을 다 하는군. 경감이 알아야 할 사실이야."

"좋아. 오후에 비스트로에 가 봐야겠어. 그 양반이 '집에' 돌아와 있는 시간에." 클라라는 막대 하나를 집어 던졌다. 루시가 따라가기를 바라며. 루시는 움직이지 않았다.

크로프트 부부는 거래를 받아들였다. 사실 그들에게는 선택의 여지가 없었다. 이제 가마슈, 보부아르, 니콜과 크로프트 부부는 좁은 계단을 내려가고 있었다. 지하실은 구석구석까지 잘 정리되어 있었다. 이제까지 가마슈가 숱하게 보고 뒤졌던 그런 어지러운 미로가 아니었다. 그가 그 생각을 말하자 크로프트가 대답했다. "지하실을 치우는 건 필립의 허드렛일 가운데 하나죠. 원래는 우리가 함께 정리했지만 그 애가 열네 살이 되던 날 제가 이제부턴 전부 네 것이라고 했습니다." 그러고는 그 말이 어떻게 들릴지 깨달았는지 다시 덧붙였다. "생일 선물로 이거만 준 건 아니고요."

20분 동안, 두 남자는 차근차근 수색했다. 그러다가 스키와 테니스 라켓과 하키 장비들 한가운데에서 마침내 찾던 것을 찾았다. 살통이었다. 벽에 걸려 있었으나 골키퍼 보호 장비에 반쯤 가려 있었다. 보부아르가 테니스 라켓을 이용해 갈고리에서 조심스럽게 살통을 벗겨 내려 안을 들여다보았다. 구식 사냥용 나무 화살 다섯 개. 살통에는 거미줄이 하나도 없었다. 최근에 썼다는 증거였다.

"누구 것인가요, 크로프트 씨?" 보부아르가 물었다.

"제 아버지 것이었습니다."

"화살이 다섯 개뿐인데, 원래 그런가요?"

"그렇게 물려받았어요. 하나는 아버지가 잃어버리셨겠죠."

"하지만 그런 일은 드물다고 하셨을 텐데요? 사냥꾼들은 거의 절대로 화살을 잃어버리지 않는다고 하셨던 걸로 기억하는데요."

"사실입니다. 하지만 '거의 절대로'와 '절대로'는 다른 말이죠."

"내가 좀 볼까?" 가마슈가 말했다. 보부아르는 그에게 살통이 걸린 채로 라켓을 건넸다. 가마슈는 라켓을 높이 들고 낡은 살통의 둥근 가죽 바닥을 들여다보았으나 잘 보이지 않았다.

"손전등 있습니까?"

매튜가 벽의 갈고리에서 손전등을 벗겨 그에게 건넸다. 손전등을 켜고 보니 살통 바닥에 거무스름한 점 여섯 개가 보였다. 그는 그것들을 보부아르에게 보여 주었다.

"최근까지도 화살이 여섯 개 있었군요." 보부아르가 말했다.

"최근까지요? 왜 그렇게 생각하시죠, 경위님?" 매튜 크로프트의 애써 태연한 척하는 말을 들으며 가마슈는 안쓰러운 생각이 들었다. 매튜는 마음을 진정시키느라고 갈수록 더 단단히 가슴을 옥죄고 있었다. 얼마나 긴장했던지 이제 손이 가볍게 떨리고 있었고 목소리까지 높아졌다.

"내가 가죽을 좀 압니다, 크로프트 씨." 보부아르는 거짓말을 했다. "이건 얇은 송아지 가죽인데, 부드러우면서도 질겨서 이런 용도로 많이 쓰지요. 이 화살들은, 내 짐작엔 사냥용인 것 같은데……." 크로프트가 어깨를 들썩했다. "바닥에 이 가죽을 대면 이 화살들이 살통 속에서 흔들리지 않으면서도 바닥을 뚫지도 않아요. 그리고 이 점이 중요한데요, 크로프트 씨, 이 가죽은 어떤 물건에 눌리더라도 그 형태를 유지하지 않아요. 워낙 탄력이 있어서 물건을 치우면 서서히 원래의 형태로 돌아가는 거죠. 이 여섯 개의 자국은 여섯 개의 살촉 때문에 생긴 겁니다. 그런데도 남은 화살은 다섯뿐이에요. 그게 어떻게 가능하지요?"

이제 크로프트는 입을 굳게 닫은 채 말이 없었다.

보부아르는 테니스 라켓과 살통을 니콜에게 넘겨주며 수색을 계속하는 동안 잘 간직하라고 지시했다. 이제 매튜 크로프트는 아내와 나란히 서서 또 무엇이 나올지 기다리고 있었다. 두 남자는 다시 한 30분 동안 지하실을 샅샅이 뒤졌다. 그들이 이제 막 수색을 포기할 참에 아궁이 쪽에 갔던 보부아르가 움찔하고 걸음을 멈추었다. 뭔가 발에 밟혔다. 훤히 보이는 곳에 리커브 활이 있었고, 그 곁에는 도끼가 놓여 있었다.

경찰은 수색 영장을 발부받아 크로프트 농장을 다락부터 헛간, 닭장까지 샅샅이 뒤졌다. 필립은 제 방에서 소니 '디스크맨'에 푹 빠져 있었다. 보부아르는 장작을 때는 화덕 아래 재통을 뒤져 불에 그을렸으나 형태는 그대로인 금속 살촉 하나를 찾아냈다. 살촉까지 나오자 매튜 크로프트는 다리에 힘이 빠져 차가운 콘크리트 바닥에 털썩 주저앉고 말았다. 그의 심정은 어떤 말로도 표현하기 어려울 듯했다. 마침내 시로도 달랠 수 없는 상처를 입은 것이다.

보부아르는 그 집에서 찾아낸 모든 것을 몬트리올 경찰청 연구실에 보내도록 조치했다. 이제 수사반이 다시 소방대 본부에 모였다.

"크로프트 가족은 어떻게 해야 합니까?" 라코스트가 팀 호튼 더블더블을 마시며 물었다.

"지금 당장은 취할 조치가 없어." 초콜릿 도넛을 베어 물며 가마슈가 대답했다. "연구실에서 보고서가 오기를 기다려야지."

"내일이면 결과가 나올 겁니다." 보부아르가 말했다.

"매튜 크로프트 말인데요, 연행해야 하지 않을까요?" 라코스트가 좀 더 큰 목소리로 말했다. 그러면서 초콜릿이 묻지 않게 손목으로 윤이 나는 적갈색 머리를 밀어 넘겼다.

"보부아르 경위, 자네 생각은?"

"절 아시잖아요? 저는 매사에 안전을 기하자는 쪽이죠." 가마슈는 몇 년 전 「몬트리올 가제트」에서 오려 놓은 만화가 떠올랐다. 판사와 피고가 등장하는 만화였는데, 유머의 급소를 찌르는 결구는 이랬다. '배심원은 '무죄'라고 평결했지만 나는 5년을 선고하겠소. 안전을 기하기 위해서요.' 날마다 그 만화를 보며 웃었지만, 그 만화가 뭘 말하려 하는지 너무나 잘 알고 있었다. 그도 마음 한구석에서는 '안전을 기하기'를 갈망했다. 다른 사람의 자유를 희생해서라도.

"매튜 크로프트가 자유롭게 돌아다니게 내버려 두면 수사에 어떤 위험이 따르지?"

가마슈가 테이블에 둘러앉은 수사관들을 둘러보았다.

"그거야……." 라코스트가 용기를 내어 말했다. "그 집에 증거가 더 있을지 모릅니다. 오늘 내일 사이에 그가 증거를 인멸할 수도 있죠."

"맞아. 하지만 증거를 인멸할 가능성으로 따지면 마담 크로프트도 똑같지 않을까? 사실, 그 화살을 아궁이에 던져 넣은 것도 그녀고 활을 도끼로 쪼개 없애려 한 것도 그녀야. 그녀가 그렇게 자백했어. 사실, 우리가 가두어야 할 사람이 있다면 그건 바로 그 여자지. 증거를 인멸한 당사자니까. 내 생각은 이렇네." 그는 종이 냅킨으로 손을 닦고는 몸을 앞으로 기울이며 두 팔꿈치를 테이블에 짚었다. 니콜만 빼고 모두들 모두 똑같은 자세를 취하니 대단히 비밀스러운 회합이라도 벌어지고 있는 모양새였다.

"그 활과 화살촉이 제인 닐을 죽인 흉기라고 하지. 어때?"

모두 고개를 끄덕였다. 그들 생각에 충분히 그럴 수 있을 것 같았다.

"하지만 그들 중에 누가 그랬을까? 매튜 크로프트? 보부아르 경위, 자네 생각은 어떤가?" 보부아르야 매튜 크로프트가 범인이라면 딱 좋을 것 같았다. 하지만, 빌어먹을, 그건 아귀가 맞지 않아.

"아니요. 매튜 크로프트는 마을 회의에서 너무 차분했습니다. 겁을 먹고 허둥대기 시작한 건 나중 일이었죠. 아니에요. 그가 범인이었다면 진작부터 행동을 조심했을 겁니다. 그 사람은 감정을 숨기는 게 아주 서

툴러요."

가마슈가 동감을 표했다. "크로프트 씨는 제외. 수잔 크로프트는?"

"가능성이 있습니다. 그녀는 마을 회의 때의 태도로 보아 활과 화살에 대해 알고 있었던 게 분명합니다. 게다가 화살을 없앴고, 시간만 있었으면 활도 태워 버렸을 겁니다. 하지만 역시, 아귀가 안 맞습니다."

"그녀가 제인 닐을 죽였다면 이미 오래전에 화살과 활을 없애 버렸을 겁니다." 그제야 무리 속으로 몸을 기울이며 니콜이 말했다. "바로 집으로 가서 전부 다 태워 버렸을 거예요. 뭐하러 경찰이 들이닥친다는 것을 알 때까지 기다리겠어요?"

"맞는 말이야." 가마슈가 말했다. 놀랍기도 하고 기특하기도 했다. "계속해 봐."

"좋습니다. 그게 필립이었다고 생각해 보세요. 그 앤 열네 살이죠? 활은 구식 활이라 현대식 활만큼 강력하지 않아요. 그만큼 힘이 많이 들지 않죠. 그래서 구식 나무 활과 나무 화살을 챙겨서 사냥하러 나갑니다. 하지만 실수로 그만 제인 닐을 쏘아요. 그 앤 화살을 뽑아 가지고 집으로 돌아옵니다. 하지만 엄마가 사태를 짐작하고는……."

"어떻게?"

"어떻게요?" 거기서 니콜은 말문이 막혔다. 생각을 해야 했다. "옷에 피가 묻었을 수도 있죠. 손에 묻었을 수도 있고요. 그녀는 결국 아이에게서 자초지종을 들었을 겁니다. 어쩌면 마을 회의 직전에요. 자신은 경찰이 어디까지 알고 있는지 확인해야 하니까 회의에 참석하러 가면서 필립은 집에 가만히 있게 했을 겁니다. 그래서 회의 때 갈수록 더 허둥지둥했던 거고요."

"이 가설에 빈틈은 없을까?" 보부아르가 마치 있기를 바라는 것처럼 들리지 않게 조심하며 수사관들에게 물었다. 니콜이 전적으로 골칫거리만은 아니길 바라기는 했지만, 그 정도를 훨씬 뛰어넘는 선전善戰이었다. 그는 그녀를 보지 않으려 했지만, 어쩔 수가 없었다. 아나나 다를까, 그녀는 희미한 미소를 머금은 채 그를 똑바로 바라보고 있었다. 그러다가 느긋하게 의자 등받이에 몸을 기댔다.

"잘했어, 니콜." 가마슈가 몸을 일으키고 그녀를 향해 고개를 끄덕거렸다.

아, 저 말을 아빠가 들으셨어야 하는데. 그녀는 생각했다.

"이것으로, 연구실의 감식 결과가 나올 때까지 크로프트 가족에게 별도 조치는 취하지 않는다." 가마슈가 말했다.

회의가 파했고 모두들 다음 날은 수사가 종결되기를 기대했다. 하지만 가마슈는 한 가지 가설에 의지할 사람이 아니었다. 그는 수사가 계속 활발하게 진행되기를 바랐다. 안전을 기하기 위해서라도.

5시가 다 된 시각이라 비스트로에 갈 시간이었다. 하지만 그보다 먼저 하고 싶은 일이 있었다.

7

가마슈는 비스트로 안을 가로지르면서 식탁을 차리고 있는 가브리에게 목례했다. 나란히 들어선 가게들은 서로 연결되어 있어서 비스트로 뒤편에는 다음 가게로 통하는 문이 있었다. 머나의 서점인 네프 에 위자제\|Neufs et Usagés 새 책&헌책.

그는 어느새 서점 안에 있었다. 손에는 닳아빠진 『존재Being』가 들려 있었다. 몇 년 전 처음 나왔을 때 읽은 책이었다. 그 제목을 보면 늘 딸 아니가 1학년 때 영어 숙제를 가지고 집에 돌아오던 날이 생각났다. 콩 종류 세 가지를 써 오라는 숙제였다. 아이가 쓴 건 이랬다.

'Green beans, yellow beans, human beans.'

가마슈는 책을 뒤집어 뒤표지를 보았다. 책 소개 글 아래 저자의 약력이 있었다. 유명한 맥길 대학 유전학자 뱅상 질베르 박사. 질베르 박사가 강렬한 눈빛으로 이쪽을 보고 있었는데, 동정심에 관한 책을 쓴 사람치고는 이상하게 엄한 얼굴이었다. 이 책은 그가 라포르트에서 알베르 마이유 수사와 함께 사람들을, 특히 다운증후군 환자를 돌보며 지낸 일을 다루었다. 실은, 그 사람들을 지켜보며 기록한 수상록이었다. 그들과 인간 본성에 관해 배운 것, 자신에 관해 배운 것. 그것은 오만과 겸손, 그리고 무엇보다 용서에 대한 탁월한 연구였다.

가게 벽은 모두 책장으로 덮여 있었는데, 모두 분류하여 정리가 잘된 책이 가득 들어차 있었다. 책은 새 책도 있고 헌책도 있었으며, 일부는 프랑스어고 대다수는 영어였다. 머나는 그곳을 가게보다는 시골에서도 교양 있는 가정의 편안한 서재에 가깝게 꾸며 놓았다. 벽난로 곁에는 흔들의자 둘을 놓았고 그 앞에 소파를 배치했다. 가마슈는 흔들의자에 앉으니 새삼 『존재』의 멋진 대목이 생각났다.

"좋은 책이 하나 들어왔어요." 맞은편 의자에 털썩 앉으며 머나가 말했다. 헌책 한 무더기와 가격표를 가져온 터였다. "우리, 제대로 인사를 나누진 못했죠? 머나 랜더스입니다. 마을 회의에서 뵀어요."

가마슈는 일어나서 미소를 지으며 악수를 나누었다. "저도 당신을 보았습니다."

머나는 웃었다. "보이지 않을 리 없죠. 스리 파인스에서 유일한 흑인인 데다 날씬한 거하곤 거리가 먼 여자인데요."

"저하고 호적수시군요." 가마슈가 배를 문지르며 빙긋 웃었다.

그녀는 책 무더기에서 한 권을 집어 들었다. "이 책 읽으셨어요?"

닳아빠진 알베르 수사의 책 『상실』이었다. 가마슈는 고개를 가로저었고 읽기에 썩 유쾌한 책은 아닐 거라고 생각했다. 그녀는 그 큰 손으로 책을 뒤집어 애무라도 하듯 어루만졌다.

"인생은 상실이라는 게 그분 주장이죠." 잠시 후 머나가 말했다. "부모의 상실, 사랑의 상실, 직장의 상실. 그러므로 우리는 인생에서 이런 것들이나 인간에 대한 것보다는 더 차원 높은 의미를 찾아야 해요. 그렇지 않으면 우리 자신을 잃게 된다는 겁니다."

"그 주장을 어떻게 생각하세요?"

"맞다고 봐요. 몇 년 전 이곳으로 오기 전에는 몬트리올에서 심리치료사로 일했어요. 내 사무실을 찾는 사람 대다수는 인생의 위기를 맞아서 찾아온 것이었고, 위기의 대다수는 알고 보면 결국 상실로 귀결되었어요. 결혼 생활 같은 중요한 인간관계의 상실. 안정의 상실. 직장, 가정, 부모. 뭔가가 그들로 하여금 도움을 청하게 하고 자기 내면 깊은 곳을 들여다보게 했는데, 그 촉매제가 종종 변화와 상실이었죠."

"둘은 같은 겁니까?"

"적응을 잘 못하는 사람들에게는 그럴 수 있어요."

"통제의 상실?"

"물론, 큰 변화일 때 이야기죠. 우리들 대다수는 변화에 아주 잘 적응해요. 그게 우리의 생각일 때는 말이죠. 하지만 외부에서 부과되는 변화는 일부 사람들을 일시에 혼란에 빠뜨릴 수 있죠. 알베르 수사가 정곡을 찌른 것 같아요. 인생은 상실입니다. 하지만 바로 그 상실에서, 책이 강조하고 있듯이 자유가 나와요. 영원한 건 아무것도 없다는 사실, 변화는 불가피하다는 사실을 받아들일 수 있고 우리가 적응할 수 있다면 우리는 더 행복해질 거예요."

"어떤 계기로 여기 오게 되었지요? 상실?"

"너무하시네요, 경감님. 두 손 들었어요. 맞아요. 하지만 경우가 좀 다릅니다. 물론, 제가 항상 특별할 수밖에 없고 다를 수밖에 없기 때문이죠." 머나는 머리를 젖히고 자조하는 듯 웃었다. "저는 환자들과 공감을 상실했어요. 스물다섯 해 동안 그들의 불평을 듣다가 마침내 꺾인 거죠. 어느 날 아침, 잠에서 깨었는데 한 내담자 때문에 몹시 속이 뒤틀리는 거예요. 마흔셋인데도 열여섯 살짜리처럼 행동하는 사람이었는데, 매주 똑같은 문제를 가지고 왔어요. '어떤 사람 때문에 속상하다. 인생은 불공평하다. 그건 내 잘못이 아니다.' 삼 년 동안 이것저것 권해 보았지만 그는 아무것도 하지 않았어요. 그러다가 어느 날 다시 그 소리를 듣고는 퍼뜩 깨달은 겁니다. 그가 변하지 않는 건 그 자신이 변하고 싶어 하지 않기 때문이라는 거죠. 그는 변하려는 마음이 없다. 이후로 이십 년이 흘러도 우리는 똑같은 헛수고를 하고 있을 거다. 그때 내담자들 대다수가 그와 똑같다는 걸 깨달았죠."

"그래도 몇 사람은 노력하고 있었겠죠."

"물론이죠. 그들은 아주 빨리 좋아졌는데, 그건 자신이 정말로 변화를 원하고 열심히 노력한 덕분이었죠. 어떤 사람들은 말로는 나아지고 싶다고 하지만, 제 생각엔, 심리학계에선 그리 일반적인 견해는 아니지만……." 이 대목에서 그녀는 몸을 앞으로 기울이고 무슨 음모라도 꾸미는 듯 속삭였다. "많은 사람들이 자신이 안고 있는 문제를 좋아하는 것 같습니다. 어른으로 성장하지 못하고 삶을 헤쳐 나가지 못하는 그들에게 온갖 변명거리를 제공해 주잖아요?"

머나는 다시 몸을 바로 세우고 깊은 한숨을 쉬었다.

"삶은 변화예요. 성장하고 발전하지 않으면 가만히 서 있는 건데, 그 사이에도 나머지 세계는 물밀 듯이 앞으로 나아가고 있죠. 그 사람들 대다수는 아주 미숙해요. 그들은 정체된 삶을 살며 기다리고만 있어요."

"무얼 기다린다는 말입니까?"

"그들을 구원해 줄 누군가를 기다리는 거죠. 이 거대하고 형편없는 세상에서 누군가 그들을 구해 주거나 최소한 지켜 주기라도 하길 바랍니다. 중요한 건 자기 외에 그 누구도 그들을 구할 수 없다는 겁니다. 문제는 자기 것이고, 따라서 해결도 자기가 해야 하기 때문이죠. 그들 자신만이 거기서 빠져나올 수 있어요."

"오 브루투스, 우리가 졸개로 사는 건 우리의 별 탓이 아니라 우리 자신 탓이라네세익스피어 『줄리어스 시저』 1막 2장."

머나는 생기가 돌아서 다시 몸을 앞으로 기울였다. "바로 그거예요. 잘못은 우리에게, 오직 우리에게만 있어요. 운명도 유전자도 불운도 아니고, 명백히 엄마나 아빠도 아니에요. 결국 우리와 우리의 선택이죠. 하지만, 하지만……." 그녀의 두 눈이 빛났고 그녀는 흥분으로 거의 전율하다시피 했다. "가장 놀랍고 신기한 건 해결책도 우리에게 있다는 사실이에요. 우리야말로 우리 삶을 변화시킬 수 있고 그 방향을 돌려세울 수 있는 유일한 존재죠. 그러니, 그렇게 해 줄 누군가를 기다린 그 숱한 세월은 모두 낭비였던 겁니다. 저는 티머하고 이런 이야기 나누는 걸 무척 좋아했어요. 참 총명한 분이었는데 그분이 그립군요." 머나는 몸을 뒤로 젖혔다. "그 문제를 안고 있는 사람들은 대개 그걸 이해하지 못합니다. 허물은 여기에 있고 해결책도 마찬가지예요. 그게 은총이죠."

"하지만 그러자면 먼저 자신에게 잘못이 있다는 걸 인정해야만 합니다. 그런데 불행한 사람들은 대개 다른 사람을 탓하지 않나요? 『줄리어스 시저』의 그 대사에서 무서울 정도로 정확하게 지적하고 있는 게 바로 그 점이지요. 우리 가운데 누가 문제는 자신에게 있다고 인정할 수 있겠어요?"

"맞습니다."

"티머 해들리 이야기를 하셨는데, 어떤 분이었습니까?"

"저는 돌아가실 무렵에야 그분을 만났어요. 건강하셨을 때 어떠셨는지는 전혀 모르죠. 티머는 매사에 깔끔한 분이었어요. 옷차림이며 몸가축이 항상 단정했고, 행동거지가 점잖고, 성정이 차분했어요. 저는 그분을 좋아했죠."

"간호도 했습니까?"

"예. 돌아가시기 전날 그분 곁을 지켰습니다. 읽을 만한 책을 가져갔지만 옛날 사진들을 보고 싶어 하셔서 제가 그분의 앨범을 꺼내 한 장한 장 넘기며 함께 보았죠. 앨범에 제인의 사진이 있었는데, 아주 오래전에 찍은 사진이었어요. 열예닐곱 때였을 거예요. 부모님과 함께 찍었더군요. 티머는 닐 부부를 좋아하지 않았습니다. 냉정한 출세주의자들이라고요."

이제 막 뭔가 말하려던 머나가 말을 뚝 그쳤다.

"계속하세요." 가마슈가 재촉했다.

"그게 다예요."

"보세요, 그분 하신 말씀이 그게 전부가 아니라는 것 압니다. 이야기해 주세요."

"안 돼요. 그분은 모르핀에 취해 있었어요. 제정신이셨다면 절대 그런 말씀하실 분이 아니었어요. 게다가, 그건 제인의 죽음과는 아무 상관도 없어요. 육십 년도 더 된 과거의 일이니까요."

"살인에서 희한한 점은 그 행위가 종종 실제 행동보다 몇십 년 앞서서 실행된다는 겁니다. 무슨 일이 벌어졌는데, 그 일로 오랜 뒷날 어김없이 살인이 벌어지는 거예요. 나쁜 씨앗이 뿌려진 거지요. 옛날에 해머 영화사에서 제작한 공포 영화들 같습니다. 괴물은 달리지 않아요. 절대 달리지 않지만 잠시도 쉬지 않고, 생각도 하지 않고, 사정도 두지 않고, 노리는 상대에게 다가가지요. 살인은 종종 그런 식으로 일어나요. 아주 멀리서 출발하는 겁니다."

"그래도 안 되겠어요."

가마슈는 그녀를 설득하려면 할 수도 있었다. 그런데 뭐하려고? 감식 결과에 따라 크로프트 가족의 혐의가 벗겨진다면 다시 오면 되고, 그렇지 않다면 그녀의 말이 옳은 것이다. 그는 굳이 알 필요가 없었지만 웬일인지 알고 싶었다.

"이렇게 하면 어떨까요?" 그가 말했다. "강요하지 않겠어요. 대신 언제든 내가 다시 부탁하면 이야기해 주셔야 합니다."

"아주 공평하군요. 경감님은 부탁하고, 저는 이야기해 드리고."

"질문이 하나 더 있습니다. 똥거름을 던진 아이들을 어떻게 생각하십니까?"

"어려서는 누구나 한심하고 잔인한 짓을 해요. 지금 생각나는데, 한번은 제가 이웃집 개를 붙들어서 우리 집에 가두어 두고는 그 집 여자애에게는 개도둑이 잡아서 죽여 버렸다고 거짓말을 했죠. 지금도 꿈에 그애 얼굴을 보고는 새벽 세 시에 깬답니다. 십 년쯤 전에 잘못했다고 말하려고 그 애를 찾았지만 자동차 사고로 세상을 뜨고 없더군요."

"자신을 용서해야 해요." 『존재』를 들어 올리며 가마슈가 말했다.

"지당하신 말씀이에요. 하지만 저 자신이 그러고 싶지 않은지도 모르겠어요. 잃고 싶지 않은 뭔가가 있기 때문일 거예요. 저만의 지옥이라고 할까요. 무시무시하지만 제 것이에요. 저는 어떤 때는 정말 미련스럽다니까요. 어떤 장소에서도 그렇지만." 그녀는 웃으면서 자신의 카프탄드레스에서 보이지 않는 빵부스러기를 털었다.

"오스카 와일드는 어리석음 외에는 죄가 없다고 했지요."

"경감님은 그걸 어떻게 생각하시는데요?" 머나의 두 눈이 반짝 빛났다. 관심의 초점을 그렇게 확실하게 그에게 돌린 게 기뻤던 것이다. 그는 잠시 생각했다.

"이제까지 나는 살인자가 더 많은 사람을 죽이는 걸 막지 못하는 실수를 여러 번 저질렀어요. 그리고 돌이켜 보면 그런 실수는 모두 어리석었습니다. 결론을 너무 성급하게 내린다든지, 그릇된 가정을 지나치게 고수한다든지. 그렇게 잘못된 선택을 할 때마다 사회가 위험에 처하게 되지요."

"실수에서 교훈을 얻으셨나요?"

"예, 선생님, 그랬다고 봅니다."

"그렇다면 최선을 다하신 거네요, 학생. 제가 제안을 하나 하죠. 경감님이 자신을 용서하시면 저도 제 자신을 용서할게요."

"그 제안, 받아들입니다." 가마슈는 그 일이 그렇게 쉽기를 진심으로 바랐다.

10분 뒤 아르망 가마슈는 비스트로 창가에 놓인 테이블에 앉아 마을을 내다보고 있었다. 그는 머나의 가게에서 책을 한 권만 사왔는데, 그건 『존재』도 『상실』도 아니었다. 그가 그 책을 카운터에 올려놓자 그녀는 조금 놀란 눈치였다. 그는 이제 친자노 이탈리아산 베르무트 술 한 잔과 프레첼 몇 개를 앞에 놓고 앉아서 책을 읽으며 간간이 책을 내리고 창밖으로 마을과 그 너머 숲을 내다보았다. 갈라지는 구름 사이로 저녁 무렵의 햇살이 비쳐 스리 파인스를 빙 두른 작은 산들에 햇빛이 아롱졌다. 한두 번, 삽화들을 보려고 책장을 죽 넘겼다. 찾던 것을 찾으면 그 책장의 귀퉁이를 접어서 표시하고는 읽기를 계속했다. 시간 보내기에는 대단히 유쾌한 방법이었다.

서류철이 테이블을 치는 소리가 책 속에 묻혔던 그를 다시 비스트로로 데려왔다.

"검시 보고서예요." 해리스 검시관이 자리에 앉아 마실 걸 시켰다.

가마슈는 책을 내려놓고 서류철을 집어 들었다. 몇 분 뒤 그가 질문을 던졌다. "화살이 심장에 맞지 않았더라도 그녀가 죽었을까요?"

"심장 가까이 맞았다면 그렇죠. 하지만……." 해리스 검시관은 몸을 앞으로 기울이고 검시 보고서를 당겨 내려 거꾸로 보았다. "화살이 심장을 꿰뚫었어요. 보이죠? 누구 소행인지는 모르지만 명사수임에 틀림없어요. 요행으로 맞은 게 아니란 거죠."

"하지만 우리 결론은 정확히 그건데요. 실수로 맞았다는 거요. 사냥 사고 말입니다. 퀘벡 역사에서 처음 있는 일은 아니란 말이오."

"맞습니다. 사냥철이면 매번 많은 총기 사고가 발생합니다. 하지만 화살이라면 어떨까요? 심장을 꿰뚫으려면 어지간한 솜씨로는 어림없는데, 뛰어난 사냥꾼은 그런 실수를 좀체 하지 않습니다. 활 사냥꾼은 아니에요. 활 사냥은 아무나 하는 게 아니니까요."

"무슨 말을 하고 있는 거요, 박사?"

"미스 닐의 죽음이 사고사라면 그녀를 죽인 사람은 대단한 악업惡業을 가진 사람일 거라는 겁니다. 검시관으로 제가 이제까지 조사한 그 모든 사냥 사고사 중에 활 사냥에 뛰어난 사람이 연루된 경우는 한 건도 없었어요."

"그러니까 만약 뛰어난 사냥꾼이 이렇게 했다면 그건 고의로 한 짓이다 이거요?"

"제 말은 이건 뛰어난 활 사냥꾼의 소행이고, 뛰어난 활 사냥꾼은 이런 실수를 하지 않는다는 거죠. 경감님은 방금 그 두 점을 이은 겁니다." 그녀는 따뜻한 미소를 지어 보이고 옆 테이블 사람들에게 목례를 했다. 가마슈는 그녀가 이 지역에 산다는 것을 기억했다.

"클레그혼 홀트에 살지요? 여기서 가까운가요?"

"여기서 대수도원 쪽으로 이십 분 거리예요. 스리 파인스는 투르 데 자르Tours Des Arts 이스턴 타운십스 지역의 관광 행사로, 관광객들이 직접 방문하여 작품을 구입할 수 있도록 기간을 정해 유명 미술가들의 작업실과 집을 개방한다에 참여해서 아주 잘 압니다. 피터와 클라라 모로가 여기 살죠? 바로 저기죠?" 그녀는 창밖으로 광장 너머 붉은 벽돌집을 가리켰다.

"맞아요. 그들을 알아요?"

"그림만 알아요. 피터는 캐나다 왕립 아카데미 회원이에요. 아주 저명한 화가죠. 굉장히 놀라운 작품들을 그리는데, 아주 치밀해요. 그 작품들은 추상화처럼 보이지만 실은 정반대죠. 초현실주의죠. 그는 예를 들어 이 친자노 잔을 소재로 택해서는⋯⋯." 그녀는 그 잔을 집어 들었다. "아주 가까이 다가갑니다." 그녀는 자기 안경이 가마슈의 잔에 맺힌 물기에 닿을 정도로 몸을 기울였다. "그러고는 현미경 같은 도구를 가지고 더 가까이 들여다봅니다. 그런 다음 그걸 그리는 겁니다." 그녀는 그의 잔을 다시 테이블에 놓았다. "그의 작품들은 정말 눈부셔요. 한 작품 완성하는 데 무한에 가까운 시간이 걸려요. 그런 인내심이 어디서 나오는지 모르겠어요."

"클라라 모로는 어떻소?"

"저한테 작품이 한 점 있습니다. 그녀도 굉장한 것 같은데 피터 모로와는 판이하게 달라요. 그녀의 화풍은 대단히 여성주의적이죠. 여성 누드화와 여신들 그림이 많습니다. 그중에는 소피아의 딸들을 주제로 한 아주 훌륭한 연작도 있어요."

"삼덕의 성녀라는 믿음, 소망, 사랑 말이오?"

"대단히 인상적이에요, 경감님. 저한테 그 연작 가운데 한 작품이 있죠. 희망."

"벤 해들리를 아시오?"

"해들리 제재회사의 벤 해들리 말인가요? 잘은 모릅니다. 행사에 같이 참석한 적은 몇 번 있어요. 아트 윌리엄스버그는 해마다 가든파티를 여는데 종종 그분 어머니의 집에서 열었죠. 그는 항상 거기에 참석하죠. 아마 지금은 그 사람 소유가 됐겠죠."

"그는 결혼한 적이 없나요?"

"예. 사십대 후반이지만 아직 미혼입니다. 이제 결혼하지 않을까 싶은데요."

"왜 그렇게 생각하시오?"

"흔히 있는 일 아닌가요? 그들 모자 사이에는 어떤 여성도 끼어들 수가 없었어요. 하긴 벤이 엄마를 아주 많이 좋아하진 않은 것 같았어요. 그가 어머니 이야기를 했다 하면 어김없이 호되게 당한 이야기였으니까요. 그중에 어떤 이야기는 끔찍했죠. 비록 그는 의식하지 못하고 한 이야기 같았지만 어떻게 그럴 수가 있을까 싶더라고요."

"무슨 일을 해요?"

"벤 해들리요? 모르겠어요. 저는 항상 그가 아무것도 하지 않는다는 인상을 받았어요. 어머니 때문에 물러 터져서. 정말 안됐어요."

"비극이군." 가마슈는 키가 크고 느릿느릿 걷고 호감이 가는 교수 같은, 늘 좀 어리벙벙해 보이는 사람을 떠올리고 있었다. 샤론 해리스는 그가 읽던 책을 들어 뒤표지를 읽었다.

"좋은 생각이네요." 그녀는 역시 가마슈라는 생각을 하며 책을 다시 테이블에 놓았다. 가마슈가 이미 알고 있는 것들에 대해 강의하고 있었던 것 같았다. 그런 일이 처음은 아니었다. 그녀가 떠난 뒤, 가마슈는 다시 책을 들고 귀퉁이를 접어 둔 쪽을 펴서 삽화를 찬찬히 보았다. 가능해. 충분히 가능해. 그는 계산을 치른 다음 필드 코트를 걸치고 실내의 온기를 뒤로한 채 차갑고 축축한, 짙어 가는 어둠 속으로 걸어 들어갔다.

클라라는 자기 앞에 놓인 상자를 뚫어지게 보며 상자가 말을 하길 기다렸다. 무엇인가가 그녀더러 커다란 나무상자를 만들라고 했다. 그녀는 그렇게 했다. 그리고 이제 자기 화실에 앉아 상자를 바라보며 왜 큰 상자를 만드는 게 좋은 발상이라고 생각했는지 기억을 되살리려 애쓰고 있었다. 좋은 발상 정도가 아니었다. 왜 그게 예술적 영감처럼 보였더라? 애초에 왜 이걸 만든 거야?

그녀는 상자가 자기에게 말을 걸기를 기다렸다. 말을 해 봐. 뭐든. 아무 의미 없는 말이라도 좋아. 상자가 말을 할 때 이야기지만, 클라라가 왜 상자가 뭔가 의미 있는 말을 할 거라고 생각했는지는 또 다른 수수께끼였다. 그건 그렇고, 누가 상자에 귀를 기울인담?

클라라의 그림은 직관적이었지만 그렇다고 기교나 숙련도가 떨어지는 것은 아니었다. 그녀는 캐나다 최고의 미술대학을 다녔으며 잠시나마 그 대학에서 가르치기까지 했다. 그러다 '미술'에 대한 그곳의 편협한 시각 때문에 떨려 났다. 토론토 중심가에서 스리 파인스로. 그건 몇십 년 전 일이었고 그녀는 아직 미술계에 불을 지르지 못하고 있었다. 상자에서 메시지가 들리길 기다리는 게 한 가지 이유일 수 있었다. 클라라는 마음을 비우고 영감이 떠오르길 기다렸다. 크루아상이 떠올랐다 지나갔고 다음엔 가지치기를 해 주어야 할 정원, 그 다음에는 자신의 헌책 몇 권을 머나에게 넘기며 가격을 두고 가벼운 실랑이를 벌였던 일이 떠올랐다. 그러든 말든 상자는 여전히 말이 없었다.

화실 안이 점점 차가워지고 있었다. 맞은편 피터의 화실도 추울 것이었다. 하지만 피터가 작업에 정신이 팔려 추운지 어떤지 알지도 못할 게 뻔하다는 생각이 들자 그녀는 일말의 질투심마저 일었다. 그녀를 얼어붙게 할, 그 자리에 얼어붙어 꼼짝 못하게 할 불안감 같은 건 그는 전혀 못 느끼는 듯했다. 그저 한 발을 조금 앞으로 내민 자세로 몬트리올에서 수천 달러에 팔리는, 지극히 세밀한 작품을 만들고 있을 뿐이었다. 한 작품을 완성하는 데 몇 달이 걸렸는데 그는 그만큼 고통스러울 정도로 정교하고 체계적이었다. 어느 해에는 그녀가 생일 선물이라고 롤러를 주면서 더 빨리 그리라고 말했다. 그는 그 농담을 썩 달갑게 생각하지 않는 눈치였다. 아마 그 말이 전적으로 농담만은 아니기 때문이었으리라. 그들은 늘 쪼들렸다. 지금도 창문 틈으로 가을의 냉기가 스며드는데도, 클라라는 난로에 불을 피우기가 싫었다. 대신 스웨터를 한 겹 더 껴입었는데, 그마저 많이 닳고 보풀이 뭉친 옷이었다. 그녀는 빳빳한 새 이부자리와 유명 상표가 붙은 식기와 걱정 없이 한겨울 넘길 장작을 마련하고 싶은 생각이 간절했다. 걱정. 그것은 사람을 서서히 마모시킨다고 생각하며 여전히 말이 없는 그 큰 상자 앞에 다시 앉았다.

클라라는 다시 마음을 비우고 활짝 열었다. 그랬더니, 아하, 한 가지 생각이 모습을 드러냈고 곧 형체를 완전히 갖추었다. 온전하고 완벽해지자 마음을 들쑤셨다. 어느새 그녀는 현관문을 나서서 물렁 길을 급히 걸어가고 있었다. 티머의 집에 가까워졌을 때는 본능적으로 눈길을 외면하고 반대편 길가로 건너갔다. 그 집을 다 지나자 다시 길을 건너 여전히 노란색 경찰 테이프가 둘러쳐져 있는 폐교 곁을 지나갔다. 그러고는 숲 속으로 뛰어들었는데 잠시 이 무슨 어리석은 짓인가 싶기도 했다. 땅거미가 깔리고 있었다. 죽음이 숲 속에서 기다리는 시간. 그것이 유령의 형태가 아니라 훨씬 더 사악한 외양을 띠고 있기를 바랐다. 해 질 무렵, 무언가를 죽여 유령을 만들 용도로 고안된 무기를 가지고 숲에 숨어든 사냥꾼들. 그중 하나가 제인을 죽였다. 클라라는 걸음을 늦추었다. 그 생각이 떠오른 건 자신의 공이 아니었다. 사실, 그건 상자의 생각이었으므로 그녀는 자신이 살해당하면 상자 탓으로 돌릴 수 있었다. 그때 앞쪽에서 무슨 소리가 났다. 그녀는 얼어붙었다.

숲은 예상보다 어두웠다. 익숙하지 않은 길로 들어온 가마슈는 잠깐 주위를 둘러보며 위치를 파악했다. 길을 잃을 경우에 대비해 휴대전화를 가져왔지만 산에서는 휴대전화 전파를 안심하고 믿을 수만은 없었다. 그렇기는 해도 휴대전화가 있으니 어느 정도 위안이 되었다. 천천히 몸을 한 바퀴 빙 돌리는데 노란색이 반짝 눈에 띄었다. 제인이 죽은 자리에 빙 둘러 쳐 놓은 경찰 테이프. 그쪽으로 갔다. 낮에 내린 비에 숲이 젖어 있어서 다리와 발이 젖었다. 경계선 바로 밖에서 걸음을 멈추고 귀를 기울였다. 한창 사냥할 때라 그가 마음 놓고 움직일 시간이 아니라는 것을 알고 아주 아주 조심해야 했다. 가마슈는 10분 정도 찾다가 원하는 것을 발견했다. 미소를 머금고 그 나무로 다가갔다. 어렸을 때 그가 쳐다보지 않고 발만 내려다보고 걷는다고 어머니께 얼마나 많이 꾸지람을 들었던가. 그런데, 이번에도 어머니가 옳았다. 처음 그 곳을 수색할 때 그는 계속 바닥만 보고 있었다. 정작 자신이 원하는 것은 아래쪽에는 없는데도. 그것은 나무 위에 있었다.

상자.

이제 가마슈는 나무 발치에 서서 6미터 높이에 있는 그 목제 구조물을 찬찬히 살펴보고 있었다. 나무줄기에는 그 상자까지 널빤지들을 못으로 고정해 디딤판을 삼았는데, 못들이 오래전에 녹슬어 널빤지 안에서 붉은 녹물이 배어 나오고 있었다. 가마슈는 비스트로 창가의 따뜻한 의자가 생각났다. 마시던 호박색 친자노와 프레첼, 그리고 벽난로도. 이윽고 가마슈는 오르기 시작했다. 한 번에 하나씩 디딤판에 몸을 끌어올리며 그는 다른 것을 떠올렸다. 떨리는 손을 올려 그 다음 디딤판을 꼭 그러잡으면서. 그는 높은 곳을 싫어했다. 어떻게 잊을 수 있었을까? 이번에는 다르리라고 생각한 것일까? 그는 미끈미끈하고 삐걱거리고 좁은 널 조각들에 매달려 까마득히 높은 나무 위의 상자 밑바닥을 쳐다보며 얼어붙었다.

소리가 앞쪽에서 났나 뒤쪽에서 났나? 클라라는 헷갈렸다. 마치 도시에서 사이렌 소리가 난 것 같았다. 그 소리는 사방에서 나는 것 같지 않은가. 그때 다시 소리가 났다. 그녀는 몸을 돌려 뒤를 돌아보았다. 뒤쪽의 나무들은 거무스름한 침엽을 달고 선 소나무가 대부분이어서 숲은 거무튀튀하고 바늘투성이 같았다. 붉은 석양빛에 잠긴 앞쪽에는 단풍나무와 벚나무가 섞여 있었다. 클라라는 본능적으로 빛을 향해 나아갈 뿐 봄날 곰에게 경고를 보낼 때처럼 일부러 큰 소리를 내야 할지 아니면 되도록 소리를 죽여야 할지 결정을 내리지 못했다. 그건 숲에 그녀와 함께 있는 것이 무엇인지에 달려 있었다. 곰, 사슴, 사냥꾼, 유령. 상자가 있으면 의견을 물어볼 텐데. 아니면 피터라도. 맞아, 항상 상자보다는 피터가 나았어.

가마슈는 두 손더러 다음 디딤판으로 옮기라고 지시했다. 그는 숨쉬는 방법을 기억해 냈고 짧은 노래까지 자작해서 콧소리로 불렀다. 두려움을 몰아내기 위해서였다. 그렇게 머리 위의 검은 조각을 향해 올라갔다. 숨을 쉬고, 손을 뻗고, 발을 올린다. 호흡, 손, 발. 마침내 끝에 다다른 그는 바닥에 사각으로 난 작은 구멍 속으로 머리를 들이밀었다. 책에 묘사된 대로였다. 사냥꾼이 몸을 숨기고 사냥감을 노리기 위해 만든 블라인드. 여기 똑바로 앉아 있으려면 인사불성으로 취해야겠군. 구멍 안으로 몸을 끌어올려 발을 딛고 섰다. 안도감이 밀려왔으나 다음 순간 눈앞이 캄캄한 공포감에 사로잡혔다. 그는 무릎을 꿇고 나무줄기로 기어가서 꼭 끌어안았다. 금방 무너질 것 같은 그 상자는 나무줄기 6미터 높이에 설치되었는데, 공중으로 1.5미터 정도 내민 채 낡아 빠진 버팀대만으로 망각의 심연 위에 떠 있었다. 가마슈는 두 손을 나무줄기에 박았다. 나무껍질이 손바닥을 깨무는 것 같았지만 그 고통에 정신을 집중할 수 있어 오히려 다행스러웠다. 그가 정말로 두려운 건 발을 헛디뎌 떨어지는 것이 아니었고, 심지어 그 목제 은신처가 바닥으로 무너져 내리는 것도 아니었다. 그건 테두리 너머로 스스로 몸을 던지는 것이었다. 어지럼증에 대한 공포. 마치 다리에 닻이라도 채워진 것처럼 가장자리로, 그리고 그 너머로 당겨지는 느낌이었다. 도움이 없이도, 위협이 없이도, 사실상 자살하게 될 판이었다. 그 모든 일이 눈에 선하게 보여 공포로 숨이 막혔다. 그는 잠시 나무를 그러잡고 눈을 꼭 감고서 아랫배에서 숨을 끌어올려 천천히 호흡을 골랐다.

효과가 있었다. 서서히 공포가 물러가고 스스로 몸을 던져 죽을 것만 같은 느낌이 줄어들었다. 두 눈을 떴다. 그리고 그것을 보았다. 자신이 찾으러 왔던 것. 비스트로에 앉아 머나의 서점에서 산 헌책『소년 사냥 백과』에서 읽은 것. 그가 읽은 건 블라인드 이야기, 사냥꾼들이 사슴이 오는 것을 숨어서 보고 총이나 활을 쏠 수 있게 지은 구조물 이야기였다. 하지만 안전하고 따뜻한 마을에서 가마슈를 불러올린 것은 그게 아니었다. 그 책에 나오는 다른 것을 찾으러 온 것이었다. 그리고 얼마 떨어지지 않은 곳에서 그것을 볼 수 있었다.

그때 무슨 소리가 들렸다. 사람의 소리가 거의 확실했다. 용기를 내어 내려다볼까? 나무줄기를 놓고 반대편 끝으로 기어가서 넘어다 봐? 그때 그 소리가 다시 들렸다. 콧노래 같다. 귀에 익은 곡. 뭐더라? 그는 조심스럽게 나무줄기를 놓고 바닥에 납작 엎드려서 조금씩 조금씩 반대편으로 기어갔다.

낯익은 머리통이 보였다. 정확하게 말해서 그가 본 건 버섯 모양의 머리였다.

클라라는 최악의 시나리오를 상정하기로 작정했으나 어떤 게 최악인지 판단할 수 없었다. 곰, 사냥꾼, 유령? 곰을 생각하자 아기곰 푸와 코끼리 헤팔럼프가 떠올랐다. 그녀는 콧노래를 부르기 시작했다. 제인이 즐겨 흥얼거리던 곡.

"술 취한 선원이 어떻다는 겁니까?" 가마슈가 위에서 소리쳤다.

아래에서 클라라는 얼어붙었다. 하느님인가? 하지만 하느님이라면 분명 술 취한 선원이 어떻다는 걸 아실 텐데. 게다가, 하느님이 내게 하시는 첫 말씀이 '대체 무슨 생각을 하고 있느냐?'가 아니고 다른 것이라는 게 믿기지가 않아.

고개를 쳐들자 상자가 보였다. 말하는 상자. 다리에서 힘이 빠졌다. 그러니까 상자가 결국 말을 한 것이었다.

"클라라? 아르망 가마슈입니다. 블라인드에 올라와 있어요." 어둑어둑한 시간에 그렇게 높은 곳에서도 그녀가 어리둥절해하는 모습이 보였다. 곧 그녀의 얼굴에 환한 미소가 피어올랐다.

"블라인드요? 그게 거기 있다는 것을 잊고 있었네요. 올라가도 될까요?" 그녀는 이미 디딤판을 딛고 올라오고 있었다. 죽음이 무언지 모르는 여섯 살배기 아이처럼. 가마슈는 감탄스럽기도 하고 소름이 끼치기도 했다. 아무리 날씬하더라도 또 한 사람이 올라오면 구조물 전체가 무너져 내릴 수 있었다.

"와, 근사하네!" 클라라가 블라인드 바닥 위로 팔짝 뛰어 올라왔다. "경치가 기막히네요. 날이 개서 다행이에요. 내일은 맑을 거라더군요. 그런데 뭐하러 여기 올라오셨어요?"

"당신은요?"

"일이 손에 안 잡히는데 갑자기 여기 와야겠다는 생각이 들었어요.

실은, 정확히 말하면 여기가 아니고 저 아래, 제인이 쓰러져 있던 곳이죠. 제인에게 빚을 진 느낌이에요."

"인생을 살아가며 죄책감을 느끼지 않기란 어렵지요."

"네, 맞아요." 그녀는 감격해서 새삼스럽게 그를 쳐다보았다. "그런데 경감님은 왜 여기 오셨어요?"

"저걸 찾으러 왔습니다." 그가 블라인드 난간 너머를 가리켰다. 짐짓 태연한 목소리였지만 눈앞에 하얀 빛들이 춤추고 있었다. 현기증을 알리는 익숙한 전주곡. 그는 억지로 난간을 넘겨다보았다. 이건 빨리 끝날수록 좋았다.

"뭐 말이에요?" 클라라는 제인이 쓰러져 있던 자리 뒤쪽의 숲을 쳐다보았다. 가마슈는 불쑥 짜증이 나려고 했다. 분명히 보일 텐데. 저기 틈새가 안 보인다고? 태양이 긴 그림자들과 기이한 빛을 던지고 있었고 그중 일부가 숲 가장자리를 포착했다. 그 순간 그녀도 그것을 보았다.

"저기 숲 속에 빈 데, 저거요?"

"사슴이 지나다니는 길입니다." 가마슈가 난간에서 조금 물러나 나무줄기를 잡으려 손을 뻗으며 말했다. "오랜 세월 지나다니다 보니 길이 난 거지요. 스위스의 철도 같아요. 전혀 달라질 줄 모릅니다. 몇 세대가 지나도 늘 같은 길을 이용하지요. 바로 그 때문에 블라인드를 여기에 지은 거고요." 그는 이제 두려움도 거의 잊고 있었다. "사슴이 저 길에서 움직이는 걸 여기서 지켜보다가 쏘는 겁니다. 하지만 저 길을 모르는 사람이 보기는 힘듭니다. 어제 훈련된 수사관들을 투입해서 부근을 샅샅이 뒤졌지만 저걸 본 사람은 아무도 없었습니다. 숲 속에 저렇게 작은 길이 있는 걸 아무도 알아차리지 못했어요. 나도 마찬가지고요. 당신은 저기에 길이 있다는 것을 알고 있었을 텐데요."

"알았지만 까마득히 잊고 있었어요. 아주 오래전에 피터를 따라서 여기에 와 본 적이 있어요. 바로 이 블라인드로요. 하지만 경감님이 옳아요. 이게 사슴을 찾는 장소라는 건 이곳 사람들밖에 모를 거예요. 제인을 죽인 사람이 여기에서 쏘았나요?"

"아니요, 이건 사용하지 않은 지 오래됐습니다. 보부아르를 시켜 조사하겠지만, 틀림없어요. 범인은 숲에서 그녀를 쏘았어요. 사슴을 기다리느라고 거기 있었을 수도 있고……."

"제인을 노리고 있었을 수도 있어요. 이 위에서 보니까 다 보이네요." 클라라는 사슴길에서 등을 돌리고 반대쪽을 보았다. "티머 해들리의 집도 보여요."

갑자기 화제가 바뀌자 가마슈도 조심스럽게 몸을 돌렸다. 확실히 옛날 빅토리아 양식 주택의 슬레이트 지붕이었다. 붉은색 석벽과 커다란 창문은 그 양식 특유의 견고함과 아름다움을 과시했다.

"섬뜩해요." 클라라는 몸을 부르르 떨며 사다리 쪽으로 향했다. "끔찍한 곳이에요. 궁금하실까 봐 말씀드리는 건데요." 하며 그녀는 내려갈 자세를 갖추고 가마슈를 바라보았다. 그녀의 얼굴은 이제 어둠 속에 묻혀 있었다. "경감님 말씀 이해해요. 제인을 죽인 사람은 여기 사람인 게 분명해요. 하지만 뭔가 더 있어요."

"'당신이 용서하셨다 해도 하신 것이 아닙니다. 제게는 죄가 더 있기 때문입니다.' 존 던의 말이지요." 마침내 내려간다는 생각에 조금 들떠서 가마슈가 말했다.

클라라는 바닥의 구멍을 반쯤 내려간 상태였다. "학교에서 배웠던 기억이 나요. 솔직히 말씀드리면 루스 자도의 시가 더 많이 생각나지만요.

  그 모든 걸 안에 담아 두겠어, 곪고 썩도록.
  하지만 나는 실은 좋은 사람, 친절하고 사랑스러운 사람.
  '저리 비켜, 이 제밀할 놈아.'
  어이쿠, 미안……."

"루스 자도라고 했습니까?" 가마슈가 놀라서 물었다. 클라라가 인용한 시는 그가 아주 좋아하는 시였다. 그는 이제 구멍으로 내려가려고 무릎을 꿇고서 그 뒤 대목을 이었다.

  "그 말은 나도 모르게 입에서 튀어나와 버렸어.
  난 더 노력할 거야. 두고 봐, 정말이야.
  당신은 내게 어떤 것도 말하게 만들지 못해.
  나는 더 멀리 갈 거야.
  당신이 절대 찾지 못할 곳, 내게 상처를 주지 못할 곳,
  내게 말하게 만들지 못할 곳으로.

이걸 루스 자도가 썼다고요? 가만, 그러니까……." 그러고 보니 그날 변호사 사무실에 찾아갔을 때 제인의 유언집행인 이름을 듣고 뭔가 마음에 걸리는 게 있지 않았는가. 처녀 적 성이 켐프인 루스 자도. 그러니까 루스 자도가 총독상을 받은 시인 루스 켐프? 양순함과 사나움이 병존하는 캐나다인의 심성을 꿰뚫어 본 천재 시인? 말로 표현할 수 없는

것들에 목소리를 부여하는 사람? 그 루스 자도? "그런데 왜 하필 루스 자도의 그 시가 떠올랐습니까?"

"제가 알기로는 스리 파인스 사람들은 선한 사람들이에요. 하지만 저 사슴길은 우리 가운데 누군가 곪고 있음을 뜻해요. 제인을 쏜 사람은 자기가 사람을 겨누고 있다는 것을 알고 있으면서 그걸 사냥 사고로 보이게 하고 싶어 했어요. 사슴이 지나가길 기다리다 제인을 실수로 쏜 것인 양. 그런데 문제는 활을 쏘려면 아주 가까이 다가가야 한다는 겁니다. 자기가 겨누고 있는 대상이 무엇인지 알 수 있을 정도로요."

가마슈는 고개를 끄덕였다. 그러니까 그녀는 결국 이해한 것이다. 보이지 않게 하려고 만든 블라인드에서 갑자기 아주 분명하게 보게 되다니 그런 아이러니가 없었다.

비스트로로 돌아온 가마슈는 뜨끈한 사과술을 주문하고 화장실로 갔다. 따뜻한 물을 흘려서 긁힌 자국에 붙은 나무껍질 부스러기들을 떼어냈다. 그러고는 벽난로 곁의 흔들의자에 앉아 있는 클라라와 합류했다. 그녀는 맥주를 마시며 『소년 사냥 백과』의 책장을 넘기고 있다가 그가 앉자 책을 테이블에 내려 그에게 밀었다.

"굉장히 영민하시네요. 저는 블라인드나 사슴길 같은 걸 까맣게 잊고 있었어요."

가마슈는 두 손으로 따끈하고 향기로운 사과술 잔을 감싸 쥐고 기다렸다. 그녀가 뭔가 말하고 싶어 한다는 느낌이 들었다. 잠시 편안하게 침묵을 지키던 그녀가 비스트로 안쪽을 향해 고갯짓을 했다. "피터가 저기 벤하고 같이 있군요. 제가 나갔다 온 걸 알기나 하는지 모르겠어요."

가마슈도 그쪽을 건너다보았다. 피터가 여종업원과 이야기를 나누고 있었고 벤은 그들을 건너다보고 있었다. 실은 그들이 아니었다. 그는 클라라를 보고 있었다. 가마슈와 시선이 부딪히자 얼른 다시 눈길을 피터에게 돌렸다.

"말씀드릴 게 있어요." 클라라가 말했다.

"날씨 예보는 아니겠지요?" 가마슈가 빙긋 웃었다. 클라라는 멍한 표정을 지었다. "말씀하세요. 블라인드나 사슴길 이야기인가요?" 그가 의욕을 돋우었다.

"아닙니다. 그건 좀 더 생각해 봐야겠어요. 그걸 보고 마음이 불안해지긴 했지만 어지럼증을 느낄 정도는 아니었고요." 그녀는 그를 향해 미소를 지어 보였고, 가마슈는 자기 얼굴이 붉어지지 않았기를 바랐다. 실은 자신의 약점을 들키지 않았다고 생각하고 있었던 것이다. 흠, 나를 완벽한 사람으로 생각하는 사람이 하나 줄었군. "그럼 뭘 말씀하시려는 거죠?"

"앙드레 말랑팡이오. 욜랑드의 남편 말입니다. 점심 때 욜랑드를 만난 자리에서 그가 나를 비웃는 웃음소리를 들었어요. 특이한 웃음이었죠. 동굴에서 나오는 것 같으면서 날카로운 소리였어요. 아주 듣기 싫은 소리였죠. 제인이 똥거름을 던진 아이들 가운데 한 애가 웃었다고 한 바로 그 웃음이었어요." 가마슈는 그 정보를 유념해 들으면서 불을 들여다보며 사과술을 마셨다. 따뜻하고 달콤한 액체가 가슴을 타고 내려가 복부로 퍼졌다.

"그러니까 그의 아들 베르나르가 그 애들 가운데 하나였다고 생각하고 계시는군요."

"바로 그겁니다. 그 애들 중에 하나는 거기 없었어요. 베르나르가 있었죠."

"우리는 거스와 클로드를 만나 보았습니다. 둘 다 거기 없었다고 잡아뗐는데, 그야 당연하지요."

"필립이 똥거름 던진 걸 사과했지만 그건 아무런 의미가 없을지 모릅니다. 아이들이 모두 베르나르를 두려워하니까요. 필립은 그 애한테 맞지 않으려고 살인 자백이라도 했을 거예요. 베르나르는 그만큼 애들에게 공포의 대상입니다."

"필립이 그 자리에 아예 가지 않았을 수도 있을까요?"

"그렇다고 봐요. 확실하진 않지만. 하지만 베르나르 말랑팡이 올리비에와 가브리에게 똥거름을 던지며 즐거워한 것만은 확실해요."

"베르나르 말랑팡은 제인 닐과는 남이 아니잖아요?" 가마슈는 그들의 연고 관계를 따져 보며 천천히 말했다.

"맞아요." 클라라 모로가 동의를 표하며 땅콩을 한 줌 집었다. "하지만 아시다시피 가깝게 지내지는 않았어요. 제인이 욜랑드와 친하게 지낸 게 언제가 마지막이었는지도 모르겠어요. 단단히 의가 상한 거죠."

"무슨 일이 있었습니까?"

"자세한 건 저도 몰라요." 클라라가 주저하며 말했다. "그 일이 집하고 관련이 있다는 것밖에 모릅니다. 제인의 집 말이에요. 부모님 것이었는데 뭔가 분란이 있었어요. 제인의 말씀으로는 전에는 욜랑드하고 친했답니다. 어렸을 때 욜랑드는 자주 놀러 왔고 둘이서 카드놀이를 하곤 했대요. 러미도 하고 크리비지도 하고. 하트 퀸을 갖고 하는 놀이도 있었는데 제인은 그 카드를 매일 밤 주방 식탁에 놓아 두고는 욜랑드에게 잘 기억해 두라고 했대요. 아침이면 변해 있을지도 모른다고요."

"변했나요?"

"그게 문제였어요. 변했죠. 아침에 욜랑드가 주방에 내려가 보면 카드가 달라져 있었던 겁니다. 하트 퀸은 맞지만 무늬가 바뀌어서요."

"그런데 카드가 실제로 달랐습니까? 그러니까, 제인이 그걸 바꿔치기 하셨느냐는 겁니다."

"아니요. 제인은 아이들이 세밀한 데까지 다 기억하지는 못한다는 걸 아셨던 거죠. 그보다 더 중요한 건, 아이들은 누구나 마법을 믿고 싶어 한다는 걸 아셨다는 거예요. 참 슬픈 일이죠."

"뭐라고요?"

"욜랑드 말이에요. 그런 애가 지금 무얼 믿겠어요?"

가마슈는 머나와 나눈 대화를 기억하고 제인이 어린 욜랑드에게 또 다른 메시지를 전하지 않을까 생각했다. 변화는 일어나지만 두려워할 것 없다.

"제인은 베르나르와 알고 지냈나요? 그 애를 알고 있었을까요?"

"멀리서였겠지만 작년쯤에는 자주 보았을지도 몰라요. 지금은 베르나르도 그렇고 이 지역 아이들이 스리 파인스에서 통학버스를 타거든요."

"어디서 타지요?"

"저 위에 폐교 옆에서요. 그러니까 버스가 마을을 통과하지 않아도 됩니다. 어떤 부모들은 자기들 시간에 맞추어 일찍 애들을 태워 와서 거기다 내려놔요. 그 아이들은 오래 기다려야 하기 때문에 언덕을 내려와 마을에 들어오기도 하죠."

"추운 날이나 폭풍이 부는 날은 어떻게 합니까?"

"대다수 부모들은 아이들을 차에 태운 채 버스가 올 때까지 기다리죠. 그런데 어떤 부모들은 날씨에 상관없이 아이들을 그냥 내려놓고 가버리기도 합니다. 그럴 땐 티머 해들리가 아이들을 집에 데리고 들어가서 버스가 나타날 때까지 거기 있게 했죠."

"인정이 많으셨군요." 가마슈가 말했다. 클라라는 조금 놀란 표정이었다. "그래요? 이제 생각해 보니 그런 것도 같군요. 하지만 다른 이유도 있었을 거라고 봐요. 아이들을 내버려 두었다가 죽기라도 하면 유기 혐의로 고발당할 걸 두려워했을지 모르죠. 솔직히, 저라면 차라리 얼어죽고 말지 그 집엔 안 들어갔을 거예요."

"아니, 왜요?"

"티머 해들리는 몹쓸 여자였어요. 가엾은 벤을 보세요." 클라라는 벤쪽으로 고개를 까닥했고 가마슈는 그쪽을 보다가 때마침 그들을 바라보고 있던 벤과 다시 눈이 마주쳤다. "그녀 때문에 사람을 버렸어요. 집착이 강하고 교활한 여자. 오죽했으면 피터까지 그녀를 무서워했겠어요? 피터는 학교가 쉬는 날이면 벤의 집에서 놀곤 했어요. 그 기괴한 집에 벤과 함께 있으면서 그를 그 여자한테서 지켜 주려고 그랬던 겁니다. 그런 사람을 제가 사랑하지 않을 수 있겠어요?" 가마슈는 잠시 클라라가 피터를 말하는 건지 벤을 말하는 건지 헷갈렸다. "세상에 피터만큼 좋은 사람은 없으니까 피터마저 티머를 미워하고 두려워한다면 다 그럴 만한 까닭이 있는 거예요."

"피터와 벤은 어떻게 만났습니까?"

"애봇 학교에서 만났죠. 레녹스빌 근처에 있는 남자 사립학교예요. 벤이 거기로 보내졌을 때 나이가 일곱 살이었어요. 피터도 일곱 살이었고요. 거기서 둘이 제일 어렸죠."

"티머가 뭐가 그리 나쁘다는 거지요?" 가마슈는 겁먹은 두 아이를 생각하니 이마에 주름이 잡혔다.

"첫째는 겁먹은 꼬마 아이를 집에서 내보내 기숙학교에 집어넣은 거예요. 가엾은 벤은 맞닥뜨릴 일들에 아무런 준비가 되어 있지 않았어요. 경감님은 기숙학교에 다녀 보셨어요?"

"아니요. 한 번도."

"운이 좋으시네요. 가장 세련된 형태의 적자생존이죠. 적응하지 못하면 죽는다. 살아남을 수 있는 기술은 잔꾀와 속임수, 약한 아이 괴롭히기, 거짓말하기라는 걸 배워요. 그도 아니면 꼭꼭 숨어 있든지요. 그것도 그리 오래가진 못했지만."

클라라는 피터에게서 애봇 시절 이야기를 생생하게 들었다. 지금 머릿속에서 기숙사 문손잡이가 천천히, 천천히 돌아가는 것이 보였다. 그리고 잠글 수 없게 되어 있는 그 문이 천천히, 아주 천천히 열렸다. 상급생들이 까치발로 살금살금 안을 들어가서…… 피터는 결국 괴물이 침대 밑에 사는 게 아니라는 것을 알게 되었다고 했다. 그 어린 소년들을 생각할 때마다 클라라의 가슴은 찢어지듯 아팠다. 다시 그들의 테이블을 건너다보니 성인이 된 두 남자가 보였다. 희어져 가는 머리가 서로 거의 닿을 정도로 기울어 있었다. 그녀는 당장 달려가서 그들을 위해 나쁜 것들을 모두 막아 주고 싶었다.

"마태오복음 십 장 삼십육 절."

클라라는 다시 가마슈가 있는 현실로 돌아왔다. 그의 상냥한 눈빛을 대하고 있으니 속마음이 다 드러난 듯하면서도 든든히 보호받고 있다는 느낌이 들었다. 기숙사 문이 닫혔다.

"뭐라고 하셨어요?"

"성경 구절입니다. 신참 시절에 상관이었던 코모 경위가 그 구절을 자주 써먹었지요. 마태오복음 십 장 삼십육 절."

"저는 벤에게 그렇게 한 티머를 도저히 용서할 수 없었어요." 클라라가 조용히 말했다.

"하지만 피터도 거기에 있었죠. 그의 부모도 그 기숙학교에 보냈잖습니까." 가마슈가 역시 조용히 말했다.

"맞아요. 그의 어머니도 어지간한 사람이지만, 그는 준비가 더 잘 되어 있었어요. 그런데도 그건 악몽이었죠. 둘째는 뱀이었어요. 어느 휴일에 벤과 피터가 지하실에서 카우보이 놀이를 하다가 뱀 소굴을 발견했답니다. 벤의 말로는 지하실에 뱀이 지천이었대요. 생쥐도 있었고요. 여기서 쥐는 어느 집에나 있죠. 하지만 뱀은 어느 집에나 있진 않아요."

"거기에 지금도 뱀이 있습니까?"

"모르겠어요." 클라라는 티머의 집에 갈 때마다 뱀을 보았다. 놈들은 어두운 구석에 똬리를 틀고 있거나 의자 밑을 미끄러져 지나가거나 들보에 걸려 있었다. 그건 그저 그녀의 상상이었는지도 몰랐다. 아닐 수도 있고. 어쨌든 클라라는 티머의 생애 마지막 몇 주 동안 자원봉사자들이 필요하기 전에는 그 집에 절대 들어가지 않았다. 자원봉사를 할 때도 피터와 함께가 아니면 가지 않았고, 가더라도 화장실에는 절대 들어가지 않았다. 그녀는 축축한 수조 뒤에 뱀들이 똬리를 틀고 있는 것을 알고 있었다. 그리고 지하실에는 절대로, 결단코 들어가지 않았다. 주방 옆의 지하실 문조차 가까이 가지 않으려 했다. 거기서 금방이라도 꿈틀거리고 미끄러지는 소리가 들리고 늪 같은 냄새가 날 것만 같았던 것이다.

클라라는 스카치위스키로 도수를 높였고, 두 사람은 창을 통해 언덕 나무 위로 뾰족하게 솟은 빅토리아 양식 소탑小塔들을 바라보았다.

"그래도 티머와 제인은 제일 친한 친구 사이였잖아요?" 가마슈가 말했다.

"맞아요. 하지만 제인은 누구와도 사이좋게 지냈어요."

"조카인 욜랑드만 빼고요."

"그건 별로 흥미로운 사실이 아니에요. 욜랑드는 자신과조차 사이좋게 지내지 못할걸요."

"제인이 주방 안쪽으로는 아무도 들이지 않은 이유가 무언지 아는 게 있습니까?"

"전혀요. 그런 분이 아트 윌리엄스버그의 베르니사주가 열리는 밤에 거실에서 칵테일파티를 열자고 우리를 초대했어요. 〈박람회 날〉 전시를 기념하자고요."

"그게 언제지요?" 가마슈가 앞으로 몸을 기울이며 물었다.

"금요일 저녁 식사 때요. 그 작품이 심사를 통과했다는 소식을 들은 뒤였죠."

"잠깐만요." 가마슈가 테이블 위에 양 팔꿈치를 짚으며 말했다. 테이블 위를 기어 그녀의 머릿속으로 들어가기라도 할 기세였다. "그분이 돌아가시기 전 금요일에 자기 집 거실에서 파티를 즐기자고 모두를 초대했다는 말씀입니까? 평생 처음으로?"

"예. 우리가 그분 집에서 저녁 식사와 파티를 즐긴 건 수천 번도 더 될 겁니다. 하지만 항상 주방에서 했는데, 이번만은 그분이 거실을 택했어요. 그게 중요한가요?"

"모르겠습니다. 전시회 베르니사주는 언제입니까?"

"이 주 뒤요." 두 사람은 전시회에 대해 생각하며 말없이 앉아 있었다. 그러다가 클라라가 퍼뜩 생각난 듯 자리에서 일어났다. "가야겠어요. 사람들을 저녁 식사에 초대했어요." 가마슈도 그녀를 따라 일어나자 그녀가 미소를 지어 보였다. "블라인드를 찾아 주셔서 감사합니다." 가마슈는 그녀를 향해 가볍게 인사를 한 뒤 그녀가 테이블 사이로 지나가며 사람들에게 목례를 하고 손을 흔드는 모습을 지켜보았다. 피터와 벤이 있는 자리로 간 그녀는 피터의 머리꼭지에 입을 맞추었고, 두 사내는 한 사람처럼 자리에서 일어났다. 세 사람이 비스트로를 나서는 모습이 마치 한 가족 같았다.

가마슈는 『소년 사냥 백과』를 집어 들고 앞표지를 넘겼다. 그 안에 크고 미숙한 필체로 갈겨 쓰여 있는 이름은 'B. 말랑팡'이었다.

가마슈가 다시 비앤비에 도착하니 올리비에와 가브리가 모로 부부의 파트럭 저녁파티에 갈 차비를 하고 있었다.

"생각 있으시면 오븐 안에 셰퍼드 파이다진 고기에 으깬 감자를 얹고 구운 파이가 있습니다." 가브리가 떠나면서 소리쳤다.

가마슈는 위층으로 올라가 니콜 형사의 방문을 노크하고 아침에 하던 이야기를 마저 하게 20분 뒤에 아래층에서 보자고 말했다. 니콜이 그러자고 했다. 그는 또 뭘 좀 먹을 테니 편한 옷을 입어도 된다고 했다. 그녀는 고개를 끄덕여 감사를 표하고는 문을 닫고 30분 전부터 하던 것을 다시 시작했다. 무엇을 입을지 결정하려고 무진 애를 쓰고 있는 것이다. 언니 안젤리나에게서 빌려 온 옷들 가운데 어떤 것이 어울릴까? 어떤 걸 입어야 똑똑하고 강하고 미래의 경감으로 보일까? 어떤 걸 입어야 '나답게' 보일까? 어떤 게 제격이지?

가마슈는 그 다음 계단을 올라가 자기 방의 문을 열었다. 순백의 새털 이불과 흰색 오리털 베개가 푹신한 청동 침대로 끌려들어 가는 기분이 들었다. 그저 그 속으로 가라앉아 두 눈을 감고 그대로 곤한 잠에 빠지고만 싶었다. 그 방은 마음을 달래 주는 듯한 흰 벽을 배경으로 짙은 버찌색 나무 서랍장이 있을 뿐 가구가 간소했다. 오래된 유화 초상화가 한 쪽 벽을 차지하고 있었다. 나무 바닥에는 빛이 바래고 많이 닳은 오리엔트풍 융단이 놓여 있었다. 너무나 안락한 방이라 가마슈 같은 사람도 그대로 자고 싶은 유혹을 견디기 어려울 지경이었다. 그는 방 한가운데에서 머뭇거리다가 결연히 방에 딸린 욕실로 들어갔다. 샤워를 하고 나니 기운이 돌아왔다. 평상복으로 갈아입고 렌 마리에게 전화를 한 다음 수첩을 챙겨 거실로 돌아갔다. 20분 뒤였다.

이베트 니콜은 30분 뒤에 내려왔다. 내내 옷차림을 고민하던 그녀는 결국 당당한 커리어우먼처럼 보이는 옷을 택했다. 가마슈는 그녀가 가까이 오는데도 수첩에 시선을 박은 채 쳐다보지 않았다.

"우리에겐 문제가 있네." 아르망 가마슈가 수첩을 내려놓고는 그녀를 바라보았다. 그녀는 다리를 꼬고 팔짱을 낀 채 그의 반대편에 앉아 있었다. 그녀는 뱀이 똬리를 튼 것처럼 꼬여 있었다. "사실은 자네에게 문제가 있지. 하지만 그게 수사에 영향을 미치니까 내 문제가 되었어."

"그렇습니까? 그게 뭡니까?"

"자넨 머리가 좋아, 니콜 형사."

"그것도 문제입니까?"

"아니야. 그게 바로 문제야. 자넨 독선적이고 오만해." 그 부드러운 말들이 기습하듯 그녀를 쳤다. 이제까지 그녀에게 그런 식으로 말한 사람은 한 사람도 없었다. "자네 머리가 좋다는 건 사실이야. 오늘 오후 회의에서 보여 준 추리는 좋았어."

이베트 니콜은 감정이 누그러졌으나 바짝 긴장해서 자세를 똑바로 고쳐 앉았다.

"하지만 머리가 좋은 것만으로는 부족해." 가마슈가 말을 이었다. "그걸 써야지. 그런데 자넨 쓰질 않아. 보지만 주의 깊게 보지 않고 듣지만 귀 기울여 듣질 않아."

그건 교통과에 근무할 때 커피 잔에 쓰여 있던 말이 분명했다. 오, 가엾은 가마슈 경감님, 머그잔에나 어울리는 시시한 철학에 의지해 사시다니요.

"이 사건을 해결할 만큼 충분히 보고 들었습니다."

"그럴지 모르지. 사건을 해결했는지는 곧 알게 되겠지. 아까 말했듯이, 그건 잘한 일이고 자넨 머리가 좋아. 하지만 뭔가 빠진 게 있어. 분명 자네도 그걸 느낄 거야. 뭐가 뭔지 모를 때가 있지 않나? 마치 사람들이 외국어로 말하는 것처럼, 다른 모든 사람들은 이해하는데 자네만 이해하지 못하는 일이 벌어지고 있는 것처럼?"

니콜은 자신이 받은 충격이 얼굴에 드러나지 않았기를 바랐다. 그걸 어떻게 아셨지?

"제가 이해하지 못하는 거라곤 사건을 해결한 사람을 경감님이 어떻게 꾸짖으실 수 있느냐는 것뿐입니다."

"자넨 자세가 안 되어 있어." 그는 끝까지 참으며 이해시키려고 애썼다. "예를 들어 보지. 우리가 크로프트의 집에 들어가기 전에 내가 자네에게 뭐라고 했지?"

"기억나지 않습니다." 내심 하나의 깨달음이 싹트기 시작했다. 바로 여기에 문제가 있는지도 모른다.

"말하지 말고 잘 들으라고 했지. 그런데도 자넨 크로프트 부인이 주방에 들어왔을 때 그녀에게 말을 했어."

"누군가는 그녀에게 친절해야 한다고 생각했어요. 경감님은 저더러 불친절하다고 꾸짖으셨지만 그건 사실이 아니에요." 오, 하느님, 울음이 터지지 않게 해 주세요. 눈물이 솟는 것을 느끼며 그녀는 생각했다. 무릎에 놓인 두 손을 꼭 쥐었다. "저는 친절하다고요."

"경우가 같나? 이건 살인 사건 수사야. 시키는 대로 따라야지. 자네 규칙이 따로 있고 다른 사람들 규칙이 따로 있는 게 아니야. 알아듣겠어? 말하지 말고 기록하라는 지시를 받으면 그렇게 해야 하는 거야." 마지막 몇 마디는 천천히 또박또박 차갑게. 그는 그녀가 자신이 얼마나 교활한지나 알까 싶었다. 그럴 것 같지 않았다. "오늘 아침 내가 지혜에 이르도록 우리를 이끌어 주는 네 가지 문장 중 세 가지를 말해 주었지?"

"오늘 아침에 네 가지 모두 말씀하셨어요." 니콜은 그가 지금 제정신인가 싶었다. 그는 엄한 눈길로 그녀를 바라보았다. 화가 난 기미도 없었지만 분명 온정이 담기지도 않은 눈길이었다.

"그걸 말해 보겠나?"

"미안합니다, 모르겠습니다, 도움이 필요합니다, 잊었습니다."

"잊었습니다? 그걸 어디서 들었지?"

"오늘 아침 경감님께요. 분명히 말씀하셨잖아요?"

"정말로 '잊었습니다'가 인생의 교훈이 될 수 있다고 생각했단 말인가? 그 마지막 문장은 정말로 잊었다는 뜻으로 말한 건데. 그래, 잊었다고 말했어. 하지만 전후관계를 생각해 봐. 이건 자네의 그 좋은 머리에 무슨 문제가 있는지를 보여 주는 완벽한 예야. 쓰지를 않는다니까. 생각하질 않아. 말을 듣는 것만으로는 충분하지 않아."

또 시작이시군. 니콜은 생각했다. 구시렁구시렁. 잘 들어야 해.

"잘 들어야 해. 말이란 기밀 용기에 보관했다가 다시 들을 수 있는 게아니야. 크로프트 부인이 지하실에 아무것도 없다고 말할 때 그 말투, 억양, 몸짓, 그전의 사정, 손과 눈이 어떤지에 주목했나? 이전에 사건을 수사할 때 용의자들이 똑같은 말을 하던 걸 기억하나?"

"저는 이번이 첫 수사인데요." 니콜이 의기양양하게 말했다.

"그럼 내가 잘 듣고 기록하기만 하라고 한 까닭이 뭐라고 생각하나? 자네가 경험이 없기 때문이야. 마지막 문장이 뭐였을 것 같아?"

니콜은 이제 몸을 끌어안고 있었다.

"'내가 틀렸다'야." 가마슈는 자신에게 말하고 있는 것 같은 느낌이 들었다. 그가 니콜에게 전달하고 있는 이 모든 것들은 자신이 스물다섯 나이로 살인수사반에서 신참 생활을 하고 있을 때 들은 것이다. 코모 경위는 그를 앉혀 놓고 그 모든 것을 한꺼번에 말해 주고는 이후로 다시는 입에 올리지 않았다. 그것은 산더미같이 커다란 선물이었고, 가마슈가 이날까지 날마다 펴 보는 선물이었다. 그는 또한 코모가 말하고 있을 때 이미 그것이 전수하도록 되어 있는 선물이라는 것을 이해했다. 그리하여 자신이 경위가 되었을 때 그는 그것을 다음 세대에게 전하기 시작했다. 가마슈는 자기가 할 수 있는 건 노력하는 것뿐이라는 걸 알고 있었다. 전수받은 걸 가지고 어떻게 하느냐는 받은 사람의 몫이었다. 그가 전달해야 할 게 한 가지 더 있었다.

"오늘 아침에 내가 배우는 방법에 대해 생각해 보라고 했었지? 그래, 어떤 생각이 들었지?"

"모르겠습니다."

루스 자도의 유명한 시에 나오는 구절이 다시 떠올랐다.

"나는 더 멀리 갈 거야.
당신이 절대 찾지 못할 곳, 내게 상처를 주지 못할 곳,
내게 말하게 하지 못할 곳으로."

"뭐라고요?"

니콜이 말했다. 이건 너무 부당해. 여기서 나는 최선을 다하고 있다고. 그를 졸졸 따라다니고, 심지어 수사를 위해 기꺼이 시골에서 지내기까지 하잖아? 거기다 그 빌어먹을 사건까지 해결했어. 그런데 무슨 공로라도 인정받았나? 아냐. 어쩌면 가마슈는 점점 자신을 잃고 있던 차에 내가 사건을 해결하니까 자신이 얼마나 형편없는 수사관인지 깨닫게 되었을 거야. 바로 그거야. 그 순간 그녀의 지친, 그러나 경계를 늦추지 않는 눈이 섬을 발견했다. 그는 샘이 난 거다. 내 잘못이 아냐. 그녀는 쓸려 내리는 모래를 붙들고 아슬아슬한 순간에 얼음같이 차가운 바닷물에서 간신히 기어 나왔다. 방금 전만 해도 발목을 잡고 자신을 바닷속으로 끌어당기려는 두 손을 느꼈었다. 하지만 이제 자신의 섬에 안전하고 완벽하게 상륙했다.

"우리는 실수로부터 배우네, 니콜 형사."

아무려나.

8

"오, 역시." 루스가 피터와 클라라의 집 머드룸 문에서 내다보며 말했다. "기대를 저버리지 않는군."

"봉주르, 친구들?" 가브리가 왈츠라도 추듯 가벼운 걸음으로 집 안으로 들어섰다. "루스도 안녕하세요?"

"우리가 건강식품 가게를 몽땅 털어 버렸어요." 올리비에가 낑낑거리며 주방으로 들어가 셰퍼드 파이 둘과 종이봉지 둘을 카운터에 내려놓았다.

"내가 잘못 생각했어." 루스가 말했다. "낡은 봉지 둘뿐이군."

"심술 할멈." 가브리가 말했다.

"멍청이." 루스가 버럭 소리 질렀다. "봉지에 뭐가 들었지?"

"당신 드리려고요. 강철 수세미……." 가브리가 봉지들을 그러잡고 신명 난 마술사처럼 화려한 동작으로 거꾸로 뒤집었다. 봉지에서는 포

테이토칩, 캐슈너트 절임 깡통, 생 레미에 있는 매종 뒤 쇼콜라 마리엘의 수제 초콜릿들이 쏟아져 나왔다. 감초 올소츠 캔디, 생 앙드레 치즈, 젤리빈, 조 루이스 케이크도 있었고 룬 문들이 굴러떨어져 튀었다.

"골드다!" 클라라가 소리치며 무릎을 꿇고서 노란 크림이 가득 든 기가 막히게 맛있는 케이크를 퍼먹었다. "내 거야. 전부 다."

"아무래도 초콜릿 중독이라니까." 머나가 마담 마리엘이 정성스럽게 만든 군침 도는 크림 과자를 집으며 말했다.

"지금 그런 거 가릴 때야." 클라라가 룬 문을 싸고 있는 셀로판을 뜯어내고 양껏 입에 처넣었다. 놀랍게도 절반 이상이 한 입에 들어갔다. 나머지는 얼굴이며 머리카락을 덮었다. "오랫동안 못 먹어 봤어. 몇십 년 동안."

"그래도 아주 어울리는데요." 얼굴에서 제과점이라도 폭발한 것처럼 보이는 클라라를 바라보며 가브리가 말했다.

"먹을거리는 나도 가져왔지." 루스가 그렇게 말하며 카운터 쪽을 가리켰다. 루스가 가리킨 곳에 자기 집 손님에게 등을 돌린 채 뻣뻣한 자세로 피터가 서 있었다. 그의 어머니가 보았다면 마침내 아들의 태도를 자랑스러워했을지도 모른다.

"누가 뭘 원하지?" 선반에서 눈을 돌리지 않은 채 딱 부러지는 말투로 피터가 말했다. 피터에게 보이지 않게 등 뒤에서 모두들 서로의 얼굴을 쳐다보았다. 가브리가 클라라의 머리에서 케이크 부스러기를 털어 내며 고갯짓으로 피터를 가리켰다. 클라라는 어깨를 들썩했으나 즉시 자신의 배신 때문인 것을 깨달았다. 간단한 어깻짓으로 그의 예의 없는 행동이 자신과 상관없다는 것을 표현한 것이었지만 그가 그런 태도를 보이는 건 실은 그녀 탓이었다. 사람들이 도착하기 직전 그녀는 피터에게 가마슈와 함께한 모험 이야기를 해 주었다. 자기가 상자를 만든 이야기, 숲에 들어가서 사다리를 타고 블라인드에 올라간 이야기를 마구 늘어놓은 것이었다. 하지만 그녀가 신 나게 이야기하느라 알아채지 못하는 사이 분위기가 갈수록 무겁게 가라앉고 있었다. 그녀가 피터의 침묵, 서운해하는 감정을 알아챘을 때는 이미 늦어 그가 자신만의 얼음섬으로 떠나 버린 뒤였다. 그녀는 그 섬이 몹시 싫었다. 그는 그 섬에 서서 클라라를 노려보며, 심판하고 비꼬는 말을 사금파리 조각들처럼 던졌다.

"당신과 당신의 잘난 영웅께서 제인 사망 사건을 해결한다?"

"당신이 기뻐할 걸로 생각했는데." 그녀의 말은 반쯤 거짓말이었다. 실은 아예 생각 자체를 하지 않았다. 생각했더라면 그의 반응은 충분히 예상했을 터였다. 하지만 그가 자신의 이누이트 섬에서 속 편하게 지내고 있기에 그녀도 자기 섬으로 떠났다. 의로운 분노로 무장하고 도덕적 확신을 난로로 삼아, '내가 옳고, 당신은 냉혹하고 속 좁은 위인이야.'라는 커다란 통나무를 불 속에 던지며 안전함과 편안함을 느꼈다.

"왜 내게 말하지 않았지?" 그가 물었다. "왜 함께 가자고 하지 않은 거야?"

사실이 그랬다. 간단한 질문. 피터는 항상 어지러운 헛소리들을 단칼에 정리해 버리는 능력이 있었다. 불행히도 오늘은 그 대상이 그녀였다. 그는 그녀가 스스로에게도 던지기를 두려워했던 바로 그 질문을 던진 것이다. 내가 왜 그랬을까? 갑자기 그녀의 피난처, 항상 더 높이 떠 있던 그녀의 섬이 가라앉고 있었다.

그쯤에서 손님들이 도착했다. 그리고 이제 루스가 자기도 다른 사람들과 나눌 뭔가를 가져왔다는 놀라운 선언을 한 것이다. 클라라는 루스가 제인의 죽음으로 인한 충격 때문에 뼛속까지 흔들렸나 보다고 생각했다. 카운터에 그녀의 슬픔이 늘어서 있었다. 탱커레이 진, 마티니 앤 로시 베르무트백포도주에 향초 등을 가미한 술, 글렌피딕 스카치위스키. 그 정도 술이면 수월찮은 돈이 들었을 텐데, 루스는 그만한 여유가 없는 사람이었다. 위대한 시가 돈이 되는 건 아니니까. 사실, 클라라는 루스가 언제 마지막으로 자기 마실 걸 샀는지 기억도 나지 않았다. 그런 노인네가 오늘은 윌리엄스버그의 소시에테 데잘콜에까지 가서 그 술들을 사 온 다음 광장을 가로질러 그들의 집까지 힘들게 끌고 온 것이다.

"멈춰!" 루스가 냅다 소리를 질렀다. 이제 막 탱커레이 진을 따르던 피터를 향해 지팡이를 흔들기까지 했다. "그건 내 거야. 손대지 마. 자기 집에 온 손님들에게 대접할 술도 없나?" 그녀는 그러고는 팔꿈치로 피터를 밀어제치고 병들을 종이봉지에 쓸어 넣었다. 그러고는 술병들을 끌어안고 머드룸으로 비틀비틀 걸어가서 그것을 바닥에 내려놓고 자신의 허술한 외투로 덮었는데 그 모습이 꼭 엄마가 소중한 아기를 누이는 것 같았다.

"내 거, 스카치 한 잔 따라 놔." 그녀는 그 자리에서 소리쳤다.

이상하게도 클라라는 어쩌다가 잠시 관대했던 루스보다는 이런 루스가 더 편하게 느껴졌다. 이 모습이야말로 그녀가 원래 알고 있는 그 마녀였다.

"내게 팔고 싶은 책들이 있다고 했지?" 머나가 그러면서 한 손에는 포도주, 또 한 손에는 올소츠 캔디를 한 움큼 들고서 느릿느릿 거실로 들어갔다.

클라라는 무언의 시위를 하고 있는 피터의 등에서 멀어지게 된 것이 반가워 얼른 머나를 뒤따라갔다. "미스터리 소설. 다른 책들을 사고 싶은데 먼저 헌책들을 처분해야겠어." 두 여자는 벽난로 맞은편 벽을 바닥에서 천장까지 채운 책장 앞을 천천히 걸었고, 머나는 이따금 한 권씩 책을 뽑았다. 클라라는 취향이 아주 독특했다. 대다수 장서는 영국 책이었고 대개 코지 미스터리였다. 머나는 책장 구경을 하며 몇 시간이라도 행복하게 보낼 수 있었다. 그 사람의 책장이나 장바구니를 제대로 보기만 하면 그 사람이 어떤 사람인지 훤히 알 수 있을 것 같았다.

이 책장 앞에 선 게 이번이 처음은 아니었다. 이 검약한 부부는 몇 달에 한 번 몇 권을 팔고 다른 책으로 채웠는데, 그것 역시 헌책이었고 역시 머나의 가게에서 샀다. 제목이 천천히 지나갔다. 스파이 소설, 원예, 전기, 문학, 하지만 대다수는 미스터리. 책들은 계통 없이 뒤죽박죽 섞여 있었다. 한 대목에는 어떤 순서에 따라 정리하려 시도한 흔적이 있었다. 미술복원 서적들은 알파벳순이었지만 한 권은 다른 자리에 꽂혀 있었다. 머나는 무의식적으로 그 책을 알파벳순에 따라 제자리에 옮겨 꽂았다. 머나는 누가 정리를 시도했는지 짐작할 수 있었지만 나머지는 그날그날의 문학적 환락에 내맡긴 것 같았다.

"됐어." 머나는 책장 끝에 다다라 자신이 뽑은 책무더기를 보았다. 주방에서 요리 냄새가 솔솔 풍겨 왔다. 클라라의 마음은 코를 따라갔고 화가 나서 냉담한 피터가 다시 보였다. 왜 그때 곧바로 블라인드와 사슴길 이야기를 해 주지 않았을까?

"권당 일 달러 쳐 줄게." 머나가 말했다.

"다른 책들하고 교환하는 게 어때?" 그건 많이 해 보아 서로 익숙한 장단이었다. 두 여자는 몇 마디 더 나누고는 둘 다 만족스러운 표정을 지었다. 뒤늦게 루스도 들어와서 마이클 이네스의 책 뒤표지를 읽고 있었다.

"내가 탐정이 되었으면 잘했을 텐데." 루스가 무슨 소린가 해서 어리 벙벙해 있는 사람들에게 이유를 설명했다. "클라라 당신과 달리 난 사람의 실제 모습을 볼 줄 알거든. 어둠과 분노와 옹졸함을 보지."

"당신은 그걸 창조하시잖아요, 루스." 클라라가 말을 바로잡았다.

"사실이야." 루스가 웃음을 터뜨리고는 느닷없이 엄청난 힘으로 클라라를 끌어안았다. "나는 불쾌하고 밉살스러운 사람이지."

"처음 듣는 소린데요." 머나가 말했다.

"부정할 수 없는 사실이야. 그런 점이 내 가장 훌륭한 특징이니까. 나머지는 전시용이지. 사실, 진짜 미스터리는 왜 더 많은 사람이 살인을 저지르지 않느냐는 거야. 인간으로 산다는 건 끔찍할 게 분명한데. 소시에테 데잘콜에서 그 덩치 큰 멍청이 가마슈가 매튜 크로프트네 집을 정말로 수색했다고 들었어. 어리석긴."

세 사람이 주방으로 돌아오니 식탁에는 바로 먹을 수 있도록 저녁 식사가 차려져 있었다. 캐서롤 냄비에서 김이 모락모락 올라오고 있었다. 벤이 클라라의 잔에 포도주를 따르고 그녀 옆자리에 앉았다. "무슨 이야기들 하고 있었어?"

"나도 잘 모르겠어." 클라라가 벤의 다정한 얼굴을 바라보며 미소 지었다. "루스가 가마슈 경감이 크로프트의 집을 수색했다고 하셨는데, 그게 사실이야?"

"아까 그 사람이 이야기해 주지 않았어?" 저쪽 자리에서 피터가 콧방귀를 꿰었다.

"아, 맞아, 한바탕 소동이 벌어졌죠." 서빙 스푼으로 그의 접시에 음식을 사납게 덜어 놓는 피터를 애써 무시하며 올리비에가 말했다. "숫제 집을 까뒤집어서 뭔가 찾아낸 모양이에요."

"그래도 설마 매튜를 체포하진 않겠지?" 포크를 입으로 가져가다 중도에 멈춘 채 클라라가 말했다.

"매튜가 제인을 죽였을까?" 칠리 콘 카르네를 더 돌리며 벤이 물었다. 모두에게 한 질문이었지만, 그는 본능적으로 피터에게 시선을 돌렸다.

"난 믿을 수 없어요." 피터의 대답이 없자 올리비에가 말했다.

"왜지?" 그러면서 벤이 다시 피터를 바라보았다. "사고야 흔히 일어나는 건데."

"그건 사실이야." 피터가 동의를 표했다. "그가 사고를 냈다면 자백했을 거라고 보지만."

"하지만 이건 일반적인 과실이 아니야. 달아나는 게 하나도 이상하지 않다고."

"당신은?" 머나가 물었다.

"나도 그렇게 생각해." 벤이 말했다. "예를 들어 내가 돌을 던졌는데 누군가 머리에 맞고 죽었다고 쳐. 아무도 본 사람이 없다면 내가 어떤 반응을 보일지 잘 모르겠어. 내가 자백하리라고 확신할 수 있을까? 아, 오해는 하지 마. 나는 도와 달라고 소리 지르고 결과를 받아들일 거라고 생각하니까. 하지만 오늘 여기서 확실히 그러리라고 장담할 수 있을까? 아니, 직접 겪어 보지 않고는 모를 일이야."

"자넨 그럴 거라고 봐." 피터가 조용히 말했다. 벤은 목구멍이 옥죄는 느낌이 들었다. 그는 칭찬을 들으면 울고 싶어지고 몹시 부끄러워졌다.

"금요일 밤에 하던 이야기로 돌아가는 거네. 클라라 자기가 인용한 말 있잖아? 양심과 비겁함은 똑같다." 머나가 말했다.

"실은, 오스카 와일드의 말이지." 클라라가 모두를 향해 말했다. "오스카 와일드는 나보다 훨씬 냉소적이었어. 일부 사람들에겐 그 말이 맞지만 다행히 대다수는 그렇지 않다고 생각해. 대다수는 아주 양호한 도덕적 나침반을 갖고 있다고 봐." 그녀 왼편에서 루스가 콧방귀를 뀌는 소리가 들렸다. "나침반이 있어도 이따금은 자기 위치를 파악하는 데 시간이 걸리지. 특히 충격을 받은 뒤에는. 가마슈의 견지에서 보면 그건 충분히 이해할 만해. 매튜는 노련한 활 사냥꾼이지. 그 부근에 사슴이 있다는 걸 알고 있었어. 그러니까 능력도 있고 정보도 있었던 셈이지."

"그런데 왜 그걸 자백하지 않았을까?" 머나가 물었다. "물론 당신 말에 전적으로 동의해, 벤. 처음에 매튜가 달아난 건 충분히 이해할 만하지만 왜 시간이 지난 뒤에도 자백을 하지 않았을까? 나라면 그런 비밀을 안고 살아갈 수 없을 거야."

"당신은 비밀을 지키는 데 좀 더 능숙해져야 해요." 가브리 뒤보가 말했다.

"틀림없이 외지 사람이었을 거야." 벤이 말했다. "지금 숲에 얼마나 많은 외지인들이 득시글거릴지는 하느님만이 아실걸. 토론토와 보스턴과 몬트리올에서 온 사냥꾼들은 모두 미치광이처럼 마구잡이로 쏘고 있다고."

"하지만," 클라라가 그를 보고 말했다. "토론토에서 온 사냥꾼이 어떻게 그런 장소를 알겠어?"

"무슨 말이야? 그들은 그냥 숲으로 들어갈 뿐이야. 별로 어려운 일도 아니니까 그렇게 많은 멍청이들이 사냥을 하는 거라구."

"하지만 이 사건에서 그 사냥꾼은 자기가 있을 자리를 정확히 알고 있었어. 실은, 오늘 오후에 사슴 사냥용 블라인드에 갔었어. 학교 뒤쪽, 제인이 쓰러져 있던 자리 바로 옆에 있는 블라인드 말이야. 올라가서 내려다보았지. 확실히 사슴길이 있었어. 바로 그 때문에 그 자리에 블라인드를 만든 거고……."

"그래. 매튜 크로프트의 아버지가." 벤이 말했다.

"그래?" 클라라는 순간 당황했다. "그건 몰랐네. 다른 사람들은?" 그녀가 나머지 사람들에게 물었다.

"질문이 뭐였지? 난 안 듣고 있어서." 루스가 말했다.

"대단한 탐정이셔." 머나가 말했다.

"매튜의 아버지가 그 블라인드를 지었다." 클라라가 혼잣말을 했다. "어쨌든 가마슈는 그 블라인드가 한동안 사용되지 않았다고 단단히 믿고 있는데……."

"활 사냥꾼들은 대개 블라인드를 이용하지 않아." 피터가 시큰둥하게 말했다. "총 사냥꾼들이나 이용하지."

"그래서 요점이 뭐야?" 루스는 따분해지고 있었다.

"다른 고장에서 온 사냥꾼은 거기에 갈 줄 모를 거라고요."

클라라는 그 말의 의미를 사람들이 이해할 때까지 기다렸다.

"제인을 죽인 사람이 누구든 여기 사람이라고요?" 올리비에가 물었다. 그 순간까지는 모두들 외지인이 살인을 저지르고 달아난 걸로 짐작하고 있었다. 이젠 아닐 수도 있다.

"그러니까 그게 매튜 크로프트일 수도 있다는 거네." 벤이 말했다.

"난 그렇게 생각 안 해." 클라라의 말이 빨라졌다. "매튜가 그 일을 저질렀다는 걸 뒷받침하는 근거들은 마찬가지로 그가 저지르지 않았다는 걸 뒷받침하는 근거이기도 하거든. 경험 많은 활 사냥꾼이라면 실수로 사람을 죽이지 않았을 거야. 그러니까 그건 매튜라면 저지르지 않을 사고라고. 사슴길을 지키고 서 있었다는 것도 그래. 너무 가까워. 다가오는 게 사슴이었다면 알았을 거고, 아니었다 해도……."

"다가온 게 제인이었다 해도 알았을 거다 이거군." 평소 냉정한 루스의 목소리가 이제 캐나다 순상지_{선캄브리아대의 암석이 방패 모양으로 지표에 넓게 분포하는 지역}만큼이나 딱딱했다. 클라라가 고개를 끄덕였다. "개자식." 루스가 말했다. 가브리가 그녀의 손을 잡았는데 평생 처음으로 루스는 손을 빼지 않았다.

테이블 저편에서 피터는 나이프와 포크를 내려놓고 클라라를 똑바로 쳐다보았다. 그녀는 그의 표정을 잘 알 수 없었지만 감탄한 눈빛이 아닌 건 분명했다.

"한 가지는 분명해. 제인을 죽인 자는 활을 아주 잘 쏘는 사람이라는 거지." 그녀가 말했다. "서툰 사람은 그렇게 쏠 수 없었을 거야."

"이 근방에는 활을 아주 잘 쏘는 사람이 많아. 불행히도." 벤이 말했다. "활쏘기 클럽 덕이지."

"살인이군." 가브리가 말했다.

"살인이야." 클라라가 결론을 내렸다.

"하지만 제인이 죽기를 바랄 사람이 누구지?" 머나가 물었다.

"그런 건 대개 어떤 이득 때문 아닌가?" 가브리가 말했다. "돈, 권력."

"이득, 혹은 뭔가 잃을까 두려워서 그것을 지키려는 시도." 머나가 말했다. 지금까지 그녀는 제인을 잃은 슬픔에 사로잡힌 친구들이 그들의 관심을 지적 게임으로 바꿔서 상실의 아픔을 달래려는 필사적인 노력이라고 생각하며 듣고 있었다. 이제 그녀도 흥미가 돋기 시작했다. "가정이나 유산이나 직업이나 집같이 소중한 어떤 것이 위험에 처한다면⋯⋯."

"무슨 말인지 알겠어." 루스가 말을 끊었다.

"살인을 해서라도 지켜야 한다고 생각할 수 있겠지."

"그러니까 매튜가 그랬다면 그건 고의였다는 거로군." 벤이 말했다.

수잔 크로프트는 자신의 저녁상을 내려다보고 있었다. 식어서 걸쭉해진 소스 속에 셰프 보야르디ᴹ미국 파스타 통조림 브랜드 미니 라비올리가 응어리져 굳어 가고 있었고, 접시 반대편에는 미리 썰어 놓은 갈색 원더 브레드 한 조각이 균형을 이루고 있었다. 꼭 먹겠다는 확신보다는 희망 때문에 거기 놓아둔 터였다. 아까부터 거북한 속이 빵을 먹을 만한 시간만이라도 진정될지 모른다는 희망.

하지만 메스꺼움은 조금도 나아지지 않았다.

맞은편에서 매튜는 자신의 접시 위에 사각형 모양의 미니 라비올리 네 개를 한 줄로 늘어놓았다. 정교하고 작은 길이 하나 났다. 소스가 길양옆에 연못을 만들었다. 아이들이 음식 대부분을 덜고 난 다음 매튜가 덜었고, 수잔은 남은 음식을 차지했다. 그녀의 의식은 자신에게 그것이 고귀한 모성 본능이라고 말했다. 마음속 깊은 곳에서는 그것이 사적인 차원의 순교 본능이라는 것을 알고 있었다. 가족과 맺은 암묵적인 계약.

그들은 그녀에게 빚을 지고 있었다.

필립은 평소대로 매튜 곁에 앉았다. 그의 접시는 깨끗했다. 라비올리는 깨끗이 먹어 치웠고 빵에 찍어 먹는 소스도 전혀 남기지 않았다. 수잔은 자기 접시도 아들에게 주려고 했으나 뭔가 그녀의 손을 붙들었다. 그녀는 필립을 바라보았다. 헤드폰을 쓴 채 두 눈은 감고 입을 비죽 내민 모습은 요 여섯 달 사이에 필립의 몸에 밴 무례한 태도였다. 그녀는 계약을 끝내기로 했고, 자신이 실은 아들을 좋아하지 않는다는 것을 느꼈다. 사랑하느냐면, 그렇다. 뭐, 그럴 거다. 하지만 좋아하느냐?

지난 몇 달 동안 습관적으로 매튜와 수잔은 디스크맨을 치우게 하려고 필립과 한 싸움을 벌였다. 매튜는 그와 영어로 말했고 수잔은 자기 모국어인 프랑스어로 말했다. 필립은 두 언어와 두 문화 속에서 살았고, 두 언어 모두 귀 기울여 듣지 않았다.

"우린 한 가족이고, 저녁 식사에 엔싱크는 초대하지 않았어." 전에 매튜가 그렇게 나무란 적이 있었다.

"누구요? 이건 에미넴이라고요." 필립이 바락 내쏘았다. 그게 중요한 문제이기라도 한 것 같았다. 그럴 때 필립이 매튜를 바라보는 눈빛은 화가 나거나 토라진 표정이 아니고 아예 무시하는 표정이었다. 매튜가 차라리 뭐였더라면 나았을까? 냉장고는 아니었다. 필립은 냉장고, 침대, 텔레비전, 컴퓨터와는 사이가 좋은 것 같았다. 그랬다. 아이는 아빠를 엔싱크나 되는 것처럼 바라보았다. 파세Passé 구닥다리. 퇴물. 무無존재.

필립은 결국 음식과 교환하고 나서야 디스크맨을 치우곤 했다. 하지만 오늘 밤은 달랐다. 오늘 밤엔 엄마 아빠 모두 아들이 이어폰을 꽂고 다른 데 정신이 팔려 있는 것이 편했다. 아들은 게걸스럽게 먹었다. 마치 이 허섭스레기가 이제까지 먹어 본 음식 중에 제일 맛있기나 한 듯. 수잔은 분한 생각마저 들었다. 매일 밤 그녀는 가족에게 손수 만든 음식을 먹이려고 힘들게 준비했다. 오늘 밤엔 어쩔 수 없이 비상식량 중에서 깡통 둘을 꺼내 덥혀 내놓았다. 그런데 필립은 무슨 미식이라도 되는 듯 그걸 게걸스럽게 먹어 치웠다. 그녀는 아들을 바라보며 나를 모욕하려고 일부러 그러는 게 아닐까 생각했다.

매튜는 접시에 몸을 더 가까이 기울여 라비올리 길을 미세 조정했다. 사각형 라비올리 표면에 튀어나온 부분들을 반대편의 들어간 부분에 맞추어야 했다. 그렇지 않으면? 그렇지 않으면 우주가 폭발해서 그 불길에 그들의 살이 지글지글 탈 것이고, 자기 앞에서 온 가족이 죽는 걸 보게 되고, 순식간에 자신도 무시무시한 죽음을 맞으리라. 셰프 보야르디에는 용기와 만곡이 참 많았다.

그는 고개를 쳐들다가 아내와 시선이 마주쳤다. 아내는 그를 바라보고 있었다. '그의 손놀림의 정치함에 매료되어. 소수점의 떨림에 반하여.' 그 시구가 그의 뇌리에 불현듯 떠올랐다. 닐 선생의 집에서 그걸 읽은 순간부터 늘 좋아했다. 그건 오든의 크리스마스 오라토리오에 나오는 구절이었다. 닐 선생은 그에게 그 시를 한사코 읽혔다. 그녀는 평생 오든을 숭배했다. 심지어 이 난해하고 좀 이상한 작품조차 무척 좋아하는 듯했다. 이해도 하는 것 같고. 그 자신은 닐 선생을 존경하는 마음에서 그걸 억지로 익혔지만 전혀 좋아하지 않았다. 그런데 그 한 구절은 예외였다. 그 서사시의 그 많은 구절 중에 왜 하필 그 구절이 두드러져 보였는지는 그도 알 수 없었다. 그 구절이 뜻하는 바도 알지 못했다. 지금까지도. 그 역시 소수점의 떨림에 반해 있었다. 그의 세계는 이것으로 귀착되었다. 아내를 쳐다보는 것은 재앙에 직면하는 것이다. 그리고 그는 그 재앙에 대처할 준비가 되어 있지 않았다.

그는 내일 무슨 일이 있을지 알고 있었다. 아주 먼 데서부터 흔들림 없이 꾸준하게 다가오는 것을 이미 보지 않았는가. 달아나려고는 생각도 못한 채 그는 그것이 다가오기를 기다렸다. 그것은 거의 다 와서 이제 그들 집 현관 계단에 있었다. 그는 아들을, 요 몇 달 사이에 너무나 변해 버린 어린 자식을 바라보았다. 처음에 부부는 마약일 것이라고 생각했다. 아이는 툭하면 화를 내고, 학업 성적은 마냥 미끄러지고, 전에는 무척 좋아하던 모든 것들을 거부했다. 축구나 영화나 엔싱크를 얼마나 좋아했던가. 부모, 특히 매튜 자신을 또 얼마나 좋아했고. 무슨 까닭인지 필립의 분노는 그를 향해 있었다. 매튜는 그 도취한 듯한 얼굴 뒤에서 무슨 일이 벌어지고 있는지 궁금했다. 혹시 다가오고 있는 것이 무엇인지 알고 있고, 그것을 좋아하는 걸까?

매튜는 마침맞게 라비올리를 다 맞추었다. 그의 세계가 폭발하기 직전에.

수사본부에서는 전화벨이 울릴 때마다 활동이 멈추었다. 벨은 자주 울렸다. 많은 수사관들이 전화 조회를 했고 가게 주인들, 이웃들, 관리들이 회신 전화를 했다.

옛날 캐나다 국철의 역사驛舍는 사용해 보니 아주 제격이었다. 한 팀이 의용소방대와 협력하여 과거 대합실이었을 법한 곳을 청소했다. 바니시를 칠해 번들거리는 나무가 사방 벽 높이 4분의 1까지 대어져 있었고 벽에는 불조심 홍보와 역대 총독 문학상 수상자를 알리는 포스터들이 붙어 있어 소방대장의 위인을 짐작할 수 있었다. 경관들은 포스터를 떼어 깔끔하게 말아 치워 두고 그 자리를 차트와 지도와 용의자 명단 등으로 채웠다. 옛 정취가 배어 있는 철도역사는 이제 여느 수사본부와 다름없어 보였다. 그곳은 기다림에 익숙한 공간이었다. 그곳에 앉았던 수백, 수천의 사람들. 그들을 데려가거나 사랑하는 이들을 데려다 주길 기다리던 사람들. 그런 곳에 이제 다시 사람들이 앉아 있었다. 이번에는 몬트리올 경찰청 연구실에서 보고서가 오기를 기다리고 있었다. 그들을 집으로 보내 줄 보고서. 크로프트 가족을 풍비박산 낼 보고서. 가마슈는 스트레칭을 하는 척하고 자리에서 일어나 걷기 시작했다. 경감은 초조해질 때는 늘 뒷짐을 지고 발끝을 내려다보며 왔다 갔다 했다. 이제 다른 사람들이 전화를 걸고 정보를 수집하느라 바쁜 척하고 있는 동안 가마슈 경감은 천천히, 신중한 걸음걸이로 그들 주위를 돌았다. 서두르지 않고 흐트러짐 없이, 방해받지 않고.

가마슈는 그날 아침 해가 뜨기 전에 일어났다. 그의 작은 여행용 알람 시계가 5시 55분을 가리켰다. 디지털 시계의 숫자가 모두 같은 걸 보면 늘 기분이 좋았다. 30분 뒤, 최대한 따뜻하게 챙겨 입은 그가 비앤비의 현관을 향해 까치발로 계단을 내려가는데 주방에서 무슨 소리가 들렸다.

"봉주르, 경감님." 가브리가 털실내화에 짙은 자주색 목욕가운을 걸친 차림으로 보온병을 들고 나오며 말했다. "카페오레를 좋아하실 거 같아서요. 가져가세요."

가마슈는 그에게 키스라도 해 주고 싶었다.

"그리고," 하며 가브리는 등 뒤에서 작은 종이봉지를 휙 꺼냈다. "크루아상 몇 개요."

가마슈는 그와 결혼이라도 할 수 있을 것 같았다. "메르시 엥피니망, 파트롱Merci infiniment, patron 매우 고맙소, 주인장."

몇 분 뒤 아르망 가마슈는 고요하고 평화로운 어두운 새벽 잔디광장의 서리 덮인 나무 벤치에 앉아 30분 동안 하늘이 바뀌는 것을 보았다. 하늘은 검은색이 감청색으로 바뀌더니 다음엔 금빛이 얼비쳤다. 일기예보가 마침내 제구실을 한 것이다. 찬란하고 상쾌하고 맑고, 차갑게 동이 텄다. 마을이 잠에서 깨어났다. 하나둘 창에 불이 켜졌다. 평화로운 시간이 흐르는 동안 가마슈는 고요한 순간들을 낱낱이 음미하며 보온병에서 향이 풍부한 카페오레를 작은 금속컵에 따르고 종이봉지에서 바삭바삭한 크루아상을 꺼냈다. 오븐에서 나온 지 얼마 되지 않아 빵은 아직 따끈했다.

가마슈는 마시고 씹었다. 하지만 대개는 지켜보았다.

7시 10분 전에 벤 해들리의 집에 불이 들어왔다. 몇 분 뒤에는 데이지가 뜰에서 꼬리를 흔들며 절뚝거리고 돌아다니는 걸 볼 수 있었다. 모든 개들의 궁극적인 행위는 주인을 핥고 주인에게 꼬리를 흔드는 일이라는 걸 가마슈는 경험으로 알았다. 벤이 아침 식사를 준비할 때에야 비로소 창을 통해 가마슈는 그 집 안의 움직임을 포착할 수 있었다.

가마슈는 기다렸다.

마을이 꿈틀거렸고 7시 반쯤에는 대다수 집이 살아났다. 모로의 집에서 풀어 준 루시가 킁킁거리며 돌아다녔다. 루시는 코를 공중으로 향하고 천천히 몸을 돌려 걷다가 차츰 속도를 높이더니 마지막엔 뛰어서 제 집으로 통하는 숲길로 들어갔다. 다시 제 엄마에게로. 가마슈는 그 북슬북슬한 황금색 꼬리가 단풍나무와 벚나무 숲으로 사라지는 것을 보고 가슴이 몹시 아팠다. 몇 분 뒤 클라라가 나와 루시를 불렀다. 한 차례 구슬픈 울음소리가 들렸고 클라라가 숲으로 들어갔다가 조금 뒤 돌아오는 것이 보였다. 루시가 고개를 숙이고 어슬렁어슬렁 뒤따르고 있었다. 꼬리는 움직이지 않았다.

클라라는 밤에 깊은 잠을 못 이루고 몇 번이나 맥이 탁 풀리는 것을 느끼며 잠을 깼다. 밤이면 그 느낌이 반복되고 있었다. 상실. 그것은 비명이 아니라 저 깊은 곳에서 나오는 신음에 더 가까웠다. 어젯밤 다른 사람들이 거실에 앉아 제인이 고의로 살해당했을 가능성을 놓고 생각을 나누는 동안 그녀와 피터는 주방에서 식기를 씻으며 다시 이야기를 나누었었다.

"미안해." 한 손에 마른 행주를 들고 한 손으로 피터가 건네주는 따뜻하고 젖은 접시를 받으며 클라라가 말했다. "가마슈와 나눈 이야기를 당신에게 말해 줬어야 했는데."

"왜 하지 않았지?"

"모르겠어."

"그걸 대답이라고 해. 혹시 날 믿지 못해서 그런 거 아냐?"

그는 그녀의 얼굴을 탐색했다. 얼음처럼 날카롭고 차가운 눈빛이었다. 그녀는 그를 껴안아야 한다는 것, 그를 얼마나 사랑하는지, 얼마나 깊이 믿는지, 그가 얼마나 필요한지 말해야 한다는 것을 알고 있었다. 하지만 뭔가가 그녀를 막았다. 또 그 느낌. 둘 사이에 침묵이 흘렀다.

말로 표현되지 않은 무언가. 부부 사이의 틈은 이렇게들 시작되는 걸까? 위안과 친밀감이 아니라 대화의 부재와 쓸데없는 말로 채워진 틈.

또다시 그녀의 연인이 마음을 닫았다. 말없이 차갑게 돌이 되었다.

그때 벤이 불쑥 들어왔고, 섹스보다 더 은밀한 행위를 목격했다. 그들의 분노와 고통이 완전히 노출되어 있었다. 벤은 말을 더듬고 비틀거리고 허둥지둥하다가 결국 다시 나갔다. 마치 어쩌다 부모의 은밀한 행위를 보게 된 아이 같았다.

그날 밤 모두 돌아간 뒤, 클라라는 피터가 그토록 듣고 싶어 하던 말을 해 주었다. 자기가 얼마나 그를 믿고 사랑하는지. 자기가 얼마나 미안한지. 그리고 제인의 죽음으로 고통스러워하는 자신을 지켜보며 그렇게 잘 참아 주어서 얼마나 고맙게 생각하는지. 그리고 그의 용서를 빌었다. 그는 용서했고, 두 사람은 호흡이 깊어지고 고르게 되어 서로 일치할 때까지 끌어안고 있었다.

그럼에도, 뭔가 입 밖에 나오지 않고 남았다.

다음 날 아침 클라라는 일찍 일어나 루시를 내보내고 피터를 위해 메이플 시럽을 얹은 팬케이크와 베이컨을 만들었다. 예기치 않게 캐나다식 절인 베이컨과 신선한 커피와 훈연용 장작 연기의 냄새를 맡고 피터도 잠을 깼다. 그는 침대에 누운 채 전날의 응어리는 묻어 두기로 작정했다. 그 감정들을 노출하는 건 너무 위험했다. 그는 샤워를 하고 깨끗한 옷을 입은 다음 애써 태연한 표정으로 아래층으로 내려갔다.

"욜랑드가 언제 이사 올 것 같아?" 아침 식사 자리에서 클라라가 피터에게 물었다.

"유언장이 공개된 뒤겠지. 며칠이나 한 주 뒤."

"제인이 욜랑드에게 집을 물려주었으리라고는 생각도 할 수 없어. 무엇보다 내가 그 애를 얼마나 싫어하는지 아셨으니까."

"그건 당신하고 상관없는 일 같아, 클라라."

쌩. 아마 그가 아직 골이 나 있는 모양이라고 그녀는 생각했다. "이틀 전부터 욜랑드를 지켜보고 있는데 제인의 집으로 자꾸 무얼 끌고 들어가더라고."

피터는 어깨를 들썩했다. 클라라를 위로하기가 점점 지겨워졌다.

"제인이 유서를 다시 작성하지 않았어?" 그녀가 다시 떠 보았다.

"기억나지 않아." 피터는 그것이 계략이라는 걸 알 만큼 클라라를 잘 알았다. 그의 마음을 그의 상처에서 떼어 내어 자기 곁으로 데려가려는 시도. 그는 그녀의 장단에 춤추기를 거부했다.

"아니야, 그럴 리가." 클라라가 말했다. "나는 기억이 날 것 같아. 티머가 검진을 받고 불치병이라는 걸 알았을 때 두 분이 유서를 다시 쓰자는 이야기를 하셨던 것 같아. 분명 제인과 티머는 윌리엄스버그의 그 변호사에게 갔을 거야. 그 여자 이름이 뭐였지? 알잖아? 얼마 전 애를 낳은 사람. 나하고 같이 체조 교실에 다녔던."

"제인이 유서를 다시 작성했다면 경찰이 알아낼걸. 그게 그들의 일이니까."

가마슈는 벤치에서 일어섰다. 그가 찾던 것을 보았다. 그가 혹시나 하던 것. 그것은 결정적이진 않았지만 흥미로웠다. 거짓말은 항상 존재한다. 이제 하루 일과에 본격적으로 휩쓸리기 전에 블라인드를 다시 보고 싶었다. 그래도 거기 올라가고 싶진 않았다. 광장을 가로지를 때 서리

덮인 잔디에 그가 신은 즈크화 자국이 찍혔다. 그는 언덕을 올라가며 폐교를 지나 숲으로 들어갔다. 어느새 다시 그 나무 아래 섰다. 살인자가 블라인드를 이용하지 않았다는 건 처음—그리고 마지막이길 바랐다—위에 올라갔을 때 이미 명백했다. 그렇긴 하지만⋯⋯.

"탕, 사망."

가마슈는 몸을 휙 돌렸다. 하지만 몸을 돌리려는 순간 이미 누구 목소리인지 알아차린 후였다.

"자넨 도둑고양이야, 장 기. 목에 방울이라도 달아야겠어."

"다신 안 그럴게요." 그가 이렇게 경감을 잡을 수 있는 건 흔한 일이 아니었다. 하지만 보부아르는 슬슬 걱정이 되던 터였다. 어느 날 가마슈에게 몰래 다가갔는데 그가 심장 발작이라도 일으킨다면? 그러면 재미가 없어질 건 분명했다. 하지만 그는 경감이 걱정됐다. 대개는 이성이 앞서는 그는 그게 쓸데없는 걱정이라는 것을 알고 있었다. 경감은 약간 과체중이고 이미 쉰 줄에 들어섰지만 그런 사람이야 허다하고 대대수는 보부아르의 도움이 없어도 아무 문제가 없다. 하지만⋯⋯ 경감이 하는 일은 코끼리라도 쓰러질 정도로 스트레스가 많다. 게다가 그는 몸을 사리지 않고 일을 한다. 그러나 장 기 보부아르는 가마슈 경감에게 자신의 감정을 표현할 수 없었다. 그저 경감을 잃고 싶지 않을 뿐이었다. 가마슈는 그의 어깨를 탁 치며 카페오레가 남은 보온병을 내밀었지만 보부아르는 비앤비에서 아침 식사를 했다고 했다.

"브런치 말이지?"

"예. 브런치라 해 봐야 에그 베네딕트, 크루아상, 집에서 만든 잼인데요, 뭐." 보부아르는 가마슈 경감이 쥐고 있는 구겨진 종이봉지를 내려다보았다. "형편없었어요. 아침 식사 거르시길 잘하셨습니다. 니콜은 아직 거기 있어요. 나를 따라 내려왔는데 다른 테이블에 따로 앉더라니까요. 묘한 애라니까요."

"어른이야, 장 기."

보부아르는 헛기침을 했다. 그는 가마슈의 정치적으로 공정한 태도를 싫어했다. 가마슈가 싱긋 웃었다. "그게 아니야." 헛기침의 이유를 점쟁이처럼 맞힌 것이다. "모르겠나? 그녀는 우리 모두가 자기를 아이로 봐주길 바라는 거야. 소녀로, 아주 조심히 다루어야 하는 상대로."

"그렇다면 응석받이 애네요. 여간 신경 쓰이는 게 아니라니까요."

"건방지게 굴면 가만두지 말게. 그녀는 교활하고 성미가 못됐지. 다른 수사관들하고 똑같이 대해. 그러면 아주 미칠 거야."

"뭐하려고 데리고 다니시는 겁니까? 아무 도움이 안 되는데요."

"어제는 분석이 아주 훌륭했어. 필립 크로프트가 우리가 찾는 살인자라는 확신을 심어 주었잖나?"

"사실입니다. 하지만 위험한 성격이에요."

"위험하다고, 장 기?"

"실제로 그렇다는 건 아닙니다. 총을 뽑아 우리를 전부 쏘지는 않겠죠. 아마도."

"전부는 아니야. 그녀가 모두를 끝장내기 전에 우리 중 누군가가 그녀를 잡을 테니까." 가마슈는 미소를 지었다.

"그 누군가가 저이길 바랍니다. 그녀가 위험한 건 불화를 일으킬 소지가 있기 때문이에요."

"그래. 일리 있는 말이야. 나도 죽 그 생각을 하고 있었어. 일요일 아침에 그녀가 집으로 나를 태우러 왔을 때 강한 인상을 받았네. 공손하고 사려 깊고 질문을 받았을 때만 빈틈없이 대답하고 주제넘게 나서거나 잘 보이려 하지 않았거든. 사실 나는 우리가 쓸 만한 물건을 얻었다고 생각했다네."

"그녀가 커피와 도넛을 가져오지 않았어요?"

"브리오슈였지. 그 자리에서 경사로 진급시키고 싶더라니까."

"제가 그렇게 해서 경위가 됐죠. 그 에클레르가 저를 꼭대기로 밀어 올려 주었잖습니까? 그런데 여기 도착한 뒤에 니콜에게 무슨 일이 일어났어요." 보부아르가 경감의 말에 동의를 표했다.

"내가 생각할 수 있는 건 그녀가 더 많은 팀원들을 만나면서 풀어지기 시작했다는 것뿐이야. 그런 사람들이 있지. 일대일일 때 아주 잘하는 사람들. 스포츠로 치면 개인 종목 선수라고나 할까. 그런 사람을 팀에 집어넣으면 끔찍하지. 니콜이 딱 그 꼴인 것 같아. 협력해야 할 때 경쟁을 하거든."

"제 생각엔 자신을 증명해서 경감님의 인정을 받고 싶어 하는 것 같습니다. 동시에 어떤 충고든 비판으로 받아들이고 비판은 무슨 큰 재앙처럼 받아들이죠."

"그럼 어젯밤엔 재앙을 만났겠군." 가마슈는 그에게 니콜을 면담한 이야기를 해 주었다.

"내버려 두세요. 그 정도면 최선을 다하셨어요. 올라가십니까?" 보부아르는 블라인드 사다리를 오르기 시작했다. "멋지군요. 수상樹上가옥 같아요." 가마슈는 보부아르가 그렇게 신 나 하는 걸 본 기억이 별로 없었다. 그렇긴 해도 그 신 나 하는 모습을 가까이서 볼 필요까지는 느끼지 않았다.

"나도 보았네. 사슴길이 보이나?" 전날 밤 그는 보부아르에게 블라인드 이야기를 해 주고 조사해 보라고 일렀다. 하지만 이렇게 이른 시간에 여기서 경위를 만나리라고는 예상하지 못했다.

"매 위Mais oui 네. 이 위에서 보니까 잘 보이는데요. 그런데, 어젯밤 어떤 생각이 떠올랐습니다." 보부아르가 그를 내려다보고 있었다. 오 이런, 내가 올라가야 하는 거야? 가마슈는 생각했다. 그는 미끄러운 나무 판을 잡고 오르기 시작했다. 블라인드 바닥 위에 몸을 끌어올린 그는 울퉁불퉁한 나무줄기에 등을 붙이고 난간을 꼭 잡았다.

"도프요."

"뭐라고 했나?" 순간적으로 가마슈는 보부아르가 자기 약점을 눈치채고 자기를 그렇게 부른 줄 알았다. 도프가 바보를 가리키기도 하지만 마약을 뜻하기도 한다는 건 그 뒤에야 생각났다.

"메리 제인마리화나, 대마초를 뜻하는 속어. 마리화나 말입니다. 지금은 호박만 수확하는 시기가 아니에요. 이스턴 타운십스 지역에서는 도프가 제철이죠. 그러니까 제인 닐이 재배지를 발견했기 때문에 그걸 기르던 사람들이 그녀를 죽였을 수도 있다는 생각입니다. 제인 닐은 사방으로 산책하러 다녔잖아요? 분명히 이건 돈이 되는 산업이고, 그래서 이따금 살인이 나죠."

"그렇지." 가마슈는 그의 생각에 흥미가 당겼으나 한 가지 문제가 있었다. "하지만 재배는 대부분 폭주족 갱단인 '헬스 에인절스'와 '록 머신'이 하고 있지 않나?"

"맞습니다. 여긴 헬스 에인절스 구역이죠. 그놈들하고 얽히고 싶지 않아요. 살인을 우습게 아는 놈들입니다. 우리가 니콜을 마약수사반으로 보낼 수 있을 것 같으세요?"

"이야기가 어디로 새나, 보부아르? 제인 닐은 사십 년 된 화살에 당했어. 활과 화살을 든 폭주족을 본 적 있나?"

그것은 좋은 지적이었고 보부아르가 생각하지 못한 점이었다. 가마슈가 그 말을 여기 높은 곳에서 해서 다행이었다. 사람들 붐비는 수사본부에서 말했더라면…… 난간을 꼭 붙든 가마슈는 갑자기 용변이 마려워 어떻게 내려갈까 하는 생각만 하고 있었다. 보부아르는 구멍 아래로 다리를 흔들어 사다리를 찾아서는 내려가기 시작했다. 가마슈도 기도를 읊조리며 조심조심 구멍으로 다가가 그 아래로 다리를 내려 보았으나 허공 외에 아무것도 닿지 않았다. 그때 손 하나가 그의 발목을 잡아 발을 맨 위 디딤판에 대어 주었다.

"경감님 같은 분도 약간의 도움이 필요할 때가 있군요." 보부아르는 그를 한 번 쳐다보고는 서둘러 내려갔다.

"좋아, 이제까지 상황을 정리해 보자고." 몇 분 뒤, 보부아르가 브리핑을 진행하고 있었다. "라코스트, 자네부터."

"매튜 크로프트. 삼십팔 세." 입에 물었던 볼펜을 손에 잡으며 그녀가 말했다. "생 레미 카운티의 도로과 과장. 제가 그의 상관을 만나 보았는데 입에 침이 마르게 칭찬하더군요. 사실, 제가 평가받을 때 말고 그런 찬사는 처음 들어 봤어요."

왁자하게 웃음이 터졌다. 그들의 평가를 맡고 있는 장 기 보부아르는 점수가 박하기로 유명했다.

"하지만 해고된 직원이 민원을 제기했습니다. 크로프트에게 맞았다는 거였습니다."

"그 직원이 누구지?" 가마슈가 물었다.

"앙드레 말랑팡입니다." 서로들 놀라움을 표하느라고 잠시 장내가 술렁거렸다. "크로프트가 이겼습니다. 간단히. 기각이었죠. 하지만 그전에 말랑팡은 지역 신문들에 떠들었어요. 그 사람 참 심통 사나운 작자예요. 다음, 수잔 벨랑제. 역시 삼십팔 세. 크로프트와 결혼해 십오 년째 살고 있음. 생 레미의 레 레프로뒥시옹 둑Les Réproductions Doug 둑 복사 가게에서 시간제로 일함. 어디 보자, 또 뭐가 있나?" 라코스트는 조용하고 평범하게 사는 이 여자에 대해 보고할 만한 게 있는지 찾으려고 자기 수첩을 훑어보았다.

"체포된 적은 없어요?" 니콜이 물었다.

"왜, 작년쯤 어떤 노파라도 죽였을 거 같아요?"

니콜은 떨떠름한 표정이었다.

"필립은 어떤가?"

"십사 세, 구 학년. 작년 크리스마스 때까지만 해도 성적이 B플러스 수준은 되는 학생이었어요. 그런데 뭔가 문제가 생겼죠. 성적이 떨어지기 시작하고 행동거지가 변한 겁니다. 제가 생활지도 교사를 만나 보았는데, 그녀는 뭐가 문제인지 모르겠다더군요. 마약일 수도 있고 가정 문제일 수도 있고. 생활지도 교사는 열네 살이면 사내애들은 다들 좀 괴팍해진대요. 특별히 염려하는 것 같진 않더군요."

"학교 동아리 어디에는 들어가지 않았나?" 가마슈가 물었다.

"농구반과 하키반인데, 이번 학기에는 농구반에 지원을 하지 않았습

니다."

"그 학교에 활쏘기반은 없나?"

"있긴 하지만 그 앤 그 동아리에 들어간 적이 없어요."

"좋아." 보부아르가 말했다. "니콜, 유서 건은 어떻게 되었지?"

이베트 니콜은 수첩을 뒤적였다. 아니 그러는 척했다. 실은 까맣게 잊어버렸던 것이다. 하긴 까맣게 잊진 않았다. 어제 오후 늦게 기억이 났지만 그땐 이미 자기가 사건을 해결했으니 알아보는 건 시간 낭비일 뿐이라고 생각했다. 게다가 또 다른 유서가 존재하는지 여부를 어떻게 알아볼지 몰랐고, 이제까지 도움이 안 되는 것으로 밝혀진, 이른바 동료들 앞에서 자신의 무지를 과시할 생각은 전혀 없었다.

"스티클리 유서가 가장 최근 겁니다." 보부아르를 똑바로 바라보며 니콜이 대답했다. 보부아르는 머뭇거리다 눈길을 떨어뜨렸다.

브리핑은 그렇게 계속되었다. 그들 모두가 울리기를 고대하고 있는 전화가 가마슈의 커다란 손안에 얌전히 자고 있는 동안 실내에는 긴장이 높아 갔다.

보고에 따르면 제인 닐은 헌신적이고 존경받는 교사였다. 학생들에게 기울이는 정성이 어지간하여 더러 낙제도 시킬 정도였다. 재정 형편은 양호했다. 세인트 토마스 교회의 교구위원이었고, 성공회 여성회 활동에 적극적이어서 자선 바자 같은 행사를 많이 열었다. 브리지 카드놀이를 즐겼고 정원 가꾸기에 열심이었다.

이웃들은 일요일 아침에 아무것도 보거나 듣지 못했다.

'서부전선 이상 없다'군. 그토록 착하게 산 한 사람의 인생 이력을 들으며 가마슈는 생각했다. 잠시 감상적인 생각에 사로잡힌 그는 그런 선한 사람이 죽었는데 세상이 이렇게 조용한 게 놀랍게 느껴졌다. 교회의 종들은 요란하게 울리지 않고 뭐하는 거지. 생쥐와 사슴들은 왜 울부짖지 않는 거야. 땅이라도 흔들려야지. 이럴 수가 있는가. 그가 신이었다면 그런 일이 일어났으리라. 하지만 공식보고서에는 이렇게 기록될 것이다. '그녀의 이웃들은 아무런 낌새도 알아차리지 못했다.'

브리핑이 끝났고, 반원들은 각기 자리로 돌아가 전화와 서류 작업에 매달렸다. 아르망 가마슈는 왔다 갔다 하기 시작했다. 클라라 모로가 전화를 해서 그 블라인드를 만든 사람이 매튜 크로프트의 아버지였다고 가마슈에게 말해 주었다. 그들의 혐의점으로 미루어 볼 때 그건 흥미로운 사실이었다.

10시 15분, 그의 손바닥이 울렸다. 경찰청 연구실이었다.

9

매튜 크로프트는 경찰차들이 집 앞에 멈추었을 때 자신이 어디 있었는지 남은 평생 잊지 못할 것이다. 주방 시계가 11시 3분을 가리키고 있었다. 그는 훨씬 더 일찍 올 줄 알았다. 그래서 그날 아침 7시부터 기다리고 있었던 것이다.

매년 가을 피클 담그는 철이면 수잔의 어머니 마르트가 쇼핑백을 들고 찾아왔다. 쇼핑백에는 자기 집안 조리법에 맞는 재료가 들어 있었다. 두 여자는 피클 재료를 한 이틀 묵혔고, 그럴 때 마르트는 늘 '오이가 언제 피클이 되나?' 하고 물었다.

처음에는 그녀가 정말로 알고 싶어 하는 줄 알고 매튜는 그 질문에 답하려고 했다. 하지만 몇 년이 지나면서 그 질문에는 답이 없다는 것을 깨달았다. 변화는 어느 시점에 일어나는가? 때로는 갑자기 일어난다. 우리가 불현듯 눈을 뜨는, '아하!' 하는 깨달음의 순간처럼. 하지만 대개는 점진적으로 진행된다.

기다리고 있는 네 시간 동안, 매튜는 무슨 일이 벌어졌는지를 생각했다. 언제부터 잘못되기 시작했는가? 그 질문 역시 그는 답할 수 없었다.

"안녕하십니까, 크로프트 씨." 가마슈 경감은 차분하고 건실해 보였다. 가마슈 곁에는 장 기 보부아르가 서 있고 그 곁에는 그 여자 수사관이 서 있었는데, 조금 뒤쪽에 서 있는 남자는 매튜가 처음 보는 사람이었다. 중년에 정장 차림, 희끗희끗한 머리는 보수적으로 깎았다. 가마슈는 크로프트가 보는 쪽으로 고개를 돌렸다.

"이쪽은 클로드 기메트입니다. 퀘벡 주 권익보호위원이십니다. 활과 화살을 분석한 결과가 나왔습니다. 들어가도 되겠습니까?"

크로프트가 비켜섰고, 그들은 그의 집으로 들어갔다. 본능적으로 그는 그들을 주방으로 안내했다.

"바로 지금 부인과 함께 뵐 수 있으면 좋겠습니다만."

크로프트는 고개를 끄덕이고 위층으로 올라갔다. 수잔은 침대에 걸터앉아 있었다. 그녀는 옷을 입는 데 한나절이나 걸렸다. 한 번에 하나씩 느릿느릿 입다가 맥없이 다시 침대에 털썩 쓰러졌다. 마침내 한 시간쯤 전에야 마지막 옷을 입었다. 몸은 괜찮아 보였지만 얼굴은 말이 아니었고 감추려는 기색도 없었다.

그녀는 기도를 하려고 해 보았지만 무슨 기도를 해야 할지 생각나지 않았다. 그나마 기억나는 걸 되뇐다는 게 이랬다.

블루야 꼬마 블루야, 어서 와 뿔피리를 불렴.
양들은 풀밭에 있고 소는 옥수수밭에 있어.

그녀는 이 노래를 필립이 어렸을 때 수도 없이 불러 주었지만 지금은 그 대목밖에 생각나지 않았다. 그 자체가 기도는 아니었지만 그래도 중요해 보였다. 기도 그 이상이었다. 그건 자신이 좋은 엄마였다는 증거였다. 자신이 아이들을 사랑했다는 증거. 지금 일어나고 있는 일이 그녀 탓이 아닌 증거라고 어린 소녀의 목소리가 머릿속에서 속삭였다. 하지만 그 전래 동요의 나머지 대목은 생각나지 않았다. 그러니 이 일은 그녀 탓이었는지도 모른다.

"그 사람들이 왔어." 매튜가 문에 서서 말했다. "아래층에서 당신을 기다리고 있소."

매튜와 함께 그녀가 나타나자 가마슈는 일어나서 그녀의 손을 잡았다. 그녀는 내어 주는 의자에 앉았다. 자기 집에서 손님이나 된 것처럼. 자기 주방에서.

"감식 결과가 나왔습니다." 가마슈는 곧장 본론으로 들어갔다. 완곡하게 말하는 게 더 잔인할 것 같았다. "우리가 이 집 지하실에서 찾아낸 활에 제인 닐의 피가 묻어 있었습니다. 필립의 옷에도 묻어 있었고요. 화살촉과 상처도 일치했습니다. 상처에서 발견된 깃털들이 옛날 살통에 있던 깃털들하고 유형과 제작 연대가 같았습니다. 우린 아드님이 사고로 제인 닐을 죽였다고 생각합니다."

결국…….

"그 애는 어떻게 되는 겁니까?" 매튜가 물었다. 전의戰意는 온데간데없었다.

"그 애하고 이야기하고 싶습니다." 무슈 기메트가 나섰다. "그 애를 법적으로 보호하는 게 제 임무입니다. 경찰과 함께 오긴 했지만 경찰을 위해 일하진 않아요. 권익보호위원회는 독립 기관입니다. 사실, 저는 필립을 위해 일하지요."

"알겠습니다." 매튜가 말했다. "아이가 감옥에 가야 할까요?"

"우리는 여기 올 때 차 안에서 대화를 나누었어요. 가마슈 경감님은 필립을 살인 혐의로 기소할 의사가 없어요."

"그럼 애는 어떻게 되는 겁니까?" 매튜가 다시 물었다.

"생 레미 경찰서에 가서 '비행' 혐의로 기소될 겁니다." 매튜의 눈썹이 치켜 올라갔다. '비행'으로 기소될 수 있다는 걸 알았더라면 그 자신의 10대 시절도 아주 달랐을지 몰랐다. 10대 때는 그도 아들처럼 비행청소년이었던 것이다. 문자 그대로 사실이었다.

"하지만 그 앤 아직 아이예요." 수잔이 말했다. 아들을 보호하기 위해 무언가 말해야겠다고 생각한 것이다.

"열네 살입니다. 옳고 그름을 분별할 나이예요." 가마슈가 말했다. 부드럽지만 분명하게. "그 애도 그릇된 행동을 하면 고의가 아니라도 책임이 따른다는 걸 알아야 합니다. 아이들이 가브리 뒤보와 올리비에 브뢸레에게 똥거름을 던질 때 필립도 거기 있었나요?"

화제가 바뀌자 매튜가 기운을 되찾은 듯했다.

"예. 집에 돌아와서 그 일을 자랑했거든요." 매튜 크로프트는 그날 주방에서 이 낯선 아이는 누굴까 생각하며 아들을 빤히 바라보았던 기억이 났다.

"확실합니까? 미스 닐이 큰 소리로 이름 셋을 부를 때 필립도 부르긴 했지만 내가 알기론 그녀가 그 가운데 한 아이는 잘못 알았을 수도 있습니다."

"그래요?" 수잔이 말했다. 그게 중요하지 않다는 걸 떠올리기 전에 잠시나마 희망이 되살아난 것이다. 며칠 전만 해도 자기 아들이 그런 짓을 했고 들켰다는 생각에 수치심을 느꼈다. 하지만 그건 그 애가 그다음에 저지른 짓에 비하면 아무것도 아니었다.

"그 아이를 좀 볼 수 있을까요?" 무슈 기메트가 말했다. "저하고 가마슈 경감님만 만날 겁니다."

매튜는 망설였다.

"잊지 마세요, 크로프트 씨. 저는 경찰을 위해 일하지 않아요."

사실 크로프트에게는 선택의 여지가 없었고 그도 그걸 알고 있었다. 두 사람을 위층으로 데려가 닫힌 문을 노크했다. 아무런 응답이 없었다. 다시 노크했다. 그래도 응답이 없었다. 그는 손잡이를 잡았다가 떼고는 다시 한 번 노크하면서 이번에는 아들의 이름을 불렀다. 가마슈는 그 모든 걸 흥미롭게 지켜보았다. 마침내 그가 문손잡이를 잡아 돌리고는 필립의 방으로 들어갔다.

필립은 문에 등을 돌린 채 고개를 끄덕끄덕하고 있었다. 멀리서도 가마슈는 헤드폰에서 새어 나오는 작고 가는 음악 소리를 들을 수 있었다. 필립은 요새 유행하는 아이들의 옷을 입고 있었다. 자루같이 헐렁한 배기 스웨트셔츠와 배기팬츠. 벽에는 록이나 랩을 하는 그룹들의 포스터가 붙어 있었는데, 그룹 멤버들은 하나같이 화가 나거나 토라진 듯한 젊은이들이었다. 벽지는 포스터들 틈새로 겨우 보였다. 카나디앙의 붉은색 저지 운동복을 입은 꼬마 하키 선수들.

기메트가 필립의 어깨에 손을 댔다. 필립이 고개를 홱 돌리고 증오심이 가득한 눈으로 쏘아보았는데, 눈빛이 어찌나 사나웠던지 두 사람 모두 공격이라도 당할 것 같아 순간적으로 움찔했다. 다음 순간 그 표정은 사라졌다. 필립은 이번에도 표적을 잘못 맞힌 것이다.

"아니, 무슨 일이죠?"

"필립, 나는 권익위원회에서 나온 클로드 기메트고 이분은 경찰청에서 나오신 가마슈 경감님이다."

가마슈는 겁먹은 소년을 만날 걸로 예상했었고, 그는 두려움이 여러 가지 형태로 나타난다는 걸 알고 있었다. 공격성으로 나타나는 것이 보통이다. 화를 내는 사람들은 거의 예외 없이 실은 두려움을 느끼고 있는 것이다. 건방진 태도, 눈물, 겉보기에는 침착하지만 긴장한 손과 눈. 무엇으로든 두려움이 드러나기 마련이다. 하지만 필립 크로프트는 두려워하는 것 같지 않았다. 필립은…… 뭐지? 득의양양하다.

"그래서요?"

"우리가 여기 온 건 제인 닐 사망 사건 때문이야."

"그 소식은 들었어요. 그게 저하고 무슨 상관이죠?"

"우린 네가 했다고 생각해, 필립."

"예? 왜요?"

"너희 지하실에서 찾아낸 활에서 네 지문과 함께 그녀의 피가 발견되었거든. 네 옷에서도 그녀의 피가 발견되었고."

"그뿐인가요?"

"네 자전거에서도 피가 발견되었어. 미스 닐의 피가."

필립은 자신에게 만족감을 느끼는 것 같았다.

"전 하지 않았어요."

"그 증거들은 어떻게 설명할 거지?" 가마슈가 물었다.

"당신은 어떻게 설명할 건데요?"

가마슈는 앉았다. "내가 말해 볼까? 일은 이렇게 되었다고 생각해. 너는 그 일요일 아침 일찍 밖에 나갔어. 무슨 까닭인지 옛날 활과 화살을 챙겨 가지고 자전거로 그 장소에 갔지. 우린 거기가 네 할아버지께서 즐겨 사냥하시던 장소라는 걸 알고 있다. 그분은 그 커다란 단풍나무 노목에 블라인드까지 지으셨지. 그렇지?"

필립은 그를 빤히 바라보고 있었다. 눈빛으로 가마슈의 얼굴을 뚫기라도 하려는 듯.

"그런데 무슨 일이 벌어졌어. 네 손이 시위를 놓쳐서 실수로 화살이 발사되었거나 네가 사슴으로 착각하고 일부러 쏘았겠지. 이랬든 저랬든 엄청난 일이 벌어졌어. 그때 무슨 일이 있었던 거지, 필립?"

가마슈는 기메트처럼 지켜보며 기다렸다. 하지만 필립은 천연덕스럽고 무표정한 것이 마치 다른 사람 이야기나 듣고 있는 것 같았다. 그때 소년이 양 눈썹을 추켜올리고 씩 웃었다.

"계속하세요. 점점 재미있어지네요. 그래서 그 할망구가 꼴까닥하고 나는 너무나 슬퍼서 정신이 나갔다고요? 하지만 난 거기 없었어요, 알겠어요?"

"모르겠다." 가마슈가 말했다. "내 이야기를 계속하마. 너는 똑똑한 아이야." 그 말에 필립은 이마를 찌푸렸다. 추어주는 걸 좋아하지 않는 게 분명했다. "넌 그분이 숨진 걸 알 수 있었어. 그래서 화살을 찾아다니다가 발견했지만, 손과 옷에 피가 묻게 되었지. 그러고는 집에 돌아와서 활과 화살을 지하실에 감추었어. 하지만 엄마가 네 옷에서 얼룩을 발견하고 어떻게 된 거냐고 물어보셨지. 아마 넌 무슨 이야기를 지어내 둘러댔겠지. 하지만 엄마는 지하실에서 활과 화살도 보셨어. 그러던 중에 제인 닐이 돌아가신 이야기를 듣고는 그 모든 걸 짐작하셨지. 엄마는 화살은 태워 버렸지만 활은 태우지 못했다. 활은 너무 커서 아궁이에 들어가지 않은 거야."

"이보세요, 아저씨. 늙으셨으니까 다시 또박또박 말씀드릴게요. 난 거기 없었어요. 난 그걸 하지 않았어요. 콩프렁Comprends 알겠어요?"

"그럼 누가 했지?" 기메트가 물었다.

"어디 보자, 그걸 할 만한 사람이 누굴까? 이 집에서 활쏘기 전문가가 누구죠?"

"네 아빠가 미스 닐을 죽였다는 거냐?" 기메트가 물었다.

"아저씨들 바보 아니에요? 당연하죠."

"네 자전거에 묻은 피는 뭐지? 네 옷에 묻은 건?" 기메트가 놀라서 물었다.

"보세요, 어떻게 된 건지 알려 드릴게요. 노트에 적지 그러세요."

하지만 가마슈는 손도 까딱하지 않고 필립을 지켜보고만 있었다.

"아빠 완전히 정신이 나가서 집에 돌아왔어요. 장갑이 피범벅이었죠. 나는 도와 드리려고 밖으로 나갔어요. 아빠 나를 보자마자 끌어안았고, 도와 달라고 두 손을 잡았어요. 그러고는 피 묻은 화살과 활을 주면서 지하실에 갖다 두라고 하셨죠. 그래서 조금 이상하다는 생각이 들기 시작했어요."

"뭐가 이상했는데?" 기메트가 물었다.

"아빠 사냥을 나갈 때는 항상 장비를 깨끗이 닦거든요. 그러니까 이상했던 거죠. 트럭 짐칸에 사슴도 없었어요. 이것저것 따져 보고는 아빠가 누군가를 죽인 거라고 생각하게 됐죠."

기메트와 가마슈는 서로 얼굴을 쳐다보았다.

"지하실은 내가 관리하는 데예요." 필립이 말을 이었다. "그래서 피 묻은 것들을 거기 갖다 두라고 하기에 아빠가 나를 엮어 넣으려고 하는 게 아닐까 하는 생각이 들었죠. 하지만 어쨌든 그것들을 갖다 두고 나왔는데 아빠가 소리를 빽 질렀어요. '이 멍청한 자식, 그 빌어먹을 자전거를 차 진입로에서 치우지 못해.' 나는 손도 씻지 못하고 자전거를 옮길 수밖에 없었어요. 그렇게 해서 피가 거기에 묻게 된 거죠."

"네 왼팔 좀 볼 수 있을까?" 가마슈가 말했다.

기메트가 필립 크로프트를 돌아보았다. "내 생각엔 안 보여 주는 게 좋겠다."

필립은 어깨를 들썩하고는 헐렁한 소매를 걷었다. 퍼런 멍이 든 팔이 드러났다. 보부아르의 팔에 난 자국과 쌍둥이처럼 똑같았다.

"그건 어떻게 해서 생긴 거지?" 가마슈가 물었다.

"멍 자국이 없는 애들도 있어요?"

"넘어진 거니?" 기메트가 물었다.

필립은 어이없다는 듯 눈알을 굴렸다. "멍이 꼭 그렇게만 드나요?"

기메트가 슬픈 표정으로 말했다. "네 아빠가 그렇게 한 거야?"

"뻔하잖아요."

"말도 안 돼요. 그 애가 그랬을 리 없어요." 매튜는 갑자기 기력이 전부 빠져나간 듯 말이 없었다. 어렵사리 정신을 수습하여 이의를 제기하고 나선 건 수잔이었다. 이 사람들이 잘못 들은 게 분명해. 오해한 거야. 잘못 생각한 게 틀림없어. "필립은 그런 말을 할 애가 아니에요."

"그 애가 한 말은 분명합니다. 마담 크로프트. 필립은 아빠가 자신을 학대했고, 자기는 매 맞을 것이 두려워서 아빠가 범죄를 감추는 걸 도왔다고 하는 겁니다. 그래서 자기한테 피가 묻었고 활에 자기 지문이 찍혔다는 거예요. 그 애는 아빠가 제인을 죽였다고 합니다." 클로드 기메트는 그 모든 걸 다시 한 번 설명하면서 어쩌면 그걸 몇 번 더 설명해야 할지 모르겠다고 생각했다.

깜짝 놀란 보부아르가 가마슈를 보다가 시선이 마주쳤다. 가마슈의 눈에는 좀체 보기 힘든 것이 깃들어 있었다. 분노. 가마슈는 보부아르와 마주친 눈길을 끊고 크로프트를 건너다보았다. 매튜는 너무 늦게서야 자신의 생각이 잘못이었음을 깨달았다. 자기 가정을 파괴할 무언가가 아주 먼 곳에서부터 행진해 오고 있다고 생각했었다. 그것이 늘 집 안에 있었을 줄은 상상도 못했다.

"그 애 말이 맞습니다." 크로프트가 말했다. "제가 제인 닐을 죽였습

니다."

가마슈는 두 눈을 감았다.

"아, 매튜, 제발. 아니야. 그러지 마." 수잔은 다른 사람들에게 몸을 돌리고 가마슈의 팔을 독수리 발톱처럼 꽉 그러잡았다. "그만하라고 하세요. 저 사람은 지금 거짓말을 하고 있어요."

"이분 말씀이 맞는 것 같습니다. 크로프트 씨. 나는 지금도 필립이 미스 닐을 죽였다고 생각해요."

"아니에요. 제가 했습니다. 필립이 한 말은 전부 사실이에요."

"매질도요?"

매튜는 자기 발을 내려다본 채 아무 대답도 하지 않았다.

"생 레미 경찰서까지 같이 가시겠습니까?" 가마슈가 물었다. 보부아르는 물론 다른 사람들도 그것이 요청이지 지시가 아니라는 것을 알았다. 체포는 더더욱 아니었다.

"알았습니다." 크로프트는 오히려 안심이 되는 듯했다.

"나도 함께 가겠어요." 수잔이 튕기듯 일어나며 말했다.

"필립은요?" 클로드 기메트가 물었다.

수잔은 '남편은요?' 하고 고함을 지르고 싶은 충동을 억눌렀다. 한숨만 두 차례 내쉬었다.

가마슈가 앞으로 나서서 그녀에게 부드럽고 차분하게 이야기했다. "그 앤 겨우 열네 살이니 겉보기와 달리 엄마가 필요할 겁니다."

그녀는 망설이다가 다시 말하기 두려운 듯 고개를 끄덕였다.

가마슈는 두려움도 여러 가지 형태로 나타나지만 용기도 마찬가지라는 걸 알았다.

가마슈와 보부아르, 크로프트가 생 레미 경찰서의 작고 하얀 심문실에 앉아 있었다. 그들 사이의 금속 테이블에는 햄샌드위치가 담긴 접시와 음료수 캔 몇 개가 놓여 있었다. 크로프트는 이제까지 아무것도 입에 대지 않았다. 가마슈도 마찬가지였다. 보부아르는 더는 참을 수가 없어서 자기 배 속에서 울린 소리를 못 들은 척하며 천천히 샌드위치 반쪽을 들고 아주 여유 있게 베어 물었다.

　"지난 일요일 아침에 무슨 일이 있었는지 말씀해 주시죠." 가마슈가 말했다.

　"평소처럼 일찍 일어났습니다. 일요일은 수잔이 늦잠 자는 날이죠. 저는 주방 식탁에 아이들 아침 식사를 차려 놓고 나갔습니다. 활사냥을 하러요."

　"활사냥은 이제 하지 않는다고 하시지 않았습니까?" 보부아르 경위가 물었다.

　"거짓말이었습니다."

　"왜 학교 뒤쪽 숲으로 갔지요?"

　"모르겠어요. 아마 아버지가 늘 사냥하던 곳이라 그랬을 겁니다."

　"아버님은 필터가 없는 담배를 피우셨고 집을 가축우리처럼 만들었습니다. 당신은 그러지 않았지요." 가마슈가 말했다. "그러니까 아버님의 생활 방식에서 벗어나려고 무진 애를 쓴 거예요. 거기 간 건 틀림없이 다른 이유가 있을 겁니다."

　"아니, 없습니다. 추수감사절이라 아버지가 그리웠어요. 그래서 아버지의 옛날 리커브 활과 화살을 꺼내서 옛날에 아버지가 누비던 사냥터에 간 겁니다. 아버지를 더 가깝게 느껴 보려고요. 포앙 피날Point finale 그게 다요."

"거기서 무슨 일이 있었습니까?"

"무슨 소리가 들렸어요. 뭔가 나무들 사이로 다가오고 있었는데, 사슴 같았죠. 천천히 조심스럽게. 거의 까치발로 걷다시피. 사슴이 꼭 그렇게 걷거든요. 저는 활을 준비하고 있다가 형체가 나타나자마자 쏘았습니다. 사슴을 잡을 때는 아주 빨라야 해요. 이상한 낌새만 있어도 달아나 버리니까요."

"하지만 그건 사슴이 아니었습니다."

"그래요. 그건 닐 선생님이었어요."

"그분이 어떻게 쓰러져 있었죠?"

매튜 크로프트는 자리에서 일어나서 팔다리를 벌리고 두 눈을 크게 떴다.

"그래서 어떻게 했습니까?"

"급히 뛰어갔지만 이미 돌아가신 걸 알 수 있었습니다. 저는 공포에 사로잡혔죠. 화살을 찾아 나섰고 화살을 수습해서는 트럭으로 달려갔습니다. 모든 걸 짐칸에 던져 넣고는 트럭을 몰고 집으로 돌아갔어요."

"그다음엔 무슨 일이 있었죠?" 보부아르의 경험으로는 심문은 사실 그냥 묻기만 하는 것이었다. '그다음엔 무슨 일이 있었죠?' 하고 묻고는 대답을 자세히 듣는 것이었다. 듣는 것이 중요했다.

"모르겠습니다."

"무슨 뜻입니까?"

"트럭에 타고 집에 간 이후로는 아무것도 기억나지 않아요. 하지만 그거면 됐잖아요? 제가 닐 선생님을 죽였어요. 경찰은 그것만 알면 되잖아요?"

"왜 자수하지 않았습니까?"

"경찰이 알아내지 못할 거라고 생각했죠. 그러니까, 숲 속에는 사냥꾼이 가득하니까, 경찰이 저를 찾아오리라고는 생각도 못했던 거예요. 그런데 경찰이 찾아왔어요. 그때까진 아버지의 옛날 활을 없애 버릴 생각을 못하고 있었어요. 제게 의미가 깊은 물건이니까 그냥 두고 싶었던 거죠. 그게 있으면 여전히 아버지를 집에 모시고 있는 것과 같았거든요. 그걸 없애야 한다는 걸 깨달았을 때는 너무 늦었죠."

"정말로 아들을 때립니까?"

크로프트는 불쾌한 듯 움찔했지만 아무 말도 하지 않았다.

"내가 오늘 오전, 댁에 갔을 때 미스 닐을 죽인 건 필립이라고 말했지요?" 가마슈는 머리가 샌드위치 위에 닿을 만큼 몸을 앞으로 기울였다. 눈은 계속 크로프트를 주시했다. "왜 그때 자백하지 않았습니까?"

"그땐 정신이 하나도 없었어요."

"이보세요, 크로프트 씨. 당신은 우리를 기다리고 있었어요. 감식 결과가 어떻게 나올지 알고 있었으니까. 그런데도 지금 당신 자신이 저지른 죄를 아들에게 뒤집어씌우려 했다고 말하는 겁니까? 당신은 그럴 수 있는 사람이 못 됩니다."

"제가 무얼 할 수 있는지 당신은 모릅니다."

"맞는 말 같군요. 아들을 때릴 수 있는 사람이 무슨 짓인들 못하겠습니까?"

크로프트는 입을 꾹 다물고 코를 씩씩거렸다. 가마슈는 그가 정말로 그렇게 폭력적이라면 당장 자기에게 주먹을 휘두를 거라고 생각했다.

그들은 크로프트만 남겨 두고 심문실에서 나왔다. "어떻게 생각하나?" 경찰서장 집무실에 들어가 둘만 있게 되었을 때 가마슈가 물었다.

"저는 잘 모르겠습니다. 경감님. 정말로 크로프트가 했을까요? 필립의 이야기는 일관성이 있어요. 가능한 이야기입니다."

"크로프트의 트럭에서 제인 닐의 피가 전혀 발견되지 않았어. 크로프트 부인의 차에서도 마찬가지고. 그의 지문은 어디에도 없……."

"그건 그렇지만 필립 말로는 그가 장갑을 끼었다고 했어요."

보부아르가 말을 끊었다.

"장갑을 낀 채 활을 쏜다는 건 말이 안 돼."

"쏘고 나서 꼈을 수도 있습니다. 자기가 무슨 짓을 했는지 깨닫고 나서요."

"장갑을 낄 정도로 정신이 멀쩡한 사람이 경찰에 전화해서 사고를 신고할 정신은 없었다? 아냐. 그건 이론으로는 가능한 이야기지만 현실에서는 가능하지 않아."

"전 그렇게 생각하지 않습니다. 경감님이 항상 강조하시는 게 닫힌 문 안에서 일어나는 일은 우리가 절대로 알 수 없다는 것 아닙니까? 크로프트 가족의 실제 모습은 어떨까요? 물론 매튜 크로프트는 어느 모로 보나 사려 깊고 이성적인 사람이라는 인상을 주지만, 우리가 몇 번이나 확인한 대로 그게 바로 아동학대자들이 외부에 비치는 모습이에요. 그럴 수밖에 없죠. 그들의 위장술이니까요. 매튜 크로프트가 아동학대자일 수도 있습니다." 보부아르는 가마슈에게 배운 것들을 가마슈에게 강의하고 있는 게 우습게 느껴졌지만 그것을 환기하는 건 의미가 있다고 생각했다.

"마을 회의에서 그가 그렇게 협조적이었던 걸 어떻게 설명하나?"

"오만입니다. 그 자신도 우리가 자기를 찾아내지 못할 거라고 생각했다지 않습니까?"

"미안하네, 장 기. 나는 그 말을 믿지 않아. 그를 범인으로 볼 만한 물적 증거가 전혀 없어. 머리 꼭대기까지 화가 난 십 대 아이의 분풀이 말고는."

"아버지한테 맞아 멍든 아들이죠."

"그래. 자네 것하고 똑같은 멍이지."

"하지만 그 애는 전부터 활을 쏘았어요. 크로프트는 초심자들이나 그런 멍이 든다고 하지 않았습니까?"

"맞아. 하지만 크로프트는 자신이 두 해쯤 전에 사냥을 그만두었다고도 했지. 그러니까 그때부터 아들을 사냥에 데려갈 일도 없었을 거야. 두 해면 아이들에겐 긴 시간이지. 그 애는 아마 활솜씨가 녹슬었을 거야. 그 앤 분명 요 이틀 사이에 활을 쏘았어."

그들에겐 문제가 있었고 그건 그들 자신도 알고 있었다. 매튜 크로프트를 어떻게 할 것인가?

"그랜비의 검찰청에 연락해 두었네." 가마슈가 말했다. "사람을 보낸다고 했으니까 곧 도착하겠지. 이 문제는 그에게 맡기자고."

"그녀예요."

보부아르가 유리문 밖을 향해 목례를 했다. 한 중년 여성이 서류가방을 들고 참을성 있게 서 있었다. 그는 자리에서 일어나 이제 비좁아진 사무실로 그녀를 맞아들였다.

"브리지트 코엥 검사님." 보부아르가 손님의 도착을 알렸다.

"봉주르, 코엥 검사님. 한 시가 다 돼 가는데 점심은 드셨습니까?"

"오는 중에 브리오슈를 먹은 것밖에요. 그건 애피타이저로 치죠."

10분 뒤 그들은 경찰서 건물 건너편의 편안한 식당에서 점심을 시키고 있었다. 보부아르가 코엥 검사에게 간단히 상황을 설명했다. 그녀는 관련한 세부내용을 즉시 파악했다.

"그러니까, 한 사람은 모든 증거가 자신을 지목하는데도 범행을 인정하려 하지 않고, 한 사람은 자신을 지목하는 증거가 하나도 없는데도 무작정 범행을 자인하고 있네요. 표면상으로는 아버지가 아들을 보호하고 있는 모양새군요. 그렇지만 경감님이 처음 도착했을 때는 아버지가 아들이 체포되는 걸 받아들일 태세였다고요?"

"맞습니다."

"무엇 때문에 마음이 바뀌었을까요?"

"아들이 자신을 범인으로 지목하자 충격을 받고 깊이 상심한 것 같습니다. 일이 그렇게 될 줄은 꿈에도 몰랐을 겁니다. 잘은 모르지만 원래는 아주 행복했던 가족인데, 요 근래에 달라졌다는 느낌을 받았습니다. 필립을 만나 보고 나서는 그 불행이 그 애 때문이라고 생각하게 되었어요. 전에도 그런 가족을 본 적이 있거든요. 골이 난 아이가 집안 분위기를 쥐락펴락하는 건 부모들이 그 아이를 두려워하기 때문입니다."

"그래요, 나도 그런 가족을 본 적이 있어요. 실제로 무슨 위협이 있어서 두려워한다는 말씀은 아니죠?" 코엥이 물었다.

"예, 정서적으로 그렇다는 거지요. 매튜 크로프트가 자백한 건 필립이 자기를 어떻게 생각하는지 알고 견딜 수가 없었기 때문이라고 봅니다. 그건 아들의 마음을 되찾기 위한 필사적인 몸부림이었습니다. 일시

적 광증이라고까지 볼 수 있겠지요. 필립에게 자신의 사랑을 입증하려는 겁니다. 그건 어느 면에서는 일종의……." 가마슈는 주방 테이블 맞은편에 앉았던 매튜 크로프트의 얼굴을 떠올렸다. "그건 자살 같은 거였어요. 체념이죠. 자기 아들에게 고발당한 아픔을 견디지 못하고 포기한 것 같습니다."

가마슈는 두 동료를 바라보며 가볍게 미소했다.

"이건 물론 전부 추측입니다. 제가 받은 인상일 뿐이에요. 한 강한 사내가 마침내 낙담해서 두 손을 든 겁니다. 그는 저지르지도 않은 죄를 자백한 겁니다. 하지만 매튜 크로프트는 바로 그런 사람이에요. 강한 사내. 신념의 사나이. 그는 곧 이 일을 후회할 겁니다. 제가 본 바로는, 필립은 골이 단단히 나 있고 가족들이 자기 성미를 건드리지 못하게 잘 길들여 놓았어요." 가마슈는 아들의 방 문손잡이를 잡았다가 놓던 매튜 크로프트의 손이 떠올랐다. 그때 필립은 전부터 아버지가 허락 없이 문을 열면 화를 냈고 아버지는 그 교훈을 잘 익힌 것이라는 인상을 받았었다.

"그런데 그 애는 왜 그렇게 화가 난 거죠?" 보부아르가 물었다.

"그렇게 묻는다면, 열네 살짜리들은 다들 왜 그렇죠?" 코엥 검사가 되물었다.

"정상적인 화가 있는가 하면 넘쳐서 주위의 모든 사람에게 튀는 화도 있어요. 염산처럼요." 보부아르는 코엥에게 올리비에와 가브리가 똥거름 맞은 이야기를 들려주었다.

"나는 심리치료사는 아니지만 듣고 보니 그 아이는 도움이 필요한 것 같군요."

"저도 그렇게 생각합니다." 가마슈가 말했다. "하지만 보부아르의 질문은 의미가 있습니다. 필립은 왜 그렇게 골이 났을까요? 학대를 당해서일까요?"

"그럴 수도 있겠지요. 하지만 학대당한 아이들의 일반적인 반응은 학대하는 쪽에 고분고분하고 다른 한쪽을 공격하는 것이에요. 필립은 양친 모두를 경멸하는 듯하고, 특히 아버지에게 더한 것 같아요. 그건 일반적 경향에는 맞지 않지만 그런 경우도 분명 많아요. 학대하는 부모를 죽인 죄로 내가 기소한 아이들이 얼마나 많은지 모르겠어요. 결국 반항을 하게 되는 겁니다. 하지만 대다수는 반항하는 방법으로 살인을 택하진 않아요."

"누군가에게 받은 학대를 부모에게 쏟아 낼 수도 있지 않을까요?" 가마슈는 클라라가 베르나르 말랑팡을 지목하던 걸 떠올리고 있었다. 클라라는 베르나르가 다른 아이들을 괴롭히는 악동이고 모든 애들이 그 애를 두려워한다고 했다. 필립이 베르나르에게 맞는 걸 피할 수만 있다면 살인 자백도 마다하지 않을 거라고까지 하지 않았던가? 그는 그 생각을 코엥에게 전했다.

"가능한 일입니다. 여기서도 우리는 악동들의 괴롭힘이 얼마나 파괴적일 수 있는지를 알 수 있습니다. 필립은 괴롭힘을 당했을지 모르고, 그랬다면 분명 화가 나고 무력하고 위축된 기분을 느꼈을 겁니다. 그리고 집에 와서는 대단한 위세를 부렸을 테고요. 그건 현실에서 아주 흔한 일이지요. 피학자가 가학자가 되는 거예요. 하지만 우린 정확히 알 수 없죠."

"그렇습니다. 우린 모릅니다. 그렇지만 저는 미스 닐 사망 사건에서 매튜 크로프트가 범인이라는 증거가 전혀 없다는 건 압니다."

"그의 자백이 있잖아요?"

"제정신이 아닌 사람의 자백이지요. 그것만으로는 부족합니다. 증거가 있어야지요. 더러는 우리가 사람들을 그들 자신에게서 구해야 할 때도 있습니다."

"보부아르 경위는 어떻게 생각하세요?"

그 질문은 보부아르가 정말 피하고 싶었던 처지로 몰아세웠다.

"저는 제인 닐 사망 사건에서 매튜 크로프트의 기소를 진지하게 고려할 근거가 있다고 생각합니다." 보부아르는 그 말을 하면서 가마슈를 바라보았다. 가마슈는 고개를 끄덕이고 있었다. "우리에겐 필립의 증언이 있는데, 그 증언은 모든 증거와 부합합니다. 강력한 정황증거도 있습니다. 능숙한 활 사냥꾼이라야 그렇게 죽일 수 있다는 건데, 필립에게는 그만한 기술이 없습니다. 매튜 크로프트는 현장 상황을 정확히 묘사했고, 심지어 제인 닐이 누워 있던 자세를 우리에게 보여 주기까지 했습니다. 더구나 사슴길에 대해서도 알고 있었어요. 그 모든 걸 자신의 자백과 합치면 기소하기에 충분하다고 봅니다."

코엥 검사는 포크 가득 샐러드를 떠서 입에 넣었다. "내가 여러분의 보고서를 검토해서 오늘 오후에 결과를 알려 드리도록 하겠습니다."

경찰서로 돌아가는 길에 보부아르는 가마슈에게 반대 의견을 낸 것을 사과하려 했다.

"이거 봐, 쥐가 고양이 생각하는 거야?" 가마슈는 보부아르의 어깨에 팔을 두르며 웃었다. "나는 자네가 자네 의견을 솔직히 밝혀서 기쁘네. 너무 강력히 주장한 게 걸릴 뿐이야. 코엥 검사는 자네 생각에 동의하기 쉽겠어."

가마슈의 짐작이 맞았다. 코엥은 그랜비에서 3시 30분에 전화해서 가마슈에게 매튜 크로프트를 체포하고 그를 과실치사 혐의로 기소하라고 지시했다. 범죄 현장 이탈, 수사 방해, 증거 인멸 혐의도 덧붙었다.

"맙소사, 정말로 그를 잡으려고 하네." 보부아르가 소감을 밝혔다. 가마슈는 고개를 끄덕이고 보부아르에게 잠시만 서장실에 혼자 있게 해달라고 부탁했다. 보부아르는 놀라서 밖으로 나갔다. 아르망 가마슈는 집으로 전화해서 렌 마리와 통화한 다음 상관인 브레뵈프 경정에게 전화했다.

"왜 이래, 아르망, 지금 농담하는 거지?"

"아닐세, 대장. 진담이야. 난 매튜 크로프트를 체포하지 않겠네."

"이거 봐, 그건 자네가 결정할 일이 아니야. 이 바닥 시스템이 어떻게 돌아가는지는 누구보다 자네가 잘 알잖나? 우리는 수사를 하고 증거를 수집해서 결과를 검찰에 넘기면 되고, 기소 여부는 그들이 결정해. 이 문제는 이제 자네 손을 떠났다고. 지시가 떨어졌으면 그대로 해, 제발."

"크로프트는 제인 닐을 죽이지 않았네. 그가 했다는 증거가 전혀 없어. 심리 상태가 불안정한 아들의 고발과 자신의 자백뿐이지."

"그 외에 뭐가 더 필요한데?"

"자네는 브로사르에서 벌어진 연쇄 살인 사건을 수사할 때 자백한 사람들을 다 잡아들였나?"

"이건 경우가 달라. 알면서 왜 그래?"

"나는 모르네, 대장. 그때 자백한 사람들은 혼란에 빠져서 알 수 없는 자기만의 필요를 충족하고 있었어, 맞지?"

"맞아." 하지만 미셸 브레뵈프는 주저하는 목소리였다. 그는 가마슈와 논쟁하기를 싫어했는데 그건 단지 친구 사이라서만은 아니었다. 브레뵈프는 가마슈가 사려 깊고 신념이 강한 사람이라는 걸 알고 있었다. 하지만 그가 항상 옳은 건 아니라고 브레뵈프는 생각했다.

"크로프트의 자백은 무의미해. 그건 일종의 자기학대라고 보네. 그는 마음에 상처를 입고 혼란에 빠져 있어."

"가여운 친구군."

"그래, 그게 고상하다거나 매력적이라고 말하고 있는 건 아니네. 단지 인간적이라는 거지. 그리고 그가 처벌을 간청하고 있다는 이유만으로 우리가 따라야 하는 건 아니지."

"혼자 잘났군. 내게 경찰의 도덕적 역할을 강의해? 우리 직업이 어때야 하는지는 나도 너무나 잘 알고 있어. 자넨 경찰도 하고 판사도 하고 배심원도 하길 바라는 그런 부류야. 크로프트가 범인이 아니라면 풀려날 거야. 시스템을 믿게, 아르망."

"그가 계속 그렇게 허튼 자백을 유지한다면 재판까지 가지도 못할 걸. 그래서 결국 석방된다면 어떻게 되지? 자네나 나나 범죄 혐의로 체포된 사람들에게 무슨 일이 벌어지는지 잘 알잖아? 강력범죄인 경우 특히 더하지. 그들은 남은 평생 낙인을 안고 살아가야 해. 실제로 그 죄를 저질렀든 저지르지 않았든 상관없이 말이야. 우린 매튜 크로프트에게 평생 남을 상처를 입히게 될 걸세."

"자네 생각은 틀렸어. 그에게 상처를 입히는 건 그 자신이라고."

"아냐, 그는 우리더러 그렇게 하라고 도발하고 있는 거네. 우릴 선동하고 있다고. 우리가 거기에 응할 필요가 없지. 내가 말하고 싶은 건 바로 그거야. 경찰은 정부와 마찬가지로 그걸 초월해야지. 도발을 한다고 해서 꼭 행동을 해야 하는 건 아니야."

"그래서, 무슨 말을 하고 싶은가, 경감? 이후로는 유죄 판결을 보장받을 때만 체포하겠다고? 자네도 애먼 사람들을 체포한 적이 있어. 나중에 무죄 판결을 받은 사람들 말이야. 작년만 해도 그래. 가녜 사건 기억하나? 자넨 삼촌을 체포했지만 결국 범인은 조카로 밝혀졌잖아?"

"맞아, 내가 틀렸지. 삼촌이 했다고 믿었지만 그건 실수였어. 이건 다르네. 이건 죄를 저지르지 않았다고 확신하면서도 어쩔 수 없이 체포하는 거니까. 나는 그럴 수가 없네."

브레뵈프는 한숨을 내쉬었다. 대화가 시작된 순간부터 가마슈가 마음을 바꾸지 않으리라는 걸 알고 있었다. 그래도 설득은 해 봐야 하니까 이야기하고 있는 것이었다. 어휴, 이 고집불통.

"내가 어떻게 해야 하는지 아나?"

"아네. 각오도 되어 있고."

"그래, 명령 불복종에 대한 벌로 라크루아 경사의 제복을 입고 경찰청 본부에서 걸어 다닐 텐가?" 거구인 매 라크루아는 불교 사찰 정문의 수호신처럼 본부 정문의 출입을 통제하는 내근 경사였다. 공포심을 배가하기 위해 그녀는 경찰청이 지급한 몇 사이즈 작은 치마를 입었다.

가마슈는 그 모습이 떠올라 웃음을 터뜨렸다. "제안 하나 하지, 미셸. 자네가 그녀에게서 제복을 벗길 수 있다면 내가 입지."

"됐네. 자네에게 정직 처분을 내려야 할 것 같아." 미셸 브레뵈프는 전에도 한 번, 아르노 사건 뒤에 이런 조치를 취할 뻔했었다. 상부에서 가마슈에게 정직 처분을 내리라는 지시가 내려왔는데, 그때도 역시 명령 불복종 때문이었다. 그 사건으로 하마터면 두 사람 다 옷을 벗을 뻔했고, 그 사건의 여파는 아직도 가마슈를 괴롭히고 있었다. 그때도 그가 잘못했다고 브레뵈프는 생각했다. 가마슈가 아무 말 않고 가만히 있기만 하면 되는 일이었다. 상관들이 범인들을 놓아주라고 지시하지도 않았다. 실은 정반대로 잡아들이라는 것이었다. 그런데도 가마슈는 상부에 반항했었다. 가마슈는 아르노 사건이 정말 끝났다고 생각하는 걸까?

브레뵈프는 자신이 이런 처분을 내릴 것이라고는 생각지 못했다. "자넨 이 순간부터 일 주간 정직이네. 무급이야. 징계 위원회는 그때 열릴 걸세. 치마는 입지 마."

"조언, 고맙네."

"다코르D'accord 동감일세, 보부아르 바꿔 주게."

장 기 보부아르는 어지간해서 충격을 받지 않는 사람이었지만 경정과 통화를 하고는 제대로 충격을 받았다. 가마슈는 보부아르를 아들처럼 아꼈지만, 보부아르는 하급자가 상급자에게 당연히 보이는 존경 외에 어떤 감정도 내비친 적이 없었다. 가마슈는 그것으로 충분했다. 이제 브레뵈프가 지시한 일을 가마슈에게 해야 하는 보부아르의 고뇌를 보면서 커다란 선물을 받은 느낌이었다. 보부아르도 그를 아끼고 있지 않은가.

"그게 사실입니까?"

가마슈는 고개를 끄덕였다.

"제 잘못입니까? 제가 경감님 의견을 반박해서 이렇게 된 거예요? 이런 바보! 왜 난 그냥 입 닥치고 있지 못한 거야?" 보부아르는 함정에 빠진 표범처럼 비좁은 사무실 안을 왔다 갔다 했다.

"이건 자네와 상관없는 일이야. 자넨 마땅히 할 일을 했어. 자네가 달리 어떻게 했겠나. 나도 마찬가지고. 그 점에서는 브레뵈프 경정도 마찬가지지."

"그분은 경감님 친구인 줄 알았는데요."

"친구지. 언짢게 생각하지 말게. 경정에게 전화할 때 이미 그가 이렇게 할 수밖에 없다는 걸 알고 있었어. 그래서 아내에게 먼저 전화해서 허락을 받았던 거고."

보부아르는 뭐에 찔린 느낌을 받았다. 아주 작고 뾰족한 아픔. 경감이 자기가 아니라 그의 아내와 상의했다니. 그는 그 느낌이 불합리하다는 것을 알았지만 감정이란 게 대개 그렇지 않은가. 그가 불필요한 감정들을 피하려 애쓰는 것도 바로 그 때문이고.

"아내가 '그렇게 해.'라고 해서 아무런 양심의 거리낌이 없이 그에게 전화를 했네. 나는 매튜 크로프트를 체포할 수 없어."

"경감님이 못 하신다면 저도 못 합니다. 브레뵈프가 손대기 싫어하는 일을 대신 해 줄 생각은 없어요."

"브레뵈프는 경정이니 이건 자네의 임무야. 오늘 오후에 내가 들은 건 뭐였지? 자네 의견을 당당히 밝힌 건 그저 무조건 반대하고 싶어 늘 어놓은 헛소리에 불과했나? 내가 그런 걸 얼마나 싫어하는지 알잖아? 진심으로 생각하는 바를 말해야지 시답잖게 잔머리 굴리기 같은 걸 해선 안 되지. 정말 그런 거였나? 십 대 애들 머리싸움 하듯 그냥 반대 입장을 취해 봤어?"

"아니요, 그렇지 않습니다. 저는 매튜 크로프트가 범인이라고 생각합니다."

"그럼 그를 체포해."

"그게 전부가 아닙니다." 이제 보부아르는 정말로 비참해 보였다. "브레뵈프 경정이 경감님의 경찰 배지와 권총을 회수하라는 명령을 내렸습니다."

그 말에는 가마슈도 충격을 받았다. 처음부터 그 생각을 했더라면 놀라지 않았을 테지만 그때까지 그것이 다가오고 있는 걸 보지 못했다. 그는 속이 울렁거리는 걸 느끼고는 자신의 강한 반응에 스스로 깜짝 놀랐다. 그 이유를 생각해 봐야 할 텐데 다행히 집에까지 차를 몰고 갈 길이 머니 생각할 시간은 충분했다.

가마슈는 마음을 추스르고 상의의 가슴주머니에서 배지와 신분증을 꺼내 넘겨주었다. 벨트에서 권총집도 풀었다.

"죄송합니다." 장 기 보부아르가 낮은 목소리로 말했다. 가마슈는 재빨리 마음을 수습한 터였으나 보부아르에게 감정을 들키지 않을 정도로 빠르지는 못했다. 그 물건들을 넘겨받으며 보부아르는 가마슈에게서 배운 많은 것들 가운데 하나가 떠올랐다. 마태오복음 10장 36절.

퀘벡 주 생 레미 카운티 스리 파인스 마을의 독신녀 제인 닐의 장례는 이틀 뒤에 열렸다. 생트 마리 성당의 종들이 울려 골짜기에 메아리쳤다. 종소리는 몇 킬로미터 밖까지 들렸고 땅속 깊은 곳의 미물들에게까지 느껴졌다. 사정이 달랐다면, 제인이 이 세상에 태어나지 않았고, 태어났더라도 그런 사람으로 살지 않았다면 존재하지 않았을 생물들.

그리고 이제 정식으로 작별을 고하기 위해 사람들이 모였다. 가마슈도 몬트리올에서 차를 몰고 왔다. 직무 정지 중인 처지를 슬쩍 벗어나는 멋진 기회이기도 했다. 그는 사람들을 헤집고 그 작은 교회의 정문을 통해 어둑어둑한 실내로 들어갔다. 교회가 어둑하다는 것이 가마슈에게는 늘 모순으로 느껴졌다. 햇빛이 밝은 곳에서 들어와 잠시 시간이 지나서야 눈이 어둠에 익숙해졌다. 그래도 그에게는 교회가 좀처럼 집같이 편하게 느껴지지 않았다. 커다란 동굴 같은 교회들은 신보다는 그 사회의 부유하고 권세 있는 사람들에게 바친 선물이기도 하며, 가난하고 힘없는 사람들을 거부하는 즐거움에 바친 엄하고 차가운 찬사였다.

가마슈가 교회에 즐겨 가는 이유는 그곳의 음악과 말의 아름다움과 정숙함 때문이었다. 신을 가까이 느끼는 데는 자신의 볼보에 타고 있을 때가 더 나았다. 사람들 속에서 보부아르를 발견한 그는 손을 흔들어 보이고 그쪽으로 갔다.

"오실 거라고 생각했습니다." 보부아르가 말했다. "우리가 크로프트 가족 전부와 그들 농장의 동물들까지 모두 체포했다는 걸 아시면 흥미가 동하실 겁니다."

"안전한 방법을 찾았군."

"그러믄입쇼, 짝꿍 나리." 정직 처분을 받은 화요일 오후에 떠난 뒤 가마슈가 보부아르를 만난 건 그때가 처음이었지만 전화로는 몇 번 이야기를 나누었다. 보부아르는 가마슈를 계속 수사에 참여시키고 싶었고, 가마슈는 가마슈대로 보부아르에게 자신이 아무런 응어리도 없음을 알게 하고 싶었던 것이다.

관이 교회로 들어오자 욜랑드가 비틀거리며 따라 들어왔다. 호리호리하고 번드르르하게 차려입은 앙드레가 그녀 곁에 있었다. 베르나르는 그들 뒤에 있었는데, 열의 없이 걸으며 쉴 새 없이 사방을 흘금거리는 품이 마치 괴롭힐 상대라도 찾고 있는 듯했다.

가마슈는 욜랑드에게 정말로 애석한 감정을 느꼈다. 그녀가 느끼는 고통에 대해서가 아니라 그녀가 느끼지 못하는 고통에 대해서. 그는 그녀가 언젠가는 앙심 외의 다른 감정들도 가장할 필요 없이 정말로 느끼기를 말없이 기도했다. 참석자 모두가 슬퍼했지만 욜랑드가 가장 슬퍼 보였다. 확실히 가장 한심해 보였다.

미사는 짧고 형식적이었다. 신부는 분명 제인 닐을 만난 적이 없었다. 조사弔詞를 하는 가족이 아무도 없는 가운데 앙드레만이 아름다운 성구를 낭독했는데, 목소리에는 TV가이드의 프로그램을 읽을 때보다 더 감정이 없었다. 제인 본인은 영국계임에도 미사는 시종 프랑스어로 진행되었다. 제인 본인은 성공회교도였음에도 미사는 가톨릭교회에서 진행되었다. 미사 뒤 욜랑드와 앙드레와 베르나르가 관을 따라 '가족' 묘지로 갔지만 제인의 진정한 가족은 친구들이었다.

"오늘 공기가 정말 차갑네요." 가마슈 곁에 있던 클라라 모로가 말했다. 두 눈이 벌겠다. "오늘 호박에 서리가 내리겠어요." 그녀는 애써 미소를 지었다. "우린 일요일에 세인트 토마스 교회에서 제인 추모 미사를 열려고 해요. 돌아가신 지 한 주 되는 날이죠. 다시 여기까지 오는 게 괜찮으시면 참석해 주세요. 그러면 감사하겠습니다."

가마슈는 괜찮았다. 주위를 둘러보며 그는 자신이 그곳과 그곳 사람들을 얼마나 좋아하는지 깨달았다. 그들 중에 한 사람이 살인자라는 게 유감일 뿐이었다.

10

　세인트 토마스 교회에서 열린 제인 닐 추모 미사는 짧고 정겨웠는데, 미사가 좀 더 풍성했더라면 살아생전 고인의 키 작고, 뚱뚱하고, 정겨운 모습과 판박이가 되었으리라. 사실 미사는 제인의 친구들이 차례로 자리에서 일어나 프랑스어와 영어로 그녀를 추념하는 말을 한마디씩 하는 것에 지나지 않았다. 미사는 조촐했고 메시지는 분명했다. 제인 닐의 죽음은 그녀의 충만하고 사랑스러운 생애의 한순간일 뿐이었다. 그녀는 자신이 바랐던 만큼 오래 친구들과 함께 지냈다. 단 1분도 지나치지도, 모자라지도 않게. 제인 닐은 때가 되어 죽을 때 신께서 그녀가 얼마나 많은 위원회에 들었는지, 얼마나 많은 돈을 벌었는지, 어떤 상을 탔는지 묻지 않으실 것을 알고 있었다. 그런 걸 물으실 리 없었다. 신은 얼마나 많은 사람을 도왔는지 물으시리라. 그리고 제인 닐은 얼마든지 대답할 수 있으리라.

　미사 말미에 루스가 자리에서 일어나 가냘프고 힘없는 알토로 '술 취한 선원을 어떻게 하지?'를 불렀다. 그녀는 그런 자리에 어울리지 않을 듯한 뱃노래를 만가처럼 느릿느릿 부르다가 서서히 속도를 높였다. 가브리가 따라 부르고 이어 벤이 동참했으며, 마침내는 온 교회에 박수를 치고 허리를 흔들며 리듬에 맞추어 '술 취한 선원을 어떻게 하지, 이른 아침에?' 하고 묻는 사람들로 활기가 넘쳤다.

　미사가 끝난 뒤 지하실에서 성공회 여성회가 캐서롤과 갓 구운 사과

호박 파이를 대접하는 자리에서도 여기저기서 그 뱃노래를 가냘픈 콧노래로 부르는 소리가 들렸다.

"왜 하필 '술 취한 선원'입니까?" 뷔페 테이블로 다가가던 아르망 가마슈가 곁에 루스가 서 있는 걸 보고 물었다.

"제인이 무척 좋아하던 노래라오. 늘 불렀지." 루스가 말했다.

"그날 숲에서 이걸 콧노래로 불렀죠?" 가마슈가 클라라에게 말했다.

"그 소리가 곰을 쫓아요. 제인은 그 노래를 학교에서 배우시지 않았나요?" 클라라가 루스에게 물었다.

올리비에가 불쑥 끼어들었다. "그분에게 들었는데 학교를 위해서 배웠다고 하시던데. 가르치려고요. 그렇죠, 루스?"

"전 과목을 가르쳐야 했지만 노래나 피아노 연주를 못하니까 음악 시간에 무얼 해야 할지 난감해했지. 오십 년 전 제인이 선생 노릇을 처음 시작하던 땐데, 그래서 내가 가르쳐 주었어."

"놀랄 일은 아닌 것 같네요." 머나가 중얼거렸다.

"학생들이 배운 노래는 딱 그거 하나였지." 벤이 말했다.

"크리스마스 발표회는 볼만했겠군요." 마리아와 요셉과 아기 예수에 세 명의 술 취한 선원을 상상하며 가마슈가 말했다.

"그럼요." 벤이 그때를 떠올리며 웃었다. "우린 온갖 캐럴을 다 불렀지만 가락은 전부 '술 취한 선원'이었어요. 크리스마스 음악회 때면 학부모들 표정이야 어떻든 닐 선생님이 '고요한 밤'을 소개하면 우리는 노래를 불렀어요." 벤은 '고요한 밤 거룩한 밤 어둠에 묻힌 밤' 하고 노래했지만 그 뱃노래의 곡에 맞추어 부르고 있었다. 다른 사람들도 웃음을 터뜨리고 함께 불렀다.

"지금도 그 캐럴을 제대로 부르기가 정말 힘들다니까요."

클라라가 저편에서 넬리와 웨인을 발견하고 그들을 향해 손을 흔들었다. 넬리가 웨인을 남겨 두고 벤을 향해 곧장 다가오며 저만치서부터 말을 하기 시작했다.

"아, 해들리 씨, 그렇잖아도 여기서 뵐 수 있었으면 했어요. 다음 주에 댁에 가기로 되어 있잖아요? 화요일, 어떠세요?" 그러고는 클라라를 보고 속닥거리는데 국가 기밀이라도 전달하는 것 같았다. "미스 닐이 돌아가시기 전부터 청소를 못 했거든요. 웨인이 몹시 걱정되어서요."

"지금은 좀 어때요?" 웨인이 며칠 전 마을 회의 때 기침을 몹시 한 것을 기억하고 클라라가 물었다.

"지금은 우는 소릴 하고 있으니까 별문제는 없어요. 어떠시냐고요, 해들리 씨? 저 그리 한가한 사람 아니에요."

"화요일, 괜찮습니다." 벤의 대답이 떨어지기가 무섭게 넬리는 급한 볼일을 보러 갔다. 급한 볼일이라야 뷔페 음식을 다 먹어 치우는 일인 것 같았지만. 벤은 클라라에게 시선을 돌렸다. "집이 엉망이야. 노총각 하나하고 개 한 마리가 집 안을 얼마나 엉망을 만들 수 있는지 상상도 못할걸."

줄이 앞으로 천천히 움직일 때 가마슈가 루스에게 말했다. "변호사 사무실에서 미스 닐의 유언장 이야기를 하고 있을 때 그의 이야기 중에 당신 성함이 나오더군요. '처녀 적 성이 켐프'라고 할 때 뭔가 짚이는 게 있었지만 잘 생각이 나지 않았습니다."

"그럼 어떻게 해서 비로소 알게 됐소?" 루스가 물었다.

"클라라 모로가 말해 주었습니다."

"아, 영리한 젊은이. 그걸 단서로 해서 내가 누군지 추리해 냈군."

"뭐, 그 뒤로 시간이 좀 걸리긴 했지만 결국 알아낸 거지요." 가마슈는 빙긋 웃었다. "당신의 시를 정말 좋아하거든요." 그러면서 가마슈는 10대들의 우상을 만난 여드름투성이 소년이 된 기분으로 자신이 무척 좋아하는 시까지 한 편 외려 했지만 루스가 뒷걸음질 치고 있었다. 자신이 지어낸 아름다운 말들이 자기를 향해 다가오는 길에서 비켜나려는 것이었다.

"말씀 중에 죄송해요." 그때 클라라가 끼어들었다. 그녀를 보고 두 사람 모두 무척 반가워하는 것 같았다. "그런데 방금 '그'라고 하셨어요?"

"'그'요?"

"그 변호사가 남자예요?"

"예. 윌리엄스버그의 스티클리 변호사. 그 남자가 미스 닐의 변호사였습니다."

"틀림없어요? 저는 제인이 이제 막 아이를 낳은 그 변호사를 만난 줄로 알고 있었어요. 이름이 솔랑주 뭐라고 하는데."

"솔랑주 프레네트? 체조 교실에서 만난?" 머나가 물었다.

"맞아, 그 여자. 제인은 티머와 함께 유서 문제로 그녀를 만나러 갔다고 하셨거든요."

가마슈는 클라라를 응시한 채 얼어붙은 듯 서 있었다.

"확실합니까?"

"솔직히 말씀드려요? 확실하진 않아요. 단지 제인이 그 말씀을 하신 기억이 나는 것 같아요. 제가 제인에게 솔랑주는 상태가 어떠냐고 물어봤거든요. 솔랑주는 그때 삼 개월째였을 거예요. 입덧을 했죠. 바로 얼마 전에 아이를 낳아서 지금은 출산휴가 중이에요."

"되도록 빨리 두 분 중에 누구라도 프레네트 변호사를 만나 보는 게 좋겠습니다."

"제가 만나 볼게요." 클라라가 말했다. 갑자기 모든 걸 팽개치고 집으로 달려가서 전화를 하고 싶었다. 하지만 먼저 해야 할 일이 있었다.

간단하고 아주 오래된 의식이었다. 캐서롤과 빵으로 점심을 양껏 먹어 속을 든든히 채운 머나가 의식을 이끌었다. 그녀는 클라라에게 의식을 치르기 전에 대지에 굳건히 발을 디딘 듯한 안정감을 찾는 것이 아주 중요하다고 설명했다. 그녀 앞에 놓인 접시를 보면서 클라라는 그녀가 날아가 버릴 염려는 별로 없을 것 같다고 생각했다. 클라라가 마을 광장에 모인 스무 명 남짓한 사람들의 얼굴을 살펴보니, 많은 사람이 불안해하는 표정이었다. 농장 여자들은 털실 스웨터에 벙어리장갑과 토크^{양태가} _{좁은 조그마한 여성 모자}로 무장하고 대충 반원형으로 둘러서서 밝은 녹색 망토를 걸친 커다란 흑인 여자를 주시하고 있었다. 졸리 그린 자이언트^{캐나다} _{야채 통조림 회사의 마스코트인 녹색의 거인을 머나에 비유한 농담} 드루이드교.

클라라는 마음이 그지없이 편안했다. 무리 속에 서서 그녀는 두 눈을 감고 몇 차례 심호흡을 하고 검은 크레이프 상장^{喪章}처럼 자기에게 들러붙은 분노와 두려움이 떨어져 나가게 해 달라고 기도했다. 이 의식의 취지가 원래 그것이었다. 어둠을 빛으로 바꾸고 증오와 두려움을 추방하고 신뢰와 온정을 부여안는 것.

"이건 축복과 정화의 의식입니다." 머나가 무리에게 설명하고 있었다. "그 뿌리는 수천 년 전으로 거슬러 올라가지만 그 가지들은 계속 자라서 오늘 우리를 어루만지고, 그 품에 안기고자 하는 사람은 누구나 안아 줍니다. 질문이 있으면 주저 말고 하세요." 머나가 잠시 사이를 두고 기다렸지만 질문하는 사람은 아무도 없었다. 그녀는 몇 가지 물건이 든 자루를 뒤적이더니 막대기를 하나 꺼냈다. 사실, 그것은 굵고 곧은 가지에 더 가까워 보였다. 껍질을 벗기고 한쪽 끝을 뾰족하게 깎은 가지.

"이건 기도 막대기입니다. 여러분 중에는 익히 본 분도 계실 겁니다." 그녀는 기다렸고, 작은 웃음소리가 들렸다.

"비버 막대기 아니에요?" 해나 파라가 물었다.

"정확히 그겁니다." 머나가 웃었다. 그녀는 막대기를 죽 돌렸고 드디어 서먹한 분위기가 가셨다. 마녀의 술법이나 아닌가 하여 불안해하고 두려워하기까지 했던 여자들은 그 의식에 두려워할 만한 게 아무것도 없다는 것을 깨닫고 안심했다. "작년에 제재소 연못에서 이걸 찾았어요. 비버가 이빨로 갈아 놓은 데가 보일 겁니다."

모두들 다투어 막대기를 잡고 이빨 자국을 확인했다. 비버가 한쪽을 물어뜯어 날카롭게 만들어 놓은 것이 보였다.

잠시 집에 가서 루시를 데려온 클라라는 줄을 잡고 조용히 서 있었다. 기도 막대기를 돌려받은 머나는 그걸 골든레트리버인 루시에게 던져 주었다. 제인이 죽은 뒤 한 주 만에 처음으로 클라라는 루시가 꼬리를 치는 것을 보았다. 한 번. 루시는 막대기를 부드럽게 이빨 사이에 물었다. 그리고 그렇게 물고 있었다. 루시의 꼬리가 다시 한 번 머뭇머뭇 움직거렸다.

가마슈는 광장 벤치에 앉았다. 함께 여명을 맞이한 그 아침 이후로 이

걸 '자기' 벤치로 생각하게 되었다. 이제 그와 벤치는 햇빛을 받고 있었다. 소중한 햇빛 덕분에 그곳은 그늘보다 몇 도 더 따뜻했다. 그럼에도 그의 입에서는 입김이 폴폴 나오고 있었다. 그는 조용히 앉아 여자들이 모여들고 열을 지어 이동하고 그 뒤를 클라라가 루시를 데리고 따라가는 모습을 지켜보았다. 대열은 광장 둘레를 돌고 있었다.

"이제 곧 인디언 서머예요." 벤이 그렇게 말하면서 앉는데, 몸속의 뼈가 전부 녹아 버리고 없는 것 같았다. "해가 점점 낮아지고 있네요."

"그렇군요." 가마슈가 동의를 표했다. "저걸 자주 합니까?" 그러면서 행진하는 여자들을 고갯짓으로 가리켰다.

"일 년에 두 번쯤요. 지난번에는 저도 참석했죠. 저는 이해가 안 되더군요." 벤은 고개를 가로저었다.

"여자들이 이따금 서로 드잡이를 했다면 이해했을 겁니다." 가마슈는 말은 그렇게 했지만 실은 완전히 이해하고 있었다. 두 사람은 말없이 사이좋게 앉아서 여자들을 지켜보았다.

"언제부터 그녀를 사랑했습니까?" 가마슈가 벤의 얼굴을 보지 않은 채 조용히 물었다. 벤은 소스라치게 놀라서 앉은 채로 몸을 돌려 가마슈의 옆얼굴을 응시했다.

"누굴 말입니까?"

"클라라요. 언제부터 사랑했어요?"

벤은 긴 한숨을 토했다. 평생을 참았다 이제야 숨을 내쉬는 사람 같았다. "피터와 내가 두어 살 위이긴 하지만 우린 모두 미술 대학에 함께 다녔어요. 피터는 곧바로 그녀에게 빠졌죠."

"당신도요?"

"저는 시간이 좀 더 걸렸어요. 제가 피터보다 더 조심스러운 것 같습니다. 사람들에게 마음을 여는 게 어려워요. 하지만 클라라는 다릅니다, 그렇죠?" 벤은 미소를 머금고 그녀를 바라보고 있었다.

머나가 제인의 정원에서 가져온 세이지에 불을 붙이자 연기가 나기 시작했다. 여자들은 광장을 돌다가 동서남북 네 방위에서 멈추었다. 그리고 멈출 때마다 머나가 연기 나는 세이지를 각기 다른 여자에게 건넸고 그걸 건네받은 사람은 자기 손을 세이지 앞에 부드럽게 흔들었다. 달콤한 냄새가 나는 그 연기가 집들 쪽으로 퍼져 나가게 하려는 것이다.

머나는 그것을 '연기 쐬기'라고 부른다고 말했다. 나쁜 영들을 씻어 내어 좋은 영들이 들어올 자리를 만드는 의식이었다. 가마슈는 깊이 숨을 들이켜 장작 타는 냄새와 세이지 향이 뒤섞인 공기를 흡입했다. 둘 다 깊은 내력이 느껴졌으며 둘 다 위안이 되었다.

"그게 그렇게 빤히 보이나요?" 벤이 걱정스럽게 물었다. "그래요. 우리가 결합하는 꿈을 꾸기도 했습니다. 하지만 그건 오래전 일입니다. 그걸 실행에 옮긴다는 건 절대로 못할 짓이에요. 피터에게는."

"아니에요, 빤히 보이지 않습니다." 벤과 가마슈는 여자들의 행렬이 물랭 길을 올라 숲 속으로 들어가는 것을 지켜보았다.

춥고 어두웠다. 마른 잎들이 발밑과 머리 위, 그리고 그 사이의 공중에 맴돌았다. 여자들의 고조된 기분은 불안으로 바뀌었다. 신명 난 무리 위에 그림자가 드리웠다. 머나조차 기분이 꺾여 미소 띤 다정한 얼굴에 긴장감이 어렸다.

숲이 삐걱거렸다. 그리고 후들후들 떨었다. 바람이 불 때마다 포플러 이파리가 진저리를 쳤다.

클라라는 돌아가고 싶었다. 여긴 상서로운 장소가 아니었다.

루시가 으르렁거리기 시작했다. 길고 낮은 경고의 노래. 목털을 곧추세우고 몸을 낮추어 금방이라도 뛰어나갈 자세를 갖추었다.

"이제 원형으로 서야 해요." 머나가 말했다. 애써 태연한 목소리로 말했지만 그녀의 눈은 무리를 훑어보며 만일의 사태가 벌어졌을 때 자기보다 더 못 달릴 사람을 찾고 있었다. 내가 맨 뒤에 처지게 되는 거야? 빌어먹을 캐서롤. 안정감 좋아하시네.

원이 만들어졌다. 수학에서 배운 가장 작고 가장 단단한 원. 여자들은 모두 손을 꼭 붙잡고 있었다. 머나는 루시가 떨어뜨린 기도 막대기를 집어 바닥에 깊이 찔러 넣었다. 클라라는 땅이 금방이라도 비명을 지를 것 같았다.

"띠를 가져왔어요." 머나는 자루를 열었다. 안에 밝은 색상의 띠들이 온통 뒤얽힌 채 쌓여 있었다. "여러분 모두에게 어떤 물건이든 제인을 상징할 만한 물건을 가져오라고 부탁드렸죠?"

머나는 자기 주머니에서 작은 책을 하나 꺼냈다. 그러고는 자루 안을 마구 뒤져 심홍색 띠를 찾아냈다. 먼저 책을 띠로 묶은 다음 기도 막대기로 가서 띠를 막대기에 묶으며 말했다.

"제인, 이건 감사의 표시예요. 글에 대한 사랑을 우리에게 나누어 주셔서 고마워요. 신께서 함께하시기를!"

머나는 잠시 기도 막대기를 향해 그 큰 머리를 숙이고 서 있다가 물러나며 거기 도착한 이후 처음으로 미소를 지었다.

여자들은 한 사람씩 띠를 받아 자신이 가져온 물건을 그걸로 묶고 다시 띠를 막대기에 묶은 다음 몇 마디 했다. 들리는 말도 있고 들리지 않는 말도 있었다. 기도도 있고 단순한 감상도 있었다. 해나는 옛 에스피 레코드 판을 기도 막대기에 묶었고, 루스는 빛바랜 사진을 묶었다. 사라는 스푼을, 넬리는 신발 한 짝을 묶었다. 클라라는 머리에서 오리 머리 핀을 뺐다. 그것을 밝은 노랑색 띠에 묶고 그 띠를 이제는 꽃줄로 장식한 듯한 기도 막대기에 묶었다.

"이건 더 밝은 눈을 갖게 해 주십사고 바치는 거예요." 클라라가 말했다. "사랑해요, 제인." 고개를 들어보니 블라인드가 눈에 들어왔다. 머리 위에서 그들을 굽어보고 있었다. 블라인드라니. 이상도 하지. 여태껏 보이지 않던 게 이제 보여.

그때 한 가지 생각이 떠올랐다. 영감. "고마워요, 제인." 그렇게 속삭이자 한 주 만에 처음으로 제인의 늙은 팔이 자신을 안아 주는 것 같았다. 떠나기 전, 클라라는 주머니에서 바나나를 하나 꺼내어 막대기에 묶었다. 루시를 대신해 묶어 준 것이다. 그런데 묶을 물건이 또 있는 모양이었다. 그녀는 다른 호주머니에서 카드 한 장을 꺼냈다. 하트 퀸. 카드를 기도 막대기에 묶으며 클라라는 욜랑드를 생각했다. 어린 시절 받은 그 훌륭한 선물을 욜랑드는 거절했다. 혹은 잊었다. 클라라는 하트 퀸의 무늬를 찬찬히 보며 그 모양을 기억했다. 그녀는 카드 마술에서 중요한 것은 그대로 있는 것이 아니라 변하는 것이라는 사실을 알고 있었다.

기도 막대기는 이제 그들의 선물을 매단 채 흔들리고 엉키는 색색의 띠로 찬란했다. 부는 바람에 물건들이 기도 막대기 주위로 춤추듯 나부끼며 서로 부딪혀 제각기 다른 소리를 냈다. 교향곡처럼.

여자들은 제각기 주위를 둘러보았다. 그들의 원은 이제 두려움에 짓

눌리지 않고 느슨하게 열려 있었다. 그리고 그 한가운데에, 제인이 마지막으로 살고 죽은 그 자리에, 많은 물건들이 춤을 추며 많은 사랑을 받았던 한 여인을 기리는 찬가를 부르고 있었다.

클라라는 이제 두려움에서 벗어난 자신의 눈이 바람에 나부끼는 띠들을 좇게 내버려 두었다. 그때 띠 하나의 끝에 뭔가 색다른 것이 눈에 띄었다. 다음 순간 그녀는 그것이 띠에 달려 있지 않고 그 뒤쪽 나무에 달려 있는 것을 알아챘다.

단풍나무 높지막한 곳에 화살이 박혀 있었다.

가마슈가 몬트리올로 돌아가려고 이제 막 차에 올라타고 있는데 클라라가 숲에서 튀어나와 그를 향해 물렁 길을 달려 내려왔다. 마귀들에게 쫓기기라도 하듯 다급한 모습이었다. 터무니없는 생각이었지만 순간적으로 가마슈는 의식을 치르다 잘못해서 가만히 두는 게 좋은 어떤 것을 불러낸 것이나 아닌가 싶었다. 사실, 어느 면에서는 그렇기도 했다. 여자들은 의식을 치르다가 누군가 그대로 곱다시 남아 있기를 갈망하고 있을 물건, 화살을 불러내지 않는가.

가마슈는 즉시 몬트리올에 있는 보부아르에게 전화를 건 다음 클라라를 따라 현장으로 달려갔다. 거의 한 주 만에 그곳에 다시 간 그는 그 사이의 변화에 놀랐다. 가장 두드러지게 변한 건 나무들이었다. 한 주 전만 해도 생기 넘치는 화려한 색으로 찬란하게 빛났는데 이제는 황금기를 넘겨 나뭇잎들이 나뭇가지보다 바닥에 더 많았다. 화살이 노출된 건 바로 그 때문이었다. 한 주 전이었다면 이 자리에 서서 쳐다보았더라도 그 화살은 절대 보이지 않았으리라. 몇 겹으로 화살을 감추고 있던 나뭇잎들이 이제 전부 지고 없었다.

또 다른 변화는 바닥에 박힌 막대기에서 띠들이 춤을 추고 있는 모습이었다. 그는 그것이 의식과 관련이 있으리라고 생각했다. 그가 없을 때 보부아르가 보았다면 바로 해괴하게 여겼으리라. 가마슈는 그 유쾌함에 마음이 끌려 기도 막대기 쪽으로 걸어갔다. 거기 매달린 물건 몇 가지를 잡고 들여다보니 그중에는 옛날 사진도 있었다. 포동포동하고 근시인 한 젊은 여성이 튼튼하고 잘생긴 벌목꾼 곁에 서 있는 사진이었다. 두 사람은 손을 맞잡고 웃고 있었다. 그들 뒤에는 호리호리한 젊은 여성이 똑바로 카메라를 바라보고 서 있었다. 심보 사나운 얼굴.

"그래서요? 그건 화살이잖아요?" 크로프트가 보부아르와 가마슈를 번갈아 보며 말했다. 그들은 윌리엄스버그 구치소에 있었다. "당신들이 다섯 개나 갖고 있잖소. 이거 하나가 뭐가 그리 대수라고 그러쇼?"

"이 화살은," 하고 가마슈가 말했다. "두 시간 전에 어느 단풍나무에서 발견됐습니다. 팔 미터 높이에 박혀 있었어요. 제인 닐이 살해당한 장소에서요. 이것도 아버님의 화살입니까?"

크로프트는 그 나무 살대와 날 넷이 달린 촉을 살펴보고 마지막으로 면밀하게 깃털을 살펴보았다. 다시 고개를 들었을 때는 현기증이라도 인 것 같았다. 그는 숨을 크게 들이마시고 침대가에 털썩 주저앉았다.

"맞아요." 그가 숨을 내쉬며 나직이 말했다. 시선을 어디에 둘지 모르는 표정이었다. "아버지 화살입니다. 그걸 살통에 들어 있는 다른 화살들과 비교해 보면 확인하실 수 있겠지만, 저는 지금 바로 말씀드릴 수 있습니다. 아버진 손수 깃을 만드셨는데 일종의 취미였죠. 하지만 그리

창의적이진 못해서 깃이 전부 같았어요. 일단 맘에 드는 것이나 성능이 좋은 걸 발견하시면 바꿀 필요를 전혀 못 느끼셨죠."

"다행입니다." 가마슈가 말했다.

"이제," 하며 보부아르가 그를 마주 보고 침대에 앉았다. "다 털어놓으시죠."

"생각 좀 해 봐야겠어요."

"생각할 게 뭐가 있습니까?" 가마슈가 말했다. "아드님이 이 화살을 쐈잖습니까? 그렇지 않습니까?" 크로프트의 마음은 걷잡을 수 없이 갈팡질팡했다. 이때까지 자백을 고수하려고 마음을 워낙 단단히 잡도리한 탓에 명백한 증거를 눈앞에 두고도 이제 와서 포기하기가 쉽지 않았다. "필립이 이 화살을 쏘고 화살이 그 나무에 박혔다면," 가마슈가 말을 이었다. "그렇다면 그 아이가 제인 닐을 죽였을 수는 없어요. 그 앤 죽이지 않았어요. 당신도 마찬가지입니다. 이 화살은 누군가 다른 사람이 제인 닐을 죽였다는 증거입니다. 우린 지금 당신에게서 진실을 들어야 합니다."

크로프트는 그래도 망설였다. 함정이 있을 것이 두렵고 자기가 한 이야기를 포기하기가 두려웠다.

"자, 크로프트 씨." 가마슈가 이의를 허용하지 않는 목소리로 말했다. 마침내 크로프트가 고개를 끄덕였다. 너무 큰 충격을 받은 나머지 아직도 안심이 되지 않은 표정이었다.

"좋습니다. 어떻게 된 일인지 말씀드리죠. 필립과 전 그 전날 밤 다투었어요. 아주 시시한 문제라 무엇 때문이었는지 기억도 나지 않습니다. 다음 날 제가 깨었을 때 필립은 집에 없었어요. 혹시 아주 집을 나가 버린 게 아닌가 걱정했지만 일곱 시 십오 분쯤 자전거를 타고 뜰로 달려 들어왔어요. 저는 밖에 나가 보지 않기로 작정하고 아이가 제게 오기를 기다렸습니다. 그게 실수였어요. 나중에 알고 보니 그 앤 활과 화살을 가지고 곧장 지하실로 들어갔다 나와서 샤워를 하고 옷을 갈아입었더군요. 그러고는 저는 보러 올 생각도 않고 제 방에 들어박혔습니다. 하긴 드문 일도 아니었죠. 그런데 수잔이 이상한 행동을 하기 시작했어요."

"미스 닐 소식은 언제 들었습니까?" 보부아르가 물었다.

"그날 밤에요. 한 주 전이죠. 로어 파라가 전화를 했는데, 그냥 사냥 사고라고 했어요. 다음 날 경찰이 소집한 마을 회의에서는 슬프긴 했지만 세상이 끝난 것 같진 않았습니다. 그런데 수잔은 차분히 앉아 있질 못했어요. 안절부절못하는 거예요. 하지만 솔직히 저는 별로 대수롭게 생각하지 않았어요. 여자들이란 원래 남자들보다 더 예민하니까, 하고 말았죠."

"필립 일은 어떻게 알았습니까?"

"집에 가서요. 수잔은 차에서 내내 말이 없더니 집에 도착하자마자 저한테 마구 퍼붓는 거예요. 어찌나 사납게 닦아세우던지 거의 미친 것 같더라고요. 마을 회의에서 제가 경감님께 활과 화살을 보러 오시라고 한 게 문제였죠. 그때 수잔이 제게 말해 주었습니다. 필립의 옷이 세탁거리로 나와 있었는데 옷에 피가 묻어 있었답니다. 그래서 지하실로 가서 피 묻은 화살도 찾아냈어요. 그러고는 필립한테서 그 이야기를 들은 거죠. 그 아인 자기가 미스 닐을 죽였다고 생각했고, 그래서 제인의 근처에 떨어져 있던 피 묻은 화살을 움켜쥐고 달아났어요. 그 앤 그 화살을 자세히 보지 않았고 수잔도 마찬가지였습니다. 아마 두 사람 다 그게 아버지가 만든 화살들하고 같은 게 아니라는 걸 몰랐을 겁니다. 수잔은 그 화살을 태웠고요."

"그 모든 걸 듣고 당신은 어떻게 했습니까?"

"그 애 옷을 아궁이에 넣어 태우는 중에 당신들이 도착했고, 수잔한테 활을 태워 버리고 전부 다 없애라고 말했죠."

"하지만 부인은 그러지 않았는데요."

"맞습니다. 제가 옷가지를 아궁이에 몰아넣는 바람에 불이 꺼지고 말아서 아내가 불을 되살려야 했어요. 그때 아내는 활은 태우려면 쪼개야 한다는 걸 깨달았죠. 그러려면 소리가 날 수밖에 없을 테니 내게 사전에 알리려고 위층으로 올라왔어요. 그런데 경감님이 다시 내려갈 틈을 주지 않았습니다. 아내는 우리가 밖에서 활을 쏘고 있을 때 그 일을 해치울 생각이었는데 말이죠."

"미스 닐의 시신이 어떤 자세로 누워 있었는지는 어떻게 알았죠?"

"필립이 보여 주었거든요. 애한테 그 이야기를 직접 들으려고 그 애 방에 갔습니다. 필립은 나하고는 말하려 하지 않았습니다. 제가 막 방을 나오려는데 아이가 일어서서는 그 자세를 해 보이는 거예요." 크로프트는 그 장면을 떠올리고는 몸서리를 쳤다. 이 아이가 어쩌다 그렇게 되었을까 하는 생각에 절망한 것이었다. "그 자세가 무얼 뜻하는지를 그때 모르고 나중에야 알았습니다. 경감님이 제게 그녀가 누워 있던 자세를 보여 달라고 요구했을 때 퍼뜩 생각이 난 거예요. 그래서 필립이 보여 준 그대로 자세를 취한 거고요. 그래서 저게 뭘 뜻합니까?" 크로프트가 고갯짓으로 화살을 가리키며 물었다.

"이건," 하고 보부아르가 대답했다. "미스 닐을 죽인 화살은 누군가 다른 사람이 썼다는 걸 뜻합니다."

"그건 미스 닐이 살해되었다는 게 거의 확실하다는 걸 뜻합니다." 가마슈가 더 명확하게 의미를 규정했다.

보부아르는 미셸 브레뵈프가 몬트리올 식물원에 있다는 것을 알아냈다. 그곳 안내소에서 한 달에 한 번 일요일에 하는 자원봉사를 하고 있었다. 사람들은 브레뵈프가 하는 통화 내용을 듣고 자원봉사자들이 얼마나 많은 권한을 가지고 있는지 궁금해하며 일본식 정원이 어디에 있는지 물어보기 위해 몰려 있었다.

"동감일세. 살인 사건 같아." 브레뵈프가 전화에 대고 말했다. 그의 앞에서 기다리다 갑자기 안내자를 잃은 관광객들에게는 고개를 숙이고 미소를 짓는 것으로 양해를 구했다. "자네에게 이 살인 사건을 수사할 권한을 주겠네."

"경정님, 이 사건 수사는 가마슈 경감님이 맡아야 할 것 같습니다. 그분이 옳았어요. 매튜 크로프트는 미스 닐을 죽이지 않았습니다."

"자넨 정말로 아르망이 정직을 당한 게 그 문제 때문이라고 생각하나, 경위? 아르망 가마슈가 정직을 당한 건 누구의 범행인지를 두고 나랑 의견이 달라서가 아니고 직속상관의 명령을 따르지 않았기 때문이야. 그 사실은 지금도 변함이 없어. 게다가 내가 기억하기로는, 내버려두었다면 열네 살짜리 아이를 체포했을 것 아닌가."

그 말을 듣고 한 관광객은 얼른 10대 아들의 손을 잡았다. 소년도 얼마나 놀랐던지 아버지가 제 손을 잡아도 가만히 있었다. 비록 아주 잠깐 동안이었지만.

"그건 정확히 말하면 체포가 아니죠." 보부아르가 말했다.

"그런 말이 자네가 맡은 사건에 도움이 된다고 생각하나, 경위?"

"그렇습니다. 경정님. 경감님은 이 사건과 이 마을 사람들을 잘 알고 있습니다. 이미 한 주가 지났는데 그동안 우린 이 사건을 단순한 사고로 취급했기 때문에 범행 흔적을 이미 많이 놓쳤습니다. 당연히 이번 수사를 지휘할 분은 경감님입니다. 그건 경정님도 아시고 저도 압니다."

"그도 알고."

"아마도요. 부아이용-Voyons 그럼, 징계가 중요합니까? 최선의 결과를 얻는 게 중요합니까?"

"알았네. 그에게 자네 같은 좋은 변호사를 둔 건 행운이라고 전해주게. 내게도 자네 같은 변호사가 있으면 좋겠군."

"있죠."

브레뵈프가 전화를 끊고 관광객들에게 관심을 돌렸을 때는 안내소에 자기 혼자뿐이었다.

"고맙네, 장 기." 가마슈가 신분증과 배지와 권총을 받으며 말했다. 그것들을 내줄 때 왜 그렇게 가슴이 아팠는지 생각해 보았다. 오래전 처음으로 신분증과 권총을 받았을 때 그는 인정을 받은 느낌이었다. 사회의 눈에, 무엇보다 부모님의 눈에 성공한 자식으로 보였으리라. 그런데 신분증과 권총을 내줄 때는 갑자기 두려움을 느꼈다. 무기를 빼앗긴 것이었지만 단순히 그것만은 아니었다. 주위의 인정을 빼앗긴 것이었다. 그 느낌은 곧 지나갔다. 그건 하나의 메아리, 한때 방황하던 젊은이의 유령에 지나지 않았다.

정직을 당한 뒤 집으로 돌아가는 길에 가마슈는 오래전 누군가가 말해 준 비유가 떠올랐다. 인생을 사는 건 롱하우스북아메리카 지역 인디언 부족들. 특히 이로쿼이족의 전통 가옥. 길고 좁은 방 하나로 이루어진 형태였다에서 사는 것과 같다. 우리는 한쪽 끝에서 아기로 들어가 때가 되면 반대쪽으로 나온다. 그리고 그 사이에 이 크고 긴 방을 통과한다. 우리가 만나는 모든 사람, 모든 생각과 모든 행위가 그 방에서 우리와 함께 산다. 과거의 일 중에 마음에 들지 않는 부분들과 화해할 때까지 모든 사람, 생각, 행위는 그 긴 방을 통과하는 동안 내내 우리를 괴롭힌다. 그리고 그중에 정말로 목소리 크고 밉살스러운 것들은 오랜 세월이 지난 뒤까지 우리에게 행동 지침을 내린다.

가마슈는 그 비유가 맞는지 어떤지는 잘 몰랐다. 그런데 자기 권총을 장 기의 손바닥에 올려놓는 순간 그 방황하던 젊은이가 되살아나 속삭였던 것이다. 이게 없으면 넌 아무것도 아니야. 사람들이 어떻게 생각할까? 자신의 반응이 부적절했다는 걸 깨달은 것은 자신의 롱하우스에 아직도 그 끔찍한 젊은이가 존재한다는 것이고, 단지 가마슈가 수사반장 자리에서 쫓겨났다는 걸 의미할 뿐이었다.

"이제 어디부터 갈까요? 제인 닐의 집이오?" 이제 그 건을 정식 살인 사건으로 수사할 수 있는 마당이라 보부아르는 빨리 그 집에 들어가 보고 싶었다. 가마슈도 마찬가지였다.

"곧. 하지만 먼저 들를 데가 있네."

"위 알로?" 전화 받는 쾌활한 목소리 너머 날카로운 아기 울음소리가 들렸다.

"솔랑주?" 클라라가 물었다.

"알로? 알로?"

"솔랑주." 클라라가 불렀다.

"봉주르? 여보세요?" 울부짖는 듯한 소리가 솔랑주의 집과 클라라의 머릿속에 크게 울려 퍼졌다.

"솔랑주." 클라라도 빽 소리를 질렀다.

"세 모아 멤므C'est moi-même 네, 저예요." 솔랑주가 소리쳤다.

"클라라 모로예요." 클라라가 소리쳤다.

"뭘 모르겠다고요?"

"클라라 모로라고요."

"모레?"

오, 하느님, 제게 아이들을 주시지 않아서 감사합니다. 클라라는 속으로 말했다.

"클라라요!" 그녀는 다시 울부짖듯 소리쳤다.

"클라라? 클라라 누구라고요?" 솔랑주가 물었다. 이제 정상적인 목소리였다. 악을 쓰던 아이가 잠잠해진 것이다. 아마 젖을 물렸으리라.

"클라라 모로예요, 솔랑주. 체조 교실에서 만났죠. 아기 낳은 거 축하해요." 그녀는 진심으로 들리도록 애썼다.

"아, 기억나요. 어떻게 지내세요?"

"잘 지내요. 한 가지 물어볼 게 있어서 전화했어요. 휴가 중인데 방해해서 미안하지만, 당신의 공증업무와 관련이 있는 일이라서요."

"아, 괜찮아요. 사무실에서 날마다 전화를 해 줘요. 무슨 일인데 그러세요?"

"제인 닐이 돌아가신 거, 아세요?"

"아니요, 못 들었어요. 그거 안됐네요."

"사고였어요. 숲에서."

"아, 그 사건이오? 여기 돌아와서야 들었어요. 추수감사절에 몬트리올의 부모님 댁에 다녀오느라고 못 들었던 거죠. 그러니까, 그게 제인 닐이었다는 말씀이에요?"

"맞아요."

"경찰이 수사하고 있지 않아요?"

"하고 있어요. 경찰은 윌리엄스버그의 노먼 스티클리가 제인의 변호사라고 생각하는 것 같아요. 하지만 나는 제인이 당신에게 갔다는 생각이에요."

"내일 오전에 제 사무실로 오실래요?"

"몇 시가 좋겠어요?"

"열한 시 어때요? 클라라, 경찰을 부를 수 있어요? 아마 흥미로워 할 것 같은데요."

필립 크로프트는 좀 더 시간이 지나서야 함정이 없다는 걸 믿고 모든 걸 시인했다. 그는 길고 하얀 손가락으로 스웨트팬츠에 일어난 보풀을 뜯으며 제 이야기를 했다. 필립은 아버지에게 애를 먹이고 싶었고 그래서 옛날 활과 화살을 가지고 사냥을 나갔다. 그는 딱 한 발 쏘았다. 하지만 그걸로 충분했다. 자기는 사슴을 잡았다고 생각했지만 가서 보니 제인 닐이 네 활개를 펴고 누워 있었다. 죽었다. 지금도 그 눈이 보인다. 그 눈이 계속 그를 따라다닌다.

"이제 잊어도 된다." 가마슈가 조용히 말했다. "그건 누군가 다른 사람이 꾸어야 할 악몽이야."

필립은 그냥 고개를 끄덕일 뿐이었고, 가마슈는 사람들이 문제를 끌어안고 있으려 한다는 머나의 말이 생각났다. 그는 필립을 안고 언제까지나 열네 살이지는 않을 거라고, 조금만 더 견뎌 내라고 말해 주고 싶었다.

하지만 가마슈는 그러지 않았다. 의도가 선하다고 해도 그 행동이 공격으로, 모욕으로 느껴질 것임을 아는 까닭이었다. 그는 그냥 자신의 크고 든든한 손을 아이에게 내밀었다. 필립은 마치 어른과 악수하는 게 처음인 듯이 조금 머뭇거리다가 하얀 손을 마주 내밀고는 꼭 쥐었다.

가마슈와 보부아르가 다시 마을에 도착해 보니 영장을 들고 제인 닐의 집으로 간 라코스트가 욜랑드의 무시무시한 공격을 물리치고 있었다. 그녀는 어렵사리 욜랑드를 집에서 내보내고 문을 잠갔으며, 지금은 약을 올려도 꿈쩍하지 않는 궁전 근위병 같은 자신의 인상을 과시하고 있는 중이었다.

"엉덩이에 불나게 법원을 드나들게 해 줄 테다. 당신 목이 붙어 있나 보자, 이 못생긴 창녀야." 욜랑드는 그러다가 보부아르를 발견하고는 공격의 화살을 그에게 돌렸다. "어떻게 감히 내 집에서 나를 쫓아낼 수 있죠?"

"마담 퐁텐께 영장 보여 드렸나, 라코스트 형사?"

"보여 드렸습니다, 경위님."

"그렇다면," 하고 보부아르는 욜랑드에게 시선을 돌렸다. "이제 이게 살인 사건 수사라는 걸 아시겠군요. 당신도 이모님을 누가 죽였는지 밝혀내길 원하시겠죠?"

그건 좀 야비한 수법이었으나 거의 항상 먹혔다. 누가 아니라고 대답할 수 있으랴.

"아뇨. 상관없어요. 그런다고 이모가 살아나요? 이모가 살아난다면 내 집에 들어가도록 해 주겠어요."

"우린 이미 들어왔고 이건 타협할 문제가 아닙니다. 이제 당신과 당신의 남편분하고 이야기를 좀 해야 하는데 댁에 계십니까?"

"내가 어떻게 알아요?"

"그럼 같이 가 보도록 하죠."

아까 가마슈가 차를 세웠을 때 그들은 진절머리를 내는 라코스트를 욜랑드가 따라다니며 귀찮게 굴고 있는 것을 보았었다.

"안됐군." 가마슈가 빙긋 웃으며 말했다. "라코스트에겐 언젠가 신참 형사를 받게 되면 해 줄 수 있는 이야기가 생겼군. 엄청 지루해할걸. 보부아르, 자네나 나나 저 집에 몹시 들어가고 싶지. 하지만 먼저 한두 가지 방해물을 치워 놓고 싶군. 욜랑드와 면담을 하고 앙드레도 만나 보도록 하게. 난 머나와 이야기를 나눠 보고 싶어."

"왜요?"

가마슈는 이유를 설명해 주었다.

"당신이 병간호를 맡은 그날 티머가 한 말을 알아야겠습니다."

머나는 서점 문을 닫고 함께 마시기 위해 차를 두 잔 따랐다. 그리고 그의 맞은편 안락의자에 앉았다. "실망하실 테지만 제 생각엔 그게 이제 산 사람이든 죽은 사람이든 누구하고 관계가 있을 것 같지 않네요."

"제 이야기를 들으면 놀라실 겁니다."

"어디 놀라게 해 보시죠." 그녀는 차를 마시며 창밖의 땅거미를 내다
보았다. 그녀의 마음은 불과 몇 달 전의 그 오후로 돌아가고 있었다. 마
치 몇 년 전 일 같았다. 티머 해들리는 피골이 상접한 몰골이었다. 머리
에 박혀 빛나는 두 눈은 쭈그러진 몸 때문에 커다랗게 보였다. 두 사람
은 함께 앉았다. 침대가에 올라앉은 머나, 담요와 뜨거운 물주머니로 몸
을 감싼 티머. 둘 사이에 크고 오래된 갈색 앨범. 떨어져 나오는 사진
들. 풀이 이미 오래전에 먼지로 변했다. 삐져나온 사진 중 한 장은 젊은
제인 닐과 그녀의 부모와 자매의 모습을 담고 있었다.

티머가 머나에게 제인의 부모 이야기를 들려주었다. 스스로 만든 불
안과 두려움에 포로가 된 사람들. 그 두려움을 물려받은 여동생 아이린
도 역시 출세주의자가 되어 물질과 타인의 인정 속에서 안도했다. 제인
은 그렇지 않았다. 그 다음에 이어진 대목이 바로 가마슈가 듣고 싶어
하는 이야기였다.

"이건 카운티 박람회 마지막 날 찍었어. 개막 댄스 다음 날이지. 제인
이 얼마나 행복한지 보이지?" 티머의 말은 사실이었다. 화상이 거친 사
진에서도 그녀는 빛이 났고 부모와 여동생의 뚱한 얼굴과 대조되어 더
욱 그러했다.

"제인은 그날 밤 사랑하는 청년과 약혼을 했지." 아련한 그리움이 깃
든 표정으로 티머가 말했다. "이름이 뭐였더라? 그래, 안드레아스였지.
그런데 그 사람은 하필 벌목꾼이었어. 그거야 뭐 상관없지. 제인은 아
직 부모님께 말씀드리지 않았지만 꿍꿍이셈이 있었어. 둘이 달아나려는
거였어. 두 사람은 정말 멋진 짝이었지. 언뜻 보면 참 기묘했지만, 그건

그들을 알고 그들이 얼마나 사이가 좋은지 모를 때 이야기지. 두 사람은 서로 사랑했거든. 그런데……." 이 대목에서 티머의 이마에 그늘이 드리웠다. "루스 켐프가 박람회 자리에서 제인의 부모님께 제인의 계획을 일러바치고 말았어. 루스는 몰래 한다고 했지만 내가 어쩌다 듣게 되었지. 그때 제인에게 바로 알려 주지 못한 게 지금까지 그렇게 후회스러울 수가 없어. 그땐 내가 너무 어렸어."

"그래서 어떻게 되었어요?"

"부모님은 제인을 집으로 끌고 갔고, 두 사람 관계를 깨 버리고 말았지. 안드레아스를 고용한 케이 톰슨을 만나서 이 벌목꾼이 제인을 보기만 해도 제재회사가 그녀의 벌목업체와 거래를 끊게 하겠다고 위협한 거야. 당시에는 그게 가능했어. 케이는 사람이 좋고 인간적인 도리를 아는 여자라 그 모든 걸 그에게 설명했지만 그는 그 말을 듣고 가슴이 찢어졌어. 그는 제인을 보려고 애를 썼지만 보질 못했지."

"그럼 제인은요?"

"부모님에게 잡혀 꼼짝 못하고 있었지. 부모님은 입도 뻥긋 못 하게 했어. 제인은 그때 겨우 열일곱이었고, 고집이 센 편도 아니었어. 굴복하고 말았지. 너무 가혹한 일이야."

"제인은 그게 루스의 소행이었다는 걸 아셨나요?"

"나는 한마디도 해 주지 않았어. 아마 해 주었어야 했겠지. 고민을 많이 했던 것 같지만 그냥 두려웠을지도 몰라."

"루스에게는 이야기해 보셨어요?"

"아니."

머나는 티머의 투명한 손에 들린 사진을 내려다보았다. 소멸 직전에 포착한 기쁨의 순간.

"루스가 왜 그러셨을까요?"

"모르겠어. 육십 년 동안 나도 그게 궁금했지. 어쩌면 루스도 똑같은 생각을 했을지 몰라. 루스에겐 어딘지 심보 사나운 구석이 있어. 다른 사람들의 행복을 못 봐 주는, 그리고 그걸 기어이 깨 버리고 싶어 하는 그 무엇이 말이야. 어쩌면 그것 때문에 위대한 시인이 될 수 있었는지도 모르지. 루스는 고통이 무언지 알거든. 루스는 고통을 모으지. 그걸 수집하고 더러는 만들어 내기도 해. 루스가 내 병 수발하기를 좋아하는 것도 그 때문일 거야. 잘나가는 여자들보다는 나같이 죽어 가는 여자들 곁에 있을 때 더 편하게 느끼는 거지. 하지만 내가 괜히 나쁘게 보는지도 몰라."

머나의 이야기를 듣고 가마슈는 티머 해들리를 한번 만나 보고 싶어졌다. 하지만 너무 늦었다. 그래도 제인 닐은 만나 볼 참이었다. 아니, 만날 수야 없겠지만 이제 어느 때보다 가까이 다가갈 수는 있겠지.

보부아르는 그 완벽한 집으로 들어갔다. 얼마나 완벽하던지 생기마저 느껴지지 않았다. 얼마나 완벽하던지 마음 한구석에서는 매력적으로 느껴지기까지 했다. 그는 그런 느낌은 떨쳐 버렸다.

욜랑드 퐁텐의 집은 번드르르했다. 구석구석까지 광이 났다. 그는 양말 신은 발로 거실로 들어갔다. 거실에서는 그 방의 유일한 오점이 푹신한 의자에 파묻혀 신문의 스포츠 섹션을 읽고 있었다. 앙드레는 움직이지 않았고 아내를 거들떠보지도 않았다. 욜랑드는 그에게 다가갔다. 실은 그가 아무렇게나 던져 놓은 신문 더미로 다가갔다. 신문 더미는 아취가 있는 조각 융단 위에 테피인디언의 원뿔형 모피 천막촌을 이루고 있었다. 그녀는 신문을 접어 커피 테이블 위에 네 귀가 딱 맞게 가지런히 쌓았다. 그런 다음 보부아르에게 돌아왔다.

"이제 됐어요. 경위님, 커피 드시겠어요?"

그녀의 돌변한 태도에 그는 채찍으로 한 대 맞은 듯한 기분이 들었으나, 그때 보부아르는 깨달았다. 그녀는 자기 집에 있는 것이다. 그녀의 영토. 장원의 마나님 행세를 하기에 적절한 곳.

"아, 아닙니다. 몇 가지만 물어보면 됩니다."

욜랑드는 고개를 약간 숙였다. 일꾼을 대하는 우아한 몸짓.

"미스 닐의 집에서 가지고 나온 물건이 있습니까?"

그 말에 발끈한 사람이 있었다. 욜랑드가 아니었다. 앙드레가 신문을 내려놓고 매섭게 쏘아보았다. "그게 당신네하고 무슨 상관이오?"

"우린 이제 미스 닐이 고의로 살해당했다고 보고 있습니다. 그 집을 수색하고 출입을 차단할 영장을 받았습니다."

"그게 무슨 말이오?"

"경찰 외에는 아무도 들어갈 수 없다는 겁니다."

부부간에 시선이 오갔다. 보부아르가 온 이래 처음이었다. 그건 사랑과 배려가 담긴 시선이 아니었고, 그의 물음과 그녀의 확인이었다. 보부아르는 심증을 굳혔다. 그들은 제인의 집에서 무언가 했다.

"가지고 나온 게 있습니까?"

"아뇨." 욜랑드가 대답했다.

"거짓말을 하시는 거라면 수사 방해로 기소할 겁니다. 무슈 말랑팡, 전과 기록은 지금만으로도 볼만한 걸로 압니다." 말랑팡은 빙긋 웃었다. 그게 뭐 어때서.

"닷새 동안 그 안에서 무얼 했습니까, 마담 말랑팡?"

"실내장식이오." 그녀는 그러면서 빙 둘러 거실을 가리켰다. 모든 것이 저속한 취향을 그대로 드러내고 있었다. 그는 커튼을 보며 기묘하다는 느낌이 들었으나 곧 그녀가 안팎에 모두 문양을 넣어서 안에서만이 아니라 바깥에서도 보이게 한 것을 알아차렸다. 그런 것은 처음 보았지만 놀랍진 않았다. 욜랑드 퐁텐은 관객이 있을 때만 실제로 존재하는 것이다. 그녀는 손뼉을 치면 불이 들어오는 이색적인 전등과 같았다. 갈채를 받거나 날카로운 비난의 박수를 받으면 살아난다. 어떤 반응이라도 그녀를 향한 것이기만 하면 충분했다. 고요와 고독은 그녀의 생명을 소진시켰다.

"아름다운 거실이군요." 그는 거짓말을 했다. "다른 데도 다 이렇게…… 고상합니까?"

그녀는 그의 박수 소리를 듣자마자 바로 행동에 돌입했다. "와 보세요." 그녀는 거의 그를 끌다시피 해서 그 작은 집을 돌아다녔다. 집은 마치 호텔 방 같아서 무미건조하고 개성이 없었다. 욜랑드는 자기도취에 푹 빠져 아예 존재하지 않는 것 같았다. 마침내 자신까지 흡수해 버린 것이다.

그때 부엌 밖으로 나 있는 문이 빼꼼히 열려 있는 것을 보고 그는 뭔가 짚이는 게 있었다. 문을 열고 단번에 계단을 내려가 보니 그곳은 난장판이었다.

"거기 내려가지 마세요. 거긴 앙드레 방이에요." 보부아르는 무시하고 그 축축한 방을 재빨리 훑어 마침내 찾던 것을 찾았다. 아직 물기가 가시지 않은 웰링턴 장화와 활이 벽에 기대어져 있었다.

"제인 닐이 살해당한 날 아침에 어디에 계셨습니까?" 거실로 돌아오자 보부아르가 앙드레에게 물었다.

"자고 있었어요. 달리 어딜 가겠어요?"

"사냥하러 가지 않았습니까?"

"어쩌면. 모르겠소. 난 면허가 있어요."

"그게 문제가 아닙니다. 지난 일요일 아침에 사냥을 했습니까?"

앙드레는 어깨를 들썩했다.

"지하실에 흙 묻은 활이 있더군요." 장비를 씻지 않은 건 앙드레답다고 생각했다. 하지만 티끌 하나 없는 집을 보고 보부아르는 앙드레가 흙을 갈망할 만하다는 걸 알 수 있었다. 무질서와 레몬 향 가구왁스 냄새에서 벗어날 시간도.

"그러니까, 지난주에 쓴 활이 아직 흙이 묻고 젖어 있다고 생각하는 겁니까?" 앙드레가 비아냥거리듯이 말했다.

"아니요. 오늘 썼겠죠. 일요일마다 사냥을 하시는 겁니다, 그렇잖습니까? 한 주 전 일요일, 제인 닐이 죽은 날도 했고요. 분명히 알아 두셔야 할 게 있습니다. 이건 이제 살인 사건 수사입니다. 살인 사건이 일어나면 어떤 사람이 가장 유력한 용의자일까요? 가족입니다. 그 다음으로 유력한 사람은 누굴까요? 그 죽음으로 이익을 보는 사람이죠. 그런 사람에게 기회까지 있었다면 우린 곧바로 교도소에 그 사람 침대를 준비할 겁니다. 두 분이 딱 그렇습니다. 우린 두 분이 빚이 있다는 걸 알고 있습니다." 그는 부러 넘겨짚어 보았다. "두 분은 모든 것을 물려받는다고 믿었고 앙드레 당신은 살상을 입힐 만큼 활을 잘 쏩니다. 이해가 되십니까?"

"이거 보세요." 앙드레가 자리에서 일어났다. 스포츠 섹션이 한 장 한 장 바닥에 떨어졌다. "제인 닐이 죽은 날 사냥을 나가서 사슴 한 마리를 잡았습니다. 도살장에 가서 복슬레이터한테 물어봐요. 그가 그걸 직접 손질해 주었으니까."

"그런데 오늘도 사냥을 나가셨군요. 한도는 한 마리 아니던가요?"

"뭐요? 지금 수렵관리인까지 하겠다는 거요? 그래, 오늘도 나갔소. 앞으로도 잡고 싶은 만큼 실컷 잡을 거요."

"아들 베르나르는요? 지난 일요일에 어디 있었습니까?"

"자고 있었소."

"당신처럼요?"

"이봐요, 걔는 열네 살이오. 그 또래 땐 다들 주말을 그렇게 보낸단 말이오. 자고, 깨면 내 부아를 돋우고, 내가 냉장고에 넣어 둔 음식을 먹어 치우고 또 침대로 기어드는 거요. 나도 그렇게 살았으면 좋겠소."

"직업이 어떻게 되십니까?"

"실업자요. 원래 우주비행사였는데 정리해고당한 거요." 앙드레 말 랑팡은 자기 말이 기가 막히게 재치 있다고 생각했는지 크게 웃음을 터 뜨렸다. 그 방에 그나마 부족한 생기마저 고사시킬 고약한 웃음이었다. "그놈들이 나를 쫓아내고는 외팔이 레즈비언 검둥이를 대신 들입디다."

그 집을 나온 보부아르는 아내에게 전화를 하고 싶었다. 그녀를 얼마 나 사랑하는지 자기가 무얼 믿는지 자신이 무엇을 두려워하고 무엇을 바라는지, 그리고 무엇에 실망하는지 말하고 싶었다. 뭔가 현실감이 있 고 의미 있는 것을 말하고 싶었다. 휴대전화로 전화번호를 누르자 그녀가 받았다. 하지만 그 말들은 목구멍 아래 어디쯤에 걸려서 나오지 않았다. 그는 그냥 날이 갰다고 말했고 그녀는 빌려 온 영화 이야기를 했다. 그러고는 둘 다 전화를 끊었다. 차를 몰고 스리 파인스로 돌아오는 길에 옷에서 무슨 냄새가 났다. 레몬 향 가구왁스.

경감이 제인 닐의 집 밖에서 열쇠를 꼭 쥔 채 서 있었다. 그를 기다리고 있었던 것이다. 마침내 그녀가 죽은 지 정확히 한 주 뒤, 두 사람은 제인 닐의 집으로 들어갔다.

11

"타바르나클르Tabarnacle 젠장." 보부아르가 나직이 말했다. 두 사람 모두 숨이 멎는 줄 알았다. "하느님 맙소사."

그들은 제인의 집 거실 문지방에 얼어붙은 채 서 있었다. 무슨 무시무시한 광경이라도 본 것처럼 그 자리에 고정된 것이다. 하지만 그들을 꼼짝 못하게 사로잡은 건 단순한 봉변이 아니었다. 그건 좀 더 공격적이고 계획적인 봉변이었다.

"내가 제인 닐이었어도 사람들을 들이지 않았을 겁니다." 보부아르가 정상적인 목소리를 되찾았으나 그것도 잠시였다. "사크레Sacré 제기랄."

제인의 거실은 온갖 색으로 그들을 습격했다. 티모시 리어리_{1920~1996} 하버드 대학 교수 출신으로 LSD와 같은 약물을 실험하고 약물의 사용을 적극적으로 옹호한 미국 심리학자. 히피 등 반문화 운동의 대부로 평가받는다의 환각 속에나 나올 법한 커다란 꽃들이 형광색으로 빛났고, 사이키델릭한 3차원 은색 탑들과 버섯들이 나아가고 물러났으며, 동그란 노란색 원 안에 웃는 표정을 그린 거대한 해피 페이스_{프랑스 저널리스트 프랭클린 루프라니가 1971년 등록 상표로 웃는 얼굴 이미지를 상징화하여 만들었다}들이 벽난로 주위를 행진했다. 그야말로 꼴불견 대행진이었다.

"빌어먹을." 보부아르가 나직이 내뱉었다.

그 방은 짙어 가는 어둠 속에서 환히 빛났다. 오래된 들보들이 받치고 있는 천장까지 벽지를 발라 놓았다. 그것은 단순한 장난이 아니고 심하게 비틀어 놓은 졸렬함 그 자체였다. 퀘벡의 문화유산과 건축을 사랑하는 사람이면 누구나 비참한 기분을 느낄 터였고, 그 두 가지를 모두 아끼는 가마슈는 점심 때 먹은 음식이 목구멍까지 올라오는 느낌이었다.

이런 모습이리라고는 전혀 예상하지 못했다. 이 색들의 불협화음을 마주 대하자 자신이 뭘 예상했었는지조차 생각나지 않았지만 분명 이런 건 아니었다. 그는 미친 듯한 해피 페이스들에서 시선을 떼어 넓은 마루청을 내려다보았다. 2백 년 전, 닥쳐오는 겨울에 쫓기던 어떤 사람이 도끼로 가공한 목재로 만들었을 법한 마루청이었다. 이런 마루청은 퀘벡에서도 드물었고 더러 예술 작품으로 여기는 사람들도 있었는데 가마슈도 그 한 사람이었다. 진짜 돌집에서 살다니 제인 닐은 운이 좋은 사람이었다. 농사를 지으려고 개간을 할 때 땅에서 손으로 캐낸 자연석들로 지은 이런 집을 소유한다는 건 퀘벡 역사의 수호자가 되는 것이었다.

외경마저 느끼며 가마슈는 시선을 벽에서 마루로 낮추었다.

마루는 분홍으로 칠했다. 광택이 나는 분홍.

그는 끙 하고 신음 소리를 냈다. 곁에서 보부아르가 경감을 위로하려고 팔을 잡으려다 말았다. 그는 전통 문화를 아끼는 사람들에게 이런 짓이 얼마나 가슴 아픈지 알고 있었다. 그건 신성모독이었다.

"왜지?" 가마슈가 물었으나 해피 페이스들은 묵묵부답이었다. 보부아르도 마찬가지였다. 그는 답은 알지 못했으나 '레정글레les Anglais 영국인들'에 늘 놀랐다. 이 방은 그들의 불가해한 특성을 보여 주는 또 한 가지 사례에 불과했다. 침묵이 길어지자 보부아르는 경감에게 대답하려는 시도라도 해야 할 것 같은 기분이 들었다.

"어쩌면 그녀에게 변화가 필요했는지 모르죠. 대부분의 우리 골동품이 바로 이런 식으로 다른 사람들 손에 들어간 것 아니겠어요? 우리의 조상들이 그것들을 부유한 영국계 사람들에게 판 거죠. 이튼사의 카탈로그에 나온 그 쓰레기들을 사려고 소나무 탁자와 찬장과 청동 침대를 처분했어요."

"맞아." 가마슈가 동의를 표했다. 6, 70년 전에 정확히 그런 일이 벌어졌지 않은가. "그런데 저걸 좀 봐." 그가 한쪽 구석을 가리켰다. 진짜 밀크 페인트우유와 석회에 안료를 섞은 물감를 칠한 놀라운 다이아몬드 포인트 소나무 장에 포르 뇌프 도기가 가득했다. "저기도." 가마슈가 커다란 참나무 웨일스 장식장을 가리켰다. "여기 이건," 하며 그가 사이드 테이블 쪽으로 걸어갔다. "루이 십사 세 양식 탁자의 모작이야. 그 프랑스 양식을 아는 목세공이 그걸 모방해서 수제로 만든 거네. 이런 작품은 부르는 게 값이지. 그래, 장 기, 제인 닐은 골동품이 뭔지 아는 애호가였어. 그런데 이런 작품들을 수집하는 분이 왜 돌변해서 마루를 페인트로 칠했는지 알 수가 없단 말이야. 하지만 내가 물은 건 그게 아니야." 가마슈는 천천히 몸을 돌리며 방을 둘러보았다. 오른쪽 관자놀이가 떨리기 시작했다. "내가 궁금했던 건 미스 닐은 왜 친구들을 여기 들이지 않았을까 하는 거지."

"뻔하지 않아요?" 보부아르가 놀라서 물었다.

"아니야. 그녀가 이걸 했다면 이 스타일이 좋아서 했을 거야. 분명 이걸 부끄러워하지 않았겠지. 그런데 왜 친구들을 들이지 않았지? 누군가 다른 사람, 예를 들어 부모님이 당시의 유행을 따라서 이렇게 했다 하더라도……."

"이런 말씀드리긴 싫지만, 그 유행이 돌아왔습니다." 보부아르는 바로 며칠 전에 라바 램프침대 옆 등에 두는 장식 조명. 액체 속에서 밀랍 덩어리가 천천히 오르내리는 모습이 용암(lava)과 비슷한 데서 비롯한 이름이다. 1960년대 말과 70년대 초에 유행했는데, 당시 히피들이 애용하기도 했다를 하나 샀지만 지금은 경감에게 그 램프 이야기를 할 계제가 아니었다. 가마슈는 두 손으로 얼굴을 문질렀다. 손을 내리고 다시 보아도 여전히 방은 환각 상태처럼 보였다. 빌어먹을, 정말이다.

"좋아, 제인의 연로한, 아마 정신이 나간 부모가 이렇게 했고 그녀는 무슨 이유에선지 이걸 바꾸지 않았다고 치자고. 금전 문제라든지 부모에 대한 효성이라든지 하는 이유가 있었겠지. 그런데 이게 아주 불쾌한 건 사실이지만 그렇다고 나쁜 짓은 아니야. 기껏해야 쑥스러울 뿐 수치스러운 일은 아니라고. 단지 쑥스러움 때문에 친구들을 자기 집 심장부에 수십 년 동안 들이지 않았다는 건 이해가 안 돼."

두 사람은 다시 한 번 둘러보았다. 이 방이 균형감이 있다는 건 보부아르도 인정할 수밖에 없었다. 하지만 그것은 예를 들어 맞선 상대가 마음에 들었다는 것 정도였다. 아직은 맞선 상대를 친구들에게 소개하고 싶지 않은 것이다. 보부아르는 제인 닐의 심정을 완전히 이해할 수 있을 것 같았다. 그는 어쩌면 라바 램프를 반환하게 될지도 모르겠다고 생각했다.

가마슈는 방 안을 이리저리 거닐었다. 이 방에서 아직 보지 못한 것이 있나? 제인 닐은 그토록 친구들을 사랑하고 신뢰했으면서 왜 이 방에는 못 들어오게 했을까? 그런 사람이 죽기 이틀 전에는 왜 마음이 바뀌었을까? 이 방은 어떤 비밀을 간직하고 있지?

"위층에 가 볼까요?" 보부아르가 말했다.

"자네 먼저." 가마슈는 천천히 거실 뒤편으로 가 위층으로 올라가는 계단을 보았다. 거기도 벽지를 발랐는데 이번에는 부르고뉴 면비로드 효과를 낸 벽지였다. 그 벽지가 꽃들과 부조화를 이루었다고 말하면 조화를 이루었을 벽지가 있었다는 뜻이 되리라. 선택한 모든 색깔과 스타일 가운데 이것이 최악이었다. 패혈성 인두염에 걸린 목구멍 같은 그 계단을 올라가니 2층이었다. 계단에도 역시 페인트를 칠했다. 그걸 보고 가마슈는 몹시 가슴이 아팠다.

수수한 2층에는 커다란 욕실 하나와 꽤 큰 침실 둘이 있었다. 안방으로 보이는 방에는 사방 벽에 암적색 페인트를 칠해 놓았다. 그 옆방은 짙은 청색이었다.

하지만 그 집에는 무언가 빠져 있었다.

가마슈는 다시 아래층으로 내려가 거실을 살펴본 다음 주방을 거쳐 머드룸으로 나왔다.

"이젤도 없고 물감도 없어. 작업실도 없고. 그녀는 어디에서 작품 활동을 했지?"

"지하실 아닐까요?"

"좋아. 내려가서 조사해 보게. 하지만 어떤 화가가 창 하나 없는 지하실에서 그림을 그리겠어?" 그런데 생각해 보니 제인의 작품은 어둠 속에서 그린 것 같았다.

"지하실에 물감은 있는데 이젤이 없습니다." 보부아르가 지하실에서 나와 말했다. "작업실은 지하실에 없어요. 그런데 한 가지 이상한 점이 있어요." 그는 경감이 놓친 것을 자기가 찾아서 기분이 좋았다. 가마슈는 흥미가 동한 표정으로 그를 바라보았다. "그림들이오. 벽에 그림이 하나도 걸려 있지 않아요. 어디에도."

가마슈의 얼굴에 놀란 표정이 떠올랐다. 그의 말이 맞았다. 가마슈는 제자리에서 몸을 빙 돌려 벽들을 살펴보았다. 아무것도 없었다.

"위층에도?"

"위층에도요."

"이해할 수가 없군. 이 모든 게 이상해. 벽지와 페인트를 칠한 방과 마루, 그림이 하나도 없는 점. 그렇다고 그녀가 친구들을 들이지 않을 정도로 이상하지는 않아. 분명 이 집에는 그녀가 아무에게도 보여 주고 싶지 않았던 뭔가가 있어."

보부아르는 커다란 소파에 털썩 앉아 사방을 둘러보았다. 가마슈는 가죽 의자에 앉아 배 위에 두 손을 뾰족탑처럼 모으고 생각에 잠겼다. 몇 분 뒤 그는 다리를 흔들다가 몸을 일으켜 계단을 내려갔다. 정리가 안 된 지하실에는 판지 상자들이 널려 있고, 옛날 주철 욕조와 포도주 냉장고가 있었다. 그는 냉장고에서 포도주를 한 병 꺼냈다. 질 좋기로 유명한 더넘 포도원 제품이었다. 병을 다시 제자리에 놓고 냉장고 문을 닫은 다음 몸을 돌렸다. 또 다른 문은 보존식품 찬장이었다. 적갈색 젤리, 짙은 빨간색과 자주색 잼, 진초록 딜 피클. 날짜를 보니 작년에 만든 것도 있었지만 대부분은 금년에 만든 것이었다. 대단한 것은 없었다. 이상한 것도 없었다. 어머니가 돌아가신 뒤 들어가 본 지하실과 별다를 게 없었다.

그는 문을 닫고 한 걸음 물러났다. 그의 등이 거친 지하실 벽에 닿는 순간 무언가 발을 물었다. 세게. 충격적이지만 익숙한 것이기도 했다.

"타바르나클르!" 그가 빽 소리쳤다. 머리 위에서 지하실 문 쪽으로 달리는 발소리가 났다. 다음 순간 보부아르가 손을 권총집에 대고 문에 서 있었다.

"경감님, 뭡니까?" 경감이 불경한 감탄사를 내뱉는 소리를 좀체 듣지 못하는 그에게는 그 소리가 사이렌 소리나 마찬가지였던 것이다. 가마슈는 자기 발을 가리켰다. 그의 구두에 작은 나무판자가 붙어 있었다.

"아주 큰 쥐가 잡혔군요." 보부아르가 씩 웃으며 말했다. 가마슈는 허리를 굽혀 덫을 풀었다. 덫에는 쥐를 꾀려고 땅콩버터가 발라져 있었다. 그는 신발에 조금 묻은 버터를 닦아 내고 주위를 둘러보았다. 덫이 더 있었다. 모두 벽에 가까이 놓여 있었다.

"그녀가 두어 마리 더 잡았군요." 보부아르가 뒤집어진 덫 몇 개를 가리키며 말했다. 덫 아래로 작은 꼬리와 둥글게 말린 앞발이 삐져나와 있었다.

"이 덫을 놓은 건 제인이 아닌 것 같아. 그녀가 쓴 건 이걸 거야." 가마슈가 허리를 숙여 작은 회색 상자를 집어 들었다. 열어 보니 안에는 들쥐 한 마리가 웅크리고 있었다. 죽은 채로. "이건 일테면 윤리적 쥐덫이네. 그녀는 쥐를 잡았다가 놓아주었어. 이 가엾은 녀석은 그녀가 살해당한 뒤에 잡힌 게 틀림없어. 굶어 죽은 거야."

"그럼 다른 쥐덫은 누가 놓았을까요? 아, 말씀하지 마세요. 당연히 욜랑드와 앙드레겠죠. 한 주 가까이 둘이만 여길 드나들었잖아요? 하지만 그들도 윤리적 쥐덫을 보았을 텐데요." 보부아르가 넌더리 난다는 표정으로 말했다. 가마슈는 고개를 설레설레 저었다. 폭력, 고의적인 행동, 죽음은 여전히 그를 놀라게 한다. 죽은 것이 사람이든 쥐든.

"가자, 꼬마야." 그는 그렇게 말하고는 웅크린 쥐를 위층으로 가지고 올라갔다. 보부아르가 다른 덫들을 비닐봉지에 넣고 뒤따랐다. 두 사람은 문을 잠그고 정원의 길을 걸어 나와 커먼스를 가로질렀다. 이미 해가 진 뒤라 전조등 불빛 몇 개를 볼 수 있었다. 러시아워. 그리고 용무를 보거나 개를 산책시키러 나온 마을 사람들 몇 명. 워낙 조용해서 가마슈는 분명치 않으나마 산책하는 사람들의 대화 몇 마디를 들을 수 있었다. 물랭 길 쪽에서 "쉬, 어서 눠, 쉬." 하는 소리가 들렸다. 그는 개에게 한 말이기를 바랐다. 두 사람은 환하게 불을 밝히고 어서 오라고 손짓하는 듯한 비앤비를 향해 마을 광장을 가로질렀다. 절반쯤 가로질렀을 때 가마슈가 걸음을 멈추고 풀밭에 죽은 쥐를 내려놓았고, 곁에서 보부아르도 비닐봉지를 열고 덫에 걸린 다른 죽은 쥐들을 풀어 놓았다.

"뭐든 와서 먹겠죠." 보부아르가 말했다.

"맞아. 적어도 무언가는 배를 불릴 수 있겠지. 애비 호프먼Abby Hoffman 1960년대에 활동했던 미국의 반전운동가은 우리가 죽인 것은 우리가 전부 먹어야 한다고 했지. 그러면 전쟁이 사라질 거라고."

보부아르가 가마슈의 말에 당혹감을 느끼는 건 종종 있는 일이었다. 진심으로 하시는 말씀인가? 좀 감상에 빠지신 거 아냐? 그런데 아베 오프망Abbé Offman은 누구지? 이 동네 성직자? 그건 기독교 신비가나 함 직한 말인데.

다음 날 아침 반원들은 수사본부에 다시 모여 최근 상황에 대한 설명을 듣고 각자 임무를 부여받았다. 가마슈는 자기 책상에서 작은 종이봉지를 발견했다. 안에는 에클레르가 들어 있었다. 쪽지에는 아이들 글씨로 크게 '니콜 형사 드림'이라고 쓰여 있었다.

니콜은 그가 봉지를 여는 걸 보고 있었다.

"니콜 형사, 이야기 좀 할까?"

"예, 경감님." 에클레르가 주효한 게 틀림없었다. 이제 나를 부당하게 대우하지 않겠지.

가마슈가 반대편 끝 쪽의 한 책상을 가리켰다. 다른 사람들에게서 멀찍이 떨어진 자리였다.

"에클레르 고마워. 제인 닐의 유서는 스티클리 변호사에게 있는 게 가장 최근 거라는 걸 확인했나?"

끝이야? 일찍이 사라네 불랑제리까지 가서 사 온 빵인데? 단 한 마디? 그리고 이제 또 나를 추궁해? 그녀의 마음은 줄달음을 쳤다. 그가 이러는 건 온당치 못한 처사가 분명했지만, 그녀는 재빨리 생각을 정리해야 했다. 사실대로 말하면 곤란해질 걸 알았다. 뭐라고 하지? 다시 빵이야기를 꺼내 봐? 안 돼. 경감님은 질문에 대답할 걸 요구하고 있어.

"예, 했습니다. 스티클리 변호사가 가지고 있는 게 가장 최근 거라고 그 사람이 확인해 주었습니다."

"그 사람이 누구지?"

"전화 받은 남자요."

침착하던 가마슈의 낯빛이 변했다. 그는 엄하고 화난 표정으로 앞으로 몸을 기울였다.

"내게 그런 투로 말하지 마. 내가 물으면 철저하게, 예의 바르게, 신중하게 대답해야 해. 그리고 무엇보다도……." 그의 목소리는 거의 속삭이는 수준까지 낮아졌다. 들어 본 사람은 좀처럼 잊을 수 없는 어투였다. "내가 물으면 정직하게 대답해야 해." 그는 말을 멈추고 도전하는 듯한 그녀의 눈을 똑바로 바라보았다. 이 골칫덩이 아가씨에게 질려 버렸다. 계속 좋은 말로 타이르고 있건만 한 번이 아니라 두 번이나 거짓말을 했다.

"골이 난 아이같이 그렇게 구부정하게 앉아 있지 마. 내가 말을 할 땐 똑바로 앉아. 눈은 나를 보고."

니콜은 즉시 말을 따랐다.

"유서에 대해 물어보기 위해 누구에게 전화를 했나, 니콜 형사?"

"몬트리올의 본부에 전화를 했더니 그 사람이 자기가 대신 알아보겠다고 했습니다. 그리고 나중에 전화해서 그렇게 알려 주었습니다. 그 정보가 틀렸나요? 틀렸다면 그건 제 잘못이 아닙니다. 전 그를 믿었습니다. 그가 그 일을 제대로 했다고 믿었습니다."

가마슈는 그녀의 반응에 놀랐다. 단단히 화가 나 있지 않았더라면 탄복이라도 해야 할 판이었다.

사실, 그녀는 아무에게도 전화한 적이 없었다. 누구에게 전화할지 알지 못했기 때문이었다. 그 정도 지도는 당신이 해 주었어야 하지 않나. 젊은 사람들을 자기 날개 아래 거두어서 온갖 가르침을 베풀어 주노라고 자랑하는 데나 열을 내더니만 이젠 엿을 먹여? 이건 당신 잘못이야.

"본부의 누구?"

"모르겠어요."

그 말에 가마슈는 질렸다. 그녀와 이야기하는 건 시간 낭비였다. 그녀 자체가 시간 낭비였다. 하지만 시도할 만한 게 하나 더 있었다. 그녀에게 그녀의 미래를 보여 주는 것. 그녀가 조심하지 않으면 어떻게 되는가. "따라와."

루스 자도의 집은 아주 작았고 그런데도 신문과 잡지와 원고 뭉치가 가득해서 더욱 비좁았다. 사방 벽에는 책들이 안감 대듯 쌓여 있었고, 발판이며 커피 테이블, 주방 카운터에도 진을 치고 있었다. 책들은 그녀가 그들의 외투를 받아 던져 놓은 옷장에도 쌓여 있었다.

"이제 막 마지막 커피를 마신 터라 더 만들 생각은 없수."

무슨 이런 할망구가 다 있담. 니콜은 생각했다.

"몇 가지만 여쭤 보면 됩니다." 가마슈가 말했다.

"앉으라고 권하지 않을 테니 서둘러야 할 거요."

니콜은 어떻게 그렇게 무례할 수 있는지 믿을 수가 없었다. 어휴, 못 말려.

"제인 닐은 당신이 안드레아스 셀린스키 일을 자기 부모님께 일러바친 걸 알고 있었습니까?" 가마슈의 물음에 집 안에 침묵이 깔렸다.

루스 자도야말로 제인 닐이 죽기를 바랄 충분한 동기가 있었을지 모른다. 옛날에 제인을 배신한 사실이 밝혀지면 스리 파인스에서 낯을 들고 살 수 없으리라고 루스가 생각했다고 가정하자. 그녀를 사랑하던 사람들이 갑자기 그녀의 본모습을 볼지 모른다. 그녀가 저지른 그 끔찍한 짓을 그들이 안다면 그녀는 외톨이가 되리라. 괴팍하고 심보 사납고 외로운 늙은이. 그녀는 그런 위험을 감내할 수 없다. 잃을 게 너무 많다.

가마슈는 오랜 수사 경험으로 살인에는 항상 동기가 있지만 그 동기가 종종 범인 외의 사람들에게는 전혀 말도 안 되는 것일 수 있다는 걸 알고 있었다. 하지만 그 당자에게는 전적으로 타당하다.

"들어오슈." 주방 식탁으로 갈 거동을 차리며 그녀가 말했다. 그 정원용 테이블에는 캐나디언 타이어사의 정원용 금속 의자 네 개가 놓여 있었다. 자리에 앉은 그녀는 그가 여기저기 둘러보는 것을 지켜보며 스스로 입을 열었다. "내 남편은 몇 년 전에 죽었수. 그때 이래 이것저것 세간을 팔아 치우고 있지. 대개는 집안에 전해 내려오는 골동품이야. 올리비에가 맡아서 처분해 주고 있는 덕분에 나는 겨우 물 위로 고개를 내밀고 있지."

"안드레아스 셀린스키." 그가 그녀에게 주의를 환기했다.

"그 이야기를 내게 한 건 당신이 처음이야. 육십 년 전 일인데 누가 관심을 갖는단 말이오?"

"티머 해들리입니다."

"그 일을 당신은 어디까지 알고 있지?"

"티머 해들리는 당신이 한 일을 알고 계셨습니다. 당신이 제인의 부모에게 말하는 걸 들었습니다." 그는 이야기를 하면서 요새 같은 루스의 얼굴을 살폈다. "티머 해들리는 당신의 비밀을 지켰고 평생 그걸 후회했습니다. 하지만 마지막에 제인 닐에게 털어놓았을 수도 있지요. 어떻게 생각하십니까?"

"당신이 얼치기 영매라고 생각하지. 티머는 죽었고 제인도 죽었어. 과거는 묻어 둬요."

"당신은 묻어 두실 수 있습니까?

과거, 누가 네게
그토록 치유 불가한 상처를 입혔는가?
청혼이 들어올 때마다
뒤틀린 입으로 응대하게."

루스가 코웃음을 쳤다. "정말로 내 시를 내게 던지면 내가 상처를 입으리라고 생각하슈? 어떻게 한 거요? 밤새 자지 않고 시험 준비하는 학생처럼 이 면담을 준비하느라 그걸 외운 거요? 내가 괴로움을 못 이겨 눈물이라도 흘리리라고 생각하고? 어림없는 소리."

"실은, 그 시를 다 외고 있습니다.

이 분노의 씨앗들은 언제,
그리고 어느 땅에 뿌려졌는가?
격정의, 비탄의 눈물을 받아먹고
그토록 잘 자라게."

"항상 그렇지는 않지만." 루스와 가마슈는 마지막 행을 동시에 암송했다.

"알았어, 알았어. 이제 그만. 내가 제인의 부모님께 일러바친 건 제인이 실수를 저지르고 있다고 생각해서였어. 제인에겐 재능이 있었는데 그걸 그 불상놈 때문에 잃을 것 같았지. 그러니까 제인을 위해 그런 거요. 제인을 설득해 보기도 했지. 그게 안 되니까 제인 몰래 일을 꾸민 거야. 돌이켜 보면 그건 실수였지만, 그뿐이라오. 세상이 끝장날 일은 아니었어."

"제인 닐은 아셨습니까?"

"몰랐겠지만 알았다 해도 별로 상관없었을 거요. 그 일은 오래전에 죽어 묻혔으니까."

뭐 이렇게 자기중심적인 여자가 다 있지. 니콜은 생각했다. 그러면서 먹을 거라도 없나 해서 두리번거렸다. 그러다 문득 깨달은 게 있었다. 오줌이 마려웠다.

"화장실 좀 쓸까요?"

그 여자에게 공손히 묻기는 도저히 불가능했다.

"찾아보면 있겠지."

니콜은 그 층에 있는 문은 다 열어 보았지만 안에는 책과 잡지뿐 변기는 보이지 않았다. 할 수 없이 위층으로 올라가 보니 그 집에 유일한 화장실이 거기 있었다. 물을 내린 뒤 그녀는 손을 씻고 있는 것처럼 수도꼭지를 틀어 놓고 거울 속을 들여다보았다. 단발머리 젊은 여자 하나가 마주 보았다. 무슨 글자도 보였다. 뭐, 또 그 빌어먹을 시겠지. 바싹 가까이 보니 거울에 스티커가 붙어 있었는데, 스티커에는 이런 글이 쓰여 있었다. '당신은 문제를 보고 있다.'

니콜은 곧바로 거울에 비친 자신의 뒤편을 조사하기 시작했다. 거기에 문제가 있었기 때문이었다.

"티머 해들리가 당신이 한 일을 알고 있다고 말한 적 있습니까?"

루스는 이 질문을 받을지도 모른다고 생각했었다. 그런 일이 없기를 바랐다. 그런데 지금 받았다.

"그래요. 티머가 죽던 날. 자기가 어떻게 생각하는지도 말했어요. 아주 솔직하게. 나는 티머에게 존경심을 갖고 있었다오. 아끼고 존경하는 사람에게서 그런 말을 듣는 것은 견디기 힘든 일인데, 그땐 더 힘들었다오. 티머가 죽어 가고 있어서 그걸 벌충할 길이 없기 때문이었지."

"그래서 어떻게 하셨습니까?"

"내가 변명을 하려고 했지만 그녀는 피곤하니 쉬고 싶다면서 혼자 있게 해 달라고 합디다. 마침 그날 오후에 퍼레이드가 열릴 예정이었는데, 티머는 거기 갔다가 한 시간 뒤에나 돌아오라고 했어. 그때 이야기하자면서. 그런데 정확히 한 시간 뒤에 돌아왔을 때는 그녀가 세상을 떠난 뒤였다오."

"티머 해들리가 제인 닐에게도 그 이야기를 하셨나요?"

"모르겠어. 아마 그럴 계획이었지만 내게 먼저 이야기해야 한다고 생각했던 것 같아."

"당신은 제인 닐에게 이야기하셨습니까?"

"뭐하려고? 그건 아주 오래전 일이야. 제인은 아마 오래전에 잊었을 거야."

가마슈는 그걸 자신에게 납득시키기 위해 루스가 얼마나 애를 썼을까 싶었다. 그는 분명 납득할 수 없었다.

"혹시 제인 닐이 죽기를 바랄 만한 사람을 알고 있습니까?"

루스는 두 손을 지팡이 머리에 겹쳐 올리고 그 위에 조심스럽게 턱을 괴었다. 그러고는 가마슈 뒤편을 바라보았다. 1분쯤 말없이 그렇게 있다가, 마침내 그녀가 입을 열었다.

"전에도 말했듯이 똥거름을 던진 세 아이 중 하나가 그녀가 죽기를 바랐을 수도 있을 거요. 제인에게 무안을 당했거든. 독을 만들어 내기로야 문제를 끌어안고 끙끙대는 십 대의 마음만 한 게 있겠소? 물론, 거기에는 시간이 좀 필요하지. 시간이 약이라고들 하지만 내 생각에 그건 헛소리요. 시간은 아무것도 하지 않으니까. 시간은 그 사람이 원할 때만 치유하는 거지. 나는 아픈 사람의 경우에 시간이 상황을 더 악화시키는 것을 보았어. 그들은 충분한 시간이 있으면 사소한 일을 되새기고 곰곰 따져서 결국 재앙으로 만들어 버리지."

"여기서 일어난 일이 바로 그런 거라고 생각하십니까?" 루스 자도의 생각이 자기 생각과 너무나 비슷해서 마치 그녀가 자기 마음을 읽기라도 한 것 같았다. 하지만 그녀는 바로 그 때문에 자신이 완벽한 용의자가 된 것을 알까?

"어쩌면."

마을 광장을 가로질러 돌아오는 도중에 니콜이 가마슈에게 루스의 집 화장실 거울에 붙어 있던 스티커와 자신이 벌인 수색에 대해 이야기했다. 그 수색에서 샴푸와 비누와 욕실 매트를 찾아냈다고 했다. 가마슈는 그런 것엔 관심도 없을 거라는 그녀의 생각이 맞았다. 그의 반응은 웃는 게 고작이었다.

"시작하죠." 솔랑주 프레네트가 말했다. 가마슈와 보부아르, 루스가 도착한 직후였다. 클라라와 피터는 이미 자리에 앉아 있었다. "퀘벡의 레지 뒤 노태르Régie du Notaries 공증기관에 전화를 해서 공식 등록된 유언장들을 조사해 달라고 부탁했어요. 회신이 왔는데 미스 닐의 마지막 유언장은 올해 오월 이십팔일에 이 사무실에서 작성되었어요. 그전 유언장은 십 년 전에 작성되었고요. 따라서 그 유언장은 효력이 정지되었습니다. 그녀의 유언은 아주 간단합니다. 장례비용과 채무, 신용카드, 세금 등을 정산한 뒤, 집과 그 기물을 클라라 모로에게 물려준다는 겁니다."

클라라 모로는 살갗에 피가 질주하는 걸 느꼈다. 그녀는 제인의 집을 원치 않았다. 귀에 제인의 목소리가 들리고 자신을 안은 제인의 팔을 느끼길 원했다. 그녀의 웃음도. 클라라는 제인과 함께 있기를 원했다.

"미스 닐은 클라라에게 파티를 열고 유언장 명단에 있는 사람들을 초대해서 그 사람들이 자신의 집에 있는 물건을 하나씩 고르길 바란다. 자동차는 루스 자도에게 주고 책은 머나에게 준다. 나머지는 모두 클라라에게 준다고 했습니다."

"유산이 얼마나 되지?" 루스가 묻자 클라라는 안도감을 느꼈다. 그녀도 알고 싶었지만 탐욕스런 사람으로 보이기는 싫었던 것이다.

"오늘 아침에 몇 군데 전화해 보고 계산해 봤습니다. 세금 공제 후 대략 이십오만 달러입니다."

모두 입이 떡 벌어졌다. 클라라는 귀가 의심스러웠다. 부자. 그들은 부자가 될 것이다. 무심결에 새 자동차와 새 침구와 몬트리올에 있는 식당에서의 멋진 저녁 식사가 떠올랐다. 그뿐이랴······.

"두 가지가 더 있습니다. 실은 봉투죠. 하나는 자도 부인께 쓴 것이에요. 여기 있습니다." 루스가 봉투를 받아 들며 이 모든 과정을 빈틈없이 지켜보고 있는 가마슈를 힐끗 보았다. "다른 하나는 욜랑드 퐁텐에게 쓴 것입니다. 누가 전해 주시겠습니까?" 아무도 입을 열지 않았다.

"내가 전해 줄게요." 클라라가 말했다.

변호사 사무실에서 나왔을 때 가마슈 경감이 피터와 클라라에게 다가 갔다.

"미스 닐의 집에서 도움을 좀 받았으면 합니다. 아, 이젠 당신의 집이 군요."

"제인의 집 외에 그 무엇으로 생각한다는 건 도저히 상상도 할 수 없 어요."

"사실이 아니길 바랍니다." 가마슈가 클라라를 향해 슬쩍 웃으며 말 했다.

"물론, 우리가 도와 드려야죠." 피터가 말했다. "어떻게 하면 되죠?"

"두 분 다 그 집으로 들어가서 그냥 보기만 하면 됩니다." 그는 그 이 상은 말해 주고 싶지 않았다.

뜻밖에, 클라라의 마음을 사로잡은 것은 냄새였다. 틀림없는 제인의 냄새, 커피 향과 장작 타는 냄새. 방 안에 배어 있는 갓 구운 빵과 젖은 개의 냄새. 그리고 그녀의 유일한 사치, 플로리 향수. 제인은 플로리 오 드 투알레트를 무척 좋아해서 해마다 크리스마스 때면 자신에게 주는 선물로 런던에 몇 병을 주문했다.

경찰들이 집 안 구석구석 기어 다니며 지문을 채취하고 시료를 채취 하고 사진을 찍었다. 그들 때문에 낯설었지만 클라라는 제인도 거기에, 그 낯선 사람들 사이의 공간에 있는 것을 알았다. 가마슈가 클라라와 피터를 데리고 익숙한 주방을 지나 스윙 도어로 데려갔다. 그들이 한 번도 통과한 적이 없는 문. 클라라는 거기서 그만 몸을 돌려 집으로 돌아가고 싶어졌다. 제인이 한사코 그들에게 허락하지 않았던 것을 보고 싶지 않았던 것이다. 그 문을 통과하는 건 제인의 믿음에 대한 배신, 모독, 제인이 이제 더는 거기 없어서 우리를 막지 못한다는 것을 인정하는 행위로 느껴졌다.

"아, 이거, 죄송해요." 결국 호기심이 이겼다. 언제 망설였느냐는 듯 그녀는 문을 힘껏 밀어젖히고 안으로 들어갔다. 환각 장면 속으로 곧장.

클라라의 첫 반응은 웃음이었다. 처음엔 잠깐 어안이 벙벙해 있다가 다음 순간 웃음을 터뜨린 것이다. 그러고는 계속 웃었다. 오줌을 지린 느낌이 들 때까지 웃었다. 피터도 바로 전염이 되어 웃기 시작했다. 그리고 이 순간까지 이 광경을 단순한 장난을 넘어 심하게 비틀어 놓은 졸렬함 그 자체처럼 생각하던 가마슈도 미소를 지었고 이어 킥킥거리다가 마침내 웃음을 터뜨렸다. 어찌나 심하게 웃었던지 잠깐 사이에 손으로 눈물을 훔쳐야 할 지경이 되었다.

"취향 한번 고상하네, 배트맨." 클라라가 배를 잡고 웃고 있는 피터에게 말했다.

"고상해, 끝내주게 고상해." 피터는 숨을 헐떡이며 간신히 항복 표시를 하고는 아직도 들썩이고 있는 몸을 지탱하기 위해 두 손을 무릎에 짚어야 했다. "제인이 '켜고 맞추고 떨어져 나가라turn on, tune in, drop out 티모시 리어리가 마약을 옹호하며 내세운 구호'는 구호를 따르신 것 같지 않아?"

"'매체는 메시지다캐나다의 미디어이론학자 마셜 매클루언의 말로, 현대 사회에서 매스미디어의 내용은 그를 전달하는 매체의 테크놀로지와 분리해서 생각할 수 없다는 의미'라고 할 수밖에

없겠네." 클라라는 미친 듯한 해피 페이스들을 가리키고 더 이상 소리가
나오지 않을 때까지 웃었다. 마루에 미끄러지지 않으려고 피터를 끌어
안고 꼭 붙들기까지 했다.

그 방은 터무니없이 우스꽝스러울 뿐만 아니라 위안을 주기도 했다.
잠시 마음을 가라앉힌 뒤 그들은 위층으로 올라갔다. 침실에 들어갔을
때 클라라가 제인의 침대 곁에서 닳고 닳은 책을 집어 들었다. C. S. 루
이스의 『예기치 못한 기쁨』이었다. 거기서도 플로리 향수 냄새가 났다.

"이해할 수가 없어." 다시 계단을 내려와 벽난로 앞에 앉았을 때 피터
가 말했다. 클라라는 참을 수가 없었다. 그 화려한 노란색 해피 페이스
를 만져 보았다. 벨벳이었다. 자기도 모르게 쿡 웃음이 나왔으나 또다시
웃음이 터지지 않기를 바랐다. 그건 정말이지 너무나 우스꽝스러웠다.

"제인은 왜 우리에게 이 방을 못 보게 했을까?" 피터가 물었다. "그리
나쁘지 않은데 말이야." 모두 믿을 수 없다는 듯 그를 바라보았다. "아
니, 무슨 뜻으로 한 말인지 다들 아시잖아요?"

"무슨 뜻으로 한 말인지 정확히 알지요." 가마슈가 말했다. "나도 그
걸 알고 싶어요. 그녀가 이걸 창피하게 여기지 않았다면 사람들을 안으
로 들였겠지요. 창피하게 생각했다면 그냥 없애 버리면 되는 건데 왜 그
냥 두었을까요? 맞아요, 우린 이런 것들에 정신이 팔려요. 어쩌면 정신
이 팔리게 하려고 의도적으로 만들었는지 모릅니다." 그는 잠시 말을 중
단했다. 어쩌면 그것이 그 터무니없는 벽지를 바른 이유인지도 몰랐다.
제인이 뭔가를 남에게 보여 주기 싫어서 사람들의 관심을 딴 데로 돌리
기 위해 일부러 거기 놓아둔 레드 헤링red herring 가짜 단서. 위조된 사건이라는 의미.
바로 계략인 것이었다. 마침내, 그는 그녀가 그 미친 듯한 벽지를 붙인

까닭을 알 것 같은 느낌이 들었다.

"이 방에는 뭔가 다른 게 있어요. 가구나 도자기나 책 같은 거요. 그게 여기 있습니다."

네 사람은 뿔뿔이 흩어져서 그 방을 다시 뒤지기 시작했다. 클라라는 포르 뇌프 쪽으로 다가갔다. 그 도기에 대해서는 올리비에한테 한 수 가르침을 받은 적이 있었다. 옛날 퀘벡에서 흙으로 제작한 머그잔과 사발들은 1700년대 최초의 산업들 가운데 하나였다. 소와 말과 돼지와 꽃을 그린 원시적 이미지들이 그 투박한 질그릇에 배어들어 있었다. 그것들은 수집가들에게는 귀물이었고, 올리비에가 봤다면 틀림없이 비명을 질렀을 터였다. 하지만 감추어야 할 까닭은 없었다. 가마슈는 작은 책상 하나를 뒤집어서 감추어진 서랍이라도 없는지 살펴보았고 피터는 커다란 소나무 궤를 자세히 조사했다. 클라라는 아르무아_{대형 붙박이장의 일종의} 서랍들을 열어 보았는데, 레이스 꽃병받침과 그림 접시받침이 가득 들어 있었다. 그녀는 그것들을 끄집어냈다. 그림 접시받침은 1800년대 중반 퀘벡의 마을 풍경을 그린 옛날 그림들의 복제품이었다. 전에 제인의 주방에서 저녁 식사를 하면서 식탁에 깔린 것을 보았지만 다른 곳에서도 본 적이 있었다. 그만큼 흔한 물건들이었다. 혹시 복제품이 아닌 걸까? 진품일 수 있는 거야? 아니면 이것들에 어떤 암호를 숨겨 놓은 건 아닐까?

그녀는 아무것도 찾지 못했다.

"이쪽으로 와 봐요. 뭔가 있는 것 같아요." 피터는 조사하고 있던 소나무 궤에서 뒤로 물러났다. 튼튼한 나무다리들이 궤를 지탱하고 있었고, 허리 높이였다. 양쪽에는 주철 손잡이가 달려 있었고 앞면에는 두 개의 작은 정사각형 서랍들이 빠져나와 있었다. 이제까지 피터가 살펴본 바로는 그 벌꿀색 소나무 상자에는 단 하나의 못도 사용되지 않았고 접합부는 모두 열장이음이었다. 아주 정교한 작품이었다. 상자 본체를 열려면 뚜껑을 들어 올리게 되어 있었으나 뚜껑이 들리지 않았다. 어떻게 된 건지, 무슨 이유에서인지 잠겨 있었다. 피터가 다시 한 번 뚜껑을 확 잡아당겼지만 꿈쩍도 하지 않았다. 보부아르가 그를 밀쳐 내고 자기가 해 보았다. 피터는 몹시 기분이 상했다. 달리 뚜껑을 여는 방법이 있기라도 하다는 말인가.

"어쩌면 앞쪽에 문이 있을지 몰라요. 무슨 비밀장치 같은 거요." 클라라의 말에 다들 찾아보았다. 그런 건 전혀 없었다. 이제 모두 물러나서 바라만 보고 서 있었고 클라라는 상자가 자기에게 말을 해 주길 바랐다. 최근에 많은 상자들이 말을 하지 않았던가.

"올리비에라면 알 거예요." 피터가 말했다. "상자에 비밀장치가 있다면 올리비에가 찾아낼 수 있어요."

가마슈는 잠깐 생각한 다음 고개를 끄덕였다. 사실 다른 방도가 없었다. 보부아르가 파견되었고 10분이 채 안 되어 그 골동품상과 함께 돌아왔다.

"환자는 어디 있죠? 오, 성모마리아님!" 그는 눈이 휘둥그레져서 벽들을 바라보았다. 그의 야위고 잘생긴 얼굴이 천진하고 장난스러워 보였다. "누가 이 짓을 했죠?"

"랠프 로렌. 자넨 누가 했다고 생각하나?"

"게이가 이런 짓을 했을라고. 이게 그 궤예요?" 그는 다른 사람들이 서 있는 곳으로 갔다. "아름다워라. 형태는 천육백 년대에 영국 사람들이 쓰던 차 상자지만, 이건 퀘벡제예요. 아주 단순하지만 전혀 유치하지 않아요. 이 안에 들어가고 싶다고요?"

"당신만 괜찮다면." 가마슈가 말했다. 클라라는 그의 인내심에 감탄했다. 그녀 자신은 올리비에를 찰싹 때려 주고 싶은 지경이었다. 골동품상은 몇 군데 똑똑 두드려도 보고 광을 낸 겉면에 귀를 대 보기도 하며 궤 주위를 빙 돌다가 똑바로 전면에 멈추었다. 두 손을 내밀어 뚜껑을 움켜잡고 홱 들어 올렸다. 가마슈가 어이없다는 듯 하늘을 쳐다보았다.

"잠겼네." 올리비에가 말했다.

"그건 우리도 알거든요." 보부아르가 말했다. "잠긴 걸 어떻게 여느냐고요?"

"열쇠 없습니까?"

"열쇠가 있으면 당신이 왜 필요하겠어요?"

"좋은 지적이군요. 제가 아는 방법은 뒤쪽의 경첩들을 떼어 버리는 것뿐이에요. 경첩들이 녹이 슬어서 한참 걸리겠는데요. 망가뜨리고 싶진 않아서요."

"어서 시작해 주십시오." 가마슈가 말했다. "다른 사람들은 더 찾아보지요."

20분쯤 뒤 올리비에가 마지막 경첩을 제거했다고 알렸다. "제가 천재라서 여러분은 운이 좋은 겁니다."

"엄청난 운이군." 보부아르는 그렇게 말하고 내켜하지 않는 올리비에게 나가 있으라고 문을 가리켰다. 상자에 다가간 가마슈와 피터는 그 큰 소나무 뚜껑의 양쪽을 잡고 들어 올렸다. 이번에는 열렸고, 네 사람 모두 안을 들여다보았다.

텅. 상자 안은 비어 있었다.

그들은 몇 분 더 상자를 살펴보며 감춰진 서랍 같은 건 없다는 걸 확인하고는 낙심해서 벽난로 주변 의자들에 털썩 앉았다. 그때 가마슈가 앉은 채 천천히 상체를 일으켰다. 그러고는 보부아르를 보고 말했다. "올리비에가 물은 게 뭐였지? 여기 실내장식을 한 사람이 누구냐는 거였지?"

"그런데요?"

"제인이 실내장식을 직접 했는지 우리가 어떻게 알지?"

"제인이 사람을 써서 실내장식을 했다고 생각하시는 겁니까?" 보부아르가 어리둥절해서 물었다. 가마슈는 그를 빤히 바라보기만 했다. "아, 누군가 여기 머물던 사람이 했다고 생각하시는군요. 오, 이런, 난 정말 바보야." 보부아르가 말했다. "욜랑드. 어제 만났을 때 그 여자 말이 여기서 실내장식을 하고 있었다고……."

"맞아요." 몸을 앞으로 기울이며 클라라가 말했다. "욜랑드가 사다리랑 물건이 가득 든 봉투 몇 개를 낑낑대며 나르는 걸 봤어요. 코완스빌의 르노 디포사 로고가 붙은 봉투 말이에요. 피터와 나는 그녀가 이사하려는 줄만 알았죠." 피터가 고개를 끄덕여 동의를 표했다.

"그러니까 욜랑드가 벽지를 발랐다?" 가마슈는 자리에서 일어나 그걸 다시 바라보았다. "실내장식을 이런 식으로 하는 여자라면 그 집은 안 봐도 뻔하지. 정말 기괴할 거야."

"전혀요." 보부아르가 말했다. "정반대예요. 욜랑드의 집은 온통 은은한 흰색과 베이지색 같은 고상한 색깔들뿐입니다. 「데코르막퀘벡에서 발행되는 실내장식 잡지」의 모델하우스 같죠."

"해피 페이스는 없고?" 가마슈가 물었다.

"하나도 없을걸요."

가마슈는 머리를 숙이고 뒷짐을 진 채 천천히 왔다 갔다 하기 시작했다. 그는 그러다 뭐라고 중얼거리면서 성큼성큼 포르 뇌프 도기 쪽으로 걸어가서 장난꾸러기 학생처럼 벽을 보고 섰다. 그러다가 다시 그들에게 몸을 돌렸다. "욜랑드. 그녀는 도대체 어떤 사람일까요? 그녀를 움직이는 동기는 뭡니까?"

"돈?" 잠깐 동안의 침묵을 깨고 피터가 말했다.

"사람들에게 인정받는 것?" 보부아르가 그렇게 말하며 가마슈 곁으로 다가갔다. 경감의 흥분이 그 방에 있는 모든 사람에게 저절로 전해졌다.

"거의 맞았지만 좀 더 깊이 들어가야 하네. 그녀 내면 속으로."

"분노?" 피터가 다시 시도했다. 그는 틀리는 걸 좋아하지 않았지만 이번에도 틀렸다는 걸 가마슈의 반응을 보고 알 수 있었다. 잠시 침묵이 흐른 뒤 클라라가 생각하던 바를 밝혔다. "욜랑드는 스스로 만든 세계에 살고 있어요. 남편은 범죄자고 아들은 망나니고 자신은 거짓말하고 속이고 도둑질을 할지라도 완벽한 「데코르막」의 세계죠. 예를 들면, 혹시 눈치채셨는지 모르지만 그녀는 진짜 금발이 아니에요. 제가 보는 바로는 그녀는 어느 것도 진짜가 아니에요. 그녀는 자신을 부정하며 살고……."

"바로 그겁니다." 가마슈는 텔레비전 게임 프로그램의 진행자처럼 펄쩍 뛰어오를 뻔했다. "부정. 그녀는 자기 부정 속에 삽니다. 모든 걸 덮어 버려요. 그녀가 그렇게 온통 화장을 하는 것도 그 때문이에요. 가면입니다. 그녀의 얼굴은 가면, 그녀의 집도 가면, 아주 추한 어떤 것을 색칠과 도배로 감추려는 서글픈 시도예요." 그는 몸을 돌려 벽을 마주하고는 무릎을 꿇고 손으로 벽지의 이음매를 만져 보았다. "사람들은 일관성을 유지하려는 경향이 있지요. 여기서 잘못된 건 바로 그겁니다. 자네가⋯⋯." 그는 보부아르에게 고개를 돌렸다. "욜랑드의 집 벽지도 똑같더라고 했다면 별문제겠지만 그렇지 않다고 했잖아? 그러면 그녀가 뭐하려고 며칠씩이나 품을 팔아 가며 이걸 붙였을까?"

"뭔가를 감추려고요." 그의 곁에 무릎을 꿇으며 클라라가 말했다. 그의 손이 이미 벗겨지고 있는 벽지의 작은 귀퉁이를 잡았다.

"그렇지요." 가마슈가 조심스럽게 귀퉁이를 당겨 올리자 벽지가 떼어지면서 30센티미터쯤 벽이 드러났다. 그런데 벽지 아래 또 다른 벽지가 나타나는 게 아닌가.

"욜랑드가 두 겹으로 붙였을까요?" 클라라가 맥이 풀린 목소리로 물었다.

"그럴 시간은 없었을 겁니다." 가마슈가 말했다. 클라라는 더 가까이 들여다보았다.

"피터, 이것 좀 봐." 그도 무릎을 꿇고 드러난 벽을 자세히 보았다. "이건 벽지가 아니야." 그가 아연해서 클라라를 보고 말했다.

"내가 보기에도 그런 것 같았어." 클라라가 말했다.

"그럼, 이게 대체 뭐지요?" 가마슈가 물었다.

"제인의 그림이에요." 클라라가 말했다. "제인이 이걸 그리셨어요."

가마슈는 다시 한 번 보고 알아보았다. 밝은 색상, 아이들 같은 필치. 그 정도 드러나서는 무얼 그린 건지 알 수 없었지만 미스 닐이 그린 건 분명했다.

"그게 가능할까요?" 그가 클라라에게 물었다. 두 사람은 일어서서 방 안을 죽 돌아보고 있었다.

"뭐가요?" 보부아르가 물었다. "부아이용ᵥₒᵧₒₙₛ 도대체, 경감님, 뭘 말씀하시려는 겁니까?"

"벽지 말이야." 가마슈가 말했다. "내가 잘못 생각했어. 이건 관심을 다른 데로 돌리기 위한 게 아니었어. 덮어 감추려는 거였지. 지금 벽지가 있는 곳에 그녀가 그림을 그려 놓았던 거야."

"하지만 온통 다 벽지인데요." 보부아르가 이의를 제기했다. "그녀는 절대⋯⋯." 그러다가 경감의 얼굴에 나타난 표정을 보고는 말을 중단했다. 어쩌면 그녀가 정말 그랬는지 모르지. 그게 가능할까. 보부아르는 다른 사람들처럼 둘러보고 또 둘러보았다. 사방 벽 전체? 천장? 심지어 마루까지. 그는 자신이 레정글레의 미친 짓에 대한 잠재력을 과소평가했다는 걸 깨달았다.

"그럼, 위층에도?" 그가 물었다. 가마슈와 눈이 마주쳤고, 그 순간 세상이 멈춘 듯했다. 가마슈가 고개를 끄덕였다.

"세 앵크르와야블르C'est incroyable 믿을 수가 없군." 두 사람이 함께 중얼거렸다. 클라라는 할 말을 잃었고, 피터는 이미 반대편에서 또 다른 벽지를 당겨 올리고 있었다.

"여기도 있어요." 그가 몸을 일으키며 소리쳤다.

"이게 그녀가 창피스러워한 거였군." 가마슈가 말했고, 클라라는 그게 무슨 말인지 알아들었다.

한 시간이 채 안 되어 피터와 클라라는 방수포들을 깔고 가구를 옮겨 놓았다. 떠나기 전, 가마슈는 벽지와 페인트를 제거해도 좋다고 허락했다. 클라라의 연락을 받고 벤이 기꺼이 거들러 왔다. 그녀는 기뻤다. 일이라면 벤보다 훨씬 나을 머나를 부를까도 생각했지만 이건 섬세함과 화가의 감각이 필요한 작업이었다. 벤에게는 그것이 있었다.

"얼마나 걸릴 것 같습니까?" 가마슈가 물었다.

"솔직히 말씀드려요? 천장하고 마루까지 포함해서요? 아마 일 년은 걸릴걸요."

가마슈는 인상을 찌푸렸다.

"이 작업이 중요한 거겠죠?" 그의 표정을 살피며 클라라가 물었다.

"어쩌면요. 잘은 모르겠지만 그렇다고 봐요."

"조심해야 하지만 최대한 빨리 해 보겠습니다. 아래 있는 그림을 상하게 하고 싶지 않아요. 하지만 무슨 그림인지 알 수 있을 만큼은 벗겨 낼 수 있을 겁니다."

다행히 욜랑드는 엄벙덤벙한 성격 그대로 도배 전에 벽에 필요한 준비를 제대로 하지 않았는지 벽지가 벌써 여기저기 떠 있었다. 바닥도 페인트를 칠하기 전에 애벌칠을 하지 않아 피터와 클라라는 가슴을 쓸어내렸다. 그들은 점심을 먹은 뒤에 시작해서 새참으로 잠깐 맥주와 칩을 먹은 걸 빼고는 쉬지 않고 작업했다. 피터가 투광 조명을 대충 설치해서 저녁에도 작업을 계속했는데 팔꿈치에 이상을 느낀 벤만 예외였다.

7시쯤에는 지치고 온몸이 지저분해진 피터와 클라라도 잠시 쉬며 음식을 먹기로 하고 벤이 있는 벽난로로 갔다. 벤은 그나마 아궁이에 땔감을 넣고 불을 지피기는 했는지 지금은 불가에서 두 발을 무릎 방석에 올린 채 포도주를 마시며 제인이 받아 놓은 「가디언 위클리」 최신호를 읽고 있었다. 가브리가 쓰촨 요리를 가져왔다. 소문을 듣고 자기도 보고 싶어 안달이 나서 온 것이다. 심지어 예행연습까지 한 그였다.

외투를 걸치고 목도리까지 하니 훨씬 더 커 보이는 거구가 바람을 일으키며 들이닥쳤다. 한가운데 우뚝 멈춰 서서 청중의 주의가 자기에게 쏠린 것을 확인하고는 빙 둘러보며 선언했다. "저 벽지를 떼어 버리든가, 아니면 내가 죽든가오스카 와일드가 임종을 앞두고 친구들에게 했다는 말."

식견이 높은 그의 청중은 우레와 같은 함성으로 그의 연기력을 추어준 뒤 음식을 받고는 그를 쫓아 버렸다. 이미 제인이 있는 방에 오스카 와일드까지 있으면 그 방에 죽은 사람이 너무 많을 것 같아서.

그들은 밤늦게까지 작업을 하고 자정 무렵에야 비로소 손을 놓았다. 너무 지친 나머지 그림을 다치지 않게 손을 놀릴 자신이 없었고 페인트 제거제를 너무 많이 흡입해서 둘 다 욕지기가 났던 것이다. 벤은 이미 오래전에 집으로 돌아가고 없었다.

다음 날 아침 햇빛에, 그들은 어제 자신들이 한 작업량이 위층에서 약 4제곱미터, 아래층에서 한쪽 벽의 4분의 1인 것을 확인했다. 가마슈의 말이 맞은 것 같았다. 제인은 집 안 구석구석까지 그림을 그렸던 것이다. 욜랑드는 그것을 덮어 가렸고. 오전 중반까지 작업이 좀 더 진척되었다. 클라라는 뒤로 물러나서 자신이 뜯어낸 몇 미터의 벽지와 그 아래서 드러난 제인의 작품에 감탄했다. 이제 그림이 충분히 흥미를 끌 만큼 드러나고 있었다. 제인의 작품에는 어떤 패턴과 목적이 있는 것 같았다. 하지만 그 목적이 무엇인지는 분명하지 않았다. 아직은.

"에계, 이제까지 한 게 전부 이거야?" 클라라는 실망을 금치 못했다.

위층의 피터는 그럭저럭 몇 미터를 더 벗겨 냈지만 벤은 거의 아무것도 하지 않았다. 그래도 그가 벗겨 낸 부분은 눈부셨다. 아주 선명하고 아름다워. 하지만 충분하지 않아. 살인 사건이 해결되게 하려면 모든 벽에서 가린 것을 뜯어내야 한다고. 빨리. 클라라는 조바심이 이는 것을 느끼고는 자신이 강박감에 사로잡혀 있다는 것을 깨달았다.

"미안……." 둘이 동시에 말했다. 벤은 일어나서 겸연쩍은 표정으로 그녀를 내려다보았다. "미안해, 클라라. 내가 느리다는 거 알아. 하지만 나아질 거야. 이제 익숙해져 가니까."

"무리하지 마." 그녀는 그의 가는 허리에 팔을 둘렀다. "밀러 타임이야. 잠깐 쉬었다 하자." 벤은 다시 기운을 차렸고 그녀의 어깨에 팔을 둘렀다. 두 사람은 피터 곁을 지나 자기네 뒷모습을 지켜보는 그를 내버려 두고 둘만 아래층으로 내려갔다.

그날 밤까지 거실 벽들은 상당히 많은 부분이 드러났다. 그들의 연락을 받은 가마슈가 맥주와 피자를 들고 나타났다. 보부아르도.

"답이 여기 있어요." 맥주를 더 마시려고 손을 뻗으며 가마슈가 말했다. 그들은 거실 벽난로 앞에 앉아 있었는데 특대짜리 콤보 피자 세 판에서 나는 냄새가 그나마 페인트 제거용 용제 미네랄 스피릿의 냄새를 감추어 주었다. "이 방에, 이 작품에 있어요. 답이 여기 있다는 걸 나는 느낄 수 있습니다. 자기 작품이 전시되는 바로 그날 밤에 여러분 모두를 여기로 초대하려 했는데 그걸 모두에게 알리고 불과 몇 시간 지나지 않아서 살해당했잖아요? 우연의 일치라고 보기엔 너무 절묘해요."

"경감님께 보여 드릴 게 있어요." 클라라가 청바지를 툭툭 털고 자리에서 일어났다. "벽이 꽤 많이 벗겨졌어요. 위층부터 시작할까요?"

각기 피자 조각을 들고 그들은 우르르 위층으로 올라갔다. 피터의 방에는 조명이 너무 어두워 제인이 무얼 해 놓았는지 제대로 알아볼 수가 없었지만 벤이 작업한 부분은 달랐다. 비록 크기는 작았지만 그가 벗겨낸 부분은 놀라웠다. 눈부시고 과감한 필치가 벽에서 튀어나오며 사람들과 동물들이 살아났다. 그리고 사람을 동물로 표현한 경우도 있었다.

"저기 넬리와 웨인 아닙니까?" 가마슈가 한 부분을 가리키며 말했다. 봉선화로 표현한 여자가 소를 끌고 가는 모습이 분명히 보였다. 아주 두꺼운 선으로 표현한 비쩍 마른 몸에 수염을 기른 행복한 소.

"놀라워." 가마슈가 중얼거렸다.

그들은 다시 아래층 어둠 속으로 돌아왔다. 피터가 야간작업 때 쓰려고 낮에 설치했던 산업현장용 투광 조명등들을 꺼 둔 터였다. 저녁 식사 때는 내내 난로 불빛과 테이블 램프 두 개의 따뜻한 불빛으로 식사를 했다. 벽은 어둠에 묻혀 있었다. 이제 피터가 스위치를 올리자 방 안에 빛으로 홍수가 났다.

가마슈는 두 눈을 꼭 감았다. 잠시 후 눈을 떴다.

마치 동굴 안에 있는 것 같았다. 이따금 탐험가들이 찾아내는, 상징적이거나 사실적으로 묘사한 그림이 가득한 경이로운 동굴. 달리는 카리부북미산 순록와 헤엄치는 사람들을 묘사한 그림 같은 것들. 가마슈는 「내셔널 지오그래픽」에서 그런 동굴을 다룬 기사를 전부 읽었고 이제 자신이 마법으로 순식간에 그런 동굴에 옮겨진 느낌을 받았다. 사람들이 오래전 정착해서 어엿한 마을을 이루고 사는 이곳 퀘벡의 한가운데에서. 동굴 그림과 마찬가지로, 여기에는 스리 파인스의 역사와 이곳 사람들이 묘사되어 있었다. 가마슈는 뒷짐을 지고 천천히 벽을 따라 걸었다.

벽은 바닥에서 천장까지 마을과 전원의 정경들과 수업하고 노래하고 놀고 일하는 아이들과 동물들과 어른들로 덮여 있었다. 몇 장면은 사건을 그린 것이었는데, 최소한 하나는 장례식 장면이었다.

그는 이제 동굴 안으로 걸어 들어왔다는 느낌이 들지 않았다. 이젠 삶에 둘러싸인 느낌이었다. 두어 걸음 뒤로 물러나서 보는데 왈칵 눈물이 솟구쳤다. 그는 다시 눈을 꼭 감았다. 강한 불빛 때문에 눈이 부셔서 그러는 걸로 사람들이 생각해 주길 바라며. 어느 면에서 그건 사실이기도 했으니까. 그는 가슴이 벅찼다. 슬픔과 우수. 그리고 기쁨. 환희. 그는 깜박 자신을 잊었다. 말로 표현할 수 없는 어떤 감정. 여기는 제인의 롱하우스였다. 거기에는 모든 사람, 모든 사건, 모든 물건, 모든 감정이 존재했다. 그리고 가마슈는 그때 살인자도 여기 있다는 것을 깨달았다. 이 벽 어딘가에.

다음 날 클라라는 제인이 남긴 봉투를 가지고 욜랑드의 집으로 그녀를 만나러 갔다. 청동 효과를 내어 번들거리는 벨을 누르자 베토벤의 음악이 울렸다. 클라라는 마음을 다잡았다. 제인을 위해 이것 하나만, 제인을 위해 이것 하나만.

"이 암캐야." 욜랑드가 사납게 소리쳤다. 이어 모욕과 비난이 쏟아졌고 모든 걸 가져간 클라라를 고소하겠다는 다짐으로 끝났다.

제인을 위해 이것 하나만, 제인을 위해 이것 하나만.

"당신은 뻔뻔한 도둑이야, 테트 카레tête carrée 나쁜 년. 그 집은 내 거야. 우리 집안 거라고. 그러고도 어떻게 밤에 잠을 잘 수 있지, 이 암캐야?"

이것 하나만.

클라라는 욜랑드의 관심을 끌 때까지 봉투를 들고 있었고, 반짝거리는 새 물건을 선물로 받은 아이처럼 욜랑드는 고함을 뚝 그치고 그 얇고 하얀 종이를 홀린 듯 쳐다보았다.

"내게 온 거예요? 내 거예요? 제인 이모가 쓴 거, 맞죠?"

"물어볼 게 있어." 클라라는 봉투를 앞뒤로 흔들었다.

"이리 내놔." 욜랑드가 손을 쑥 뻗었으나 클라라는 그녀가 닿지 않게 봉투를 휙 뒤로 뺐다.

"그림을 덮어 버린 건 왜지?"

"그러니까 그림을 찾아냈군." 욜랑드가 침을 탁 뱉었다. "망측하고 터무니없는 그림들. 모두들 이모를 좋은 사람이라고 생각했지만 가족들은 미쳤다는 걸 알고 있었어. 할아버지 할머니는 이모가 십 대 때부터 미쳐서 그 끔찍한 그림들을 그리는 걸 아셨다고. 이모를 아주 창피하게 생각했지. 이모의 그림은 죄다 지진아가 그린 것 같았어. 엄마 말씀으로는 이모가 실은 그림 공부를 하고 싶어 했지만 할아버지 할머니가 못하게 하셨대. 이모한테 사실을 말해 준 거야. 그건 예술이 아니라고. 골칫거리일 뿐이라고. 할아버지 할머니는 이모에게 다시는 누구한테도 그 낙서를 보여 주지 말라고 하셨어. 우린 이모한테 진실을 말해 주었지. 우리가 할 도리를 다 한 거야. 우린 이모가 상처 받지 않기를 바란 거였어, 안 그래? 다 이모 좋으라고 그런 거라고. 그런데 그 대가로 우리가 얻은 게 뭐지? 할아버지의 집에서 쫓겨났어. 이모는 뻔뻔하게도 내가 사과를 하기만 하면 다시 받아 주겠다고 했어. 그래서 내가 그랬지. 내가 애석하게 생각하는 단 한 가지는 이모가 우리 집을 망쳐 버린 거라고. 미친 노인네."

클라라는 다시 제인이 비스트로에 앉아 울고 있는 것을 보았다. 마침내 누군가에게 자신의 그림을 인정받은 기쁨의 눈물. 그 순간, 클라라는 작품 한 점을 세상에 내놓기까지 제인이 얼마나 힘들었을지 깨달았다.

"당신은 이모한테 속았지? 당신은 친구가 별종이란 걸 몰랐어. 당신도 이제 우리가 참느라고 얼마나 힘들었을지 알 거야."

"넌 모르지? 네가 뭘 내버렸는지 모르지? 넌 어리석고 미련한 여자야, 욜랑드." 클라라는 머릿속이 하얘졌다. 누군가와 정면으로 맞설 때는 늘 그랬다. 몸이 후들후들 떨리고 금방이라도 정신을 잃어버릴 것 같았다. 감정을 쏟아 낸 대가로 속사포 같은 비난과 위협을 들어야 했다. 그런데 정말 이상한 일이었다. 욜랑드가 격분한 모습이 너무나 추한 걸보니 자신의 화가 가라앉는 것을 느낄 수 있었다.

"왜 하필 그 벽지였지?" 그녀는 붉으락푸르락하는 욜랑드의 얼굴을 똑바로 보고 물었다.

"아주 끔찍했지? 괴상망측한 건 괴상망측한 걸로 덮는 게 어울리지 않겠어? 게다가 가격도 쌌고."

문이 쾅 하고 닫혔다. 클라라는 봉투가 아직 자기 손에 들려 있는 걸 깨닫고 문 밑으로 봉투를 밀어 넣었다. 끝났다. 제인을 위해 이것 하나만. 그러고 보니 욜랑드와 맞서는 것도 그리 어려운 게 아니었다. 그토록 오랫동안 욜랑드의 교활하고 때로는 노골적인 공격을 말없이 감내하기만 했는데, 이제 자기도 맞서서 할 말을 할 수 있다는 걸 알았다. 제인은 그 봉투에 이름을 쓸 때 이런 일이 일어나리라는 걸 알았을까? 클라라가 그걸 전달하게 될 거라는 걸? 욜랑드가 클라라에게 늘 하던 식으로 반응하리라는 걸? 그리고 자신이 클라라에게 스스로 일어설 마지막 기회를 제공했다는 걸.

그 완벽하고 적막한 집에서 멀어지면서 클라라 모로는 제인에게 감사했다.

욜랑드는 봉투가 들어오는 걸 보았다. 급히 봉투를 찢고 보니 안에는 달랑 카드 한 장뿐이었다. 하트 퀸. 제인 이모가 어린 욜랑드가 올 때마다 밤에 주방 식탁에 놓아두었던 것과 똑같은 카드. 제인 이모는 그 카드가 아침에 보면 다를 거라고 장담하지 않았던가. 변해 있을 거라고.

그녀는 봉투 안을 다시 들여다보았다. 뭐 다른 건 없나? 이모가 남겨 준 유산? 수표? 은행 대여 금고 열쇠? 하지만 봉투 안에는 아무것도 없었다. 욜랑드는 카드도 자세히 살펴보며 어린 시절의 그 카드인지 기억해 내려 애썼다. 퀸의 옷에 있는 무늬들이 똑같나? 얼굴에 눈은 하나였나 둘이었나? 아니야. 욜랑드는 결론을 내렸다. 이건 같은 카드가 아니야. 누군가 바꿔치기했어. 내가 또 속은 거야. 클라라가 섰던 현관 입구 계단을 닦으려고 물통을 가지러 가면서 그녀는 하트 퀸을 불에 던져 버렸다.

이런 거 가지고 있어 봐야 뭐해.

12

"욜랑드 퐁텐과 남편 앙드레 말랑팡." 보부아르가 종이 위에 깔끔한 대문자로 그들의 이름을 쓰며 말했다. 화요일 오전 8시 15분, 살인 사건 이후 거의 한 주 반이 지난 시점에 수사관들은 용의자들의 명단을 점검하고 있었다. 처음 두 사람이야 혐의점이 모두 드러나 있었다.

"그 외에는?"

"피터와 클라라 모로." 니콜이 괴발개발 낙서를 하다 고개를 쳐들고 대답했다.

"동기는?" 그 이름들을 받아 적으며 그가 물었다.

"돈이죠." 라코스트가 말했다. "그들에겐 돈이 거의 없습니다. 아니, 없었습니다. 지금은 물론 부자지만 미스 닐이 죽기 전에는 빈털터리나 다름없었어요. 클라라 모로는 넉넉지 않은 집안 출신이라 돈을 아껴 쓰는 게 몸에 배어 있지만 남편은 다릅니다. 몬트리올 명문가 출신이죠. 제일 좋은 학교만 다니고 성 앤드루 자선무도회 같은 데에 나가고. 제가 몬트리올에 사는 그의 누이 한 사람하고 이야기를 해 보았습니다. 그 사람들 특유의 신중함을 보였지만 가족들이 그의 직업을 탐탁히 여기지 않은 것만은 확실히 밝히더군요. 그게 다 클라라 탓이라고 했어요. 그들은 피터 모로가 실업계에 투신하길 바랐답니다. 가족들은 그를 창피스럽게 여겨요. 최소한 그의 어머니는 그래요. 애석한 일입니다. 사실 캐나다의 예술적 기준으로 그는 일류니까요. 작년에 만 달러 상당의 작품이 팔렸지만 그래도 빈곤선 아래입니다. 클라라는 천 달러쯤 팔았어요. 그들은 검약하게 살고 있습니다. 그들의 차는 대대적인 수리가 필요하고 집도 마찬가지예요. 그녀는 생활비를 대려고 겨울이면 그림을 가르치고 부부가 함께 가끔 작품 복원 공사를 맡기도 합니다. 근근이 살아간다고 할 수 있죠."

"그의 모친이 아직 살아 계시나?" 뭔가를 재빨리 계산하며 가마슈가 물었다.

"올해 아흔둘입니다." 라코스트가 말했다. "주위 사람들 말을 들어 보면 절인 오이 같지만 숨은 쉽니다. 억센 노인네죠. 아마 자식들 누구보다 오래 살걸요. 집안에 떠도는 이야기로는, 어느 날 아침 일어나 보니 남편이 곁에 죽어 있었는데 그녀는 그냥 몸을 돌려 다시 잤답니다. 아무렇지도 않게."

"우린 사전에 유언장 내용을 몰랐다는 클라라 모로의 말을 곧이곧대로 믿고 있어요." 보부아르가 말했다. "미스 닐이 그들에게 유산을 물려줄 거라고 말해 주었을 수도 있어요, 네스 파 n'est-ce pas 그렇잖아요?"

"돈이 필요했다면 미스 닐에게 가서 빌리면 되지 굳이 죽일 필요가 있었을까?" 가마슈가 물었다.

"빌리러 갔을 수도 있죠." 보부아르가 말했다. "그런데 그녀가 거절한 거예요. 그래서 그들은 그녀를 숲으로 꾈 기막힌 기회를 잡았죠. 만약 클라라나 피터가 아침 여섯 시 반에 전화로 만나자면서 개는 데려오지 말라고 했다면 그녀는 이유 같은 건 묻지도 않고 나갔을 겁니다."

그 말에는 가마슈도 동의할 수밖에 없었다.

"그리고……." 보부아르가 기세를 올렸다. "피터 모로는 활에 능합니다. 구식 나무 리커브가 장기죠. 자기는 표적만 쏜다고 하지만, 누가 압니까? 더구나 경감님이 확인하셨다시피 끝이 무딘 촉을 살상용 촉으로 바꾸는 건 쉽습니다. 그가 클럽 회관에서 활과 화살을 가져다가 그녀를 쏘아 죽이고는 장비를 깨끗이 씻어 다시 제자리에 갖다 두었을지 모릅니다. 하지만 우리가 그의 지문이나 옷의 섬유를 발견하더라도 아무 의미가 없습니다. 그는 그 장비를 늘 사용하니까요."

"그는 그녀의 작품을 선택한 심사 위원회의 위원이었습니다." 라코스트가 그 가능성에 공감을 표했다. "만약에 그가 화가로서 그녀의 잠재력을 알고서 시기심을 느끼고, 잘 모르겠습니다만 정신이 어떻게 되고 그래서……." 그녀가 한창 열을 내다 흐지부지 말꼬리를 흐렸다. 그들 중에 피터 모로가 '정신이 어떻게 되었다'고 생각할 사람은 아무도 없었다. 하지만 가마슈는 인간의 정신이란 그렇게 단순하지 않다는 것을 잘 알고 있었다. 때때로 사람들은 그 까닭을 알지 못하면서 반응한다. 그리고 그 반응이 육체적이거나 정신적인 폭력으로 나타나는 경우도 종종 있다. 자기 그림을 찾고 가족의 인정을 얻으려고 평생을 분투해 온 피터 모로가 제인 닐의 작품에서 탁월함을 발견하고는 그것을 받아들일 수가 없었으리라는 건 충분히 가능한 일이다. 시기심에 눈이 멀었을 수도 있다. 하지만 그건 어디까지나 가능성에 지나지 않는다.

"그 외에는 또 누구지?"

"벤 해들리입니다." 라코스트가 말했다. "그도 활에 능하고 그 무기들에 언제든 접근할 수 있습니다. 미스 닐이 믿는 사람이기도 했고요."

"하지만 동기가 없어." 가마슈가 말했다.

"예, 어쨌든 돈은 아닙니다." 라코스트가 인정했다. "그는 수백만 달러 재산가예요. 모두 어머니에게서 상속한 거죠. 그 전에는 용돈을 풍족하게 타는 정도였습니다."

니콜이 콧방귀를 뀌었다. 그녀는 엄마 아빠가 죽기를 기다리는 것 외에는 아무것도 하지 않고 인생을 낭비할 뿐인 부잣집 도련님들을 싫어했다.

보부아르는 그녀의 콧방귀를 무시하기로 했다. "그에게 돈 외에 다른 동기가 있었을 가능성은 없을까요? 라코스트, 제인 닐의 집에서 자네가 찾은 문서 중에 뭐라도 나온 거 없나?"

"전혀요."

"일기도 없고?"

"있긴 한데, 자기를 죽이고 싶어 하는 사람들 명단뿐이네요."

"하긴, 있었으면 자네가 입 다물고 있을 리 없지." 보부아르가 씩 웃었다.

가마슈는 용의자들 명단을 들여다보았다. 욜랑드와 앙드레, 피터와 클라라, 벤 해들리.

"그 외에 다른 사람은?" 보부아르가 수첩을 덮으며 말했다.

"루스 자도." 가마슈가 말했다. 그리고 그렇게 생각하는 이유를 설명했다.

"그녀의 동기는……," 하고 라코스트가 말했다. "자기의 소행을 제인이 폭로하는 걸 막는 거겠죠. 그런 거라면 티머를 죽여서 입을 막아 버리는 게 더 쉽지 않았을까요?"

"사실 그래. 나도 계속 그게 마음에 걸려. 루스 자도가 티머 해들리를 죽이지 않았다고 장담할 수 없고."

"그리고 제인이 그 일을 알게 되었다?" 라코스트가 말했다.

"아니면 의심했든지. 그녀 같은 유형이면, 내 생각엔 직접 루스에게 가서 의심하는 바를 물어보았을 거야. 루스는 그녀를 죽이는 것이 자비를 베푸는 것이라고 생각했겠지. 친구의 고통을 제거해 주는 거라고 말이야."

"하지만 루스 자도는 활을 쏘지 못합니다." 보부아르가 말했다.

"맞아. 하지만 누군가의 도움을 받았을지 모르지. 활을 쏠 줄 알고 보수만 준다면 뭐든 할 사람."

"말랑팡." 보부아르는 그렇게 말하며 어떤 음흉한 희열을 느꼈다.

클라라가 자기 작업실에서 모닝커피를 들고 자리에 앉아 상자를 응시하고 있었다. 상자는 아직도 거기 있었으나, 지금은 나뭇가지로 만든 네 다리를 딛고 서 있었다. 원래는 나무줄기처럼 다리가 하나뿐이었다. 블라인드처럼. 다리가 하나인 상자는 숲 속에서 의식을 치르던 중에 블라인드를 쳐다보고 떠오른 이미지였다. 그것은 완벽하고 딱 어울리는 이미지였다. 눈이 먼 상태를 나타내는. 자신이 저지르는 짓이 얼마나 잔인한지 보지 않으려고, 자신이 죽이려는 대상이 얼마나 아름다운지 보지 않으려고 눈을 감는 사람들을 나타내는. 따지고 보면 그것은 나무 위의 그 횃대를 나타내는 완벽한 이름이었다. 블라인드. 클라라는 요즘 그 생각을 하고 있었다. 제인을 죽인 자는 그들 가운데 있었고 그 점만은 분명했다. 하지만 누가? 내가 보지 못하는 게 뭐지?

하지만 단 하나의 나무줄기라는 발상은 들어맞지 않았다. 그 상자는 균형이 안 맞아 보여 마음이 불편했다. 그래서 그녀는 다른 다리를 추가

했고 그때까지 횃대, 블라인드였던 것이 이제는 아주 긴 지주들 위에 지은 집처럼 보였다. 하지만 그래도 여전히 맞지 않았다. 더 가까워졌을 뿐이다. 그녀가 꼭 봐야 하는 그 무엇이 있었다. 이런 문제에 직면했을 때 늘 하듯 그녀는 마음을 비우려고, 작품이 저절로 떠오르게 하려고 노력했다.

보부아르와 라코스트는 말랑팡의 집을 수색하고 있었다. 라코스트는 오물과 지독한 악취를 예상했었다. 이럴 줄은 몰랐다. 그녀는 베르나르의 침실에 서 있자 속이 불편했다. 완벽했다. 더러운 양말 한 켤레, 굳은 음식 덩어리 하나 나오지 않았다. 그녀의 아이들은 다섯 살이 안 됐는데도 이미 썰물 뒤 바닷가 같은 냄새가 났다. 이 아이는 어떻게 된 거지? 열네 살? 그런데도 방에서 레몬 향 가구왁스 냄새가 나다니. 그녀는 메스꺼움을 느꼈다. 장갑을 끼고 수색을 시작하면서 그녀는 지하실에 아이가 자는 관이 하나 있지 않을까 생각했다.

10분 뒤, 기대했던 건 아니지만 뭔가 발견했다. 그녀는 베르나르의 방에서 나와 일부러 아이의 시선을 끌면서 거실로 갔다. 그녀는 그 잡지를 말아서 증거 수집 봉지에 조심스럽게 넣었다. 그래도 베르나르가 보지 못할 정도로 조심하진 않았다. 처음으로 아이의 얼굴에 두려운 기색이 비쳤다.

"내가 뭘 찾아냈는지 봐." 보부아르가 다른 침실에서 나오며 말했다. 손에는 커다란 파일 폴더가 들려 있었다. "참 이상하군." 그는 누렇게 변한 욜랑드의 얼굴과 힐끔거리는 앙드레의 눈을 똑바로 바라보며 말했다. "이게 침실 그림 뒤에 테이프로 붙어 있더군요."

보부아르는 폴더를 펼쳐 내용물을 훌훌 넘겼다. 제인 닐의 초벌 스케치들. 1943년의 카운티 박람회 모습을 대략 그린 약화였다.

"이것들을 왜 빼냈죠?"

"빼내다뇨? 무슨 말씀을 그렇게 하세요? 제인 이모가 우리한테 주신 거라고요." 욜랑드가 확신에 찬 목소리로 말했다. '지붕은 거의 새 거예요.' 하는 부동산 중개인의 목소리.

보부아르는 곧이듣지 않았다. "그런 물건을 등대 그림 복제품 뒤에 테이프로 붙여 놔요?"

"이모가 빛이 안 드는 데다 두라고 하셨어요." 욜랑드가 대꾸했다. '수도관은 납이 아니에요.' 하는 목소리.

"그냥 벽지로 씌워 버리지 그랬어?" 앙드레가 코웃음을 치다가 욜랑드의 시선을 받고 잠잠해졌다. "좋아, 두 사람 데려가." 보부아르가 말했다. 점심시간이 가까워지고 있어서 맥주와 샌드위치가 간절했다.

"아이는 어떻게 할까요?" 신호를 알아차리고 라코스트가 물었다. "미성년자라 부모가 없는 집에 둘 수 없습니다."

"아동보호소에 전화하게."

"안 돼요." 욜랑드가 베르나르를 끌어안았다. 우린 안 가. 베르나르 자신은 위탁가정에 맡겨진다는 생각에도 별로 당황하는 것 같지 않았다. 앙드레는 차라리 그게 더 나을지도 모른다고 생각하는 것처럼 보였다. 욜랑드는 흥분해서 어쩔 줄 몰랐다.

"아니면," 하고 보부아르가 한껏 선심 쓰는 목소리로 말했다. '주인이 마음 바꾸기 전에 계약을 하시는 게 좋을 거예요.' 하는 목소리. "지금 당장 우리한테 진실을 털어놓으시는 방법도 있습니다." 그는 파일 폴더를 집어 들었다. 베르나르를 이용하는 게 마음에 좀 걸렸으나 아이가 그쯤은 이겨내리라고 생각했다.

마침내 콩깍지가 벌어졌다. 욜랑드는 그 폴더가 제인 이모의 집 커피 테이블에 놓여 있었다고 했다. 훤히 보이는 곳에 있더라고 마치 추잡한 잡지라도 발견했던 것처럼 말했다. 불에 던져 넣어 버리려다가 제인 이모를 존경하고 사랑하는 마음에서 그냥 보관하기로 작정했다고 했다.

"왜 그걸 빼 왔죠?" 보부아르가 다시 물으며 문 쪽으로 가는 시늉을 했다.

"알았어요, 알았어. 그게 가치가 좀 있을지 모른다고 생각했어요."

"이모님의 작품을 싫어하시는 줄 알았는데요."

"작품이라서가 아니오, 멍청하긴." 앙드레가 끼어들었다. "내가 그녀의 친구들한테 팔 생각이었소. 벤 해들리라면 사겠지."

"그가 왜 사죠?"

"그야, 돈이 많은 사람이니까. 내가 태워 버리겠다고 협박하면 살리고 싶어 할 거 아니오?"

"협박만 한다면 그냥 집에 두어도 되는데 왜 가지고 나왔습니까?"

"왜냐하면 그 그림들이 꼴도 보기 싫었으니까요." 욜랑드는 변신했다. 세상의 모든 화장품을 다 바른다고 해도 - 정말 그녀는 모든 화장품을 거의 다 바른 듯했다 - 그 소름 끼치는 본얼굴을 감출 수는 없을 것이었다. 그녀는 순식간에 심통 사나운 중년 여인이 되어 있었다. 금속 조각상처럼 뒤틀리고 괴기스러운. 온통 녹이 슬고 뾰족뾰족 날이 선. 베르나르조차 그녀에게서 서서히 물러났다. "아무도 보지 못할 곳에다 감추려고 했어요."

보부아르는 종이에 폴더를 가져간다는 확인서를 써서 욜랑드에게 건 넸고 욜랑드는 매니큐어를 바른 손으로 오물 묻은 화장지 쪼가리나 되는 듯이 받았다.

클라라는 나무 집이 말하는 걸 기다리다 포기하고 일이나 더 하려고 제인의 집에 와 있었다. 제인의 작품이 걸작이라는 생각이 들기 시작했다. 제인의 작품을 시스티나 성당의 천장화나 다 빈치의 〈최후의 만찬〉 같은 거대한 벽화와 비교하는 데 주저하지 않았다. 제인은 그런 걸작들이 갖추고 있는 것과 똑같은 요소들을 포착해 내었던 것이다. 외경. 창조. 경이. 갈망. 제인의 경우에는 역사까지.

벤은 그 이상 더 느리지 못할 만큼 굼떴다. 클라라는 그건 그리 중요하지 않다고 되뇌는 수밖에 없었다. 모든 게 드러날 거야, 결국엔.

"오, 세상에, 이런 난리가 있나?" 루스의 목소리가 크고 맑게 울렸다. 클라라가 물통을 들고 지하실에서 올라왔다. 루스와 가마슈는 거실 한 가운데에 서 있었다. 클라라는 벤도 거기에 있어서 조금 기운이 빠졌다. 그는 책상 곁에서 어슬렁거리고 있었다.

"당신이 한 거야?" 루스가 말했다.

"벗기는 일만 도왔을 뿐이에요. 제인이 그린 거예요."

"내가 이런 말을 하게 될 줄은 꿈에도 몰랐지만, 난 욜랑드 편이야. 다시 덮어 버려."

"보여 드릴 게 있어요." 클라라가 루스의 팔꿈치를 잡고 벽 쪽으로 데려갔다. "저것 좀 보세요." 너무나 분명했다. 교실에서 엄마 손을 잡고 있는 어린 시절 루스의 모습. 키가 크고 데퉁스러운 아이 루스. 발이 있을 자리에는 교과서를 그렸다. 백과사전 밭. 그녀의 머리카락 속에서 춤추고 있는 새끼 돼지들. 그 의미는 둘 중 하나였다.

"어렸을 때 머리를 돼지꼬리처럼 땋았지." 루스가 말했다. 그녀의 생각을 읽은 모양이었다. 하지만 클라라는 제인이 이 그림으로 나타내려 한 바를 달리 생각하고 있었다. 그때도 루스가 비뚤어진 성격이었다는 것. 다른 아이들은 모두 웃고 있는데 한 아이만이 다가와서 그녀를 안아 주었다. 루스는 제인의 벽 앞에 못 박힌 듯 서 있었다.

"우리가 만났을 때 제니가 내게 키스했다.

앉았던 자리에서 벌떡 일어나서.

시간아, 사랑스런 것들을 훔쳐 가기 좋아하는 도둑아,

그것도 네 명단에 넣어라.

그래 나는 지쳤다. 그래 슬프다.

그래 건강과 재산을 가지지 못했다.

그래 점점 늙어간다.

하나, 그건 꼭 넣어라.

제니가 내게 키스했다."

루스는 그 시를 작은 목소리로 읊었고, 조용한 방이 들었다. "리 헌트의 '론도'. 내가 썼으면 했던 유일한 시야. 제인은 기억하지 못할 거고, 제인에게 그건 아무 의미가 없었을 거야. 내가 여기 온 첫날이었어. 아버지가 제재회사에서 일하게 돼서 이사 온 거지. 난 여덟 살이었는데 보다시피 키만 멀대같이 크고 못생겼고 그때도 성질머리가 그리 고운 편은 아니었어. 하지만 주눅이 든 채로 교실 안으로 걸어 들어갔을 때, 제인이 통로를 한참 걸어와서 내게 키스를 했어. 한 번 본 적도 없는 아이였지만 제인에게는 그게 중요하지 않았던 거지. 우리가 만났을 때 제인이 내게 키스했어."

루스는 연청색 눈에 물기를 번들거리며 깊은 숨을 내쉬고 방 안을 한참 돌아보았다. 그러다가 천천히 고개를 가로젓고 나직이 말했다. "이건 놀라운 작품이야. 오, 제인, 정말 애석해."

"뭐가 애석하다는 말씀입니까?" 가마슈가 물었다.

"이걸 보여 줘도 좋을 만큼 우리가 자기를 사랑했다는 걸 제인이 알지 못해서. 제인이 우리한테 이걸 감추어야 한다고 생각해서." 루스는 한바탕 허탈한 웃음을 웃었다. "나는 나만 상처가 있는 줄 알았지. 이런 바보가 있나."

"제인 살해 사건을 푸는 열쇠가 여기 있는 것 같습니다." 늙은 여자가 방 안을 절뚝거리며 돌아다니는 걸 지켜보며 가마슈가 말했다. "이걸 공개하려 했기 때문에 살해당한 것 같습니다. 이유는 모르겠지만 그건 확실해요. 당신은 평생 동안 그녀를 알고 지내셨으니 여기서 보이는 걸 말씀해 주시기 바랍니다. 어떤 생각이 드는지, 어떤 패턴이 보이는지, 보이지 않는 건 또 뭔지……."

"보이지 않는 건 위층 대부분이에요. 일이 이렇게 느려 터져서야……." 클라라의 말에 벤이 움찔했다.

"천천히 보세요. 시간은 충분하니까."

"글쎄." 루스가 말했다. "난 유엔 연설이 잡혀 있고, 클라라는…… 클라라는 노벨상 시상식에 참석해야잖아?"

"맞아요. 노벨 미술상."

"제가 두 약속 다 취소해 두었습니다." 어린 시절로 돌아간 루스가 클라라에게 나쁜 영향을 주고 있다고 생각하며 가마슈가 말했다. 그들은 미소를 짓고 고개를 끄덕였다. 벤과 클라라는 다시 위층으로 올라갔고, 루스는 벽을 따라 조금씩 움직이며 이미지들을 찬찬히 살피고 이따금 어떤 이미지가 딱 맞아떨어진다고 생각될 때면 탄성을 뱉었다. 가마슈는 불가의 커다란 가죽 의자에 앉아 가만히 방 안을 지켜보고만 있었다.

그날 늦게 수잔이 매튜를 태워 집으로 돌아왔다. 그는 권익보호위원회의 조사가 끝날 때까지 코완스빌에 있는 그의 누이 집에 머물고 있었다. 필립이 학대를 당했다는 증언을 철회했지만 위원회는 규정에 따라 조사를 해야 했다. 아무것도 나오지 않았다. 매튜는 상심이 컸다. 물론, 혐의가 풀려서는 아니었다. 워낙 큰 상처를 입은 터라 위원회가 실은 자기가 훌륭한 아버지라고 공표해 주기를 바랐다. 친절하고 자상하고 든든한 부모. 애정 깊은 아버지.

필립 일은 오래전에 잊었다. 필립이 왜 그랬는지 알 필요도 느끼지 않았다. 하지만 주방에 서 있는 지금 이제 삶이 다시는 전과 같지 않으리라는 것을 알았다. 여기서 얼마나 많은 생일 파티를 열었고, 얼마나 많은 크리스마스 아침을 두근거리며 맞았고, 얼마나 많은 '스모어스'와 '예스예스' 쿠키를 만들어 먹었던가. 하지만 이제 너무 많은 말과 행동이 오갔다. 그러나 그는 노력하기에 따라 삶이 더 나아질 수 있다는 것도 알고 있었다. 문제는 필립이 그 노력을 받아 줄 것인가였다. 한 주 반쯤 전, 그는 화가 나서 아들이 자기에게 오기를 기다렸다. 그건 실수였다.

이젠 자신이 아들에게 가리라.

"예?"

그가 망설인 끝에 노크하자 못마땅해하는 목소리가 응답했다.

"들어가도 되니? 너하고 이야기하고 싶다. 소리치지 않으마. 오해를 좀 풀자는 것뿐이야. 됐지?"

"그러든지요."

"필립." 매튜는 책상 옆 의자에 앉아 아이를 보았다. 아이는 흐트러진 침대에 누워 있었다. "내가 네 마음을 아프게 할 짓을 했구나. 문제는 그게 뭔지를 모르겠다는 거야. 머리를 쥐어짜 보았다. 지하실 때문이니? 지하실을 청소해야 하는 것 때문에 화가 난 거야?"

"아니요."

"너한테 소리를 질렀니? 아니면 네 감정을 상하게 할 말이라도 했어? 내가 그랬다면 말을 해 줘. 화내지 않을게. 그걸 알아야 해. 그래야 너랑 그 문제에 대해 이야기할 수 있으니까."

"없어요."

"필립, 이번 일로 화나 있는 거 아니다. 화난 적도 없고. 가슴이 아프고 혼란스럽긴 했지. 하지만 네게 화가 나진 않았다. 난 너를 사랑한단다. 나와 이야기할 수 있겠니? 그게 뭐든 염려 말고 말해 봐."

매튜는 아들을 바라보았고, 근 1년 만에 처음으로 감수성이 예민하고 사려 깊고 착한 소년이 보였다. 필립은 아버지를 바라보았고 아버지에게 이야기하고 싶은 심정이 간절했다. 그리고 거의 그럴 뻔했다. 거의. 그는 절벽 끄트머리에 발을 걸치고 서 있었고 발아래는 까마득히 깊은 틈이 아가리를 벌리고 있었다. 아버지가 괜찮으니 안심하고 어서 건너

라고 권하고 있었다. 아버지가 그를 붙잡을 것이다. 떨어지게 내버려 두
지 않을 것이다. 필립은 눈을 찔끔 감고 훌쩍 뛰어 아버지의 품에 안기
고 싶은 마음이 간절했다.

하지만 결국 필립은 그러지 못했다. 그는 얼굴을 벽 쪽으로 돌리고 헤
드폰을 다시 쓰고 멀찌감치 물러나 버렸다.

매튜는 머리를 푹 숙이고 자신의 더럽고 낡은 작업화를 내려다보며
고통스러울 정도로 자세하게 거기 묻은 흙과 이파리 조각들을 보았다.

가마슈는 올리비에의 비스트로에서 벽난롯가에 앉아 음식이 나오기
를 기다리고 있었다. 그는 이제 막 도착했다. 제일 좋은 자리에 앉았던
손님들이 방금 떠난 터라 그들이 놓고 간 팁이 아직 식탁 위에 놓여 있
었다. 가마슈는 순간적으로 그 돈을 자기 주머니에 넣고 싶은 욕망을 느
꼈다. 롱하우스에 숨어 있는 또 하나의 괴물.

"안녕하세요. 같이 앉아도 될까요?"

가마슈는 자리에서 일어나 머나에게 가벼운 목례를 건네고 벽난로를
마주 보는 자리를 가리켰다. "앉으세요."

"다들 난리더군요. 제인의 집에서 놀라운 걸 찾았다면서요?" 머나가
말했다.

"아직 못 봤어요?"

"예. 목요일까지 기다리고 싶어서요."

"목요일? 목요일에 무슨 일 있습니까?"

"클라라가 얘기하지 않던가요?"

"내 기분을 상하게 할 작정인가요? 경찰청 살인수사반 사람들은 예민

하기로 악명이 높죠. 목요일에 무슨 일이 있습니까?"

"목요일이오? 경감님도 거기 가실 건가요?" 가브리가 작은 앞치마를 둘러 줄리아 차일드_{프랑스 요리를 미국 대중에게 널리 소개한 미국의 요리연구가} 같은 차림을 하고 옆에서 지켜보며 물었다.

"아직 무슨 말인지 못 들었소."

"오, 아무것도 아니에요. 허리케인 카일라가 플로리다에 이제 막 상륙했다는 소식을 들었거든요. 메테오 메디아_{일기예보}에서 봤어요."

"나도 봤어." 머나가 말했다. "여기엔 언제 온대?"

"이삼일 뒤에. 그때쯤엔 열대성 폭풍인가 뭔가로 변한다는데, 뭐가 됐든 그때까진 퀘벡에 닥친대. 위력이 대단할 거야." 그는 폭풍이 근처 산 위로 지금 당장 들이닥치기라도 한 것처럼 창밖을 내다보았다. 걱정스런 표정이었다. 하긴 폭풍이 언제 좋았던 적이 있었던가.

가마슈는 커피 테이블에 매달려 있는 가격표를 만지작거렸다.

"올리비에가 도처에 가격표를 붙여 놓았어요." 일러바치기라도 하듯 가브리가 말했다. "우리가 따로 쓰는 변기에도 붙었으니 황감할 일이죠. 다행스럽게도 제게는 올리비에의 이 유일한 흠을 벌충하고도 남을 만큼 우아함과 좋은 감식안이 있습니다. 저는 그걸 탐욕이라고 부르는데요. 자, 이 포도주 잔 어떠세요? 아니면 저 샹들리에는?"

머나는 포도주를 주문했고 가마슈는 스카치위스키를 택했다.

"클라라가 목요일에 제인의 파티를 열려고 준비하고 있어요. 원래 제인이 계획하셨던 대로요." 마실 것이 나오자 머나가 말했다. 감초 파이프도 따라 나왔다. "아트 윌리엄스버그에서 베르니사주가 끝난 뒤에 열립니다. 이제 클라라가 물어보면 당신이 날 고문했다고 하셔야 해요."

"또 정직당하게 하시려는 겁니까? 경찰이 흑인 여성을 고문해요?"

"오히려 그것 때문에 진급시키지 않을까요?"

가마슈는 머나와 눈이 마주치자 그녀를 빤히 바라보았다. 둘 다 웃지 않았다. 두 사람은 그 말에 담긴 진실을 알고 있었다. 그는 그녀가 아르노 사건 때 자신이 한 역할과 그 때문에 치른 대가를 알고 있는 게 아닐까 싶었다. 그렇지는 않으리라. 경찰은 다른 사람들의 비밀을 캐는 데, 그리고 자신의 비밀을 지키는 데 능하니까.

"와." 벽난로 건너편의 큰 의자에 앉으며 클라라가 말했다. "여긴 좋네요. 미네랄 스피릿 냄새에서 벗어나니 살 것 같아요. 저녁 준비하러 집에 가는 길에 들렀어요."

"이거, 평소 습관에서 좀 벗어나는 거 아니야?" 머나가 물었다.

"우리 미술쟁이들은 절대로 직선을 택하지 않아. 피터만 다르지. 피터는 A에서 시작해서 그리고 또 그려 결국 B에서 끝나거든. 한번 머뭇거리는 법도 없이. 그걸 보고 있으면 누구라도 술이 마시고 싶어질걸." 그녀는 가브리를 불러 세워 맥주와 땅콩을 주문했다.

"복원 작업은 어떻습니까?" 가마슈가 물었다.

"잘돼 가는 것 같아요. 벤하고 루스를 거기 남겨 두었어요. 루스는 제인의 술 수납장을 찾아냈고 지금은 벽을 바라보며 시를 쓰고 있어요. 벤이 무얼 하는지는 알다가도 모르겠고요. 아마 페인트를 벗기는 게 아니라 칠하고 있겠죠. 거짓말 아니고 벤은 뒤로 가는 것 같아요. 그래도 벤을 부르길 참 잘한 것 같아요. 사실 벤이 작업한 데는 아주 말끔하고 빛이 나거든요."

"피터는 이제 거들지 않아?" 머나가 물었다.

"거들지. 하지만 이젠 나하고 번갈아서 해. 사실 대개는 그 양반 혼자 왔다 갔다 하는 거야. 나는 거의 하루 내내 거기서 지내. 중독된 것 같다니까. 오해는 마. 피터도 그 일을 무척 좋아하지만 자기 작업도 해야 하잖아."

가브리가 그녀가 주문한 맥주를 가지고 나타났다. "십만 달러 되시겠습니다."

"맥주 한 잔에 십만 달러면 팁하고는 작별 키스를 할 수 있겠네."

"내 팁에 키스할 수 있다면 올리비에가 필요 없어지겠지."

"목요일 이야기를 하고 있었습니다." 가마슈가 말했다. "파티를 연다고요?"

"괜찮죠? 제인이 계획하셨던 대로 하고 싶어요."

"허리케인이 망쳐 놓지 않기를 바라며."

가브리가 연극적으로 말했다.

가마슈는 그 문제를 좀 더 생각하고 싶었다. 클라라가 친구를 위해 마련하는 헌정 행사인 줄은 알지만 아주 실제적인 다른 목적을 끼워 넣을 수도 있었다. 그 파티는 살인범을 동요하게 만들 수도 있었다.

'초대만 해 주신다면.'

이자벨 라코스트가 컴퓨터에서 고개를 들었다. 퐁텐/말랑팡의 집 수색과 티머 주치의 면담에 관한 보고서를 작성하던 중이었다. 면담 당시 의사는 자기 컴퓨터에 티머의 진료 기록을 띄워 놓고 마침내 지극히 신중하게, 희박하나마 누군가가 거들어서 그녀를 저세상으로 보냈을 가능성을 인정했다.

"모르핀입니다. 그 방법밖에 없었을 거예요. 사실 그 단계에서는 그리 많이 필요하지도 않았을 겁니다. 환자가 이미 모르핀을 맞은 상태라 조금만 더 추가해도 한도를 넘길 수 있었으니까요."

"확인하지 않았나요?"

"그럴 필요를 못 느꼈어요." 그때 그가 다시 망설였다. 라코스트는 기다릴 줄 아는 좋은 수사관이었다. 그리고 기다렸다. 결국 그가 다시 입을 열었다. "이런 경우에는 그런 일이 자주 일어나요. 친구가 치사량을 투여하는 겁니다. 가족이 그러는 경우가 더 많지요. 자비행위죠. 우리가 알거나 알고 싶어 하는 것보다 더 자주 일어납니다. 생의 마지막인 불치병인 경우, 묵계 같은 거지요. 우리는 그걸 아주 자세하게 살펴보진 않아요."

라코스트는 얼마든지 있을 수 있는 일이라고 생각했다. 그게 좋을 수도 있을 거라는 생각도 들었다. 하지만 이건 어디까지나 공무였고 지금 그들은 자비에 관해 토론하고 있는 것이 아니었다.

"지금 확인할 방법이 없을까요?"

"시신을 이미 화장했어요. 그분 뜻이었죠." 의사는 컴퓨터를 껐다.

그리고 그로부터 두 시간 뒤인 지금 그녀는 자기 컴퓨터를 끄고 있었다. 6시 30분. 밖은 칠흑같이 어두웠다. 집으로 가기 전에 가마슈를 만나 베르나르 방에서 찾아낸 물건에 대해 의논해야겠다고 생각했다. 추운 밤이라 라코스트는 벨라벨라 강을 가로질러 스리 파인스 심장부로 통하는 다리를 건너기 전에 코트의 단추를 단단히 채웠다.

"그거 내놔요."

"봉주르, 베르나르."

그녀는 목소리만 듣고도 누군지 알 수 있었다.

"내놔요." 베르나르 말랑팡은 위협적인 자세로 그녀 쪽으로 몸을 기울였다.

"그거 이야기를 하고 싶니?"

"집어치우고, 그거 내놔요." 그는 그녀 얼굴에 주먹을 들이댔으나 치지는 않았다.

라코스트는 연쇄 살인범, 소매치기, 아내를 학대하는 주정뱅이 남편도 제압한 적이 있었고 그런 상대에 대해 어떤 착각도 하지 않았다. 몹시 화가 나 자제력을 잃은 열네 살짜리도 그들 못지않게 위험했다.

"주먹 내려. 그것은 절대 내놓지 않을 테니까 위협해 봐야 소용없어."

베르나르는 그녀의 가방을 그러잡았다. 그리고 낚아채려 했지만 그녀가 예상한 바였다. 대다수 남자 아이들은 물론, 썩 똑똑하지 못한 어른도 여자들을 과소평가한다는 걸 그녀는 알고 있었다. 그녀는 강하고 단호하고 현명했다. 그녀는 전혀 동요하지 않고 그의 손에서 가방을 비틀어 뺐다.

"씨팔, 이건 내 것도 아니란 말야. 내가 그런 쓰레기나 가지고 있을 놈으로 보여?" 그 마지막 말을 할 때는 그녀의 얼굴에 대고 악을 썼기 때문에 그녀는 턱에 튀는 침과 더운 입김의 악취를 느낄 수 있었다.

"그럼 누구 거지?" 그녀가 구역질을 참으며 침착하게 물었다.

베르나르는 그녀를 심술궂게 노려보았다. "장난해? 그걸 내가 말해 줄 것 같아?"

"거기, 괜찮아요?" 한 여자가 개를 끌고 다리 쪽에서 잰걸음으로 다가오고 있었다.

베르나르가 몸을 휙 돌려 그녀를 보았다. 그러고는 자전거를 얼른 일으켜 세워서는 타고 떠났는데, 비틀거리는 바람에 개를 칠 뻔했으나 아슬아슬하게 비껴갔다.

"괜찮아요?" 여자가 다시 묻고는 라코스트의 팔에 손을 얹었다. 라코스트는 그 여자가 해나 파라라는 것을 알아보았다. "말랑팡 집 아이 아니었어요?"

"맞아요. 그 애하고 몇 마디 나누느라고요. 전 괜찮습니다. 어쨌든 일부러 와 주셔서 감사합니다." 그건 진심이었다. 몬트리올이었다면 어림없는 일이었다.

"천만에요." 그들은 벨라벨라 강을 건너 스리 파인스로 들어가 비스트로 앞에서 손을 흔들며 헤어졌다.

라코스트가 비스트로의 환한 빛과 온기를 접하고 맨 먼저 한 일은 화장실에 가서 향내 나는 비누와 깨끗한 물로 얼굴을 북북 문지르는 것이었다. 다 씻고 난 그녀는 마티니 앤 로시를 주문하고 경감을 찾았다. 그가 외떨어진 작은 식탁을 향해 고개를 끄덕했다. 라코스트는 마티니 앤 로시와 땅콩 한 접시, 그리고 자신의 상관을 마주 대하고 있으니 마음이 편안해졌다. 그녀는 가마슈에게 베르나르의 방을 수색한 일을 보고하며 거기서 찾은 물건을 건넸다.

"쯧." 가마슈가 물건을 보고 혀를 찼다. "여기서 지문을 채취해. 베르나르가 이게 자기 것이 아니라 했다고? 누구 것인지는 말했나?"

라코스트는 고개를 가로저었다.

"자네도 그 아이 것이 아니라고 생각하나?"

"모르겠습니다. 그 애 말을 믿고 싶지 않지만 직관적으로 그 애가 사실대로 말하고 있다는 느낌이 들어요."

그녀가 감정이니 직관이니 본능이니 하는 말을 방어적인 태도를 취하지 않고 할 수 있는 상대는 가마슈뿐이었다. 그는 고개를 끄덕이고 그녀에게 몬트리올로 돌아가기 전에 저녁을 먹으라고 권했지만 그녀는 사양했다. 가족이 잠들기 전에 그들을 보고 싶었던 것이다.

가마슈는 문을 쿵쿵 두드리는 소리에 잠이 깼다. 머리맡의 탁상시계가 2시 47분을 가리키고 있었다. 가운을 입고 문을 열었다. 분홍색과 흰색이 섞인, 터무니없이 복슬복슬한 옷을 입은 이베트 니콜이 밖에 서 있었다.

그녀는 그때까지 잠들지 못하고 누워서 이리저리 몸을 뒤척이다가 결국 옆으로 웅크린 채 벽을 보고 있었다. 왜 이 지경이 됐지? 난 지금 곤경에 빠졌어. 뭔가 잘못된 거야. 계속 잘못되고 있는 거 같아. 그런데 왜? 아무리 생각을 해도 알 수가 없었다.

이제 막 자정을 넘긴 무렵, 친숙한 늙은 목소리가 그녀에게 말했다. 따지고 보면 넌 사울 삼촌과 다를 게 없어. 바보 같은 삼촌. 네 가족들은 너를 믿고 있는데, 넌 또 다시 그들을 실망시켰어. 무슨 창피야!

니콜은 가슴속에서 어떤 덩어리가 딱딱해지는 걸 느끼고 반대편으로 돌아누웠다. 창밖을 보고 있는데 불빛 하나가 마을 광장을 가로질러 가고 있었다. 그녀는 침대에서 튀어나와 급히 가운을 걸치고 위층 가마슈의 방으로 뛰어 올라갔다.

"불빛이 움직여요." 그녀가 밑도 끝도 없이 말했다.

"어디서?"

"길 저편에, 제인 닐의 집이요. 몇 분 전에 봤어요."

"보부아르 경위를 불러. 아래층에서 나하고 만나자고 해."

"알았습니다." 그러고는 그녀는 떠났다. 5분 뒤 그는 부스스한 모습으로 나온 보부아르를 계단에서 만났다. 막 떠나려는 참에 소리가 나서 돌아보니 니콜이 내려오고 있었다.

"자넨 여기 있어." 가마슈가 명령했다.

"안 돼요, 경감님. 불빛은 제가 봤단 말이에요." 가마슈와 보부아르는 그녀가 노래 가사라도 읊는 것 같았다.

"여기 있어. 명령이야. 총소리가 들리면 지원을 요청해."

두 사람이 급히 광장을 가로질러 제인 닐의 집으로 걸어갈 때, 가마슈가 그제야 생각이 나 물었다. "총 가져왔나?"

"아니요. 경감님은요?"

"나도. 니콜은 권총이 있었을 텐데. 어쩔 수 없지."

그들이 보니 그 집에는 불이 둘 켜져 있었다. 하나는 위층이고 하나는 거실이었다. 가마슈와 보부아르는 전에도 수백 번 해 본 터라 이럴 때 어떻게 해야 할지 훤히 알고 있었다. 가마슈가 항상 앞장서서 헤치고 나갔고 보부아르는 공격당할 낌새만 있으면 재빨리 경감을 밀어뜨릴 태세를 갖추고 뒤따랐다.

가마슈는 캄캄한 머드룸을 거쳐 살금살금 주방으로 들어갔다. 그러고는 까치발로 거실 문에 다가가 귀를 기울였다. 목소리가 들렸다. 남자 목소리와 여자 목소리. 누구인지 알 수 없고 무슨 말인지도 알 수 없었다. 그는 보부아르에게 신호를 보내고는 숨을 들이쉰 다음 문을 왈칵 열어젖혔다.

벤과 클라라가 방 한복판에서 놀란 얼굴로 서 있었다. 가마슈는 어쩌다 잘못해서 노엘 카워드1899~1973 영국의 극작가. 작곡가이며 배우이자 가수의 응접실 코미디에 뛰어든 듯한 기분이었다. 벤이 목에 애스콧 넥타이를 두르고 손에 마티니 잔을 들기만 했더라면 영락없었다. 하지만 클라라는 서커스 연기자에 더 가까웠다. 발까지 하나로 연결된 선홍색 플란넬 옷을 입었는데 등에는 틀림없이 해치가 달렸을 터였다.

"우린 항복이에요." 클라라가 말했다.

"우리도요." 그녀의 옷차림을 보고 어안이 벙벙해진 보부아르가 그렇게 말했다. 프랑스계라면 절대 저런 차림을 하지 않을 텐데.

"여기서 무얼 하고 계십니까?" 가마슈가 곧장 핵심으로 들어갔다. 지금은 3시였고 방금 전 불쾌한 사태에 맞닥뜨릴 태세를 갖추었던 그였다. 이제 침실로 돌아가서 자고 싶었다.

"그게 바로 제가 벤에게 묻고 있던 거예요. 저는 제인이 돌아가신 이후로 잠을 잘 자지 못하고 있어요. 아까도 화장실을 쓰려고 일어났다가 불빛을 봤어요. 확인하려고 온 거죠."

"혼자서 말입니까?"

"피터를 깨우고 싶지 않았어요. 더구나 여긴 제인의 집이잖아요?" 그녀는 마치 그걸로 자신의 행위가 설명이 된다는 것처럼 말했다. 가마슈는 이해할 수 있을 것 같았다. 클라라는 여기를 안전한 장소로 여기는 것이다. 그녀와 따로 이야기를 나눠 봐야 할 터였다.

"해들리 씨, 여기서 무얼 하고 계셨습니까?"

벤은 줄곧 어리벙벙한 표정이었다. "여기 오려고 자명종 시계를 맞춰 놨습니다. 그냥, 위층에 올라가고 싶고 뭐, 그래서요."

말이 도무지 알맹이가 없고 무성의해서 보부아르는 그가 실은 선 채로 자고 있는지 모른다는 생각이 들 지경이었다.

"계속해 보세요." 가마슈가 말했다.

"작업을 계속하려고요. 벽 말입니다. 경감님이 어제 전체를 다 보는 게 얼마나 중요한지 말씀하셨고, 뭐, 그래서…… 그리고 물론, 클라라도 마음에 걸렸고요."

"계속하세요." 가마슈가 말했다. 보부아르가 조바심치는 게 보였다.

"당신은 애써 내색하지 않았지만," 하고 벤이 클라라를 보고 말했다. "난 자기가 나를 보고 갈수록 갑갑해하는 걸 알 수 있었어. 그래, 나는 작업 속도가 빠르지 못해. 원래 그리 빠른 사람이 못되는 것 같아. 어쨌든 오늘 밤에 일을 좀 해서 당신을 놀라게 해 주고 싶었는데, 그게 미련한 생각이었던 모양이네."

"그건 아름다운 생각이야." 클라라는 그러면서 벤 해들리에게 가서 그를 포옹했다. "하지만 그러면 기운만 축날 뿐이야. 내일은 더 느려지겠지."

"그건 생각 못했어." 벤이 그녀의 말에 수긍했다. "그래도, 두 시간만 작업해도 괜찮겠죠, 경감님?"

"저야 괜찮습니다." 가마슈가 말했다. "하지만 다음번엔 먼저 우리한테 말씀하세요."

"나도 남아서 거들까?" 클라라가 말했다. 벤은 망설였고, 무슨 말을 하려는 것처럼 보이다가 그냥 고개를 가로저었다. 자리를 뜨면서 가마슈는 거실에 혼자 서 있는 벤을 돌아보았다. 그는 왠지 길 잃은 어린 소년처럼 보였다.

13

　목요일 저녁, 아트 윌리엄스버그의 베르니사주에 기록적인 관객이 몰려들었다. 허리케인 카일라의 꼬리가 그날 밤 늦게 그 지역을 덮치리라는 일기예보가 있었지만 그 때문에 오히려 스릴을 느끼기라도 하는 모양이었다. 마치 그 전람회 사전 행사에 가는 것이 목숨을 걸어야 하는 일이라 참석자의 품격은 물론 용기까지 증명해 주는 일이라도 되는 것처럼. 사실, 아트 윌리엄스버그의 대다수 전시회 경우 그리 많이 틀린 말은 아니었다.

　이전의 베르니사주 때는 미술가들 본인과 친구 몇 사람만이 참석해서 포도주 몇 상자와 어떤 운영위원의 염소가 생산한 치즈를 먹어 치우는 일이 행사의 전부였다. 이날 밤은 사람들 한 무리가 제인의 작품을 에워싸고 있었다. 작품은 전시실 중앙의 이젤에 천이 덮인 채 놓여 있었다. 하얀 벽을 따라 작품과 작가가 늘어서 있었다. 하필이면 살해당한 여자의 작품에 치여 관심을 못 받을 게 분명한 전시회에 뽑힌 건 그들의 불행이었다. 몇몇 사람은 죽은 사람보다는 낫다고 말할지 모르지만 제인이 행복하지 않았을 때조차도 그들보다는 행복했었다. 미술가로 산다는 건 정말 힘든 삶이었다.

　가마슈는 〈박람회 날〉의 베일이 벗겨지기를 기다렸다. 아트 윌리엄스버그 운영위원회는 그것을 하나의 '이벤트'로 삼기로 결정한 터여서 언론 – 언론이라야 「윌리엄스버그 카운티 뉴스」가 고작이지만 – 을 불렀고, 이제 심사 위원장이 '르 모망 쥐스트le moment juste 바로 그 순간'만을 기다리고 있었다. 가마슈는 부러운 눈으로 장 기를 슬쩍 보았다. 그는 편안한 의자에 퍼진 채 나이 든 사람에게도 자리를 양보하려 하지 않았다. 그만큼 지쳐 있었다. 나쁜 그림이 그를 그렇게 만들었다. 실은, 그는 인정하기 싫겠지만 어떤 그림이라도 그를 그렇게 만든다. 질 나쁜 포도주, 냄새 고약한 치즈, 코를 강하게 자극하는 그림은 그에게서 살려는 의지를 앗아 간다. 그는 주위를 둘러보고는 슬프지만 불가피한 결론에 도달했다. 그 건물은 그날 밤 카일라가 불어 닥치더라도 무너지지 않으리라.

"아시다시피 비극적인 사건이 우리에게서 아까운 여성 한 분을 앗아 갔습니다. 이제야 밝혀진 사실이지만 그분은 타고난 화가이기도 하셨습니다." 심사 위원장 엘리즈 자코브가 말하고 있었다.

클라라는 주뼛주뼛 벤과 피터 사이로 들어갔다. 엘리즈 자코브는 살아생전 제인의 미덕을 한참 주워섬겼다. 무슨 시성식諡聖式이라도 거행하는 것 같았다. 그리고 클라라의 눈이 튀어나오려 할 때쯤 마침내 그녀가 선언했다. "장황한 소개는 이 정도로 해 두고ㅡ제인을 잘 알고 사랑하는 클라라는 이미 충분히 장황했다고 생각했다ㅡ제인 닐의 〈박람회 날〉을 공개합니다."

베일이 휙 걷히고 〈박람회 날〉이 모습을 드러냈다. 헉 하고 숨이 막히는 소리들. 다음 순간 훨씬 더 많은 것을 말해 주는 침묵. 입을 쩍 벌리고 〈박람회 날〉을 응시하는 얼굴들에 재미있어하거나 역겨워하거나 어리둥절해하는 다양한 표정이 나타났다. 가마슈는 이젤을 보고 있지 않았다. 그는 관객들을, 그들의 반응을 지켜보고 있었다. 하지만 그나마 이상하게 볼 만한 반응을 보인 사람은 피터뿐이었다. 긴장감 어린 미소가 〈박람회 날〉이 모습을 드러내자 슬며시 사라졌다. 그림을 잠깐 본 뒤 그는 고개를 갸웃하고 이마를 찌푸렸다. 이 사람들을 거의 두 주 동안 지켜본 가마슈는 피터 모로에게는 그것이 날카로운 외침에 해당하는 몸짓이라는 걸 알고 있었다.

"뭘 봤죠?"

"아무것도 아닙니다." 피터는 가마슈에게 등을 돌리고 가 버렸다. 가마슈가 따라갔다.

"모로 씨, 미학에 관해 물은 게 아니고 살인에 관해 물었습니다. 대답하십시오."

피터가 우뚝 멈춰 섰다. 가마슈가 강압적인 말은 못 할 거라고 생각하는 대다수 사람과 같은 반응이었다. "그 그림을 보고 마음이 불편했습니다. 이유는 말씀드릴 수가 없습니다. 저도 모르니까요. 분명 두 주 전우리가 심사했던 그 그림인데, 아닌 것 같단 말이에요."

가마슈는 〈박람회 날〉을 찬찬히 보았다. 그 그림을 좋아한 적이 없으니까 심사 위원감은 아니었지만 제인 닐의 벽화와 달리 그 작품에서는 전혀 감동이 느껴지지 않았다.

"뭐가 바뀌었습니까?"

"아무것도요. 어쩌면 제가 바뀌었겠죠. 그게 가능할까요? 제인의 하트 퀸 카드 트릭처럼 그림도 변하는 게 가능할까요? 사실 저도 작품이 끝난 날 밤에 보면 그게 위대한 작품 같아 보이지만 다음 날 아침에 보면 쓰레기 같거든요. 작품은 그대로인데 제가 변한 거죠. 어쩌면 제인의 죽음 때문에 제가 너무 변해서 전에 이 그림에서 보았던 뭔가를 지금은 보지 못하는 거겠죠."

"정말 그렇게 생각해요?"

빌어먹을 경감 같으니라고. "아니요."

두 사람이 그림을 들여다보고 있는데 느리고 낮게 어떤 소리가 들렸다. 거기 있는 사람들 누구도 들어 본 적이 없는 소리. 그 소리는 점점 커지고 증폭되더니 관람객들 주변에 울려 퍼졌다. 클라라는 얼굴과 두 손에 피가 쏠리는 걸 느낄 수 있었다. 폭풍인가? 그 괴물의 꼬리에서 이런 소리가 나는 걸까? 카일라가 결국 닥친 건가? 하지만 우르릉거리는 소리는 건물 내부에서 나오고 있는 듯했다. 전시실 안에서. 실은, 클라라 바로 곁에서. 그녀는 고개를 돌리고 소리의 주인공을 찾았다. 루스.

"저건 나야!" 루스가 손가락으로 찌르듯 〈박람회 날〉에서 춤추고 있는 염소를 가리켰다. 다음 순간 우르릉거리던 소리가 간헐천 같은 웃음으로 분출했다. 루스가 폭소를 터뜨린 것이다. 그녀는 쓰러지지 않으려고 가브리에게 기댈 처지가 되어서야 웃음을 그쳤다. 그녀의 웃음은 전시실 사람들에게 전염되어 나가 마지막에는 뚱한 얼굴의 잊힌 화가들마저 웃고 있었다. 이후로는 거의 모든 사람들이 제인의 작품에서 자기나 다른 사람을 찾아내는 시간이었다. 루스는 티머의 부모와 형제자매도 찾아냈다. 지금은 그들 모두 이 세상 사람이 아니었다. 1학년 때 선생님과 티머의 남편, 그들 모두가 참여한 체육시간도 있었다. 그들은 병아리들이었다. 한 시간 남짓한 시간에 그림에 나오는 거의 모든 형상의 정체가 밝혀졌다. 그럼에도 피터는 여전히 웃음에 동참하지 않고 그림을 들여다보고 있었다.

뭔가 잘못됐어.

"알았다!" 클라라가 벤 해들리를 보고 그림을 가리켰다. "이건 폐막 퍼레이드를 그린 거지? 자기 어머니가 돌아가신 날. 봐, 저게 자기 어머니 아니야?" 클라라가 가리킨 건 발이 달린 구름이었다. 날고 있는 양.

"맞아." 머나가 웃으며 말했다. "티머네."

"알겠어? 이건 제인이 당신 어머니께 헌정하신 작품이야. 이 그림에 등장한 사람들은 모두 티머에게 의미가 있었어. 그녀의 할아버지, 할머니부터 그녀의 개들까지 전부 다 있어." 클라라가 이번에는 피터에게 고개를 돌렸다. "우리 모두 함께했던 저번 만찬 기억나?"

"추수감사절맞이?"

"그래. 우린 위대한 예술에 대해 이야기하고 있었는데, 내가 예술은 그 예술가가 자신의 일부를 작품 안에 투영할 때 예술이 된다고 말했잖아. 그리고 제인에게 이 작품에 무얼 집어넣으셨냐고 물었는데 그때 제인이 뭐라고 대답하셨는지 기억나?"

"미안, 기억이 안 나."

"그녀는 뭔가를 넣은 건 맞다고, 이 작품에 어떤 메시지가 들었다고 하셨어. 우리가 그걸 찾아낼 수 있겠느냐고 하셨지. 사실, 나는 제인이 그 말씀을 하시면서 똑바로 벤을 바라보시던 게 생각나. 벤 당신은 무슨 말인지 알 거라는 표정이었어. 그땐 왜 그러시는지 몰랐었는데 이제 보니 의미가 이해가 돼. 이건 자기 어머니께 헌정한 작품이야."

"그렇게 생각해?" 벤이 클라라에게 더 가까이 다가가서 그림을 찬찬히 보았다.

"이건 아무 의미가 없어요." 그렇게 말한 건 니콜 형사였다. 문을 지키고 있어야 하는데 범죄에라도 이끌리듯 웃음에 이끌려 어슬렁어슬렁 다가온 것이다. 가마슈가 그녀의 말실수를 막으려고 다가가려 했지만 늦었다. 그의 긴 다리도 그녀의 입보다 빠르진 못했다.

"티머 해들리에게 욜랑드는 어떤 사람이었죠? 서로 알고 지내기나 했어요?" 니콜이 아크릴 물감으로 그린 피터와 클라라 옆 계단 관람석에 있는 금발 머리 여자의 얼굴을 가리켰다. "제인 닐은 자신도 싫어하는 조카를 왜 넣었을까요? 저 여자가 저기 있는 걸로 봐서, 이건 당신이 말한 것하고는 관계가 없어요. 티머 해들리에게 바친 헌정 작품이 아니라고요."

니콜은 자기가 클라라보다 똑똑하다는 걸 과시하고 있는 게 분명했다. 클라라는 자신도 모르게 화가 치미는 걸 느낄 수 있었다. 그녀는 이젤 너머 오만한 젊은이의 얼굴을 말없이 빤히 바라보았다. 더 기분 나쁜 건 그녀의 말이 옳다는 사실이었다. 〈박람회 날〉에는 명백히 그 커다란 금발 여자가 있었고, 클라라는 욜랑드를 싫어하기로 치면 오히려 티머가 제인보다 훨씬 더했다는 걸 알고 있었다.

"나 좀 볼까?" 가마슈가 클라라와 니콜 사이에 끼어들어 젊은 여자의 득의양양한 시선을 차단했다. 그러고는 더는 한마디도 없이 출구를 향해 걸어갔고, 니콜은 잠깐 머뭇거리다가 그를 따라갔다.

"내일 아침 여섯 시에 생 레미에서 몬트리올로 가는 버스가 있어. 그걸 타."

그는 그러고는 두말없이 가 버렸다. 이베트 니콜 형사는 아트 윌리엄스버그의 춥고 어두운 현관 계단에 혼자 남겨진 채 분노로 몸을 부들부들 떨었다. 닫힌 문을 쿵쿵 두드리고 싶었다. 인생의 문들이 모두 면전에서 닫히고 있는 것 같았고, 자기 혼자 밖으로 밀려난 듯했다. 노여움으로 몸을 떨며 그녀는 창으로 다가가 안을 들여다보았다. 무리 지어 이리저리 다니는 사람들, 똑똑한 척하던 그 여자 부부와 이야기를 나누는 가마슈가 보였다. 그런데 그림에 다른 누군가가 있었다. 다음 순간, 그녀는 자신이 창에 비친 영상임을 깨달았다.

아버지께는 어떻게, 뭐라고 말씀드리지? 완전히 망쳐 버렸어. 어떻게 된 건지, 어디에선지, 뭔가 잘못을 저지른 거야. 그런데 무얼? 하지만 원인과 결과를 찬찬히 따져 볼 정신이 아니었다. 그녀가 생각할 수 있는 거라곤 몬트리올 동쪽 끝 정갈한 앞뜰이 딸린 보잘것없는 집에 걸어 들어가 아버지께 사건 수사에서 떨려 났다고 말씀드릴 일뿐이었다. 무슨 창피람! 루스의 화장실 거울에 붙어 있던 스티커 문구가 머릿속에 떠돌았다.

당신은 문제를 보고 있다.

그 말은 의미가 있어. 뭔가 중요한 의미가 있는 게 분명해. 다음 순간, 마침내 그녀는 이해했다.

그 문제는 가마슈였다.

거기서 그는 이야기하며 거만하게 웃고 있었다. 자기가 불러일으킨 고통은 까맣게 잊은 채. 그도 아버지에게 들은 체코슬로바키아 경찰과 다를 바 없었다. 내가 어떻게 그렇게 눈이 어두웠지? 마음이 편안해지며, 그녀는 아버지께는 아무 말씀도 드릴 필요가 없음을 깨달았다. 사실은 자기 잘못이 아니었으니까.

너무나 고통스러운 광경. 사람들이 즐거워하는 모습과 창에 비치는 자신의 모습을 보기가 너무 고통스러워 니콜은 몸을 돌렸다.

한 시간 뒤, 파티가 아트 윌리엄스버그에서 제인의 집으로 옮겨 와 있었다. 바람이 강해지고 있었고 이제 막 비가 오기 시작했다. 클라라는 제인이 살아 있으면 그랬을 성싶게 거실 한가운데 자리를 잡았다. 사람들이 들어오는 대로 그들의 반응을 일일이 보기 위해서였다.

"오, 하느님. 맙소사."라는 말이 많이 들렸고, "젠장."과 "타바루에트

Tabarouette 퀘벡에서만 쓰이는 불어로 타바르나클르를 변용해서 쓰는 감탄사. '젠장맞을' 정도의 의미."

라는 말도 들렸다. '타바루에트'와 '타바르나클르'가 벽에 맞고 튀어나왔다. 제인의 거실은 감탄사를 내뱉는 경연장이 되었다. 클라라는 마음이 더없이 편했다. 한 손에는 맥주, 다른 손에는 캐슈를 들고 사람들이 도착하여 놀라 넋을 잃는 모습을 지켜보았다. 아래층 벽은 거의 드러나 있었다. 그들을 엄습하고 그들 앞에서 소용돌이치고 있는 것은 스리 파인스의 지리와 역사였다. 오래전에 사라지고 없는 쿠거와 스라소니, 1차 세계대전에 출정하느라 행진하는 소년들, 그리고 시간을 훌쩍 건너뛰어, 죽은 이들을 기리는 세인트 토마스 교회의 조촐한 스테인드글라스. 윌리엄스버그 경찰서 밖에는 대마가 자라고 있었고 행복에 취한 고양이 한 마리가 창가에 앉아 쑥쑥 자라는 풀을 내려다보고 있었다.

클라라가 맨 처음 한 일은, 물론 벽화에서 자신을 찾는 것이었다. 그녀의 얼굴은 올드 가든 로즈 덤불에서 튀어나와 있었고, 피터는 반바지를 입고 어머니의 집 잔디밭에 서 있는 벤의 고상한 조각상 뒤에 웅크리고 있었다. 피터는 로빈 후드 복장을 하고 활과 화살을 자랑하고 있었고 벤은 당차고 힘 있게 서서 집을 응시하고 있었다. 클라라는 제인이 해들리 집안의 오래된 집에서 밖으로 기어 나오는 뱀을 그려 놓았는지 보려고 그림을 자세히 들여다보았지만 뱀은 없었다.

제인의 집은 금세, 웃음과 외마디소리와 그림 속의 인물을 알아보고 터지는 탄성으로 넘쳤다. 더러 무슨 까닭인지는 모르지만 감동을 받아 눈물을 흘리는 사람도 있었다. 가마슈와 보부아르는 그 속에서도 임무를 수행하느라 주의 깊게 보고 들었다.

"……하지만 정말 맘에 드는 건 저 이미지들에 깃든 기쁨이야." 머나가 클라라에게 말하고 있었다. "죽음, 사고, 장례식, 흉작, 그런 것들까지 일종의 생명을 갖고 있다니까. 제인은 그것들을 자연스러운 걸로 만들었어."

"이봐, 당신." 클라라가 벤을 향해 소리치자 벤이 얼른 다가왔다. "자기를 좀 봐." 클라라가 벽화 속에 있는 그의 이미지를 가리켰다.

"아주 당당하네." 그가 씩 웃었다. "이목구비까지 뚜렷하고."

가마슈도 벽화 속 벤의 이미지를 넘겨다보았다. 강한 사나이지만 자기 부모의 집을 쳐다보고 있었다. 또다시, 티머 해들리의 죽음이 그녀의 아들에게는 아주 시의적절했을지도 모른다는 생각이 들었다. 그는 비로소 어머니의 그늘에서 벗어났으리라. 하지만 흥미롭게도 그늘에 서 있는 건 피터였다. 벤의 그늘 속에. 그건 무얼 의미하는 걸까? 그는 이제야 제인의 집이 이 공동체를 이해할 수 있는 일종의 열쇠라는 것을 깨닫기 시작했다. 제인 닐은 대단히 관찰력이 예리한 여자였던 것이다.

그때 엘리즈 자코브가 도착했다. 그녀는 들어오며 가마슈에게 목례를 했다. "휴, 오늘 같은 밤은 정말……"이라고 말하다가 그녀의 눈이 금세 가마슈 뒤의 벽으로 초점을 옮겼다. 그녀는 몸을 빙글 돌려 자기 뒤의 벽을 보았다.

"세상에!" 사랑스럽고 우아한 그 여성은 마치 자기가 그 그림을 처음 알아본 사람인 것처럼 가마슈와 거실 안 사람들에게 이것 좀 보라는 듯 손짓을 했다. 가마슈는 미소만 지은 채 그녀가 흥분을 가라앉히길 기다렸다.

"그거 가져오셨습니까?" 그가 물었다. 하지만 그녀의 귀가 이제 제대로 작동하는지 확실히 알 수 없었다.

"세 브리앙C'est Brillant 훌륭해." 그녀가 나직이 말했다. "포르미다블르 Formidable 끝내주는군. 마니피크Magnifique 웅장해. 세상에."

가마슈는 참을성 있는 사람이라 그녀가 방 안 분위기에 익숙해지도록 몇 분의 시간을 더 주었다. 게다가, 그는 언제부터인지 그 집에 대해 일말의 자긍심마저 느끼고 있었다. 마치 자기가 그 그림을 그리는 데 기여라도 한 것처럼.

"이건 천재의 작품이에요, 그럼요." 엘리즈가 말했다. "저는 은퇴해서 이곳에 오기 전엔 오타와의 뮈제 데 보자르Musée des Beaux Arts 보자르 미술관에서 큐레이터로 있었어요." 가마슈는 이 지역에 살러 들어온 사람들의 면면에 다시 한 번 놀랐다. 마거릿 애트우드1939~ 캐나다의 시인, 소설가, 수필가, 문학평론가, 환경운동가로 국내에도 많은 작품이 소개되어 있다가 쓰레기 청소부지 아마? 어쩌면 멀로니 수상이 두 번째 직업으로 우편배달을 택했을지도 몰라. 겉모습만으로 판단할 만한 사람이 아무도 없었다. 모두가 그 이상이었다. 그리고 이 방에 있는 한 사람이야말로 특히 겉모습으로는 판단할 수 없는 사람이었다.

"그 끔찍한 〈박람회 날〉을 그린 사람이 이 모든 걸 그린 바로 그 사람이라고 누가 생각이나 했겠어요?" 엘리즈가 말을 이었다. "오늘 행사 때 정말 마음이 찝찝했어요. 그래도 모두들 제인이 제일 좋은 작품을 택해서 출품했을 거라고 생각하지 않았겠어요?"

"그게 그녀의 유일한 작품이었을 겁니다." 가마슈가 말했다. "건물에 그린 걸 제외하고 유일한 작품이었든지."

"그거 참 이상한 일이에요."

"그러게요." 가마슈가 공감을 표했다. "그거 가져오셨습니까?"

"이런, 내 정신 좀 봐. 가져왔어요. 머드룸에 있습니다."

조금 뒤 가마슈는 〈박람회 날〉을 방 한가운데에 있는 이젤에 얹었다. 이제 제인의 작품 전부가 한 군데에 모였다.

그는 아주 조용하게 서서 지켜보았다. 손님들이 포도주를 더 많이 마시고 벽화에서 실제 인물과 사건을 더 많이 알아봄에 따라 웅성거리는 소리도 커져 갔다. 조금이라도 이상하게 행동하는 사람은 클라라뿐이었다. 가마슈는 그녀가 〈박람회 날〉을 보다가 벽으로 돌아가는 걸 지켜보았다. 그러고는 다시 〈박람회 날〉로 갔다가 또 벽 앞의 그 자리로 돌아갔다. 그러고는 다시 이젤로 돌아갔다. 그런데 이번에는 목적이 더 분명한 듯했다. 그녀는 이제 뛰다시피 벽으로 갔다. 그리고 거기서 한참 동안 서 있었다. 그러다가 이번엔 아주 천천히 〈박람회 날〉로 돌아갔는데 골똘히 생각에 잠긴 모습이었다.

"뭡니까?" 그녀에게 다가가 곁에 서며 가마슈가 물었다.

"이건 욜랑드가 아니에요." 클라라가 피터 곁의 금발 여인을 가리키며 말했다.

"어떻게 아세요?"

"저기요." 클라라가 이제까지 보고 있던 벽을 가리켰다. "저건 제인이 그린 욜랑드예요. 둘은 유사점이 있긴 한데 그리 많지 않아요."

가마슈는 클라라 말이 맞으리라는 걸 알면서도 직접 확인해야 했다.

틀림없었다. 그녀의 말에서 틀린 거라곤 유사점이 있긴 있다고 한 것이었다. 가마슈가 보기에는 유사한 점이 하나도 없었다. 벽화의 욜랑드는 아이임에도 욜랑드가 분명했다. 몸도, 마음도. 그 아이는 경멸과 탐욕 외에 또 다른 점을 발산하고 있었다. 교활함. 벽화 속의 여자아이는 그 모든 것이 뭉뚱그려진 덩어리였다. 그리고 약간의 궁기窮氣. 이젤에 놓인 그림에서 계단 관람석에 있는 여자는 그냥 금발 머리일 뿐이었다.

"그럼 저 여자는 누굽니까?" 그가 다시 돌아와서 물었다.

"모르겠어요. 하지만 한 가지는 분명해요. 제인이 그림에 나오는 얼굴은 단 하나도 상상으로 지어내지 않았다는 걸 알아채셨어요? 벽화 속의 인물은 모두 제인이 아는 사람, 이 마을 사람이에요."

"아니면 방문자든지요." 가마슈가 덧붙였다.

"사실," 하며 루스가 그들의 대화에 끼어들었다. "방문자는 아무도 없어. 떠났던 사람들이 고향에 방문한 건데, 그 사람들은 마을 사람으로 쳐야지. 벽화에 있는 사람들은 모두 제인이 아는 사람이지."

"〈박람회 날〉에 있는 사람들도 모두 제인이 아는 사람들이죠. 저 여자만 빼고." 클라라가 캐슈를 든 손으로 금발 여자를 가리켰다. "저 여자는 모르는 사람이에요. 그런데 그뿐이 아니에요. 저는 이제까지 계속 〈박람회 날〉이 뭔가 이상하다고 생각하고 있었어요. 저건 분명 제인의 작품이지만, 아니기도 해요. 이게 첫 작품이라면 제인이 아직 자기 스타일을 찾지 못했다고 생각하면 그만이죠. 하지만 이건 마지막 작품이잖아요." 클라라가 몸을 숙여 작품을 들여다보았다. "이 그림 안의 모든 게 강하고, 확고하고, 목적의식이 뚜렷해요. 하지만 전체로 보면 그 말이 들어맞지 않아요."

"그래요." 엘리즈가 말했다. "틀림없는 사실이에요."

그 수수께끼에 이끌려 〈박람회 날〉 주변에 원을 이룬 사람들이 불어나 있었다.

"하지만 우리가 심사를 할 땐 그림이 멀쩡했어요, 그렇지?" 클라라가 피터를 보고 물었다. "문제는 저 여자예요. 저 여자는 제인이 그린 게 아닙니다." 클라라가 '자퀴즈'J'accuse 드레퓌스 사건 때 에밀 졸라의 고발문 제목 '나는 고발한다'라고 외치듯 손가락을 쇠꼬챙이처럼 세워 똑바로 피터 곁의 금발 여자를 가리켰다. 배수구로 물이 빨려들 듯 모든 머리들이 원의 중심으로 쏠렸다. 그 얼굴을 자세히 보려는 것이다.

"바로 그 때문에 그림이 이상해진 거예요." 클라라가 말을 이었다. "이 얼굴이 바뀌기 전에는 그림이 일관성이 있었어요. 누군지는 몰라도 분명히 누군가 자기도 알지 못한 채 전체 그림을 바꾸어 버린 거예요."

"이 얼굴을 제인이 그린 게 아니라는 걸 어떻게 아십니까?" 가마슈가 물었다. 목소리가 어느새 사무적으로 바뀌었다. 방 저편에서 보부아르가 듣고 있다가 이쪽으로 와서 수첩과 볼펜을 꺼냈다.

"우선, 이건 이 작품에서 생동감이 없는 유일한 얼굴이에요." 그 점은 가마슈도 인정할 수밖에 없었다. "하지만 그건 주관적인 판단이에요. 원하신다면 객관적인 증거를 보여 드리죠."

"그래 주신다면야 훌륭한 기분 전환이 될 겁니다."

"보세요." 클라라가 다시 그 여자를 가리켰다. "세상에, 자세히 보고야 알았어요. 이걸 못 보다니 내가 눈이 멀었던 게 분명해요. 이건 마치 커다란 뾰루지 같아요." 자세히 들여다보았지만 아무도 그녀가 뭘 말하는지 알 수 없었다.

"망할! 궁둥이를 패 주기 전에 냉큼 쉽게 이야기해." 루스가 말했다.

"여기요." 클라라가 손가락을 여자의 얼굴 주위에 지그재그로 움직였고, 더 자세히 본 그들은 작고 뿌연 자국을 분명히 볼 수 있었다. "사마귀 같아요. 이 작품에 묻은 커다란 얼룩." 그녀는 거의 보이지 않을 정도로 흐릿한 자국들을 가리켰다. "이건 헝겊에 미네랄 스피릿을 묻혀서 한 짓이에요. 맞지, 벤?"

하지만 벤은 여전히 거의 모들뜨기 눈이 되도록 〈박람회 날〉만 들여다보고 있었다.

"그리고 이것 좀 보세요. 이 붓 터치를. 전부 틀렸어요. 여자 옆에 피터의 얼굴을 봐요. 완전히 다른 붓 자국이에요." 클라라가 팔을 앞뒤로, 다음에는 위아래로 흔들었다. "위아래. 제인은 위아래 붓질을 하지 않아요. 옆으로는 많이 하지만 똑바로 위아래로는 하지 않아요. 그런데 이여자의 머리를 보세요. 위아래죠? 결정적인 증거예요. 물감을 알아보겠어?" 그녀는 피터를 돌아보았지만 그는 거북한 표정이었다.

"아냐. 물감에 이상한 건 전혀 없어."

"아이, 참. 봐요. 흰색이 다르잖아? 제인은 여기, 여기, 여기에 티타늄 화이트를 썼어. 그런데 여긴," 하며 그녀는 여자의 눈을 가리켰다. "이건 징크 화이트야. 저건 오커 옐로고." 클라라가 여자의 조끼를 가리켰다. "제인은 오커를 쓴 적이 없고 카드뮴만 썼어요. 너무나 분명해요. 우린 그림을 아주 많이 그렸고 가르치기도 많이 했고 어떤 때는 가욋돈을 벌려고 맥코드 박물관에서 일을 따 복원 작업을 하기도 했어요. 그래서 나는 붓이나 물감 종류와는 상관없이 붓 터치만 보고도 누가 그렸는지 알 수 있어요."

"누군가가 얼굴을 그려 넣은 이유가 뭘까요?" 머나가 물었다.

"그게 문제입니다." 가마슈가 동의를 표했다.

"하지만 유일한 문제는 아니에요. 왜 얼굴을 그려 넣었느냐는 건 물론 중요한 문제지만, 그 짓을 한 사람은 얼굴을 지우기도 했지요. 뿌연 자국들을 보면 알 수 있어요. 원래 있던 얼굴, 제인이 그린 얼굴 위에 그냥 그린 게 아니고 그 얼굴 전체를 실제로 지워 없앴어요. 이해가 안 돼요. 제인이, 아니면 다른 누군가가 얼굴을 지우고 싶다면 원래 있던 얼굴 위에 그냥 덧그리기만 하면 되거든요. 아크릴 물감으로 그리면 되고, 사실, 다들 아크릴 물감으로 그렇게 합니다. 지울 필요가 뭐가 있어요? 실수했더라도 그 자리에 그냥 덧그리면 되는데."

"그런데 그런 식으로 얼굴을 새로 그리면 그 얼굴을 지우고 그 아래 원래 있던 얼굴을 찾을 수 있습니까?" 가마슈가 물었다.

"아주 힘들지만 그림 복원에 능한 사람이면 가능합니다." 피터가 말했다. "여기 위층에서 우리가 하고 있는 작업하고 비슷해요. 물감 한 겹을 벗겨 내고 그 아래 이미지를 찾아내는 겁니다. 하지만 캔버스 그림인 경우 엑스레이 촬영으로도 할 수 있어요. 좀 흐릿하지만 거기 누가 있는지는 알 수도 있습니다. 그런데 이 그림에서는 그게 제거된 겁니다."

"이 일을 한 사람은 그 얼굴이 드러나는 걸 원치 않았어요." 클라라가 말했다. "그래서 그녀는 그 여자 얼굴을 지우고 다른 여자 얼굴을 그려 넣은 겁니다."

"하지만," 하고 벤이 불쑥 끼어들었다. "그 사람은 원래 얼굴을 지우고 그 자리에 새 얼굴을 그려 넣을 때 실재하지 않은 얼굴을 지어내는 실수를 저질렀어요. 제인의 작품을 몰랐던 거죠. 그녀의 암호를요. 제인이 전혀 얼굴을 지어내지 않았다는 걸 모르고……."

"붓 터치도 잘못했고요." 클라라가 말했다.

"어쨌든 내가 한 짓은 아니군." 가브리가 말했다.

"그런데 도대체 왜 이런 짓을 했죠? 누구 얼굴이 지워진 거냐고요?" 머나가 물었다.

모두들 생각하느라고 잠시 침묵이 흘렀다.

"이 얼굴을 벗겨 내고 원래 얼굴을 알아낼 수 있을까요?" 가마슈가 물었다.

"어쩌면요. 원래 얼굴을 얼마나 철저하게 지웠는지에 달렸지만. 이걸 살인범이 했다고 생각하세요?" 클라라가 물었다.

"그렇습니다. 이유는 잘 모르겠지만."

"아까 '그녀'라고 하셨는데," 하고 보부아르가 말했다. "왜죠?"

"그렇게 짐작한 건 새 얼굴이 여자이기 때문이에요. 이걸 한 사람은 제일 쉬운 대상을 그렸을 테고 그 대상은 자기가 날마다 거울에서 보는 모습일 거라고 생각했겠죠."

"이게 살인범의 얼굴이라고 생각하세요?" 보부아르가 물었다.

"아니요. 범인이 그 정도로 어수룩하진 않겠죠. 짐작할 수 있는 건 성별뿐이에요. 급할 때, 백인 남성은 백인 남성을 그리기 십상이죠. 여자도 아니고 백인 여성도 아닌 자기에게 제일 익숙한 것. 마찬가지예요."

좋은 지적이군. 가마슈는 생각했다. 하지만 남자가 속이기 위해 그린다면 여자를 그릴 수도 있지.

"이걸 하려면 숙련된 솜씨가 필요할까요?" 그가 물었다.

"한 얼굴을 지우고 다른 얼굴을 그려 넣는 거요? 그럼요, 아주 숙련된 솜씨가 필요하죠. 원래 있던 얼굴을 지우는 거야 꼭 숙련된 솜씨가 필요한 건 아니지만, 그래도 역시 대다수 사람들은 방법을 알지 못할 겁니다. 알겠어요?" 그녀가 보부아르에게 물었다.

"아니요, 전혀요. 미네랄 스피릿과 헝겊 이야기를 하셨지만, 내가 미네랄 스피릿이라는 소리를 들은 건 며칠 전 당신이 여기 작업에 그걸 쓴다고 할 때가 처음이었어요."

"그렇죠. 화가들이야 그런 것들을 알지만 대다수 사람들은 모릅니다. 일단 원래의 얼굴이 지워지면 그녀는 제인의 스타일을 이용해 그 자리에 다른 얼굴을 그려야 할 겁니다. 그건 솜씨가 필요하죠. 누군지 모르지만 이 일을 한 사람은 화가이고, 그것도 뛰어난 화가일 겁니다. 우리가 그 실수를 찾아내는 데 한참 걸렸어요. 니콜 형사가 그처럼 밉살스럽게 굴지 않았으면 우린 아마 알지 못했을 거예요. 그녀가 이게 욜랑드라고 했죠? 저는 하도 화가 나서 그게 사실인지 확인하려고 제인이 그린 욜랑드를 찾으러 갔어요. 그런데 그건 사실이 아니었죠. 하지만 그러자니 어쩔 수 없이 그게 누군지 알려고 그 얼굴을 더 자세히 볼 수밖에 없었죠. 바로 그때 차이점을 알게 된 거예요. 그러니까 니콜에게 그녀가 사건 해결에 도움이 되었다고 말씀하셔도 좋습니다."

"우리가 그녀에게 해 주길 바라는 말씀이 그 밖에 또 있습니까?" 보부아르가 클라라에게 미소하며 말했다.

가마슈는 니콜이 그녀의 무례한 행동 탓에 수사에 도움이 되었다고 생각하게 만들진 않겠지만, 니콜을 일찌감치 쫓아냈다면 수사가 이렇게까지 진전되지 못했을 것은 분명했다. 클라라의 말은 일면 옳지만 자신에게는 합당한 공을 돌리지 않은 셈이었다. 클라라 자신도 니콜이 틀렸다는 걸 확인하려다 큰 역할을 하지 않았는가.

"당신은 추수감사절 전 금요일에 심사를 할 때는 〈박람회 날〉이 충분히 전시할 만한 작품이었다고 했지요?" 그가 피터에게 물었다.

"굉장한 작품이라고 생각했었죠."

"추수감사절인 월요일에는 그림이 바뀌어 있었어요." 클라라가 가마슈 경감과 장 기 보부아르를 돌아보며 말했다. "두 분이 들어와서 제가 〈박람회 날〉을 보여 드렸던 것, 기억나세요? 그땐 마법이 사라지고 없었죠."

"그러니까 토요일과 일요일, 두 날이었어요." 보부아르가 말했다. "그 이틀 사이 어느 때에 살인범이 그림을 수정한 겁니다. 제인 닐은 일요일 아침에 살해되었어요."

그들은 모두 그림을 응시했다. 그림이 누가 그랬는지 말해 주기라도 할 것처럼. 가마슈는 〈박람회 날〉이 그들에게 소리치고 있는 것을 알았다. 제인 닐 살해범이 그 그림 속에 있는 이유를. 클라라는 거실 창을 톡톡 두드리는 소리를 듣고 밖에 누가 있는지 보려고 그쪽으로 갔다. 어둠 속을 응시하는데 갑자기 나뭇가지가 나타나 유리를 쳤다. 허리케인 카일라가 도착해서 들어오고 싶어 하는 것이었다.

그 뒤로 파티가 급히 파했고, 모두들 폭풍이 심해지기 전에 돌아가려고 집이나 차를 향해 뛰었다.

"집이 당신한테 쓰러지지 않게 조심하세요." 가브리가 루스의 등에 대고 소리쳤다. 그녀가 어둠 속으로 사라지며 그에게 손가락질을 한 듯도 하고 하지 않은 듯도 했다. 〈박람회 날〉은 비앤비로 옮겨 왔고, 이제 그곳 넓은 거실에 한 무리의 사람들이 앉아 술이나 에스프레소를 마시고 있었다. 불이 지펴졌고, 밖에서는 카일라가 신음하며 나무에게서 잎들을 불러냈다. 비가 몰아치자 창들이 부르르 떨었다. 안에서는 사람들이 본능적으로 더 가까이 몰려들어 난로와 마실 것과 서로의 체온에서 온기를 받았다.

"미스 닐이 살해되기 전에 〈박람회 날〉에 대해 안 사람이 누굽니까?" 가마슈가 물었다. 피터와 클라라가 그 자리에 있었고 벤, 올리비에, 가브리, 머나도 있었다.

"심사 위원들이오." 피터가 말했다.

"그 금요일 밤의 추수감사절맞이 만찬에서 제인의 작품 이야기를 하지 않았습니까?"

"우린 그 작품 이야기를 많이 했죠. 제인은 그걸 묘사하기까지 하셨어요." 클라라가 말했다.

"그건 같은 게 아니죠." 가마슈가 말했다. "오늘 저녁 전에 〈박람회 날〉을 본 사람은 누구지요?"

그들은 서로 얼굴을 쳐다보고 고개를 가로저었다.

"심사를 한 사람들은 누구입니까? 다시 말씀해 주시겠습니까?"

"앙리 라리비에르, 이레네 칼파, 엘리즈 자코브, 클라라와 저였습니다." 피터가 말했다.

"그 외에 그 작품을 본 사람은요?" 가마슈가 다시 물었다. 결정적으로 중요한 질문이었다. 살인범이 제인을 죽인 건 〈박람회 날〉 때문이었다. 그자는 그 작품을 보고서 위협을 느낀 게 틀림없었다. 그림을 수정해야 할 정도로, 살인을 저질러야 할 정도로.

"아이작 코이요." 클라라가 말했다. "미술관 관리인이죠. 그리고 추상

미술전을 보러 들어왔던 사람은 누구라도 보관실에 들어가서 그 작품을 볼 수 있었어요."

"하지만 그랬을 가능성은 없습니다." 가마슈가 말했다.

"무심코 한 일은 아닐 테니까요." 클라라가 동의를 표하고 자리에서 일어났다. "죄송합니다만 제인의 집에 지갑을 두고 왔어요. 얼른 뛰어가서 가져올게요."

"폭풍이 심한데?" 머나가 믿을 수 없다는 듯 말했다.

"저도 집에 가 봐야겠습니다." 벤이 말했다. "제가 뭐 달리 할 수 있는 게 없다면요."

가마슈가 고개를 가로저었고, 모임이 파했다. 한 사람 한 사람 캄캄한 어둠 속으로 들어갔다. 본능적으로 얼굴을 보호하려고 팔을 쳐든 채. 밤의 대기가 몰아치는 비와 날리는 낙엽과 달리는 사람들로 어지러웠다.

클라라는 생각을 좀 하고 싶었다. 그러기 위해서 조용한 장소가 필요했는데, 그곳이 공교롭게 제인의 주방이었다. 그녀는 모든 전등을 켜고 장작 난로 곁에 놓인 커다랗고 오래된 의자들 가운데 하나에 깊숙이 파묻혔다.

그럴 수 있을까? 확실히 뭔가 잘못 알았어. 뭔가 빠뜨렸거나 뭔가 너무 앞서 갔어. 대략적인 생각은 그날 저녁 일찍 아트 윌리엄스버그에서 처음 떠올랐다. 그리고 칵테일파티에서 〈박람회 날〉을 바라보면서 갑자기 구체화되었다. 하지만 그땐 그 생각을 떨쳐 버렸다. 너무 괴로웠던 것이다. 답에 너무 가까웠다. 너무 너무 가까웠다.

하지만 그 끔찍한 생각이 방금 전 비앤비에서 강력한 힘을 갖고 돌아왔다. 그들이 〈박람회 날〉을 주시하고 있을 때 모든 조각이 맞추어졌다. 모든 실마리, 모든 단서. 모든 것이 아귀가 맞았다. 이대로는 집에 갈 수 없어. 지금은 못 가. 그녀는 집에 가기가 두려웠다.

"어떻게 생각하십니까?" 보부아르가 맞은편에 앉으며 가마슈에게 물었다. 니콜은 소파에 앉아 빈둥빈둥 잡지를 보면서 침묵으로 가마슈에게 벌을 주고 있었다. 가브리와 올리비에는 자러 가고 없었다.

"욜랑드." 가마슈가 대답했다. "계속 그 가족이 생각나. 여러 갈래에서 다시 그 자리로 오게 된다니까. 똥거름 소동도 그렇고, 벽을 벽지로 가려 버린 것도 그래. 앙드레가 사냥용 활을 가지고 있는 것도 그렇고."

"하지만 그에겐 리커브가 없어요." 애석하다는 표정으로 보부아르가 말했다.

"없애 버렸을 수도 있지." 가마슈가 말했다. "그런데 애초에 왜 그걸 쓰지? 그게 문제야. 그게 누구든 왜 신식 컴파운드 사냥활을 두고 구식 활을 쓰느냐고?"

"여자가 아니었을 때 이야기죠." 보부아르가 말했다. 수사할 때 그가 제일 좋아하는 게 이 대목이었다. 늦은 밤 난롯가에서 뭘 마시면서 경감과 함께 앉아 범죄를 낱낱이 해부하는 것. "리커브는 쓰기가 더 쉽고 구식 리커브도 마찬가지예요. 수잔 크로프트가 하는 것 보셨잖습니까? 그녀는 현대식 활은 사용하지 못했지만 옛날 것은 사용했던 게 분명해요. 여기서 우린 다시 욜랑드에게 돌아왔습니다. 그녀는 이모의 그림을 알았을 거예요. 아마 누구보다 잘 알았을 겁니다. 그림은 그 집안 내림이니까요. 조사를 해 보면 인생의 어느 대목에선가 그녀도 그림을 그렸다는 걸 알게 될걸요. 여기 사람들은 다들 그렇고, 그건 하나의 법칙 같습니다."

"좋아, 이 길로 계속 가 보자고. 욜랑드는 왜 제인 닐을 죽이고 싶어 했을까?"

"돈 때문에, 아니면 집을 노리고? 결국은 같은 거지만요. 그녀는 아마 자기가 물려받을 거라고 생각해서 윌리엄스버그의 그 사기꾼 같은 변호사에게 뇌물을 주고 정보를 얻었을 겁니다. 그녀가 이모의 유언장을 찾아내고는 심한 충동을 느꼈을지 누가 알겠습니까?"

"동의. 하지만 〈박람회 날〉하고는 어떻게 연결하지? 그림에 뭐가 있어서 욜랑드가 그림을 바꿀 수밖에 없었을까? 올해 박람회 폐막 퍼레이드를 그린 거지만 티머 해들리에게 바치는 작품처럼 보이네. 욜랑드가 그걸 어떻게 볼 수 있었을까? 그리고 보았다 하더라도 그걸 왜 바꾸어야 했을까?"

그 질문에 말문이 막혔다. 몇 분 뒤 가마슈가 다시 말을 이었다.

"좋아, 이제 다른 사람들을 보지. 벤 해들리는 어때?"

"왜 그 사람입니까?" 보부아르가 물었다.

"그는 언제든 활을 꺼낼 수 있고 활을 쏠 줄도 알고 이곳 지리에 훤하고 그림도 그릴 줄 알지. 게다가 미스 닐은 그를 신뢰했을 거야. 겉보기엔 사람이 참 좋은 것 같거든. 그리고 아트 윌리엄스버그의 이사니까 전시실 열쇠를 갖고 있지. 언제든 들어가서 〈박람회 날〉을 볼 수 있어."

"동기는요?" 보부아르가 물었다.

"그게 문제야. 분명한 동기가 없거든, 그렇잖아? 제인 닐을 죽일 이유가 뭐였을까? 돈 때문은 아니야. 왜지?"

가마슈는 사그라져 가는 불꽃을 물끄러미 바라보며 머리를 쥐어짰다. 내가 너무 애를 쓰는 것 아닌가? 다른 결론에 이르지 않으려고 말이야.

"왜들 그러세요? 그건 피터 모로 소행이에요. 그 사람 말고 달리 누가 그랬겠어요?"

가마슈는 누군지 보려고 고개를 들 필요도 없었다. 「해로스미스 컨트리 라이프Harrowsmith Country Life 시골이나 농촌 생활을 다루는 라이프스타일 잡지」 표지 속의 호박이 목소리를 낸 것이리라.

클라라는 제인의 집 주방 유리창에 비친 자기 모습을 바라보았다. 유령 같은, 놀란 표정의 여인이 마주 보고 있었다. 그녀의 가설은 일리가 있었다.

무시해 버려. 그녀 내부의 목소리가 말했다. 그건 네가 상관할 바가 아니잖아. 경찰이 알아서 하겠지. 제발, 입 닥치고 있어. 그것은 뿌리치기 힘든 유혹이었다. 스리 파인스에서 그녀가 누려 온 평온하고 아름다운 생활이 계속될 것을 약속하는 목소리. 자신이 아는 바에 따라 행동하면 그 삶은 끝장나리라.

네가 틀렸다면 어쩔 거야? 목소리가 달래듯이 말했다. 넌 많은 사람들에게 상처를 줄 거야.

하지만 클라라는 자신의 생각이 틀리지 않다는 걸 알고 있었다. 그녀가 사랑하는 이 생활을, 그녀가 사랑하는 이 남자를 잃는 것이 두려운 것뿐이었다.

그가 몹시 화를 낼 거야. 절대 아니라고 할 거야. 이제 공포에 휩싸인 머릿속의 목소리가 날카롭게 소리쳤다. 그가 널 혼란에 빠뜨릴 거야. 그런 생각을 말했다고 무섭게 화를 낼 거야. 아무 말도 않는 게 상책이야. 모든 걸 잃을 뿐 얻을 건 하나도 없으니까. 그리고 그걸 알아야 하는 사람은 아무도 없어. 네가 말하지 않은 걸 알 사람도 아무도 없고.

하지만 클라라는 목소리가 거짓말을 하고 있다는 걸 알고 있었다. 그 목소리는 그녀에게 거짓말을 일삼지 않았던가. 클라라는 알게 될 것이었고, 그 때문에 그녀의 삶도 끝장날 것이었다.

가마슈는 침대에 누워 〈박람회 날〉을 바라보고 있었다. 대화의 편린들이 머릿속에서 소용돌이쳤다. 양식화한 사람들과 동물들을 바라보며 지난 2주 사이 이러저러한 때에 그 사람들이 한 말을 떠올리고 있는 것이었다.

이베트 니콜이 옳았다. 피터 모로가 제일 가능성이 높은 용의자지만 증거가 없었다. 가마슈는 그를 잡을 제일 좋은 기회는 이 그림에, 그리고 내일 있을 분석에 달려 있다는 걸 알았다. 〈박람회 날〉은 결정적 단서였다. 그런데 그림 속의 얼굴을 하나하나 보고 있을 때 무언가 떠올랐다. 너무 터무니없어서 믿기지 않는 어떤 것. 그는 침대에서 일어나 앉았다. 제인 닐을 누가 죽였는지 입증할 것은 〈박람회 날〉 속에 있지 않았다. 그것은 〈박람회 날〉에는 없는 것이었다. 가마슈는 침대에서 튀어나와 급히 옷을 입었다.

클라라는 비 때문에 겨우 앞을 볼 수 있었고, 바람은 최악이었다. 카일라는 나무에 달려 있던 아름다운 잎들을 작은 미사일로 바꾸어 놓았다. 잎들이 그녀 주위로 어지럽게 날다 얼굴에 들러붙었다. 그녀는 팔을 올려 눈을 보호하고 바람을 향해 몸을 숙인 채 걷다가 울퉁불퉁한 바닥에 걸려 비틀거렸다. 잎과 잔가지들이 살갗으로 파고들려는 듯 그녀의 비옷을 사정없이 때렸다. 잎은 실패했지만 차가운 물은 성공했다. 빗물이 소매로 들어와 등을 타고 내리고, 코로 들어가고, 가늘게 뜬 눈알을 세차게 때렸다. 하지만 이제 거의 다 왔다.

"걱정이 되던 참이었어. 더 일찍 올 줄 알았으니까." 그가 다가와서 그녀를 포옹했다. 클라라는 뒷걸음질해 그의 품에서 벗어났다. 상처 받은 그가 놀란 표정으로 그녀를 바라보았다. 그러고는 물과 흙으로 바닥을 더럽히고 있는 그녀의 부츠를 내려다보았다. 그녀는 그가 쳐다보는 곳을 보고 자기도 모르게 부츠를 벗으면서 그 행동의 자연스러움에 하마터면 미소를 지을 뻔했다. 어쩌면 내가 잘못 생각한 건지 몰라. 그냥 부츠를 벗고 자리에 앉으면 그뿐, 아무 말 하지 않아도 될지 몰라. 하지만 너무 늦었다. 그녀의 입이 이미 움직이고 있었다.

"죽 생각해 봤는데……." 무슨 말을 해야 할지, 어떻게 말을 해야 할지 몰라 그녀는 말을 그쳤다.

"알아. 당신 얼굴에서 그걸 알 수 있어. 언제 알게 됐지?"

그러니까 그는 부정할 생각이 없구나. 그녀는 위안을 느껴야 할지 두려워해야 할지 갈피를 잡을 수 없었다.

"파티에서였지만 전체를 알진 못했어. 다 이해하려면 생각할 시간이 필요했어."

"그래서 '그녀'라고 했던 거야? 그림을 위조한 사람을 가리켜서."

"그래. 시간을 좀 벌고 싶었어. 경찰까지 따돌리고."

"나도 넘어갔지. 당신이 정말로 여자로 생각했다고 판단했으니까. 하지만 비앤비에서는 머리가 제대로 돌아가는 걸 알 수 있었어. 난 당신을 너무나 잘 아니까. 우린 이제 어떻게 해야 하지?"

"난 당신이 정말로 그 일을 저질렀는지 확인하고 싶었어. 이러는 게 의무라고 생각했어. 당신을 사랑하니까." 클라라는 몸이 마비된 느낌이었다. 유체이탈이라도 경험하고 있는 것처럼.

"나도 당신을 사랑해." 그가 말했다. 갑자기 곰살궂은 목소리로. 그의 목소리가 항상 이랬던가? "그리고 난 당신이 필요해. 경찰에는 말하지 않아도 돼. 아무 증거도 없으니까. 내일 시험에서도 아무것도 나오지 않을 거야. 내가 아주 조심했으니까. 내가 뭐든 마음만 먹으면 굉장히 잘한다는 건 당신도 알 거야."

그랬다. 그리고 그의 말이 맞을 거라는 생각이 들었다. 경찰은 그의 유죄를 입증하려면 애깨나 먹으리라.

"왜?" 그녀가 물었다. "왜 제인을 죽였지? 그리고 당신 어머니는 또 왜 죽였어?"

"당신이라면 그러지 않았을까?" 벤이 미소를 지으며 다가왔다.

가마슈가 보부아르를 깨웠고 이제 두 사람은 모로의 집 문을 쿵쿵 두드리고 있었다.

"열쇠를 두고 간 거야?" 피터가 자물쇠를 끄르며 말하고 있었다. 그는 어리둥절한 눈으로 가마슈와 보부아르를 바라보았다. "클라라는 어디 있습니까?"

"우리가 묻고 싶은 말입니다. 그녀와 할 얘기가 있어요, 지금 당장."

"클라라는 제인의 집에 두고 나만 왔는데, 그때가……." 피터가 자기 시계를 보았다. "한 시간 전이에요."

"지갑을 찾기엔 긴 시간입니다." 보부아르가 말했다.

"클라라는 지갑이 없어요. 그건 비앤비에서 벗어나 제인의 집에 가려는 구실이었을 뿐이에요." 피터가 말했다. "전 알고 있었지만 그녀가 혼자 있을 시간이, 생각할 시간이 필요한 거라고 생각했죠."

"그런데 아직 돌아오지 않았고요?" 가마슈가 물었다. "걱정이 안 됩니까?"

"나는 항상 클라라를 걱정합니다. 그녀가 집을 나서는 순간 걱정을 하는데요."

가마슈는 몸을 돌려 급히 제인의 집으로 갔다.

클라라는 깨어났지만 머리가 욱신욱신 쑤셨다. 어쨌든 깨어나긴 한 것 같았다. 사방이 깜깜했다. 눈을 떴어도 장님이나 마찬가지였다. 얼굴이 바닥에 닿아 있어 숨을 들이쉴 때마다 먼지를 마시고 있었다. 비에 젖은 살갗에 먼지가 들러붙었다. 비옷 안의 옷도 비가 들이쳐 젖은 부분은 몸에 들러붙어 있었다. 춥고 토할 것 같았다. 몸이 떨리는 걸 그칠 수가 없었다. 여긴 어디지? 벤은 어디 있는 거야? 그녀는 두 팔이 뒤로 묶여 있는 걸 깨달았다. 벤의 집에 왔으니 여긴 그 집 지하실이 틀림없었다. 그러고 보니 의식이 가물가물하는 동안 자신이 어디론가 옮겨지던 게 기억났다. 피터도. 피터의 말이 들렸던 것도. 아니야. 피터 냄새가 났지. 피터가 바로 가까이 있었어. 피터가 나를 옮기고 있었어.

"깨어났다는 거 알고 있어." 벤이 손전등을 들고 서서 그녀를 내려다보고 있었다.

"피터?" 클라라는 피리 같은 목소리로 말했다. 벤은 재미있는 모양이었다.

"좋아. 그게 내가 바라고 있던 바지만, 나쁜 소식이야, 클라라. 피터는 여기 없어. 사실, 이 밤은 당신에게 나쁜 소식투성이인걸. 여기가 어딘지 맞혀 봐."

클라라가 말이 없자 벤은 천천히 손전등을 움직여 벽과 천장, 바닥을 비추었다. 그리 많이 움직이지 않아도 클라라는 알 수 있었다. 아마 더 일찍 알았겠지만 그녀의 머리가 그걸 인정하지 않고 있었을 것이다.

"소리가 들려, 클라라?" 벤은 다시 조용해졌고, 클라라의 귀에 그 소리가 확실히 들렸다. 스륵스륵. 주르르. 사향 같은, 늪 같은 냄새도 맡을 수 있었다.

뱀.

뱀은 티머의 집에 있었다. 티머의 집 지하실에.

"하지만 좋은 소식도 있긴 하네. 그것들 걱정을 오래 하지 않아도 될 테니까." 벤은 손전등을 위로 향해 그녀가 자기 얼굴을 볼 수 있게 했다. 그녀는 그가 피터의 외투를 입고 있는 것도 알아보았다. "당신은 여기 왔다가 계단에서 넘어진 거야." 그의 목소리는 그녀가 자기 말에 동의할 것이라고 생각하는 듯 차분했다. "가마슈는 의심할지 모르지만 그 외에는 의심할 사람이 하나도 없어. 피터는 절대 나를 의심하지 않을걸. 자기가 상실의 아픔에 괴로워할 때 위로해 줄 사람이 바로 나거든. 그리고 모두들 나를 좋은 사람으로 알아. 실제로도 그렇지. 이건 빼고."

그는 그녀에게서 몸을 돌려 나무 계단을 향해 걸어갔다. 손전등 불빛에 바닥에 환상적인 그림자들이 일렁였다. "전기가 나가 버려서 당신이 발을 헛디뎌 넘어진 거야. 이제 계단을 좀 손봐야겠어. 오래돼 낡아 빠졌지. 어머니한테 오랫동안 수선하자고 졸랐지만 구두쇠 심보라 돈을 내놓지 않았어. 이제 당신이 비극적으로 값을 치르는군. 다 잘됐어. 가마슈가 돈 문제를 눈치채지 못한다면 피터에게 의심이 돌아가기에 충분한 단서들을 뿌려 놓았지. 피터의 외투에서 아주 많은 섬유가 당신에게 묻었을 거야. 몇 가닥은 호흡하면서 들이마시기도 했을 테고. 검시할 때 나오겠지. 그러니까 당신은 자기 남편이 유죄라는 증거를 제공하게 되는 거지."

클라라는 몸을 버둥거려 간신히 앉은 자세를 취했다. 벤이 계단을 손보는 게 보였다. 그녀는 자기에게 시간이 몇 분, 어쩌면 몇 초밖에 없다는 걸 알았다. 손목을 묶은 줄에 바짝 힘을 주었다. 다행히 단단히 묶지는 않은 모양이었다. 아마 멍이 들지 않게 하려고 그랬을 테지만 그 덕에 줄이 느슨해졌다. 하지만 풀리지는 않았다.

"뭘 하는 거지?" 벤이 불빛을 비추자 클라라는 손목을 감추려고 상체를 뒤로 젖혔다. 등이 벽에 닿자 뭔가가 머리카락과 목을 스치고 지나갔다. 오, 하느님, 성모님. 불빛이 계단으로 도는 순간 클라라는 미친 듯이 손을 움직였다. 벤보다 오히려 뱀에게서 달아나고 싶었다. 뱀이 스르르 미끄러지는 소리가 들렸다. 들보와 환기통을 타고 움직이고 있을 터였다. 마침내 손이 풀려났다. 그녀는 재빨리 어둠 속으로 기어들었다.

"클라라? 클라라!" 불빛이 그녀를 찾아 앞뒤로 휙휙 움직였다. "난 이럴 시간 없어."

벤이 계단을 떠나 미친 듯이 찾기 시작했다. 클라라는 점점 더 뒤로 물러나 지하실 안쪽으로, 고약한 냄새가 나는 쪽으로 들어갔다. 뭔가가

뺨을 스치더니 다음 순간 발에 떨어졌다. 그녀는 비명을 지르지 않으려고 입술을 꽉 깨물었다. 쇠 맛이 나는 피가 정신을 집중하는 데 도움이 되었다. 그녀는 세게 발길질을 했고, 그것이 근처 벽에 맞았는지 털썩하는 소리가 났다.

가마슈와 보부아르와 피터는 제인의 집으로 달려 들어갔지만 가마슈는 그녀가 거기에 없으리라는 것을 알고 있었다. 클라라에게 뭔가 나쁜 일이 생기더라도 이 집에서는 아닐 터였다.

"해들리 집이야." 가마슈는 다시 문으로 향했다. 밖으로 나오자 보부아르가 재빠르게 달려 그를 앞질러 갔고, 피터도 그랬다. 폭풍을 뚫고 빛이 환히 켜진 집을 향해 달리는 그들의 발소리가 야생마들의 말발굽 소리처럼 어지러웠다.

클라라는 커다랗게 울리는 소리를 들었지만 그 소리가 카일라가 사납게 날뛰는 소리인지, 공포에 사로잡힌 자신의 숨소리인지 알지 못했다. 그도 아니면 자기 귓속에서 피가 쿵쿵거리는 소리인지. 그녀 위의 집 전체가 떨며 신음하는 것 같았다. 그녀는 숨을 참았지만 몸이 산소를 달라고 아우성을 쳤고 잠시 후 그녀는 급하게, 요란하게 숨을 쉬지 않을 수 없었다.

"그 소리, 들었어." 벤이 몸을 획 돌렸지만 너무 빠르게 도는 바람에 손전등을 놓치고 말았다. 손전등은 허공을 날아 바닥에 떨어지며 탁, 탁 두 번 소리 냈다. 첫 번째 소리와 함께 불빛이 튀면서 클라라의 얼굴을 환히 비추었다. 두 번째 소리와 함께 지하실이 완전한 어둠에 잠겼다.

"빌어먹을." 벤이 씩씩거렸다.

오 하느님, 오 하느님. 클라라는 생각했다. 칠흑 같은 어둠이 엄습했다. 그녀의 몸은 돌처럼 얼어붙었다. 오른쪽에서 움직이는 소리가 들렸다. 그 소리만으로도 그녀는 까무러칠 뻔했다. 소리 없이 천천히 기어서 거친 석벽의 기부基部를 더듬어 왼쪽으로 움직이며 돌이든 파이프든 벽돌이든 뭐든 잡히기를 바랐다. 다만 한 가지만은······.

그녀의 손이 그것에 닿자 그것이 그녀의 손을 감았다. 그녀는 소스라치며 그것을 어둠 속으로 던져 버렸고 곧 지하실 저편에 떨어지는 소리가 났다.

"아하! 이제 찾는다." 벤이 나직이 말했다. 그가 말할 때 클라라는 자신이 어둠 속에서 그의 바로 곁에까지 기어 온 것을 깨달았다. 그와의 거리는 한 걸음이었지만 장님이기는 그도 마찬가지였다. 그녀는 그 자리에 꼼짝 않고 웅크린 채 그의 손이 자신을 붙들기를 기다렸다. 그런데 그가 지하실 저편으로 멀어지는 소리가 들리는 게 아닌가. 그녀가 내던진 뱀이 떨어진 쪽으로.

"클라라는 어디 있습니까?" 피터가 애원하듯 물었다. 벤의 집에는 빗물이 고여 작은 웅덩이를 만든 자국뿐 사람의 자취는 없었다. 이제 피터는 벤의 집 거실에서 동심원을 그리며 휘적휘적 걸어 조금씩 가마슈 경감에게 가까이 갔다. 가마슈는 거실 한가운데에 꼼짝 않고 서 있었다.

"조용히 좀 해 주십시오, 모로 씨." 피터는 다가오다가 멈췄다. 말은 부드러웠지만 거기엔 권위가 실려 있었다. 가마슈는 정면을 주시했다. 바깥에서는 폭풍이 방해하고 안에서는 피터의 두려움이 방해하니 겨우 집중해서 생각을 하고 있었다.

클라라는 자기에게 두 가지 기회가 있다는 것을 깨달았다. 그만 해도 조금 전보다는 나은 상황이었다. 계단을 찾아 달아나든지 무기를 찾아 그가 자기를 잡기 전에 자기가 그를 잡아야 하는 것이다. 그녀는 벤을 잘 알았다. 그는 튼튼하지만 느리다. 달리기는 필경 택할 수 있는 카드가 아닐 터여서 그 점이 큰 도움은 못되겠지만 그래도 중요했다.

그녀는 어디에서 무기를 찾을지 몰랐고 그저 바닥에 뭔가 있기만 바랐다. 하지만 벽돌이나 파이프가 바닥에 있을 수도 있지만, 그녀는 다른 것도 분명 있다는 것을 알고 있었다. 벤이 몇 미터 앞에서 무언가에 걸려 비틀거리는 소리가 들렸다. 오, 하느님. 그녀는 방향을 돌려 얼른 무릎을 꿇고는 허둥지둥 기어갔다. 제발 손목을 감지 않을 뭔가를 잡을 수 있기를 바라며 부지런히 손을 앞으로 저었다. 또다시 쿵쿵거리는 소리가 들렸다. 그녀는 심장이 완전히는 말고 조금만 더 조용하길 바랐다. 손에 뭔가 닿았다. 순간적으로 그게 무언지 알아차렸다. 하지만 너무 늦었다. 찰칵 하는 소리와 함께 쥐덫이 손가락을 세게 쳤다. 가운데 두 손가락이 부러진 듯 고통과 충격으로 비명이 절로 터졌다. 아드레날린이 그녀의 몸에 흘러넘쳤고, 그녀는 즉시 덫을 손에서 떼어 멀리 던져 버렸다. 그러고는 옆으로 굴렀다. 쥐덫이 벽을 따라 놓여 있는 것을 알았던 것이다. 바로 앞에 벽이 있는 게 틀림없었다. 만약 벤이 그녀를 잡으려고 어둠을 가르고 달려든다면······.

피터는 클라라의 고통스런 비명을 들었다. 다음 순간, 비명이 뚝 그

첬다. 그와 두 수사관이 도착하고 조금 뒤에 티머의 집 현관문이 바람에
쾅하고 열렸다. 가마슈와 보부아르가 각자의 외투에서 손전등을 꺼내
단단한 목재를 깐 바닥을 이리저리 비추었다. 젖은 발자국이 어두운 집
의 한가운데로 이어졌다. 그들은 발자국을 따라 달렸다. 그들이 막 주방
으로 돌아 들어갔을 때 비명이 들린 것이다.

"이쪽입니다." 피터가 어떤 문을 열자 시커먼 어둠이 아가리를 벌렸
다. 덩치 큰 세 남자는 우르르 지하실 계단으로 돌진했다.

클라라가 몸을 굴리다가 멈추었는데 바로 그때 벤이 어둠을 가르고
달리다 그대로 석벽에 머리부터 부딪쳤다. 그는 전속력으로 벽에 부딪
쳤고, 클라라의 생각은 틀렸다. 그는 빨랐다. 하지만 이제 그리 빠르지
않았다. 충돌의 여파로 지하실 전체가 부르르 떨었다. 그때 클라라의 귀
에 또 다른 소리가 들렸다.

계단이 부서지는 소리.

14

모든 일이 아주 천천히 진행되는 듯했다. 가마슈의 손전등이 먼저 바
닥에 떨어져서 꺼졌지만, 가마슈는 그 직전에 보부아르가 이제는 무너

져 있는 계단에 네 활개를 뻗고 누운 것을 얼핏 보았다. 가마슈는 몸을 뒤틀어 빠져나오려 했고 거의 성공할 뻔했다. 하지만 한 발이 부서진 계단의 챌판 사이에 빠졌고, 그는 자기 몸무게에 짓눌린 다리가 뚝 하는 소리와 함께 부러지는 것을 느꼈다. 다른 발은 훨씬 더 부드러운 것에 떨어졌지만 소리는 똑같았다. 보부아르가 아파서 비명을 질렀고, 이어 피터가 추락했다. 피터는 머리부터 곤두박질했으며, 가마슈는 그들의 머리가 부딪치는 것을 느끼는 순간 지하실, 아니 우주에 있는 것보다 훨씬 더 많은 빛을 보았다. 그러고는 정신을 잃었다.

조금 뒤 깨어 보니 클라라가 내려다보고 있었는데, 그녀의 얼굴에 두려움이 가득했다. 그녀는 공포를 발산하고 있었다. 그는 몸을 일으켜 그녀를 보호하려 했지만 몸을 움직일 수가 없었다.

"경감님? 괜찮아요?" 흐린 눈을 끔벅여 보니 보부아르도 자기를 내려다보고 있었다. "휴대전화로 지원을 요청했습니다." 보부아르가 그러고는 손을 뻗어 경감의 손을 잡았다. 잠시 동안.

"난 괜찮아, 장 기. 자넨?" 그는 걱정하는 얼굴을 찬찬히 보았다.

"웬 코끼리가 제 위로 떨어진 줄 알았습니다." 보부아르는 가벼운 미소를 지었다. 그의 입술에서 선홍색 피가 조금 솟아난 것을 보고 가마슈가 떨리는 손으로 닦아 주었다.

"좀 더 조심해야겠네." 가마슈가 나직이 말했다. "피터?"

"움직일 수가 없지만 괜찮습니다. 당신이 머리로 나를 받았어요."

누가 누구를 받았는지를 놓고 실랑이할 때는 아니었다.

"또 들려요. 스르르 하는 소리." 클라라는 손전등을 찾아 들고 있었다. 이제는 지하실에 손전등이, 그리고 남자들이 널려 있어 그리 두렵지 않았다. 그녀는 손전등을 천장과 바닥으로 이리저리 마구 비추며 손전등에 빛을 비추는 것 외에 다른 기능도 있었으면 싶었다. 쓸 만한 화염방사기가 있으면 얼마나 좋을까. 그녀는 손가락이 부러진 손으로 피터의 손을 잡고 정서적 위로를 위해 신체적 고통을 교환했다.

"벤?" 가마슈는 물으면서 어서 완전한 문장을 만들 수 있기를 바랐다. 다리는 쿡쿡 쑤셨고 머리는 욱신거렸지만 그는 어떤 위협이 아직 근방에, 지하실의 어둠 속에 도사리고 있다는 것을 잊지 않고 있었다.

"정신을 잃고 쓰러져 있어요." 클라라가 말했다. 그녀는 그들을 두고 나갈 수도 있었다. 계단은 무너졌지만 멀지 않은 곳에 발판사다리가 있으니까 그걸 이용해 올라가면 되는 것이었다.

하지만 그녀는 그러지 않았다.

클라라는 그렇게 두려웠던 건 처음이었다. 그리고 이제는 화가 났다. 하지만 벤에게 화가 난 게 아니고 자신을 구하려고 온 세 멍청이에게 화가 난 것이다. 자신이 그들을 보호해야 할 처지라니.

"무슨 소리가 납니다." 보부아르가 말했다. 가마슈는 팔꿈치를 짚고 몸을 일으키려 했지만 다리의 통증이 온몸으로 퍼지면서 숨이 막히고 힘이 빠져나갔다. 그는 다시 쓰러졌으나 두 손을 뻗었다. 뭐든 무기로 쓸 만한 것이 잡히기를 바라며.

"위층에," 하고 보부아르가 말했다. "지원군이 왔어요."

가마슈와 클라라는 그날까지 그렇게 아름다운 말은 들어 본 적이 없었다.

한 주 뒤 그들은 제인의 거실에 모여 있었다. 이제 그곳은 그들 모두에게, 그리고 가마슈에게도 자기 집처럼 편하게 느껴졌다. 가마슈는 다리에 깁스를 했고 보부아르는 갈비뼈가 부러져 몸을 구부리고 있으며 피터는 머리에 붕대를 감았고, 클라라는 손에 깁스를 했으니, 그들은 마치 고적대 같았다.

위층에서 가브리와 올리비에가 조용히 '남자들이 비처럼 내려요'를 부르는 소리가 들렸다. 주방에서는 머나가 신선한 빵과 수프를 준비하며 콧노래를 부르는 소리가 들려왔다. 밖에는 눈이 내리고 있었다. 물기가 많은 커다란 눈송이들은 거의 땅에 닿자마자 녹았고 뺨에 닿으면 말이 키스하는 느낌이 들었다. 나무에 마지막 남았던 가을 잎들이 바람에 떨어져 날리고 과수원 사과나무에서는 사과가 떨어졌다.

"이제 눈이 쌓이기 시작하는 것 같아요." 포크와 스푼을 가지고 나오며 머나가 말했다. 그러고는 그 식사도구를 탁탁 소리를 내며 타는 불 주위에 빙 둘러 펴 놓은 개인용 접이식 탁자 위에 가지런히 놓았다. 위층에서는 가브리가 제인의 침실에 있는 물건들을 놓고 다투느라고 크게 외치는 소리가 들렸다.

"역겨운 탐욕이라니." 그 말과 함께 루스가 재빨리 계단으로 가 위층으로 올라갔다.

클라라는 피터가 몸을 일으켜 아무 문제없이 잘 타고 있는 불을 쑤석이는 걸 지켜보았다. 그녀는 그날 밤 지하실 바닥에 너부러져 있는 그를 부축했는데 피터를 그렇게 가까이 접한 건 그때가 마지막이었다. 그 끔찍한 밤 이후 그는 자기만의 섬에 들어박혀 있었다. 섬을 잇는 다리는 무너지고 없었다. 높은 벽이 둘러쳐져 있었다. 그리고 지금 피터는 전혀 곁을 주지 않았다. 물론 신체적으로야 접촉할 수 있었다. 그녀는 그의 손을 잡고 머리를 받치고 몸을 붙들 수는 있었고, 실제로 그렇게 했다. 하지만 그의 마음에는 닿을 수가 없었다.

그녀는 추락하면서 멍이 들고 수심에 찬 그의 잘생긴 얼굴을 바라보았다. 그녀는 그가 더할 수 없이 깊은 상처를 입었다는 것을 알고 있었다. 어쩌면 치유가 불가능할지도 몰랐다.

"난 이걸 갖고 싶어." 루스가 계단을 내려오며 말했다. 그녀는 작은 책을 흔들어 보이더니 낡은 카디건에 달린 커다란 주머니에 냉큼 집어넣어 버렸다. 제인은 친구들에게 자기 집 물건 중에서 갖고 싶은 것을 하나씩 골라 가지라고 유언장에 남겼다. 루스는 그 책을 고른 것이다.

"그게 벤이란 걸 어떻게 알았어?" 남자들에게 점심을 먹으라고 불러 놓고 자리를 잡은 머나가 물었다. 식탁에는 수프가 담긴 사발들이 놓여 있었고 소나무 궤 위에 놓인 바구니에는 김이 모락모락 피어나는 신선한 롤빵이 있었다.

"여기서 파티를 할 때 그 생각이 들었어." 클라라가 말했다.

"뭘 알아차렸던 거예요? 우린 몰랐는데." 자신도 한자리를 차지하고 앉으며 올리비에가 물었다.

"내가 보지 못한 거. 벤을 보지 못한 거야. 〈박람회 날〉이 티머에게 헌정한 작품이라는 건 알았어. 티머에게 중요한 사람들은 모두 그림에 있었는데……."

"벤만 없었지!" 따뜻한 롤빵에 버터를 바르자 버터가 빵에 닿는 즉시 녹는 것을 지켜보다 머나가 말했다. "그걸 알아차리지 못하다니 난 정말 바보야."

"나도 한참 뒤에야 알았습니다." 가마슈가 말했다. "내 방에서 〈박람회 날〉을 보고서야 그걸 알았다니까요. 벤이 없다는 걸."

"벤이 없다." 클라라가 말을 따라했다. "제인이 절대 벤을 빼놓을 리 없다는 걸 알고 있었어요. 그런데 그가 거기 없는 거예요. 벤이 거기 없다면 얼굴이 지워진 거겠지."

"그런데 벤이 〈박람회 날〉을 보고 질겁한 건 왜였을까요? 그림에서 자기 얼굴을 보는 게 뭐가 그리 두려웠던 거죠?" 올리비에 브륄레가 물었다.

"한번 생각해 보십시오." 가마슈가 말했다. "벤은 박람회 마지막 날, 실은 퍼레이드가 진행되는 동안, 어머니에게 치사량의 모르핀을 주사했습니다. 알리바이는 다 만들어 놓은 상태였죠. 골동품 전시회에 참석하러 오타와에 가 있는 걸로."

"실제로 그랬나요?" 클라라가 물었다.

"그럼요. 골동품 몇 점까지 샀는걸요. 하지만 급히 돌아왔습니다. 차로 세 시간밖에 걸리지 않으니까. 와서 퍼레이드가 시작되기를 기다렸다가……."

"내가 티머 곁을 비울 거라는 걸 알고 있었단 말이오? 그걸 어떻게 알았지?" 루스가 물었다.

"그는 어머니를 잘 알았습니다. 어머니가 한사코 그렇게 하리란 걸 안 겁니다."

"티머는 실제로 그렇게 했지. 내가 나가지 않았어야 했는데."

"아실 도리가 없었잖아요, 루스." 가브리가 말했다.

"말씀 계속하세요." 올리비에가 롤빵을 수프에 적시며 말했다.

"벤은 퍼레이드 그림을 보고 그림 안에 있는 자신을 발견했어요." 가마슈가 말했다. "계단 관람석에 있었지요. 그걸 보고는 제인이 자신의 소행을 알고 있다고 생각한 겁니다. 그 그림에 자신이 나왔다는 건 그가 스리 파인스에 있었던 셈이 되니까요."

"그래서 그림을 훔쳐다가 자기 얼굴을 지우고 새 얼굴을 그려 넣은 거지." 클라라가 말했다.

"피터 옆에 낯선 여자가 앉아 있었어." 루스가 지적하고 나섰다. "제인이라면 당연히 벤을 그렸을 자린데."

피터는 눈을 내리깔지 않으려고 의식적으로 노력하고 있었다.

"그날 밤 베르니사주가 끝난 뒤 비앤비에서 모든 걸 이해할 수 있었어요." 클라라가 말했다 "먼저, 살인 사건 뒤에도 그는 자기 집 문을 잠그지 않았어요. 모두가 잠그는데 벤만 그러지 않은 거예요. 다음은, 벤이 벽지를 뜯어내는 속도였어요. 그렇게 느릴 수가 없었으니까요. 그다음, 우리가 여기에 불빛이 있는 걸 발견한 그 밤에, 벤이 말하길 자기는 벽지 제거 작업이 늦은 걸 별충하고 있었다고 했죠. 그땐 그 말을 믿었지만 나중에 생각해 보니 아무리 벤이라도 그건 좀 어설펐어요."

"결국," 하고 가마슈가 보충했다. "그는 제인의 집에서 이걸 찾고 있었던 거지요." 가마슈는 보부아르가 욜랑드의 집에서 찾아낸 파일 폴더를 들어 보였다. "제인이 육십 년 동안 해마다 카운티 박람회를 그린 스케치들입니다. 벤은 어딘가에 〈박람회 날〉의 밑그림으로 그린 초벌 스케치가 있을 거라고 생각해서 그걸 찾고 있었던 거지요."

"그 스케치들에서 뭘 좀 볼 수 있어요?" 올리비에가 물었다.

"아니, 너무 간략해."

"그다음은 양파예요." 클라라가 말했다.

"양파?"

"제인이 살해당한 다음 날 내가 벤의 집에 갔을 때 벤이 양파를 볶고 있었어. 칠리 콘 카르네를 만들려고 볶는다고 했지. 하지만 벤은 요리를 하지 않거든. 난 그가 내 기운을 북돋아 주려고 요리를 하는 거라고 해서 곧이들은 거야. 그러다가 그의 거실에 들어가게 되었는데 무슨 냄새가 났어. 세정제 냄새라고 생각했지. 모든 것이 깨끗하고 정돈이 잘 되어 있으니까 넬리가 왔다 갔겠거니 한 거야. 나중에 넬리에게 물어보니 웨인이 너무 아파서 한 주 넘게 어디도 청소하지 못했다고 하더라고. 벤이 미네랄 스피릿을 사용하고 있다가 내가 오니까 그 냄새를 감추려고 양파를 튀긴 게 분명해."

"맞습니다." 가마슈는 맥주를 한 모금 마셨다. "그는 일요일 추수감사절맞이 만찬 후 아트 윌리엄스버그에서 〈박람회 날〉을 빼내 자기 얼굴을 벗겨 내고 다른 얼굴을 그려 넣었어요. 하지만 없는 사람 얼굴을 지어내는 실수를 저질렀지요. 제인의 것과 다른 자기 물감을 사용한 것도 실수였어요. 그러고는 그 그림을 아트 윌리엄스버그에 다시 가져다 놓았지만 제인이 그 바뀐 얼굴을 보면 안 되니까 그 전에 죽이지 않으면 안 되었어요."

"감사합니다." 클라라가 가마슈에게 말했다. "경감님이 제 대신 딱 부러지게 설명해 주시는군요. 경감님은 제인의 그림을 또 누가 보았느냐고 계속 물으셨죠? 그때 기억나는 게 있었어요. 추수감사절맞이 만찬 때 벤이 제인에게 특별히 부탁하는 걸 들었죠. 자기가 아트 윌리엄스버그에 가서 그걸 좀 봐도 괜찮겠냐는 거였어요."

"그날 밤에 그가 좀 수상했던 거야?" 머나가 물었다.

"좀 불편했던 것 같아. 일말의 가책이 겉으로 드러난 건지 모르지. 제인이 그 그림은 박람회 퍼레이드를 그린 거고 거기에는 특별한 메시지가 담겨 있다고 하셨을 때 그의 얼굴에 나타난 표정 말이야. 제인은 그를 똑바로 바라보고 있었어."

"하긴, 제인이 그 시를 인용하실 때도 그가 좀 이상해 보였어." 머나가 말했다.

"그게 무슨 시였지요?" 가마슈가 물었다.

"오든의 시요. 클라라, 거기 자기가 앉아 있는 자리 옆 책 무더기 속에 있어. 거기 보이네." 머나가 말했다. "『W. H. 오든 시집』."

클라라가 그 두꺼운 책을 머나에게 건넸다.

"여기 이 시예요." 머나가 말했다. "제인은 오든이 허먼 멜빌에게 바친 시를 읽으셨죠.

악은 특별하지 않고 언제나 인간적이어서,
우리와 함께 자고 우리와 함께 먹는다."

피터가 책을 넘겨받아 그 시의 첫 대목, 제인이 읽지 않았던 부분을 훑어보았다.

끝 무렵 그는 다시없는 평온 속으로 항해해 들어가,
자신의 집에 닻을 내리고 아내에게 이르러
그녀의 손 안에 있는 항구에서 마차를 타고,
그의 직업이 또 하나의 섬인 것처럼

아침마다 사무실로 갔다.

선은 존재했다. 그것은 새로운 지식이었다.

그의 공포는 잠잠해질 수밖에 없었다.

피터는 불을 들여다보며 친숙한 목소리들이 두런거리는 소리를 들었다. 그는 가만히 책갈피에 종이쪽 하나를 끼우고는 책을 덮었다.

"벤은 편집증 환자처럼 모든 것에서 감추어진 메시지를 읽었습니다." 가마슈가 말했다. "그는 제인을 죽일 기회도, 기술도 있었어요. 거의 학교 곁이라 할 만한 곳에 살고 있어서 아무의 눈에도 띄지 않고 거기 갈 수 있었고, 안으로 들어가 리커브 활과 화살 두엇을 가지고 나와서는 과녁 사격용 살촉을 사냥용으로 바꾼 다음 제인을 꾀어 살해한 겁니다."

피터의 머릿속에서 영화가 상영되었다. 결국 눈을 내리깔았다. 친구들을 볼 낯이 없었다. 제일 친한 친구가 그러고 있을 때 자기는 어떻게 그렇게 까마득히 모르고 있었던가?

"어떻게 제인을 그곳으로 불러냈죠?" 가브리가 물었다.

"전화를 했어요." 가마슈 경감이 말했다. "제인은 그를 철석같이 믿고 있었기 때문에 그가 사슴길 근처에서 만나자고 했을 때도 아무런 의심을 하지 않았습니다. 그는 밀렵꾼들이 있으니 루시는 집에 두고 오는 게 좋겠다고 했지요. 그녀는 생각해 볼 것도 없이 바로 나갔어요."

믿음, 우정, 의리와 사랑에 대한 대가가 이거야. 피터는 생각했다. 뒤통수를 맞는 거다. 배신을 당하는 거야. 심한 상처를 입어 겨우 숨을 쉬고, 그 때문에 죽기도 하지. 더 심한 경우도 있어. 가장 사랑하는 사람들이 죽기도 하니까. 클라라가 죽을 뻔했잖아. 나는 벤을 믿었다. 사랑했다. 그런데 이런 일을 당하다니! 이럴 순 없어. 마태오복음 10장 36절을 두고 가마슈가 한 말이 옳았어.

"제 놈 어미는 왜 죽였대요?" 루스가 물었다.

"성서에서 가장 오래된 이야기지요." 가마슈가 말했다.

"벤이 남창이었어요?" 가브리가 소리쳤다.

"그건 가장 오래된 직업이지. 머리는 어디 두고 다니는 거야?" 루스가 말했다. "됐어, 말대꾸하지 마."

"탐욕이지요." 가마슈가 설명했다. "진작 알아챘어야 했어요. 서점에서 우리가 대화를 나눈 뒤에 말이죠." 그는 머나를 보고 말했다. "그때 한 가지 인성 유형에 대해 설명하시지 않았습니까? '정체된' 삶을 사는 사람들 말이죠. 기억나십니까?"

"예, 기억나요. 성장하지 않는, 발전하지 않는 사람들, 그 자리에 그대로 서 있는 사람들이죠. 좀체 나아지지 않는 사람들."

"예, 바로 그거였습니다." 가마슈가 말했다. "그들은 자기 인생이 진행되기를 기다리고만 있습니다. 누군가 그들을 구원해 주길 기다려요. 치유해 주길 기다리지요. 스스로는 아무것도 하지 않습니다."

"벤이군." 피터가 말했다. 거의 그날 처음 하는 말이었다.

"벤이지요." 가마슈가 고개를 끄덕했다. "제인은 그걸 알았던 것 같습니다." 그는 자리에서 일어나 절뚝절뚝 벽으로 다가갔다. "여길 보세요. 제인이 그린 벤입니다. 반바지를 입고 있는 게 보이십니까? 어린 소년처럼요. 그리고 돌 조각상이에요. 붙박이지요. 부모님의 집을 향해, 과거를 향해. 물론 지금이야 이해가 되지만 전에는 알지 못했습니다."

"그런데 왜 우린 그걸 몰랐을까요? 매일 그와 함께 살았는데." 클라라가 말했다.

"왜 알아야 합니까? 나름대로 다들 바쁜 생활이 있는데요. 그리고, 제 인이 그린 벤에게는 다른 것도 있어요." 그는 그들에게 잠시 생각할 시간을 주었다.

"그림자군요." 피터가 말했다.

"맞아요. 벤은 길고 어두운 그림자를 던지고 있습니다. 그의 어둠이 다른 사람들에게 영향을 미치고 있는 겁니다."

"저한테 영향을 미친다는 말씀이죠?"

"맞아요. 클라라에게도 미치고요. 사실, 거의 모든 사람에게 미칩니다. 그는 아주 영리해서 실제로는 아주 어둡고 아주 교활하면서도 겉으로는 관대하고 친절한 인상을 풍겼지요."

"티머를 죽인 이유가 뭐냐니까요?" 루스가 다시 물었다.

"그녀가 유언장 내용을 바꾸려고 했어요. 그를 완전히 배제하진 않았지만 생활할 수 있을 만큼만 주려고 했어요. 그 스스로 무언가 시작할 수밖에 없게 하려는 생각이었지요. 그녀는 아들이 어떤 사람으로 성장했는지 알고 있었어요. 거짓말, 게으름, 변명…… 그녀는 그러면서도 늘 아들에 대한 책임감에 시달렸습니다. 머나, 당신을 만날 때까지는 그랬어요. 당신과 티머는 이런 것들에 대해 자주 이야기를 나누었지요. 내 생각엔 그녀가 당신의 이야기를 듣고 벤에 대해 생각하게 되었던 것 같습니다. 그가 문제라는 건 오래전에 알았지만, 그걸 일종의 소극적 문제로만 보았어요. 벤이 상처를 입히는 건 그 자신뿐이라고 생각한 거지요. 물론, 그녀에게도 상처를 입혔는데, 벤이 그녀에 대해 거짓말을 해서……."

"그러니까 티머는 벤이 뭐라 하고 다니는지 아셨던 거예요?" 클라라가 물었다.

"그래요. 심문 과정에서 벤이 털어놓았습니다. 아이 때부터 동정을 사려고 어머니에 대해 거짓말을 일삼았다고 했지만 그게 잘못이라고는 생각하지 않는 것 같더군요. '그게 사실이었을 수도 있다'라는 식이었어요. 예를 들어……." 가마슈는 피터에게 시선을 돌렸다. "그는 어머니가 한사코 애봇 학교에 보내려 했다고 당신에게 말했지만 사실은 자기가 가게 해 달라고 떼를 썼던 겁니다. 그녀에게 아무 쓸모없는 존재라는 느낌을 주어서 어머니를 벌주고 싶어서요. 머나, 당신과 나눈 대화가 티머의 인생에서 진정한 전환점이 된 것 같습니다. 그때까지는 벤이 그렇게 된 게 모두 자기 탓이라고 생각했어요. 자신이 끔찍한 어머니라는 그의 비난을 반쯤 믿었지요. 그리고 아들에게 빚을 졌다고 느꼈지요. 그를 그 나이가 되도록 자기 집에서 살게 한 것도 그래서였고요."

"그게 이상하게 생각되지 않았어?" 머나가 클라라에게 물었다.

"전혀. 이제 와서 깨닫다니 어처구니없네. 그냥 벤이 살던 집으로만 생각했는데. 게다가, 어머니가 자기를 떠나지 못하게 한다고 했어. 그땐 티머가 협박을 한 거라고 생각했지. 그의 말을 죄다 곧이들은 거야." 클라라는 어처구니없다는 표정으로 고개를 설레설레 흔들었다. "벤이 관리인의 집으로 옮기고 나서 우리한테 말해 줬어요. 참다못해 어머니에게 맞섰더니 자기를 쫓아냈다고 하더라고요."

"당신은 그걸 믿었고?" 루스가 조용히 물었다. "당신네가 지금 살고 있는 집을 살 수 있게 자기네 작품을 사 준 사람이 누구지? 가구를 준 사람은 누구야? 당신네가 이사 왔을 때 처음 몇 해 동안 자기네가 겨우 입에 풀칠이나 한다는 걸 알고 당신을 식사에 초대해서 여기저기 소개하고 좋은 음식도 먹여 준 사람이 누구지? 남은 음식을 바리바리 싸서 들려 보내 준 사람이 누구야? 당신이 말할 때면 공손히 듣고 있다가 흥미를 갖고 질문을 해 준 사람이 누구지? 이런 거라면 오늘 밤이 다 새도록 주워섬길 수 있어. 이런 걸 다 받고도 마음에 느껴지는 게 없었단 말이야? 자기, 그렇게 눈먼 사람이야?"

또 그거야. 클라라는 생각했다. 블라인드.

그건 벤에게서 받은 어떤 상처보다 큰 상처였다. 루스가 굳은 표정으로 클라라와 피터를 바라보았다. 그들은 어떻게 그렇게 잘도 속아 넘어갈 수 있었단 말인가? 어떻게 벤의 말이 티머의 행동보다 더 강할 수 있었단 말인가? 루스가 옳았다. 티머같이 관대하고 친절하고 인심 후한 사람이 또 있을까.

클라라는 벤이 이미 오래전부터 어머니를 살해하기 시작했다는 걸 깨닫고는 오싹 소름이 돋았다.

"당신이 옳아요. 할 말이 없네요. 뱀만 해도 그래요. 저는 뱀이 있다고 믿었어요."

"뱀?" 피터가 말했다. "무슨 뱀?"

클라라는 고개를 가로저었다. 벤이 그녀에게 거짓말을 했고, 그 거짓말을 더 그럴듯하게 보이게 하려고 피터의 이름까지 이용했다. 그가 어머니 집 지하실에 뱀이 있다고 한 까닭은 무얼까? 그 자신과 피터의 소년 시절에 관한 이야기를 지어낸 까닭은 무얼까? 그렇게 함으로써 자신이 더욱 큰 희생자가, 그리하여 영웅이 되기 때문이라는 걸 그녀는 깨달았다. 그런데도 그녀는 그의 말을 믿는 데서 그치지 않았었다. 가엾은 벤. 자기들은 그를 그렇게 부르지 않았던가. 그리고 그는 가엾은 벤이 되고 싶어 했다. 문자 그대로는 아니었지만.

전기가 다시 들어오고 보니 티머의 집 지하실은 깨끗했고 지하실로서 이상한 점은 하나도 없었다. 뱀은 없었다. 뱀의 소굴도 없었다. 무언가가 거기에 미끄러져 들어가거나 나온 흔적도 하나 없었다. 벤의 흔적이라면 모를까. 천장에서 늘어진 건 '뱀'이 아니라 전선이었고 그녀가 걷어차고 내던진 건 정원 호스였다. 상상력의 힘은 그렇게 끊임없이 클라라를 놀라게 했던 것이다.

"내가 알아채는 게 늦었던 또 다른 이유는," 하고 가마슈가 말했다. "내가 실수를 저질렀기 때문입니다. 큰 실수였지요. 나는 그가 당신을 사랑한다고 생각했어요. 클라라. 이성으로서. 그걸 그에게 묻기까지 했습니다. 그게 제일 큰 실수였어요. 당신을 어떻게 생각하느냐고 물었어야 했는데 당신을 언제부터 사랑했느냐고 물은 거예요. 늘 당신을 조심스럽게 바라보던 까닭을 얼버무릴 훌륭한 변명거리를 제공한 거지요. 그가 당신을 슬쩍슬쩍 바라본 건 열정 때문이 아니고, 실은 두려움 때문이었습니다. 그는 당신의 직관이 얼마나 예민한지 알고 있었던 겁니다. 당신은 곧 그걸 알아챘을 텐데, 내가 어리석어 그를 위기에서 벗어나게 해 주었습니다."

"하지만 결국 알아채셨잖아요?" 클라라가 말했다. "벤은 자신이 무슨 짓을 저질렀는지 깨달았나요?"

"아니요. 지금도 자기가 한 짓이 정당하다고 철석같이 믿고 있습니다. 해들리 집안의 돈은 자기 것이다. 해들리 집안 재산은 자기 것이다. 어머니는 그 재산이 자기에게 넘어올 때까지 잠시 맡아 가지고 있었던 것뿐이다. 자신의 유산을 받지 못한다는 건 도무지 있을 수도 없는 일이라서 어머니를 죽이는 것 외에 선택의 여지가 없었다. 어머니가 자기를 그럴 수밖에 없게 만들었으니 그건 내 잘못이 아니다. 어머니가 자초한 것이다. 이런 식이지요."

올리비에가 몸을 부르르 떨었다. "정말 좋은 사람 같았는데."

"좋은 사람이었지요." 가마슈가 말했다. "누군가 자기와 의견이 맞지 않거나 자신이 원하는 걸 얻지 못하기 전에는요. 그는 아이였어요. 어머니를 죽인 건 돈 때문이었고, 제인을 죽인 건 그녀가 〈박람회 날〉로 그 사실을 세상에 폭로할 거라고 생각했기 때문이었지요."

"아이러니죠." 피터가 말했다. "벤은 〈박람회 날〉의 자기 얼굴이 자신의 소행을 폭로한다고 생각했지만 실제로 그의 소행을 폭로한 건 그 얼굴을 지운 행위였어요. 그림을 그대로 두었더라면 발각되지 않았을 겁니다. 평생 소극적이었는데, 단 한 번 적극적으로 행동한다는 게 자승자박이라니."

루스 자도는 천천히 걸어서 힘겹게 언덕을 올라가고 있었다. 손에는 곁에서 따라오는 데이지의 줄이 들려 있었다. 벤의 개를 맡겠다고 자원한 터였다. 그녀가 자원하고 나섰을 때 제일 놀란 사람은 바로 그녀 자신이었다. 하지만 그래야 옳을 것 같았다. 냄새나고 절뚝거리는 두 늙다리. 그들은 울퉁불퉁한 길을 더듬더듬 찾아가고 있었다. 쌓이는 눈에 미끄러져 발목을 접질리거나 엉덩방아를 찧어 허리병이 덧나지 않게 조심하면서.

보이기 전에 소리부터 들렸다. 기도 막대기. 바람에 나부끼는 화려한 색상의 띠들이 저희들 선물을 공중으로 날려 보내며 서로 몸을 부대끼고 있었다. 마치 사이좋은 친구들처럼. 부딪치고 때로 상처를 주기도 하지만 결코 일부러 그러지는 않는 친구들. 루스는 빛바랜 사진을 붙들었다. 사진 속 이미지는 비와 눈에 씻겨 거의 다 사라졌다. 그녀가 박람회에서 그 사진을 찍은 이후 60년 만에 보는 것이었다. 제인과 안드레아스, 아주 즐거운 듯한 표정. 그리고 그 뒤의 티머. 똑바로 카메라를, 카메라를 들고 있는 루스를 바라보고 있다. 얼굴을 찌푸린 채. 루스는 오래전 그때, 티머가 알고 있다는 것을 알았다. 루스가 제인을 배신한 직후였다. 그리고 이제 티머는 죽었다. 안드레아스도 죽었고 제인도 죽었다. 이제 보내 줄 시간인 것 같았다. 그녀는 그 낡은 사진을 놓았고 사진은 금세 다른 물건들과 어울려 함께 춤추고 놀았다.

루스는 주머니에 손을 넣어 제인의 선물로 고른 책을 꺼냈다. 책과 함께 제인이 그녀에게 남긴 봉투도 꺼냈다. 안에는 제인이 손으로 직접 그린 카드가 한 장 들어 있었다. 제인의 거실 벽에 있던 이미지를 그대로 복사한 듯한 그림. 다만, 포옹하고 있는 두 소녀 대신 이제 늙고 나약한 두 여자. 나이 지긋한 두 여자가 서로 껴안고 있었다. 루스는 카드를 책 속에 끼워 넣었다. 플로리 향수 냄새가 나는 낡고 작은 책.

떨리는 목소리로 루스는 소리 내어 읽기 시작했다. 바람에 사로잡힌 말들이 눈송이와 화려한 띠들과 어울려 춤을 추었다. 데이지가 경모하는 눈빛으로 그녀를 쳐다보고 있었다.

가마슈는 비스트로에 앉았다. 몬트리올로 떠나기 전에 인사도 하고 감초 파이프도 한두 개 살 생각으로 들어온 터였다. 올리비에와 가브리는 올리비에가 선택한 장려한 웨일스 장식장을 어디에 둘 것인지를 놓고 열띤 토론을 벌이고 있었다. 제인의 집에서 올리비에는 그걸 선택하려 하지 않으려 애썼다. 욕심 부리지 말라고, 제인의 집에서 제일 좋은 걸 고르지 말라고 자신에게 엄히 타일렀다.

자신에게 신신당부했다. 이번만은 상징적인 것을 갖자. 그녀를 기억할 수 있는 작은 것. 멋진 파미유 로즈famille rose 핑크색을 바탕으로 한 중국의 연채(軟彩) 자기, 아니면 작은 은쟁반. 웨일스 장식장은 아니야. 웨일스 장식장은 안 돼.

"왜 우린 좋은 물건들을 비앤비에 들여 놓으면 안 되는 거야?" 가브리는 투덜거리면서도 올리비에와 함께 웨일스 장식장 놓을 자리를 찾아 비스트로 안을 돌아다녔다. 그러다 가마슈를 발견하고는 그에게 다가왔다. 궁금한 게 있었던 것이다.

"우리를 의심한 적이 있습니까?"

가마슈는 두 사내를 바라보았다. 한 사람은 덩치가 크고 명랑했고, 한 사람은 훌쭉하고 점잖았다. "아니요. 두 분은 모두 살아오면서 다른 사람들의 잔인한 대우에 너무 많은 상처를 입어서 절대로 잔인해지지 못해요. 내 경험으로, 상처를 입은 사람들은 자신도 학대자가 되어 다른 사람들에게 상처를 입히게 되거나 반대로 아주 선량해집니다. 두 분은 살인을 저지를 사람들이 못 됩니다. 여기 사람들 모두가 그렇다고 말할 수 있으면 좋겠어요."

"무슨 뜻입니까?" 올리비에가 물었다.

"누굴 말하는 겁니까?" 가브리가 물었다.

"설마, 내가 말해 주리라고 생각하는 건 아니겠지요? 게다가, 그 사람은 절대 행동으로 옮기지 않을 수도 있어요." 관찰력이 예리한 가브리의 눈에, 가마슈는 확신이 서지 않은 것처럼, 심지어 조금 두려워하는 것처럼 보였다.

바로 그때 머나가 핫초콜릿을 마시러 들어왔다.

"궁금한 게 한 가지 있어요, 경감님." 주문을 한 뒤 머나가 가마슈를 보고 말했다. "필립은 어떻게 된 거예요? 왜 자기 아빠한테 그렇게 못되게 구는 겁니까?"

가마슈는 어디까지 이야기해야 좋을지 몰랐다. 이자벨 라코스트가 베르나르의 방에서 찾아낸, 액자 포스터 뒤에 테이프로 붙여 놓은 물건을 연구소에 보냈는데 그 결과가 도착했다. 온통 필립의 지문이 찍혀 있었다. 가마슈는 놀라지 않았다. 베르나르 말랑팡이 필립을 협박하고 있었던 것이다.

하지만 가마슈는 필립의 태도가 그전에 이미 변한 것을 알고 있었다. 필립은 행복하고 친절한 소년에서 잔인하고 무뚝뚝하고 몹시 우울한 소년으로 변했다. 가마슈는 그 이유를 짐작할 뿐이었지만 그 잡지가 확인해 주었다. 필립은 아버지를 미워하는 게 아니었다. 실은 그 자신을 미워하는데 화풀이를 아버지에게 하고 있는 것뿐이었다.

"미안합니다." 가마슈가 말했다. "그건 말할 수 없어요."

가마슈가 외투를 걸칠 때 올리비에와 가브리가 다가왔다.

"필립이 왜 그렇게 행동하는지 우리는 알 것 같아요." 가브리가 말했다. "그걸 종이에 써 보았습니다. 우리가 맞으면 고개만 한 번 끄덕해 주시겠어요?"

가마슈는 쪽지를 펴서 읽었다. 그러고는 다시 접어 자기 주머니에 넣었다. 문을 나설 때 그는 어깨가 맞닿을 정도로 나란히 서 있는 두 남자를 돌아보았다. 그러지 않는 게 더 나을 거라고 판단했으면서도 고개를 끄덕했다. 그래도 잘못했다는 생각은 들지 않았다.

그들은 아르망 가마슈가 절뚝절뚝 걸어가 차를 몰고 떠나는 것을 지켜보았다. 가브리는 깊은 슬픔을 느꼈다. 그는 얼마 전에 필립의 문제를 알았다. 엉뚱하게도, 똥거름 사건이 그것을 확인해 주었다. 그들이 필립에게 비스트로에 와 일을 해서 빚을 갚으라고 권한 것도 그 때문이었다. 그들이 그를 지켜볼 수 있는 곳에서, 아니, 그가 그들을 지켜볼 수 있는 곳에서 일하기를 바랐던 것이다. 그리하여 그것이 괜찮다는 걸 알기를.

"이거 봐," 하고 올리브가 가브리의 손을 쓰다듬었다. "그래도 자기가 〈오즈의 마법사〉를 상연할 때 필요한 먼치킨 〈오즈의 마법사〉에 나오는 난쟁이족이 한 명 생긴 거잖아."

"딱 이 마을에 필요한 거군. 또 한 명의 도로시 게라는 뜻이 있다 친구."

"당신 주려고 만들었어." 클라라가 등 뒤에서 커다란 사진을 내밀었다. 비디오로 찍어 맥 컴퓨터에서 캡쳐하고 스타일화, 레이어 처리하여 뽑은 사진. 피터가 사진을 빤히 볼 때 그녀의 얼굴에 환한 미소가 떠올랐다. 하지만 그것도 잠깐, 미소가 서서히 사라졌다. 그가 사진을 이해하지 못한 것이다. 특이한 일도 아니었다. 그가 그녀의 작품을 이해하는 경우는 그만큼 드물었다. 하지만 그녀는 이번만은 다르기를 바랐다. 그 사진을 그에게 선물로 준 것은 그런 작품을 그에게 보여 줄 만큼 그를 신뢰한다는 표시였다. 그녀의 미술은 고통스러울 만큼 주관적이라서 그 사진만 해도 최대한 뜻을 알아볼 수 있게 만든 것이다. 피터에게 사냥 블라인드와 사슴길 이야기를 하지 않고 다른 문제들도 함께 의논하지 않았던 터라 그녀는 이제 그에게 자신이 잘못했었다는 것을 표현하고 싶었다. 그를 사랑하고 신뢰한다는 것을.

그는 그 괴상한 사진을 물끄러미 바라보고 있었다. 사진 속의 이미지는 기둥 위에 놓인 상자였다. 마치 수상가옥 같았다. 안에 있는 건 돌이나 달걀 같았지만, 피터는 무엇인지 알 수 없었다. 클라라만큼이나 모호했다. 그리고 모든 것이 빙빙 돌고 있었다. 그는 약간 속이 메스꺼웠다.

"이건 블라인드 하우스야." 그녀가 말했다. 그걸로 다 설명이 된다는 투였다. 피터는 무슨 말을 해야 할지 몰랐다. 하긴, 지난주 내내, 누구에게도 할 말이 그리 많지 않았다.

그건 돌이고 돌은 죽음을 상징한다고 설명해야 하나? 클라라는 생각했다. 하지만 그 물체는 달걀일 수도 있는데. 삶을 상징하는. 그 물체는 둘 중 무엇인가? 그것이 바로 이 빛나는 작품을 이루는 멋진 긴장감 아닌가. 아침까지도 그 수상가옥은 정지해 있었지만, 정체된 삶을 사는 사람들 이야기를 듣고는 그 집을 생동감이 넘치게 만들 생각이 들었다. 자체적인 중력과 현실이 있는 작은 혹성처럼. 여느 집처럼 거기에도 불가분한 삶과 죽음이 깃들어 있었다. 그리고 최종적인 비유. 자아의 알레고리로서의 집. 우리가 선택한 자화상. 그리고 우리의 맹점盲點.

피터는 그것을 이해하지 못했다. 이해하려 하지 않았다. 그는 사진을 들고 서 있는 클라라를 내버려 둔 채 자리를 떴다. 그 사진이 언젠가 그녀를 유명하게 만들어 줄 작품인 줄은 그도 그녀도 알 길이 없었다.

그녀는 그가 거의 넋이 나간 듯 어슬렁어슬렁 자기 화실로 들어가 문을 닫는 것을 지켜보았다. 어느 날 그가 자신의 안전하지만 척박한 섬을 떠나 이 번잡한 본토로 돌아오리라는 것을 알고 있었다. 그가 돌아올 때를 그녀는 기다리리라. 여느 때처럼 두 팔을 벌리고서.

클라라는 거실에 앉아 주머니에서 종이 한 장을 꺼냈다. 수신인은 세인트 토마스 교회의 신부였다. 그녀는 첫머리를 줄을 그어 지웠다. 그 아래 조심스럽게 뭔가를 또박또박 쓰고는 외투를 입고 하얀 미늘벽판자를 댄 건물을 향해 언덕을 걸어 올라갔다. 신부에게 건네고 돌아서서 신선한 공기를 들이마셨다.

제임스 모리스 신부는 종이를 펴서 읽었다. 그것은 제인 닐의 묘비명으로 써 달라는 글귀였다. 종이 맨 위에는 '마태오 10:36'이라고 쓰여 있었다. 하지만 그 말은 줄을 그어 지워 놓았고 그 아래 뭔가 다른 말이 쓰여 있었다. 그는 성서를 꺼내 마태오복음 10장 36절을 찾아보았다.

'집안 식구가 바로 원수가 된다.'

새로 써 놓은 글은 이랬다.

'예기치 않은 기쁨.'

언덕 꼭대기에서 아르망 가마슈는 차를 멈추고 내렸다. 마을을 내려다보는데 마음이 날아올랐다. 지붕들을 바라보며 선하고 친절하고 결함이 있는 사람들이 내면에서 자기네 삶을 붙들고 씨름하는 모습을 상상했다. 사람들은 개를 산책시키고 쉬지 않고 날리는 낙엽들을 갈퀴로 긁어 모으고 소복소복 내리는 눈 속을 걸었다. 무슈 벨리보의 식료품점에서 장을 보고 사라네 빵집에서 바게트를 샀다. 올리비에가 비스트로 문간에 서서 식탁보를 털고 있었다. 여기서는 삶이 전혀 분망하지 않았다. 하지만 정체해 있지도 않았다.

작품해설

고전 후더닛 미스터리의 현재와 미래
루이즈 페니와 『스틸 라이프』

이동윤(추리문학 평론가)

지난 2011년 5월 1일, 코지 미스터리 독자들의 북미권 최대의 축제인 맬리스 도메스틱 컨벤션의 마지막 날, 각지에서 모인 회원들은 가마슈 경감 시리즈의 여섯 번째 작품인 『Bury Your Dead』를 최우수 작품상으로 선정하면서 루이즈 페니에게 네 번째 애거서상을 안겨 주었다. 루이즈 페니가 낸시 피커드를 제치고 애거서상 최다 수상자 자리에 이름을 올리는 순간이었다. 캐롤린 G. 하트, 셔린 매크럼 등 유수의 코지 미스터리 작가들이 이 상의 이름을 드높여 왔지만, 루이즈 페니의 4년 연속 수상이라는 이력은 크고 작은 미스터리 상의 역대 수상 목록에서도 극히 드문 기록이다.

루이즈 페니는 1958년 캐나다 토론토에서 태어났다. 토론토의 라이어슨 대학에서 응용미술을 전공한 루이즈 페니는 CBC에 입사해 TV리포터로 사회에 첫발을 내딛는다. 곧이어 CBC의 라디오 쇼 진행자로 발탁되어 다양한 사람들의 다채로운 이야기를 접하면서 18년이라는 세월을 보내게 된다. 당시의 수많은 인터뷰 경험은 그녀에게 '사람들의 이야기를 듣는 법'을 가르쳐 주었고, 소설보다 더 놀라운 현실 속의 이야기들은 이후 작가로 나서게 되었을 때 스토리텔링에 강한 영감을 제공했다.

하지만 방송국에 재직하던 시절 루이즈 페니는 사생활에서 강한 부침을 겪어야 했다. 평생 동안 살아왔던 토론토를 떠나 여러 지역을 전전하며 극심한 외로움에 시달려야 했고, 방송계에서의 탄탄한 입지와는 별개로 점차 '냉소적이고 신랄한' 태도로 스스로를 무장하기 시작했다. 루이즈 페니는 당시의 삶을 '친구는 고사하고 전화를 걸어 주는 사람마저 한 명도 없었던 시절'이라고 회고한다. 외로움에 못 이겨 자살까지 생각했다는 그녀는 이내 알코올중독에 빠지게 되었고, 이런 생활은 남편 마이클 화이트헤드를 만날 때까지 지속되었다.

마이클과의 만남은 루이즈 페니에게 있어 하나의 전환점이 되었다. 수년 전 아내와 사별하고 홀로 남겨진 마이클과 십수 년 동안 쓸쓸히 인생의 외줄타기를 해 왔던 루이즈 페니는 외로움이라는 동질감으로 단단히 엮이게 되었다. 이렇게 갑자기 찾아온 사랑과 안정은 루이즈 페니를 알코올중독에서 구해 내었고, 그녀에게 인생의 다음 단계로 나아갈 수 있는 용기를 불어넣었다. 그리하여 루이즈 페니는 방송국을 사직하고 자신이 가장 하고 싶었던 일, 작가로서의 인생의 첫발을 떼게 된다.

하지만 막상 집필 활동은 그리 녹록하지 않았다. 문학적 야심을 갖고 역사 소설에 도전했지만 수년 동안 결과물을 남기지 못한 채 허송세월만 보낼 뿐이었다. 변함없는 지지를 보내 주는 남편에게조차 진척이 없는 작업에 대한 이야기를 하지 못한 채 오프라 윈프리 쇼만 보면서 지내는 나날이 계속되었다. 탁자에 놓여 있는 고전 미스터리 책들을 바라보면서 자신이 무엇을 쓰고 싶었는지 깨닫기 전까지. 그리하여 루이즈 페니는 자신이 평소에 즐겨 읽던 장르, 고전 후더닛 미스터리에 대한 도전을 시작한다.

늦깎이 작가 지망생에게 출판 기회는 그리 쉽게 찾아오는 행운이 아니다. 이는 루이즈 페니에게도 마찬가지였다. 캐나다라는 미스터리의 변방 출신인 데다 시대에 뒤떨어지는 고전 후더닛 미스터리를 들고 나타난 신출내기 작가는 출판사를 쉽게 찾을 수 없었다. 하지만 자신의 작품에 자신을 갖고 있었던 루이즈 페니는 출판 기회를 잡지 못한 작가 지망생을 대상으로 하는 영국추리작가협회의 데뷔 대거상에 응모하고, 2004년 8백 명에 이르는 참가자 중 차석으로 선정되면서 비로소 자신의 작품을 세상에 알릴 수 있는 기회를 잡게 된다.

그리하여 스리 파인스가 탄생했다. 자신이 읽고 싶은 작품을 쓰기 위해 추리소설을 택한 루이즈 페니는 스리 파인스 역시 자신이 살고 싶은 공간으로 빚어내었다. 처음 네 작품의 시간적 배경을 사계절별로 균등하게 분배하면서까지 스리 파인스라는 마을을 묘사하는 데 공을 들일 정도였다. 가장 먼저 머나의 헌책방을 마을 한가운데 세워 놓았고, 그 다음은 사라네 빵집이었다. 책과 빵, 루이즈 페니가 자신의 인생에서 필수로 여기는 두 가지를 갖춰 놓자 스리 파인스는 구체적인 형태를 갖추기 시작했다. 고풍스러운 집, 숲 속으로 이어지는 산책로, 세 그루의 큰 소나무 같은 것들.

그리고 마지막으로 루이즈 페니는 함께 지내고 싶은 사람들을 한 명씩 마을 구석구석에 배치했다. 자신의 과거, 현재, 미래의 모습도 함께 그려 넣었다. 아르망 가마슈 경감에게 자신이 결혼하고픈 남자의 성품을 부여했다. 여기에 이베트 니콜에게는 뾰족하고 제 간수를 못 했던 젊은 시절 자신의 모습을 되살려 놓았다. 클라라 모로에게는 무명이었던 자신의 처지를 투영했다. 제인 닐은 자신보다 스무 살 가까이 나이가 많은 남편 마이클과 자신의 말년을 절반씩 섞어 놓은 모습과 다름없다.

하지만 이 고즈넉한 마을에는 아름다운 모습만 존재하지는 않았다. 지역 사회에서 존경받던 노부인 제인 닐이 마을 숲 속에서 변사체로 발견된 것이다. 아르망 가마슈 경감은 제인 닐의 사망 사건 수사차 스리 파인스를 처음으로 방문한다. 가마슈는 이전까지는 이름도 들어 본 적 없는 캐나다 퀘벡 주의 작은 마을의 정취에 매료되지만, 동시에 마을 사람들이 저마다 비밀과 아픔을 하나씩 숨기고 있다는 사실을 감지한다. 이전까지는 문단속하는 사람 하나 없던 이 마을에 불안한 정서가 맴돌고, 마을 사람들이 저마다 간직한 비밀은 더 이상 빗장 뒤에 숨지 못하고 하나둘씩 그 모습을 드러내기 시작한다.

스리 파인스에서 일평생을 보낸 제인 닐, 교사 시절 마을 아이들에게 단 한 곡의 노래만 가르쳤던 제인 닐, W. H. 오든의 시를 좋아했던 제인 닐, 가족들과 의절에 가까운 생활을 한 채 친구들을 가족처럼 여겼던 제인 닐, 자신의 집 안으로 아무도 들이지 않던 제인 닐, 일흔이 넘어서야 비로소 자신의 그림을 세상에 공개하려던 제인 닐. 평생 동안 조용하게 살아온 것처럼 보이는 한 노인의 생애와 마지막 행적은 가마슈의 영감을 강하게 자극한다. 그리고 제인 닐과 친교를 나누었던 사람들에게도 제인 닐이 없는 세상은 결코 이전과 같을 수 없다.

『스틸 라이프』는 2005년 발표된 이후 꾸준하면서도 열광적인 반응을 이끌어 내며 영미권에서 대단한 성공을 거두었다. 영국추리작가협회상과 캐나다추리작가협회상 신인상을 모두 휩쓸었을 뿐더러, 2007년에는 미국 시장에도 소개되어 앤서니상과 배리상 신인상을 거머쥐었다. 특히 주목할 수상 이력은 바로 2007년 딜리스상을 수상했다는 점이다. 딜리스상은 미국의 추리소설 전문 서점에서 한 해 동안 가장 많이 팔린 작품을 후보작으로 하여 서점 경영자들이 투표로 결정하는 상으로, 이 상을 수상했다는 사실은『스틸 라이프』가 상업적, 비평적으로 얻은 성공을 단적으로 보여 준다고 할 수 있다.

『스틸 라이프』이후 루이즈 페니는 열 편의 가마슈 경감 시리즈를 더 발표했고 이 시리즈는 현재도 여전히 진행 중이다. 루이즈 페니는 데뷔 후 단 5년여 만에 현대 코지 미스터리 대표 작가의 지위를 획득했으며, 가마슈 경감 역시 전통적인 초인 탐정의 발전적인 계승이라는 평을 받으며 인기 캐릭터의 자리를 굳혔다. 시리즈가 거듭되면서 가마슈 경감을 위시한 캐릭터들의 개성은 더욱 깊어졌고, 각자의 이야기 또한 풍성하게 가지를 치고 뿌리를 내렸다. 동시에 스리 파인스라는 가공의 마을은 더욱 생생한 정취를 띠며 현대 전원 코지 미스터리의 가장 성공적인 무대로 자리매김했다.

루이즈 페니의 성공은 몇 가지 점에서 주목할 만하다. 우선 상대적으로 미스터리의 변방으로 취급되어 왔던 캐나다 미스터리 작가로서 미국 시장에서 큰 성공을 거두었다는 점을 들 수 있다. 물론 마거릿 밀러, 샬럿 매클라우드, 피터 로빈슨 등 캐나다 출신의 훌륭한 미스터리 작가들은 결코 드물지 않다. 하지만 이들 중 상당수가 어린 시절, 혹은 결혼 이후 미국으로 이주하여 미국을 활동 기반으로 삼았거나, 작품 속 배경을 캐나다가 아닌 영, 미국으로 설정하여 작품 활동을 해 왔다. 그동안 캐나다의 지역색을 드러내는 캐나다 작가의 미스터리는 큰 호응을 얻지 못했던 것도 사실이었다.

그래서 많은 캐나다 미스터리가 미국에 출판되기 전 영국을 위시한 영연방 국가에 먼저 소개되는 경향이 컸고, 이는 루이즈 페니의 경우에도 마찬가지였다. 루이즈 페니는 여러 인터뷰에서 『스틸 라이프』가 캐나다를 배경으로 하고 있다는 점 때문에 출판 계약을 맺기 어려웠다고 고백한 바 있다. 하지만 동시에 자신의 작품들이 미국 시장에서 성공을 거둘 수 있었던 이유 중 하나로 프랑스계가 주류인 캐나다 퀘벡 지역 문화가 미국 독자들에게 이국적으로 받아들여졌기 때문이라는 점을 들기도 한다. 『스틸 라이프』의 성공은 캐나다의 지역성을 잘 드러낸 작품이 널리 인기를 모은, 주목할 현상이라고 할 수 있을 것이다.

이 때문에 루이즈 페니는 캐나다의 신인 미스터리 작가를 발굴하는 데 있어 굉장히 열성적으로 활동하고 있다. 이는 루이즈 페니 자신이 영국추리작가협회의 데뷔 대거로 데뷔하게 된 경위와도 무관하지 않을 것이다. 그리하여 루이즈 페니는 캐나다추리작가협회상인 아서 엘리스상에 영국추리작가협회상의 데뷔 대거에 해당하는 언행드 아서상을 신설하는 데 주도적인 역할을 하였으며 심사위원으로도 참여하고 있다. 자신의 홈페이지에 응모 요령을 자세하게 기술하고 있는 것도 물론이다.

하지만 무엇보다 루이즈 페니가 『스틸 라이프』를 위시한 가마슈 경감 시리즈로 이룩한 성취는 바로 애거서 크리스티로 대표되는 고전 미스터리의 전통을 충실히 계승하면서도 이를 현대적으로 생생하게 되살려 놓았다는 점이다. 상당수 코지 미스터리 작가들이 칙릿 스타일을 차용하거나 스릴러를 비롯한 타 장르와의 적극적인 결합을 시도하려는 경향이 짙은 현 미국 출판시장에서 지극히 고전적인 후더닛 미스터리가 이 정도의 반향을 이끌어 낸 것은 굉장히 이례적인 일이다.

　루이즈 페니의 성공은 단지 한 작가의 인기에만 국한된 것이 아니라 고전 미스터리 장르가 다시 미국 시장에서 재조명 받는 새로운 흐름을 이끌어 내고 있다. 상대적으로 고전 미스터리 전통이 강했던 영국과는 달리 미국은 스릴러의 강세가 절대적인 곳이지만, 루이즈 페니의 등장을 계기로 이러한 지형이 조금씩 달라지는 모습이 눈에 띈다. 2009년 추리소설계를 휩쓴 캐나다의 미스터리 작가 앨런 브래들리의 성공이 그러한 경향을 대변하는 단적인 모습이라고 할 수 있을 것이다.

　이러한 상업적인 성공을 제외하고서라도 가마슈 경감 시리즈는 고전 후더닛 미스터리의 전통을 이어 현대의 고전으로 우뚝 설 수 있는 가치를 지닌다. 『스틸 라이프』는 애거서 크리스티가 확립해 놓았던 전원 코지 미스터리의 핵심 요소를 적극적으로 차용한다. 독립된 시골 마을, 서로 잘 알고 있는 사람들로 구성된 사건 관계자, 등장인물 간의 미묘한 심리적 갈등, 외부에서 유입되어 파장을 일으키는 주요 인물, 연극 무대를 옮겨 놓은 듯한 사건 무대 같은 고전 미스터리의 클리셰는 이 작품에서도 굉장히 효과적으로 결합되어 있다. 이 자체만으로도 『스틸 라이프』는 굉장히 잘 짜여진 미스터리라 할 수 있다.

　하지만 루이즈 페니는 이러한 고전 미스터리의 클리셰에 현대적인 의미를 부여하려는 노력을 게을리하지 않았다. 장르적 장치로 확고하게 굳어진 요소들은 『스틸 라이프』에 와서 다층적인 의미를 갖게 된다. 물신화된 단서로만 기능하던 피해자의 싸늘하게 식은 몸에 온기를 불어넣고, 유희로 흐르기 쉬운 아마추어 탐정들의 대화에도 심리적 동기를 부여했다. 각 등장인물이 살고 있는 집은 그 자체로 무대장치로 내보이면서도 각자의 개성을 효율적으로 드러내기 위한 상징물로 세심하게 빚어놓기도 했다.

이러한 모습은 시리즈를 거치면서 반복되고 누적되어, 그 결과 스리 파인스는 코지 미스터리와 누아르가 성공적으로 공존하는 공간이 될 수 있었다. 동시에 이상적인 공간으로 설정해 놓은 스리 파인스가 시리즈를 거치면서 연이어 살인 사건의 무대가 된다는 이율배반을 슬기롭게 극복할 수도 있었다. 이 과정에서 루이즈 페니가 『스틸 라이프』를 시작으로 몇 작품을 관통하면서 세심한 안배를 갖춰 놓는 모습을 지켜보자면 그 탁월한 재주에 감탄을 금할 도리가 없다. 살인마저 일으킬 수 있는 사람들의 악의를 펼쳐 놓고 그러모으다가 한 곳에 집중시키는 솜씨는 분명 장인의 손길에 비견할 수 있을 것이다.

루이즈 페니는 『스틸 라이프』에서 상실에 대해 이야기하지만 동시에 상실을 극복하는 방법에 대해서도 끊임없는 질문을 던진다. 범인의 정체에 대해 막판까지 함구하다가도 범인의 행동 양식에 대한 질문을 간간이 흩뜨려 놓는다. 저녁 어스름이 깔린 숲 속에서도, 아침 이슬 가득한 산책길에서도, 골동품 가게 벽난롯가에서 차를 마시면서도, 스리 파인스의 어떤 장소에서도 이런 질문과 대답은 끊임없이

제시된다. 이런 과정을 통하여 스리 파인스는 현대 미스터리의 주제를 강화하는 공간으로서도, 고전 미스터리의 형식미를 고스란히 계승하는 공간으로서도 상당한 성취를 이룩한다. 이것이야말로 바로 가마슈 경감 시리즈를 현대의 고전 반열에 올려놓을 수 있는 이유다.

스틸 라이프

STILL LIFE

초판1쇄   2011년 6월 30일
개정판1쇄 2014년 4월 1일
3판1쇄   2014년 6월 1일
3판5쇄   2023년 11월 1일

지은이 | 루이즈 페니
옮긴이 | 박웅희
발행인 | 박세진
디자인 | 허은정
교 정 | 김항균, 나혁진, 류한미, 이동윤, 장경현
불어감수 | 김문영, 박선일

펴낸곳 | 피니스 아프리카에
출판등록 | 2010년 10월 12일 제25100-2010-000041호
주소 | 03958 서울시 마포구 망원동 419-3 참존 1차 501호
전화 | 02-3436-8813
팩스 | 02-6442-8814
홈페이지 | www.finisafricae.co.kr
메일 | finisaf@naver.com
책값은 뒤표지에 있습니다.
파본은 구입하신 곳에서 교환해 드립니다.